BONDED BEASTS &

DEEPENED TIES

BEASTS GIVING LOVE

ASHIRAICHIGO

愛を与える獣達

BONDED BEASTS & DEEPENED TIES

茶《ちゃ》柱《ばしら》一《いち》号《ごう》

Illustrator 松基羊

番《つが》った獣と深まる絆

BEASTS GIVING LOVE

HABASHIRAICHIGO

この物語はフィクションであり、
実際の人物・団体・事件等とは、一切関係ありません。

CONTENTS

目次

愛を与える獣達

BEASTS GIVING LOVE

BONDED BEASTS &
DEEPENED TIES

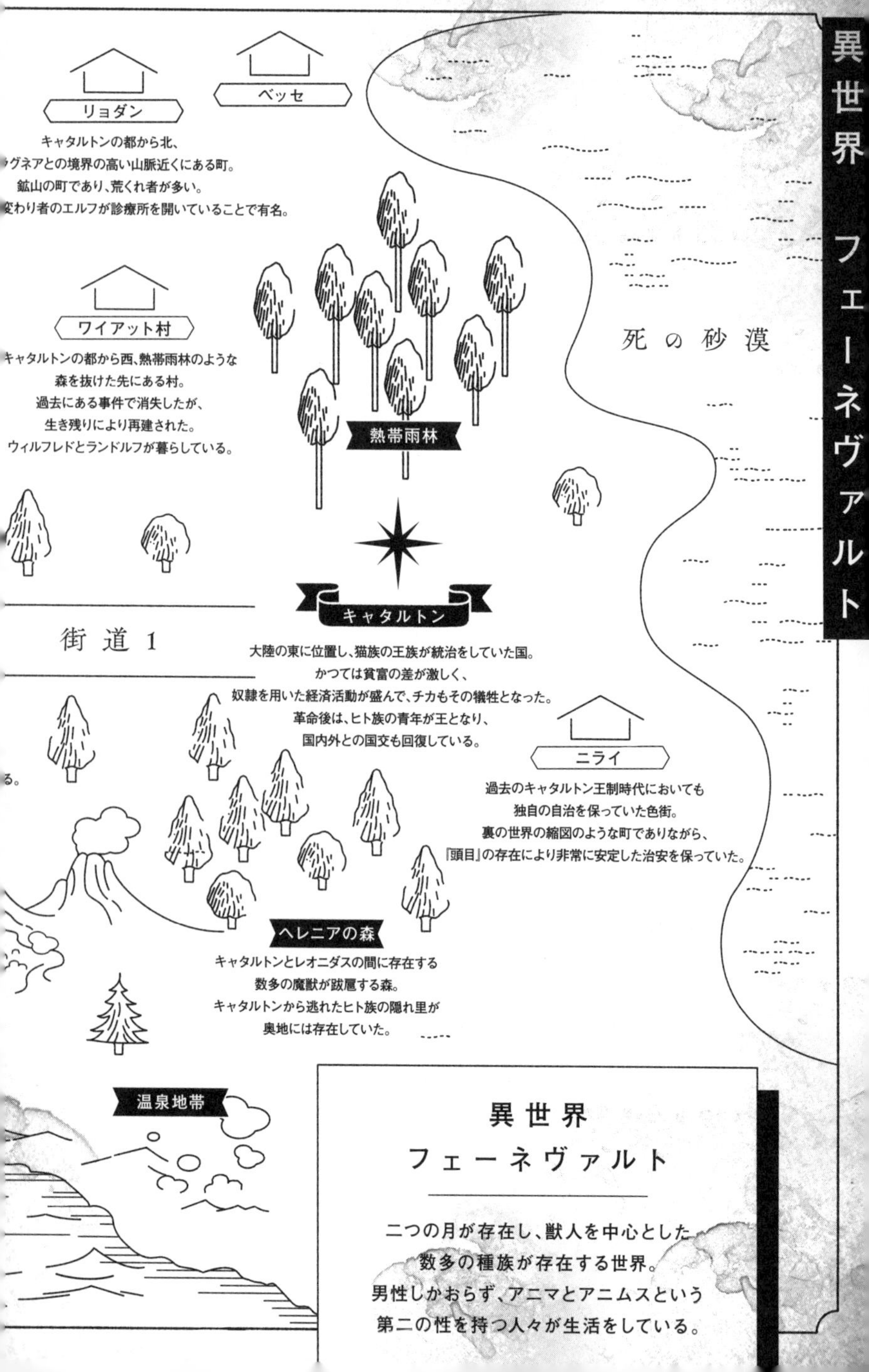
異世界フェーネヴァルト
リョダン
ベッセ
キャタルトンの都から北、
グネアとの境界の高い山脈近くにある町。
鉱山の町であり、荒くれ者が多い。
変わり者のエルフが診療所を開いていることで有名。
ワイアット村
キャタルトンの都から西、熱帯雨林のような
森を抜けた先にある村。
過去にある事件で消失したが、
生き残りにより再建された。
ウィルフレドとランドルフが暮らしている。
熱帯雨林
死の砂漠
キャタルトン
大陸の東に位置し、猫族の王族が統治をしていた国。
かつては貧富の差が激しく、
奴隷を用いた経済活動が盛んで、チカもその犠牲となった。
革命後は、ヒト族の青年が王となり、
国内外との国交も回復している。
街道1
る。
ニライ
過去のキャタルトン王制時代においても
独自の自治を保っていた色街。
裏の世界の縮図のような町でありながら、
『頭目』の存在により非常に安定した治安を保っていた。
ヘレニアの森
キャタルトンとレオニダスの間に存在する
数多の魔獣が跋扈する森。
キャタルトンから逃れたヒト族の隠れ里が
奥地には存在していた。
温泉地帯

異世界
フェーネヴァルト

二つの月が存在し、獣人を中心とした
数多の種族が存在する世界。
男性しかおらず、アニマとアニムスという
第二の性を持つ人々が生活をしている。

大陸の北、高い山脈の更にその先にある竜族が住まうとされる地。
かつては多種族との関わりあいを持つことのない、
閉ざされた国だったが近年大きな変化がおとずれている。
ドラグネア
ベスティエル
ウルフェアの大森林より東の国では
伝説とされていた獣頭人の国。
互いにその存在は一部の人間しか認知していなかった。
日本人であるスバルが、狼の獣頭人である
ヴォルフと共に暮らしている。
高山地帯
ドーネイ
森林地帯
丘陵地帯
街道3
ウルフェア
ヴォルフの隠れ家
大陸の西に位置する。大森林が広がっており、
エルフ族や狼の獣人が多く暮らしている。
国と言うよりは群れや都市といった
ある程度の区切りで
代表を立てた議会制である。
レオニダス
大陸の中央に位置する最も発
獅子族による王制を敷い
有能な王により安定した統治が
獣人が最も多いが、様々な種族が豊
エルフの隠れ里
ウルフェアの大森林の奥地に存在する多くの
エルフが暮らす村。子供のようなみための
年齢不詳の長が一族をまとめている。
この地以外で暮らすエルフは
変わり者扱いをされる。
樹海
大河
街道2
火山地帯
フィシュリー
大陸の南に位置し、唯一海に面している
他の国とは違う独特で多様な文化を持
チカが作る日本食の素材の主な原産
水に関係のある種族が多く住んでい
フィシュリードで絶滅したと思われていた
種族が隠れ住んでいた村。定期的に
その位置を移動するため所在地は一定しない。
イリス達の事件により、レオニダスと
フィシュリードの庇護下の元
ようやく安住の地をみつけることになる。
新マミナード村
SEA

家系図

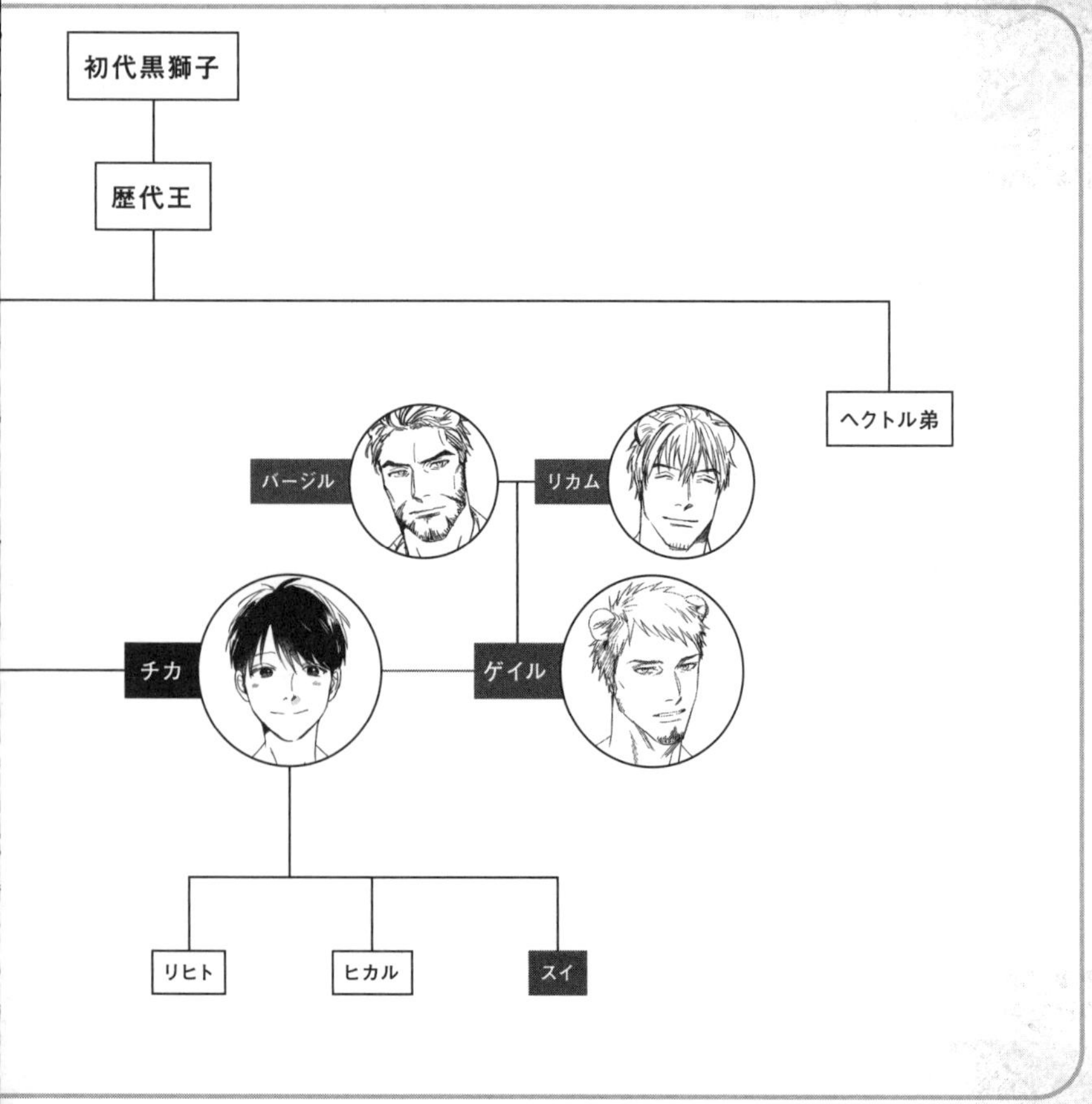
初代黒獅子
歴代王
ヘクトル弟
バージル
リカム
チカ
ゲイル
リヒト
ヒカル
スイ

レオニダス

初代黒獅子

レオニダスの初代国王、始祖と呼ばれる。
黒髪のヒト族と運命的な出会いの末に結ばれ、親友の熊族も
同じヒト族と愛を紡ぎ、三人は手をとりあって共に
レオニダスという国の基盤を作り上げた。

BEASTS GIVING LOVE CHARACTERS

主要人物紹介

森羅　親之（チカ）

現代日本では熟練の外科医。黒い髪、黒の瞳。この世界ではアニムスとされる。精神はそのままに、少年の姿で召喚されてダグラス、ゲイルと愛し合うようになり、今では幸せな家庭を築いている。確かな医療の知識と技術、それを元にした奇跡のような治癒術と、医療だけにとどまらない幅広い知識の持ち主。

名前：シンラ　チカユキ
年齢：18（身体年齢）
種族：ヒト族（アニムス体）
伴侶：ゲイル・ヴァン・フォレスター、ダグラス・フォン・レオニダス
居住地：レオニダス
RANK：F
生命力：F
魔力：SSS
筋力：F
耐久力：F
敏捷性：F
知性：SSS
所持スキル：治癒術　強化魔術　医学知識　医師免許　調理　家事　動物マッサージ
称号：異世界からの迷い子　至上の癒し手　知識の伝導者　モフモフを愛し愛される者　地上に降臨せし麗しき天使　深き森の加護を受けし者　蒼き海の加護を受けし者
状態：魂の誓約

ダグラス

チカの伴侶で獅子族のアニマ。くすんだ金髪に茶色の瞳。レオニダスの王族であるが継承権は放棄し、レオニダスのギルドで支部長を務めている。飄々とした雰囲気の人たらしだが全て計算の上の行動が多い。チカと出会う前は来る者拒まず去る者追わずでアニマ、アニムス関係なく自由な恋愛を楽しんでいた。素早さを活かした戦い方を好み、双剣を扱う。ゲイルよりも更に攻めに特化した武人。

名前：ダグラス・フォン・レオニダス
年齢：40
種族：獅子族（アニマ体）
居住地：レオニダス
RANK：S
生命力：A
魔力：B
筋力：S
耐久力：B
敏捷性：SS
知性：B

所持スキル：
格闘術　双剣術　短剣術
弓術　投擲術
サバイバル術　騎乗術
精霊術（地、水、光）
交渉術　帝王学
王族の心得
称号：獅子の王族
凄烈なる戦い手
狂乱の戦鬼
状態：魂の誓約

ゲイル

チカの伴侶で熊族のアニマ。焦げ茶の髪、翡翠色の瞳。ギルドではダグラスの補佐官を務めており、ダグラスの護衛騎士でもある。本来なら主従の関係だがその実体は、互いを尊重し合い深い絆で結ばれた親友。寡黙で無骨、強面だがその本質は紳士的で穏やか。大剣を武器に扱うが、剣技と精霊術を組み合わせた独特な戦闘スタイルを持つ優れた武人。

名前：ゲイル・ヴァン・フォレスター
年齢：38
種族：熊族（アニマ体）
居住地：レオニダス
RANK：S
生命力：S
魔力：C
筋力：SS
耐久力：A
敏捷性：A
知性：B

所持スキル：
格闘術　大剣術　剣術
槍術　弓術　鞭術
サバイバル術　騎乗術
精霊術（風、火）
騎士の心得　尋問術
称号：護衛騎士
堅固なる護り手
狂乱の戦鬼
状態：魂の誓約

ヨハン

竜族のアニマ。赤みのある茶髪、朱色の瞳。ドラグネアから出た竜の一族ではぐれと呼ばれる存在。元はヘクトルの護衛であり、裏仕事も請け負う強面《こわもて》。顔にあった古傷はチカによって治療済み。

ガルリス

竜族のアニマ。赤銅色の髪、朱色の瞳。スイの誕生時に関わりを持ち、彼を自分の『半身』とした。実年齢は100歳を超える。考えるより先に体が動く。ただ、決して頭が悪いわけではなく、物事の本質などを鋭く見抜く。

リヒト

獅子族のアニムス。黒い髪、黒い瞳。ダグラスとチカの間に生まれた双子。レオニダスの始祖でもある伝説の黒獅子である。獅子のアニムスという珍しい存在。

ヒカル

ヒト族のアニムス。黒に近い髪色に、金髪が混じっている。ダグラスとチカの間に生まれた双子。おとなしく引っ込み思案で思慮深い。

スイ

ヒト族のアニムス。黒い髪、翡翠色の瞳。ガルリスの『半身』。ゲイルとチカの子。

ヴォルフ

狼の獣頭人のアニマ。スバルの『番』。ベスティエルの元将軍。陰謀によって国を追われ、森に潜んでいたところでスバルと出会うことになる。現在はベスティエルの代表。槍を得物とするダグラスとゲイルにも劣らない武人。

霜月　昴（スバル）

ヒト族のアニムス。黒髪、黒い瞳。現代日本で薬剤師をしていた青年。ベスティエルのお国騒動に巻き込まれる形で召喚される。ヴォルフに助けられ、思いを通じ合わせた後に共に生きていくことを選ぶ。『春告げの祈り』という植物に特化した能力を持つ。

ヘクトル

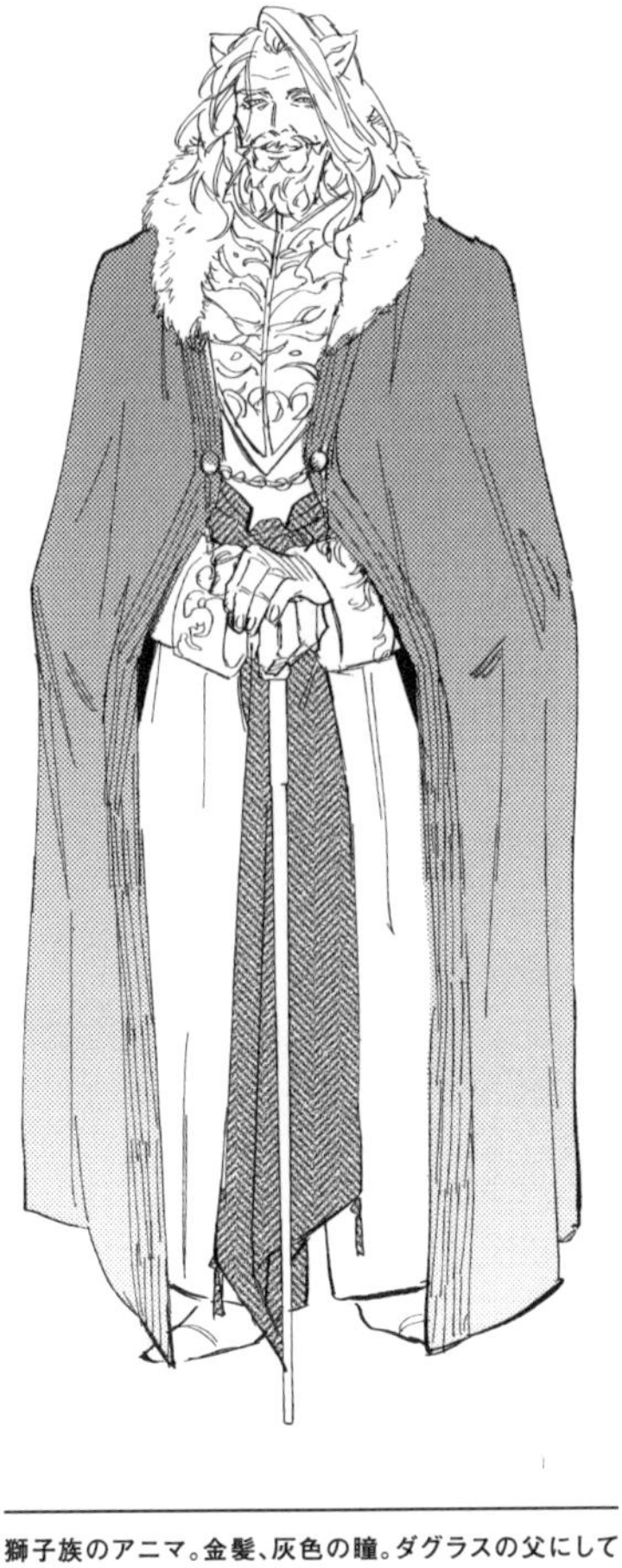

獅子族のアニマ。金髪、灰色の瞳。ダグラスの父にしてレオニダスの元国王。『静かなる賢王』と称され、その治世の元でレオニダスは大いなる繁栄を遂げた。ヒト族である伴侶を早くに亡くしており、ヒト族に対する思い入れがとにかく強い。

パリス

梟族のアニマ。茶色の髪、琥珀色の瞳。ミンツの『番』。レオニダスの名門貴族ユーベルト家の一族。己が大型種のアニマでないことに悩んでいたが、ミンツによって救われる。知的で穏やかな性格であり、精霊術や魔力の扱いに精通している。

グレン

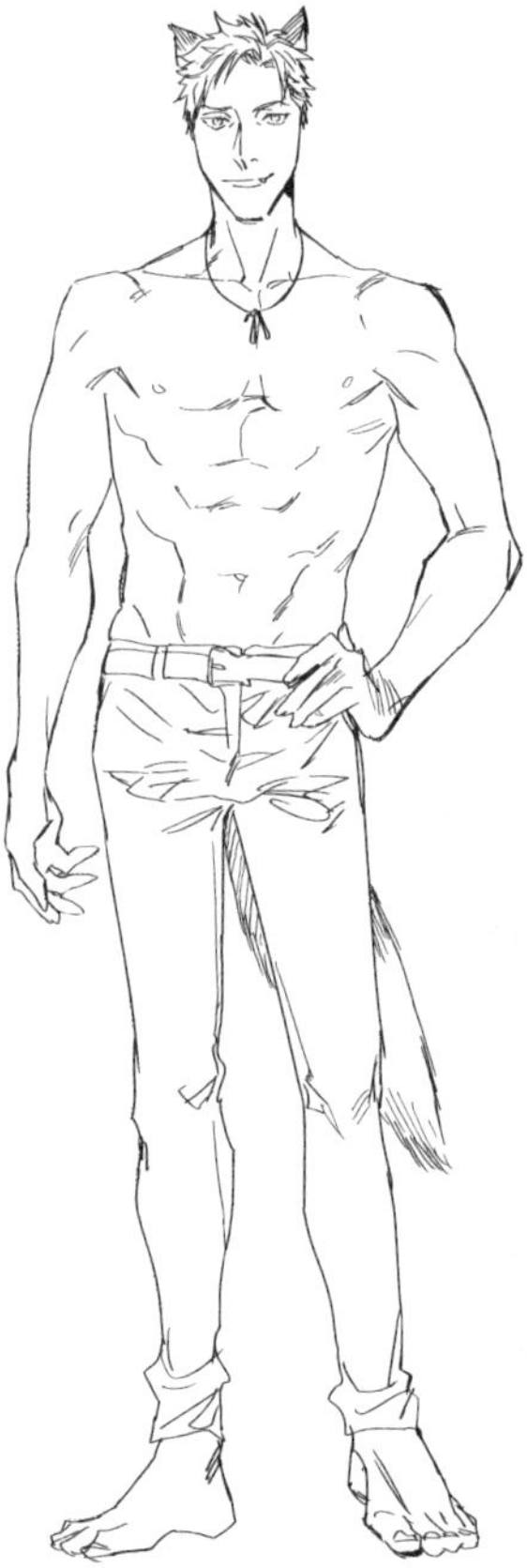

狼族のアニマ。灰色の髪、青の瞳。ミンツの『番』。ウルフェアで最大規模の狼族の群れ『薄墨の牙』の族長の息子。幼い頃にミンツと出会い、それ以来一途に思い続けていた。ダグラスとゲイルに憧れて冒険者となった。

ミンツ

兎族のアニムス。ピンクブロンドの髪、茶色の瞳。この世界でチカの初めての友人であり、良き理解者。チカと同じ二人の伴侶を持つ。優秀な薬師であり、治癒術師であったがチカと同じ医師となる。孤児として育ったが、ベスティエルに肉親がいることが判明した。

レオン

チェシャの獅子族の子ども。赤味の強い金色の毛並み、紺碧の瞳。リヒトより年上なのに小柄。

チェシャ

猫族のアニムス。キャタルトン出身で暗赤色の髪、紺碧の瞳、透き通るような白磁の肌を持つ、美しい青年。貴族ラトゥール家の長男だったが、とある事情でチカ一家の前に姿を見せる。儚さを感じさせる傾城の美貌を持つ。

ダリウス

獅子族のアニマ。キャタルトンの豪商。獅子族にしては若干優男、穏やかで生真面目な性格。色素が薄く毛先の緩く巻いた金髪に濃紫の瞳を持つ。ダグラスとは友人関係。

リカム

熊族のアニムス。ゲイルの母でバージルの『番』。茶の髪、翡翠色の瞳。レオニダス王国の元副騎士団長。心優しく穏やかな性格で、広い視点で物事を捉えることができる気配り上手。キリルとは立場を超えた強い絆を結んでいる。

バージル

熊族のアニマ。ゲイルの父でリカムの『番』。焦げ茶の髪、琥珀色の瞳。レオニダス王国の元騎士団長で、現役時はリカムと共にアルベルトを守り治安維持に駆け巡っていた。堅物のゲイルとは違い、少々茶目っ気もある。

セバスチャン

普通の熊族のアニマ（本人談）。ゲイルの家に古くから仕える執事。家事に育児、執事としての仕事はもちろん戦闘から裏の仕事までなんでもこなす。一家に一台セバスチャン。困ったときのセバスチャン。

テオドール

獅子族のアニマ。ヒカルの『番』。金髪、灰色の瞳。ヘクトルの影響を強く受け、ヒト族に対して憧れに近い感情を抱いていたがヒカルが生まれてからはそれもおさまった。父であるアルベルトによく似ており、王としての資質も受け継いでいる。

キリル

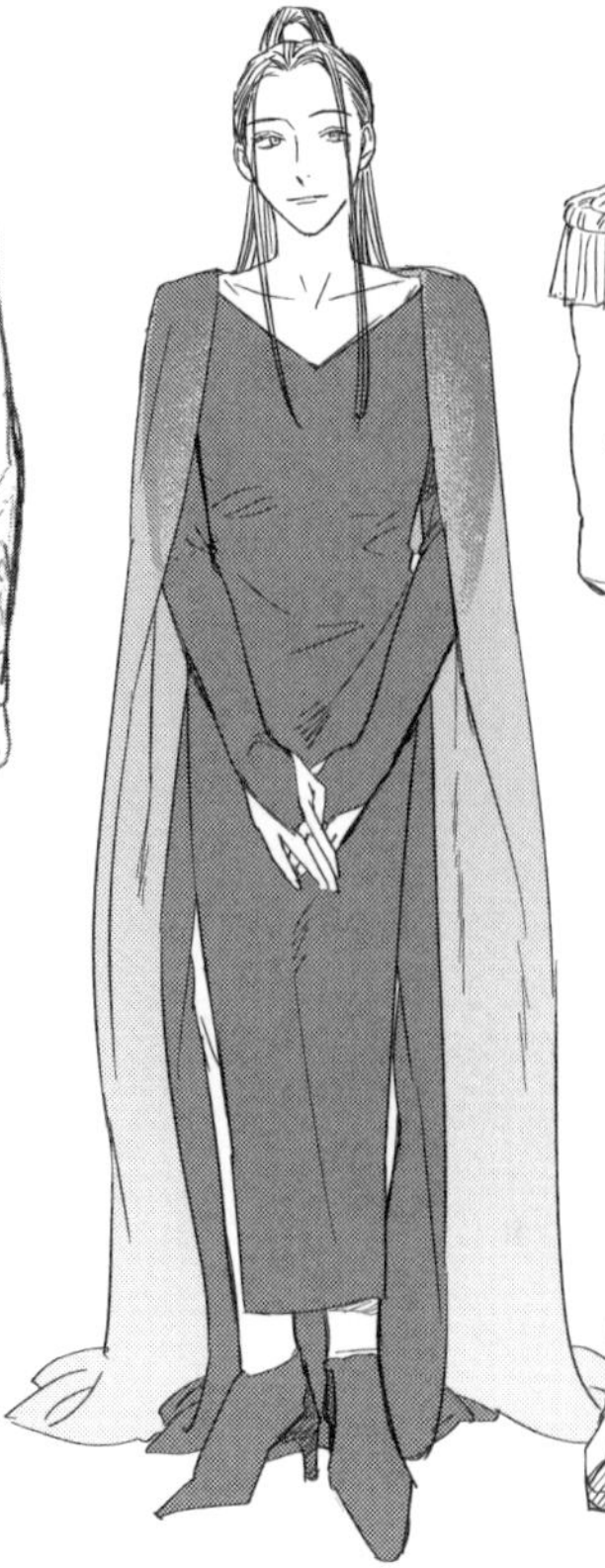

ヒト族のアニムス。濃紺の髪、茶色の瞳。伴侶であるアルベルトはもちろんダグラスやゲイル、前国王であるヘクトルまでも叱り飛ばせる存在。美しい容姿と気高い性格の持ち主だが、獣人によって大切なものすべてを奪われた過去を持つ。

アルベルト

獅子族のアニマ。キリルの『番』。金髪、灰色の瞳。レオニダス王国の王族。ダグラスの兄にあたる。ダグラスに似てはいるが表情に柔らかさはなく、常に冷静沈着。だが、キリルにだけは別の顔を見せる。キリルとの間にテオドールとアレクセイをもうける。

雄々しき熊が失いし記憶《モノ》

序章

はるか昔、『フェーネヴァルト』と呼ばれるこの地にどのような種族も存在しなかった頃。天空に鎮座《ちんざ》する二つの月、巨大な銀の月とそれに寄り添う小さな朱の月よりこの世界の全ての種族の祖となる存在が現れたと伝えられている。

銀の月からは父たる存在であり、強き逞《たくま》しきものである『アニマ』が。

朱の月からは母たる存在であり、慈愛にあふれるものである『アニムス』が。

それぞれこの地に降り立ち結ばれたと。

彼らは『番《つがい》』であり、お互いを慈しみ、そして自らの子である全ての種族を等しく愛し、その子らは世界へと広がった。

それは、受け継がれる伝承。

誰もが知るおとぎ話。

この世界『フェーネヴァルト』に伝わる古き神話。

獅子族を王とし、繁栄を続ける『レオニダス』。

過去を断ち切り、未来へと歩み始めた『キャタルトン』。

希少種である竜族が住むといわれる伝説の地『ドラグネア』。

広大な樹海とその深き森が古き種を腕に抱く『ウルフェア』。

海の種族と数多《あまた》の伝説、独自の文化が色濃く根付く『フィシュリード』。

アニマを象徴する銀の月とアニムスを象徴する朱の月は世界の全てを見守るように照らし続ける。

そんな二つの月が照らし出すこの世界で、数多の種族が恋をし、愛を育《はぐく》み生きている。

これはそんな彼らの物語。

今を遡《さかのぼ》ること数日前。レオニダスの現国王であるアルベルト様は、『急なことで心苦しいのだが……』とまずは私にそしてゲイルさんとダグラスさんに丁寧すぎるほどの前置きをされた上で、医師としての私に助力を求められた。

何でもウルフェアに点在する森の奥地の村々で、風邪によく似た酷い流行病《はやりやまい》が蔓延し住人達が次々に倒れているという。そうした現状に危機感を覚えた狼族『薄墨《うすずみ》の牙《きば》』の族長——グレンさんのお父上が、友好関係にあるレオニダスへと救援要請をしてきたというわけだ。むろん私に断る理由などなく、二人の『伴侶』ダグラスさんとゲイルさんと共に現地に向かうことになった。

相談の結果、ヘクトル様とパリスさんに子ども達と留守を任せることになり、ミンツさんとグレンさん、そして物資の運搬や護衛役として騎士が同行することになった。

必要な医療器具と薬剤を揃え、留守中の引き継ぎをするのに二日。その後三日に渡ってそれぞれの騎獣を走らせた私達は、ウルフェア大森林の奥地にたどり着く。

そしてそこで見たものに、全員が息を呑《の》んだ。

「あんな所に村が……」

高台から見下ろした先に存在する、森をくり抜いたように広大な空間。そこに家や畑が点在しているのが、ここからでもよく見える。

「ウルフェアの集落ってこんな風になってるんですね。ベスティエルとはまた雰囲気が違いますし、『薄墨の牙』の集落とも随分《ずいぶん》と……」

自然と溜息がこぼれてしまう。私はこの世界の文化や有り様を、まだまだ机の上の本や地図でしか知らないのだと突きつけられたような気がした。

「ウルフェアの森は馬鹿みたいに広いからなぁ。さんざん旅してきた俺らですら、その全貌はわかんねぇぐらいだぜ」

「そうだな。ウルフェア大森林の奥地は人の侵入を拒む。あのエルフ達の集落やその更に奥に獣頭人の国が誰にも知られず存在していたのがその証拠だ」

「正直、この森で育った俺でもわかんねぇことだらけっす」


冒険者として世界各地を回ったというダグラスさんとゲイルさん、ウルフェアの最も大きな狼族の群れ『薄墨の牙』の族長の息子であるグレンさんですら知らないのであれば、その大半を深い森で覆われたウルフェアという国の状況を正確に知るものはいないのかもしれない。

唯一可能性があるとすれば、空を飛ぶことが出来る竜族。だが、身近な竜族達を見るに彼らの興味がそこに注がれることはないだろう。

「それにしても広くありませんか？　人の手でここまで切り拓くのは随分と大変そうな……」

「確かに広いな。きっと少しずつ長い年月をかけて開拓したのだろう」

そう答えてくれたゲイルさんは、私を鞍《くら》の前に座らせる形でずっと抱きかかえていてくれたというのに、疲れた素振りは微塵《みじん》もない。その厚く逞《たくま》しい胸板と太い腕、どちらからも伝わってくる体温は昨夜も直接触れ合ったばかりだというのに私の胸を高鳴らせる。

「チカ？」

「あ……いえ」


どうやら私は無意識にゲイルさんの腕に手を這わせていたらしい。これから大切な仕事に赴くのだから気を引き締めねば……私がそっと手を離せばゲイルさんの眉が僅《わず》かにひそめられてしまった。

「あっあの、ここからは徒歩で行きましょうか？」

「そうですね。これだけの人数がいますし、初めて訪問する村に私のケルケスはともかくこのままアーヴィスで乗りつけるのは気が引けます」

私の提案が受け入れられ、ミンツさんが村の入り口で自身が乗っていたケルケスから降りる。

ミンツさんの言うとおり、私達は見慣れているが、アーヴィスの見た目はこのような地方の村では恐れられてしまう可能性もある。彼らはゲイルさんやダグラスさんのよき相棒ではあるものの、魔獣であることも確かなのだ。

「チカ、こっちに手を」
「はい、ゲイルさん」

体高のあるアーヴィスから降りる時も、ゲイルさんがまるで子どもにするように手を差し伸べ抱き降ろしてくれるから怖いことは何もない。

「ここからは俺の番だな。ほれ」
「はい、ダグラスさん」

地面に足をつくやいなや、いつの間にか側《そば》に待機していたダグラスさんにしっかりと手を握られてしまう。

「ミンツ！　俺達も手ぇ繋ごうぜ！　痛ぇッ！」

グレンさんがミンツさんと手を繋ごうとして脇腹に肘鉄を食らった。見ればミンツさんのピンと伸びた兎耳の内側が色づいていることに気づく。

そうして歩を進めていった私達の前に、すぐに村の全貌が現れた。

「広さもさることながら豊かそうな村ですね」
「村というよりは町に近いんじゃねぇのかこれなら」

森の小さな集落的なものを想像していた私は、ダグラスさんに手を繋がれたままキョロキョロと辺りを見回してしまう。

「そうですね。グレンのいた『群れ』とも違う。チカ君の言うとおり、これは町ですね。戻ったらギルドの情報も修正しておかないと……」

ケルケスを引きながらミンツさんが私の傍《かたわ》らに寄ってきて、私と同じ感想を漏らした。

ウルフェアに最も多く住む狼族は、地球でいうところの遊牧民のように群れ単位で移動しながら暮らしている。群れから派生した小さな村落は点在するもののこの規模の町――いや、今はあえて村と呼ぶがこのような定住地自体が非常に珍しいらしいのだ。

以前見たエルフ族の村は茂る大木をそのまま住居へと改造したような趣《おもむき》で、空の大半は森の木々であり、鬱蒼《うっそう》とした緑に覆い隠されていた。だがこの村には大小の人工的な建築物と畑や果樹園、そして広々とした牧草地があり、空の青さがどこからでもよく見える。

村の水源であろう山から流れる川を中心に丘から麓《ふもと》にかけて森を切り拓き、長い年月をかけて開拓したのであろうことは先ほどのゲイルさんの言葉からもたやすく想像がついた。

丘から村に続く緩い斜面は牧草地のようで、青々とした草の中で小さく白い花が咲き誇り、ギウの群れがのどかに草を食《は》んでいる。広々とした畑には川から水路が引かれ、十分な水量を注ぎながら煌《きら》めく水面が陽光を反射していた。

いくつかの倉庫と大きめな石造りの建物もあるものの、村人達の家は木造でこぢんまりとしたものがほとんどだ。やはりその辺りは私達の住むレオニダスの王都が『都』であるのに対し、ここは『町』といった風情を感じる。


「ここまで開拓するのは随分と大変だったでしょうね」

「そうだな。俺もゲイルもレオニダスの王都育ちでその辺りのことは疎《うと》いからな、チカもそうなのか？」

「はい、私達の何世代か前まではこういった開拓ということもしていたようですけど私のような世代には縁のない話でした」

「それならばグレンはどうだ？　お前は『群れ』で生きてきたのだろう？　こういったことにも詳しいのではないのか？」

ゲイルさんに問われたグレンさんが大きく首を横に振る。

「俺達は狩りはするっすけどこんな風に農業はしないっす。森の恵みをそのままもらい受けて生きているっつうか」

「グレンにその辺りのことを聞いても無駄ですよ。私の方が詳しいぐらいでしたから」

「でもミンツは森で迷ってたじゃねーか。俺が助けてやったんだぜ」

「そうなんですか？」

思わぬところから寄せられたミンツさんに関する情報。それが興味深くつい前のめりになってしまった。

「不本意ながら……、いえその話は今関係ないでしょう!?　もう……」

キョトンとした顔で首を傾げるグレンさんに、ミンツさんはやれやれと首を振る。

もう少し、そのことを詳しく聞きたいところだったがちょうど別の方向から声をかけられ、更なる問いかけをすることは出来なかった。

「皆さん、お待たせして申し訳ありません。村の長と相談の上、我々の拠点として村と森の境界に建つ『砦《とりで》の館《やかた》』を貸して頂けることになりました」

「ありがとうございますエドガーさん、それに皆さんも」

「ご苦労だったな」

私が頭を下げ、ゲイルさんが言葉をかければエドガーさんと残りの騎士の皆さんもそれに応じて頭を下げる。

先んじて村に入り、村人との交渉を進めておいてくれたのは騎士の一人で犬族のエドガーさんだ。彼は中型犬種の犬族の騎士だが、騎士として武勇に優れるだけでなく、医療も学んでおり応急処置もこなすことが出来る非常に優秀な人だ。

彼との出会いは随分と前、レオニダスとキャタルトンの国境地帯のヘレニアの森。そこに隠れ住むヒト族を巡る騒動の中でのことだった。エドガーさんはリュカ君という大切な存在を見つけ出し、レオニダスに戻ってからも我が家とは親しい付き合いが続いている。

もっともエドガーさんやリュカ君はヘクトル様という存在にある意味、胃を痛めているようだけど……。

そんな縁もあり、自ら望んで今回の遠征に参加してくれた一人だ。

「しかし、『砦の館』とはまたえらく物騒な名前じゃねぇか。危険はねぇんだな？」

「何でもかつてはこの地の領主の別宅であったそうで

すが、領主の死後は住む者もなく放置されているとのことです。実際砦としての役割を果たしていたこともあるようで安全面の問題はないかと」

ダグラスさんの質問にエドガーさんが答えるのを聞きながら、私達は村をそのまま突っきり『砦の館』へと向かった。そんな私達を、子ども達が物珍しげに家の戸口や窓から覗《のぞ》いて見ているのが微笑ましい。

だが、忘れてはいけない。私がここに何をしに来たのかを。

今もこの村のどこかで病に苦しむ人がいるのだということを。

「これはまた……確かに『砦の館』という名前がふさわしいですね」

たどり着いた『砦の館』の姿に、自然と声が漏れる。館と呼ぶにふさわしい規模もだが、何より特筆すべきはその過剰とも思える造りの頑強さだ。

「戦になったとしても、これならば十分砦として機能するな」

「造りが頑丈な上に物見櫓《ものみやぐら》まであるとはまさに砦そのものじゃねぇか。その領主とやらはこの辺りがまだ乱れていた時期の人間なんだろうな」

アーヴィス達を厩舎《きゅうしゃ》に入れながらそんな話をしているゲイルさんとダグラスさんは、やはり生粋《きっすい》の武人なのだと実感する。

「でも酷い埃《ほこり》ですね。随分と長いこと使われていなかったようですし、まずはここをどうにかしないと何も始まりませんよ」

「ホントだ！　すっげー！　雪みたく埃が積もってるぜ！」

「グレン！　そんなに動き回らないでください！　埃が舞うでしょ！」

確かにミンツさんの指摘どおり、このままでは寝ることはおろか荷物を直に置くことすら躊躇《ためら》われるような状況だ。

「とりあえず手分けして眠る場所から確保していきましょうか。他の場所は追い追い整えていきましょう」

「それは構わないが君は疲れていないのか？　ここまで俺達が抱いていたとはいえ、アーヴィスに揺られ続けてきたんだ」

「ゲイルさん、大丈夫です。お二人がしっかりと抱きかかえてくださいましたから、それに随分とあの子達の背中に乗せてもらうのにも慣れました。多分、私が乗る時は気を遣ってくれているようで……」

「ああ、レックスが普段に比べて妙におとなしい走り方をすると思えばそういうことかよ。チカ、お前さん本当に魔獣に好かれるよなぁ」

「不思議ですよね。アーヴィスって本来なら私みたいな弱い人間はあまり好きじゃないんですよね？」

　私の問いかけに二人がどこか悩ましげに眉をひそめる。

「まぁ、プライドが高い連中だからな。主人以外を背中に乗せることも稀《まれ》なんだよなぁ。本当は」

「だが、ノアがチカのことを気に入っているのは確かだ。下手をすれば俺よりもな」

　違いねぇと愉快そうにダグラスさんが笑い、それにゲイルさんも応《こた》える。

「それじゃ、掃除を始めてしまいましょう。ここが片付かないと診察にも出かけられませんし」

「ああ、任せてくれ」

「綺麗好きのお前さんのためにピッカピカにしてやるからな。安心しろよ」

「グレン、あなたもしっかりと働いてくださいよ」

「任せるっすよ！　俺だってミンツにはピッカピカの部屋で寝てもらいたいっすからね！」

　こうして掃除に取りかかった結果、数時間で寝室に使用する予定の三部屋と皆が集まれるほどの広間から埃が払われた。

「皆さんお疲れ様です」

　すっかり綺麗になった広間で荷物を広げ、私とミンツさんはお茶を淹《い》れて皆へとふるまう。それぞれが思い思いの場所に座っているが、私の今日の定位置はゲイルさんの膝の上。

「ざっと見たところ、この村には決して少なくない数の民家がありそうでしたね。ということは、人口は少なく見積もっても三、四百人……といったところでしょうか？　こういった情報は早めに渡して欲しかったところですね。グレンのお父上はどこか抜けておられる……」

「親父もここの状況を直接見たわけでもないっすからねぇ。多分また聞きのまた聞きでまずいことになるんじゃないかと察して連絡してきたんだと思うっすから」

「ウルフェアの群れで暮らしている皆さんはあまり町との交流を必要とされなさそうですしね。それにしてもその数ですか……」

お茶を飲みながらミンツさんが口にした言葉に、私はお茶ではなく息を呑んでしまう。それだけの村人のうちどの程度が流行病に罹患《りかん》しているのだろうか。それは、この人数で対処しきれるものなのだろうか……。

エドガーさんには多少医療の心得があるといっても、医師として診断や治療が出来るのは私とミンツさんだ。こうなってはパリスさんが居残り組になってしまったことが少し悔やまれてしまう。

「そのことですが……」

猫舌なのかお茶に息を吹きかけて冷ましていたエドガーさんが、私とミンツさんの会話が途切れるのを待って声を上げた。

「先ほど村人にこの『砦の館』のことを確認した際に、基本的な村の情報と現在の状況を確認して参りました。ここで報告してもよろしいですか？」

「ありがとうございます。ぜひお願いします」

騎士であれば当たり前のことですとエドガーさんは謙遜《けんそん》するが、先を見据えて必要な情報を持ち帰ってくれるあたり、騎士の中でも将来有望と太鼓判をバージル様達がおされるだけのことはある。

「まず村の人口は老若合わせて三百九十六人。半数以上が流行病に罹患し風邪の症状、うち五十人ほどが家で寝込んでいるとのことです」

「寝込んでいる方々の様子などは？」

「個人差があるようですが、皆一様に高熱と咳に苦しんでいると。村の薬師《くすし》が治療に当たっておりましたが、薬師本人も罹患してしまい、若い見習いだけではどうしようもないといった有様《ありさま》です」

「……薬師さんもとなると心配ですね。治療の面でも感染の面でも」

「症状を抑えるための薬すら足りず、このままでは村人全員が病に倒れてしまうのではないかと私に説明してくれた者が嘆いておりました」

エドガーさんは気の毒そうな口振りで、そう報告を締めくくった。

「そうなると何から手をつけるべきか……、少し悩ましい状況ですね」

「けどよ、患者の数がちぃとばかし多くたって、チカが『薄墨の牙』で確認したとおり、風邪っぴきの症状は薬と食い物で何とかなるんだろ？」

「ええ、この流行病自体は命に関わるような緊急性の高いものではありません。普通の風邪より少しだけ症状が強い程度のものと考えていいと思います。ですが、この感染力の強さはやっかいですし、いくら風邪といっても症状は抑えてあげないと辛いことに変わりはないですし……。そうすると、やはり物資の問題が出てくるんじゃないかと思うんです」

この村に来るより先に訪れた『薄墨の牙』でもここと似たような病が流行の兆《きざ》しを見せていた。しかし、ミンツさんが先んじて飛ばしていたレンス鳥という伝書鳩のようなもので送った指示で、爆発的な感染というわけでもなく予防的な投薬や比較的症状の酷い方への対症療法で事なきを得た。

しかし、『薄墨の牙』だけでなく周囲の『群れ』からも助けを求められ、必要に応じて薬を使用することになったため、物資が多少心許なくなっている。もちろん追加の要請はしているのだが、レオニダスからここまで大量の物資が届くにはそれなりの時間がかかる。

あの朱色の鱗《うろこ》を持つ竜族がレオニダスをたまたま離れてしまっていたのは様々な意味で痛手だった。

問題の風邪——症状として発熱・咳・倦怠感・関節

痛と、典型的な風邪の症状が出ていることからそう称している――だが、明らかに感染によって罹患した患者が多く、その感染力が非常に強い。詳しいことは今のこの世界で調べることはなかなか難しいがもしかしたらインフルエンザのようなものではないかと私は推測している。

『薄墨の牙』ではミンツさんの指示に従ったことが功を奏してか全体的な感染者が少なく、予防策が効くのも事実。

だからこそ、この風邪が蔓延してしまっているこの村で、どの程度の症状の患者が多くどのような診療方針をとるべきなのかは診《み》てみないとわからないのが実情だ。


「とにかく準備が整い次第、一刻も早く村の方々の診察をしなければ……」

「お前さんならそう言うと思ったぜ」

私の呟《つぶや》きにダグラスさんが苦笑する。

「まあ、焦《あせ》る気持ちもわかるけどな。ちぃとばかし待ってくれや。もちろん出来るだけ急ぐが、俺達はともかくお前さんやミンツが倒れたらことだからな」

「あっはい、それは……わかってます。ですが、ダグラスさん達も私のことだけでなくご自身のことも……。そして、何かあれば私にすぐ教えてください」

「まぁ、チカと俺達じゃそもそもの体力とかそのへんが違うからな。チカに心配されるようなことにはならねぇと思うんだが、お前さんに心配をかけるのは不本意だし、了解だ」


今回の遠征における医療面においての責任者は私だが、全体の行動指針についての決定権はダグラスさんが持つ。それは遠征に参加するにあたり、私がゲイルさんとダグラスさん、二人と交わした約束の一つだった。

ちなみに今回の遠征は、レオニダスの王であるアルベルト様がウルフェアの主要部族から助力を請われたことで行われている。すなわち私達は、レオニダスから公的に派遣された存在なのである。

私達にはいわゆる先遣隊としての役割もあり、高度な医療知識・技術だけでなく、迅速に動ける機動力、有事に対処し得る全てが求められている。
新たに得た情報があれば、すぐにレオニダスへと届くようになっており、そうして送った情報は、レオニダスに残ったアレクさんとパリスさんが医療面と魔術の両分野からの分析を行ってくれる手筈になっている。

「よし、集合！　まず、今後の行動指針を伝える」
「はっ！」

ダグラスさんの普段とは違う威厳に満ちた少し改まった物言いに、エドガーさんを含む騎士団の皆さんが姿勢を正す。この騎士の皆さんもアルベルト様の指示でバージル様やリカム様が選ばれた精鋭揃いだそうだ。特に熊族の隊長さんはゲイルさんと並んでも遜色のない体格をしていて、見るからに強そうな雰囲気が私にも感じ取れた。
ゲイルさんの話では彼の遠縁でもある隊長さんは、地位のある騎士でありながら、少しも偉ぶることなく明るく気さくで地面に足がめり込むほどの荷物を、嫌な顔一つせずに運んでくれた。

「俺達はここを拠点として行動する。寝泊まりや食事も原則ここだ。当初予定していた村に天幕を張っての野営はなしだ」

確かにこれだけの建物があるのであれば無理に野営をする必要はないだろう。村には宿泊施設などないだろうと思っての野営の準備だったが必要なくなってしまった。

「野営に使わない代わりに、村に設置する天幕は二つ。一つはチカとミンツが診察を行い、医療の知識を持つ騎士はそこでその補助をしてやってくれ。もう一つは、チカ達の判断に応じて患者の処置や隔離に使う。その場での治療や看護が必要な患者への対応も、騎士の中から適任者の選抜はしてあるのでそれに従ってくれ」

合理的な判断だと思う。こうして私達が寝泊まりをする場所が確保出来たのであれば天幕をそのように使うのは私達自身の体力の温存や感染リスクを下げる意味でも最善策だ。

「繰り返しになるが、診察はチカとミンツが中心だ。その上でチカ達以外でも出来るような処置はエドガー、お前が司令塔になってチカに指示を仰いでくれ。必要なら俺やゲイルにも指示を出してくれ」

「承知いたしました」

ダグラスさんの言葉にエドガーさんが敬礼をして応える。普段、レオニダスのギルドで働きながらの、家族との平穏な暮らしの中ではなかなか見られない光景。それを見て、騎士という存在というのはこういうものなのかと何か感慨深いものを覚える。

ゲイルさんも元は騎士団に所属していたそうだけれど、騎士としてのゲイルさんの姿を見てみたかったなとそんな場合じゃないのについ考えてしまう。

「あまり天幕に人数がいても仕方がないだろう。俺や他の騎士は村の中で何か力仕事や人手が必要な場所へと出向くことにしてはどうだ。あとは雑用も俺達がやってくれ」

「そうだな、それなら連絡役はグレンお前がやってくれ」

「任されたっす！」

ゲイルさんの提案をダグラスさんは予《あらかじ》めそう決めていたかのようにすんなりと受け入れ、グレンさんの返事に合わせて他の騎士さん達もエドガーさんと同じような敬礼を行っていた。

先ほどに続いて、そんな場合ではないとわかっていながら、騎士の礼というのは恰好いいものだなとその所作の美しさに見蕩れてしまう。

「……ごほん。えっほん！　チカ、お前も一応医療の分野では責任者だ。皆に何か言葉をかけてやってくれ」

そんな私の視線に気づいたのか、ダグラスさんのわざとらしい咳払いに我に返る。そして、思わぬ言葉に動揺しつつも何とか言葉を絞り出す。

「あっえっと……その、皆さんよろしくお願い……します？」

その言葉にエドガーさんや隊長さんに再度騎士の礼をとられてしまい、私はどうしたものかと何の言葉も出ず、身体も動かない。

「よしよし、そう堅くならなくていい。チカは見ての通りだ。本人は自分がどういう存在なのか全く自覚がねぇ。だからこそ、あまり堅苦しくならねぇ態度で接してやってくれ」

ダグラスさんの言葉でようやくその場と私自身の緊張が解かれた気がする。

私達の側ではミンツさんがやれやれと何に対してかあきれ顔。

「さて、行くか。チカも早く診察に入りてえんだろ？」

「はい、そうですね。私の専門分野ではないのでどこまで出来るかはわかりませんが、全力は尽くすつもりです」

「いい返事だ。だけどな、さっきのはちょっと減点対象だぜ？」

その言葉に驚き、何がまずかったのかとダグラスさんの言葉に急に不安を覚える。


「俺とゲイル以外の奴に見蕩れるのはよくねぇなぁ。俺達も騎士服は持ってるし、やろうと思えばチカへ騎士が誓う忠誠ってやつ以上のものを見せてやってもいいんだぜ？」

「えっいや、あれはそういうわけではなくて……」

「君が騎士に興味があるとは思ってもみなかった。あまり堅苦しくて俺は好きではないんだが、君があれに興味があるのであれば、俺も実家に置いたままだが取ってこなければいけないな」

話がどんどん明後日の方向へと進んでいってしまう。そういう意味で見惚れていたわけではないんだけど。でも、結婚式で見た二人の礼服は騎士服には近かったけどそれとも違うものがあるのであれば、見てみたい気もする。

絶対に似合うし、素敵だと思うから……。

「はい、そこまでにしてもらってもいいですかぁ？そういうのは、三人だけになってから嫌というほどもう好きなだけやって頂いて構いませんので、ここは人目もありますからね？」

ミンツさんの言葉に自分の顔が一気に熱を持っていくのを感じる。

「ちっ、しょうがねぇな。隊長、エドガーは悪いが借りていくぞ。騎士の中でも一番チカとミンツの助手には適任だろうからな。あとは天幕の設置に何人か……残りはとりあえず、こっちで飯の支度や寝床の確保、時間があれば村を見て回ってくれ」

「承知しました！」

私の頭を軽くポンポンと撫でながら、ダグラスさんはテキパキと指示を出す。

「さて、まずは天幕の設置だな」

「二つ……先ほどおっしゃってたとおりにですね」

「ああ、勝手に決めちまったが不都合はねぇか？」

「いえ、合理的な提案だと思います。全ての家を往診して回るのは無理があると思っていたので」

「そういえば、本来は君とミンツが患者の家を回って診察にあたる予定だったな」

ゲイルさんの確認に私はうなずいた。

「ええ、薬師の方が倒れておられるのであればそこに患者さんに来て頂くわけにもいきませんし、どうしたものかとは考えていたんです。ただ、実際に村の広さを見ると一軒一軒回って往診というのは無理があるなと、私の村というものに対する認識はだいぶ甘かったみたいで……。集まる方への感染予防の対策は必要ですが、それは罹患している方の所へと私達が往診しても気をつけなければいけないのは同じことですので」

「私はともかくチカ君の体力が尽きてしまいますね。この規模の村を往診するとなると、隣の家までの距離があまりに遠すぎます。地方の村というものに対する見識が私にも足りてませんでした」

「正直、今更ながらに自分の体力のなさを自覚出来たところなので……。逆に皆さんにご迷惑をかけてはどうしようと悩んでいたので助かります」

「君がそうやって自分のことを気にかけてくれるのは俺達にとっても喜ばしいことだ。チカ、自身のことを優先してくれ、そして俺やダグ、そしてミンツ達を遠慮なく頼って欲しい」

「はい、ありがとうございます」

私はゲイルさんの言葉にうなずき、自分の荷物を整えていく。

「薬はこちらに、診察に使う器具はこの袋とこちらの荷物一式です。かなり重いんですけどゲイルさんお願いしてもよろしいですか？」

「ああ、任された」

ゲイルさんは大量の物資を詰め込みパンパンに膨《ふく》れた布袋を軽々と担《かつ》ぐ。情けない限りだが、私では持ち上げることすら出来ないだろう。

「よっし、それじゃ行くか！」

「はい！」

ダグラスさんの号令一下、私達は館の外に足を踏み出した。

＊＊＊

「ありがとうございます、ありがとうございます」

私達を迎えてくれた村長さんは羚羊《かもしか》族の老人だった。頭上には耳と共に短い角が生えている。元は茶色かったであろう髪は、今ではすっかり色が抜けて白さが目立つ。長い前髪と髭《ひげ》で隠された顔を終始伏せたまま、まさに平身低頭といった勢いで頭を下げてくる。

その周囲には疲れ果てた顔の村人達も集まっている。この人達はまだ罹患していない人達……だが、看病疲れでそろそろ限界というのが見て取れた。

「『薄墨の牙』の族長殿からのお手紙で、皆様方のことは連絡を受けておりました。本来ならば準備万端整えてすぐにでもお出迎えすべきところでしたが、皆病人の世話で疲れきり手が回らず……誠に申し訳ございませんでした」

なるほど、グレンさんのお父上——族長殿の手紙はウルフェア各地の部族に広く送られているらしい。おかげで物々しい集団が突然現れても警戒されることなく、話はとてもスムーズに進んだ。

それに加えて、私の黒い髪と瞳が、レオニダスから派遣されたという私達の立場を明確にしてくれたようだ。


「この村にも薬師はおりますが、森から採れる薬草は時期が悪く尽きてしまいました。そのうえ薬師自身も病に倒れてしまい……村長でありながら私には何も出来ませぬ。どうか、村人をお救いくださいい……っ！」

「お、おいっ、やりすぎだから！」


土下座を通り越してもはや五体投地の勢いで足元に平伏する村長さん。ダグラスさんが、慌てて村長さんを立たせようとその体に触れた。そしてその瞬間——ダグラスさんの顔色が変わった。

「おいっあんた！　すげえ熱じゃねえかっ！」


いつも泰然《たいぜん》としているダグラスさんの慌てた声に、私も慌てて村長さんに駆け寄る。

「失礼します」

痩せて皺《しわ》の多い彼の手首に触れると、確かに酷く熱い。髭と前髪に覆われていてわからなかっただけで、こうして近くで見れば顔色も悪かった。


「だいぶ無理をなされましたね……。この高熱であれば立っているだけでも辛いはず。ですが、ここでは診察もままなりません。広場に天幕を張ってもらっている間に、ご自宅で私が診察をしましょう。ゲイルさん、この方を運んで頂けますか？　ミンツさん、こちらはお任せしてもよいでしょうか？」

「ああ、急ごう」

「ええ、任せてください。チカ君、くれぐれも無理はしないように。いいですね」

「はい。ミンツさんも」


ゲイルさんが軽々と村長さんを抱きかかえ、そして私も小脇に抱きかかえられる。近くの村人から聞いた村長さんの家へとその体軀からは想像出来ない速さで駆け出した。

こうなる予想はしていたけれど……、確かに私が走るよりはるかに早いとも思うけれど、やはり恥ずかしさは拭えない。

辺りから寄せられる生温かい視線がそれを尚更助長していく。


「わりと切羽詰《せっぱつ》まった状況みたいだな……。グレン、館に残っている連中も呼んで大至急天幕張らせろっ！村の連中も元気な奴には手伝ってもらってくれ」

「はいっす！」


背後で響くダグラスさんの言葉に、一度は村長の様子に動揺が走った村人も一斉に動き出す。人を自然と導き動かす強いカリスマ性を持つダグラスさん。まさに獅子の王族にふさわしい力強さだった。

村人達は確かに狼族が多いが、その他の種族もざっと見ただけで大柄な熊族や獅子族、小柄な栗鼠族や兎族がいた。ヒト族も二人ほどいるらしいが、体調がかなり悪く伏せっているそうだ。それはそれで心配だが、私はまず村長さんを診ることにした。

村長さんの自宅で出来る限りの感染対策をした上での診察。熱が異常に高いがそれはこの病気の典型的な症状。あとは、喉の痛みや頭痛など本当に風邪によく似ている。だからといって、放っておくといつまでも治らないのも特徴であり、明確な風邪との違いである。

明らかに何らかの感染症なのだが決定的な治療方法がなく対症療法が主軸になってしまう。

私は解熱剤と鎮痛剤、症状に応じて咳止めなどを処方する。あとは、水分補給をし栄養をしっかりとって安静にしておけば今のところは大丈夫だろう。

私の癒やしの力は私がその事象の根本原因を理解していなければ効果を発揮しない。それが口惜しいが、もし原因がわかったとして全ての人に私が治療を施して回っていては魔力も生命力も尽きてしまう。

だからこそ、知識があれば誰にでも出来る治療方法を確立する必要があるのだ。

村長さんの脈をとり、全身状態を観察する。酷い脱水症状があれば輸液の必要性も考えていたがこの状態であれば経口での水分補給で十分補えるだろう。

獣人としても高齢なのは心配だが、その体力は衰えても私よりはあるだろうとゲイルさんに言われて苦笑いを返すことしか出来なかった。

出来るだけ安静にするように、ご本人とご家族へと伝えるとそれでは村長としての役目が果たせないと悲痛な表情で告げられる。気持ちはわかるが、どうしたものかと考えていれば息子さんの、その役目を引き継ぐからおとなしく寝ているようにという言葉で村長さんは寝台の上でようやく目を閉じた。


診察が終わり村長さんの家から戻ると、広場には二つの大きな天幕が設置されていた。

「チカ、すでに何人か運び込まれているそうだ。まずは、あっちだな」

私を見て僅かに目を細めたゲイルさんは、それでもすぐに視線を走らせ奥の天幕を指さした。

「荷物はこっちの天幕に入れているそうだ。まだ荷ほどきが十分じゃないが皆急いでやってくれている」

「わかりました、あともう一つお願いしたいことがあるのですが」

「何でも遠慮なく言ってくれ。俺はいつだって君の役に立ちたいと願っている」

「は、はい……」

ゲイルさんからまっすぐにぶつけられる気持ちに少しだけ胸が高鳴ってしまうが、今はそんな場合ではない。


「ここからベスティエルはそう遠くないですよね？　出来れば、スバル君に連絡を取りたいんです。色々と薬や必要なものの手配をお願いしたくて。きっとスバル君なら私が必要と思っているものをすぐに理解してくれるはずなので」

「ベスティエルか……確かにここはウルフェアでも奥地にあたる。レンス鳥と一緒に足の速い使いの者を急ぎ出せば、数日で届くとは思うが……」

「あっ、そこまで緊急ではないので、あくまで予防措置というかあったら便利かなと思うものをお願いしたいだけでして」

そこまで伝えると私の意図を理解してくれたゲイルさんは、レンス鳥に持たせる手紙のセットを持ってきてくれた。そこにいくつかの要望を書き記し、ゲイルさんに渡す。

「使いの者も獣頭人のことを知る適任者を選んで送り出そう。任せておいてくれ」

うなずいて離れるゲイルさんの頼もしい姿に思わず見惚れかけたが、傍らで手伝ってくれている若い村人が優しい目をして『いいですねえ』と言わんばかりに見つめていることに気づき、頬が瞬時に熱くなって少し慌ててしまう。

私は熱くなった顔を手のひらで冷やしながらミンツさんがいる天幕に移動して、そこに並ぶ患者の多さに改めて気を引き締めた。

「どうですか?」

「まだ確認中ですけど、事前に連絡があったとおりですでに高熱を出している人が五十名以上、軽い発熱か、熱は出ていなくても風邪様の症状がある人が百人近く。取り急ぎここに運び込んだのが現在二十四名、特に症状の重い人達で、中でも大人五人と子ども二人の胸の音が悪いですね。この奥に運んでいます」

「……流行っている感染症が引き金になって別の感染症に罹患した可能性もありますね。咳止めと解熱剤、鎮痛剤も出しましょう。あとは、細菌による感染症を起こしていないかをしっかりと診察した上で必要な方には抗生剤も」

「ええ」

現代日本でいえば、ウイルス風邪で弱ったところで細菌による肺炎を患《わずら》うという症状に似ている。単純そうに見えて、長引けば体力のない子どもや老人は死に至る病気だ。

そのことを理解しているミンツさんは、私の言葉にすぐにうなずき、薬の処方を始めた。村人に薬師の見習いという方も呼んでもらい、薬の処方を手伝ってもらう。

私達が持ってきている薬のほとんどがスバル君が生み出し、エルフの村でこの世界に馴染《なじ》むように改良が行われた特別なものだからその説明も行いつつ。

やるべきことは多い。症状のある人の診察に症状に合わせての投薬。必要な人には輸液などの医療処置。そして隔離も兼ねた特別な天幕内での栄養補給に安静と経過の緻密な観察。

天幕の中は、ドワーフの技術者に頼んで作ってもらった精霊術で駆動する特別製の加湿保温装置で温度と湿度を保っている。それに合わせて、風の精霊術に長《た》けた人には天幕内の換気の管理も行ってもらう。

対症療法とはいえ、整った環境下できちんとした治療がなされ、薬も効き始めた患者の容態は快方に向かっているとはさすがにまだ言えないものの確実に落ち着いている。

あとは、天幕で様々な処置を行っているエドガーさんに経過の観察をお願いしておく。

「罹患していない村人にもグレンに言ってあの飴を配ってもらっています。甘くておいしいと特に子ども達が喜んでいますよ」

「あっ、ミンツさんと一緒に作ったハーブとラモーネの果汁を使ったのど飴のことですよね？　正直気休めかもしれませんが、口の中や喉の乾燥も抑えられると思いますし、よかったです。スバル君ならもっと劇的に効果のあるものを生み出してくれそうではあるんですがそれに頼ってばかりもいられませんから……」

「そうですね。スバルさんの力で生み出されるものは一代限りの奇跡の産物です。チカ君の癒やしの力とそれは同じ。そんな奇跡にばかり頼っていてはこの世界は停滞してしまう……。ちょっと大げさですかね」

「いえ、まさにそのとおりだと思います。同じことを過去にアルベルト様からも……。だからこそ私は医療の知識をこの世界に広めているのですから。きっとスバル君も同じ気持ちだと思いますよ」

私達の作ったのど飴は薬ともいえないものだけど、それが多少なりとも効果をもって誰かの助けになるのであればこれほど嬉しいことはない。

苦笑交じりにこぼした私にミンツさんも笑みを浮かべた。

「いくら族長殿の手紙があったとしても私達はよそものです。そこの問題をあの飴は少し解決してくれているように思いますよ。薬の効果というより、あの飴をもらった人達が皆私達に好意的になってくれるんです。こんな辺境では、甘いものが貴重だからというのもあるんでしょうが、あの飴を舐めると子どもも大人も村人が笑顔を見せてくれるんです。だからこそ、よそ者である私達の診察と治療を安心して受け入れてくれているのかもしれませんよ？　ふふ、また大げさだったでしょうか」

「そこまでの効果を期待したわけでも、何か意図があってというわけでもないんですけどね」

「チカ君の思いやりや優しさから生まれた大事なものですよ。さあ、では残った村人の方達の往診に行きますか」

「あっはい、そうですね。こちらに収容された方は、特に問題はなさそうですし」


重症患者はほぼ収容出来たものの全ての患者をここに収容出来るわけではない。結局軽症患者や家から動くことが難しい患者がいる家に、私とミンツさんは手分けをして診察に行くことにした。

当初想定していた村の全ての家々を往診して回るのに比べればはるかに少ない数だ。


外に出たら村人が私達に笑顔を向けてお礼を言ってくる。治療に来てくれてありがとうというだけでなく、『飴をありがとう、とってもおいしい！』と子どもが笑顔を見せれば、その親も笑顔を見せてくれる。その姿に私自身も喜びを感じながら私達はダグラスさんを見つけて、村の中を回ることを伝えた。

「わかった、今度は俺がチカに付くぞ、ゲイルはミンツだな」

「おい、勝手に……いや、わかった」

溜息をつくゲイルさんに、ミンツさんが苦笑を浮かべている。

「当初の慌ただしさは落ち着いたが、天幕へこれから来る連中がいるかもしれんが大丈夫か？　あそこに行けば治療が受けられるってのは、もう村全体に伝わっているというか伝えさせた」

「重症の方はほぼ収容されてますし、もし新たな方が来られても天幕にはエドガーさんがいらっしゃいます。簡単な診察であれば彼でも問題ありませんし、手に負えないようでしたらすぐに私やミンツさんを呼んでくださいと伝えておきましたので」

「なるほどな。さすが俺のチカ、抜かりはねぇな」

そう言って、ダグラスさんが頬に軽いキスをしてくる。

昔の私なら驚いて飛び上がっていたかもしれないが、この行為にも慣れてしまい、人前だというのに嬉しさすら感じてしまう。

「ダグ、間違えるな。チカは、俺達のだ」

「あのほんと、そういうのは三人の時に好きなだけやって頂けます？　さぁ、チカ君行きましょう」

「わっ、わかりました、それではまた後で。ダグラスさん、一緒にお願いします」

「おうっ！」

私の代わりに荷物を持ち、そしてゲイルさんがしたのと同じように私を小脇に抱えたダグラスさんは、私に負担のかからない速度で駆け出した。

もう今更何も言うまい……。人間諦めが肝心なのだ。


この国でも最大の王家の血を引くこの勇壮な獅子の獣人は本当に私に甘い。診察中も決して私の傍らから離れず、助手の如《ごと》く私の診察の手伝いを甲斐甲斐《かいがい》しくこなしてくれた。

それはゲイルさんも同じで、私は本当に恵まれていると改めて感じてしまう。

最初の家では熱が出ている少年を診察、関節の痛みがあるようだが咳の症状はなく、解熱剤を処方するだけでよさそうだ。彼のお父さんに飴と薬を渡し、換気や水分補給、湿度を保つことの重要性を伝えて次に移動する。

次の家、そしてその次の家も。患者の症状に差はあれど、それぞれの家で必ず最初の少年の家で伝えたのと同じことと感染予防の知識を伝えて回る。

家族にもうつる可能性が高いことをしっかりと伝え、手洗い、うがい、患者の状態次第で口布を必ずつけてもらうようにお願いをしておく。

往診をする家もこれが最後と、他の家々とは少し離れた畑の傍らにある患者の家を訪れたその時――。

「えっ！」

　私が上げた驚愕の声などかき消されるほどの大きな地鳴り。一瞬遅れて『地震だ』と脳が理解するも、すぐに思った以上の強い揺れとその長さに立ちすくんだ。

「チカっ！」

　焦ったダグラスさんの声と共に、私の身体は彼の匂いに包まれ視界が塞がれた。

　この家の住人達の悲鳴と木材の軋《きし》む音。この世界で初めて感じた激しい揺れにもはや何が何だかわからない。

「ダ、ダグラスさんっ」

　身体にビシビシと何かが当たって痛い。わけもわからないままダグラスさんの身体に縋《すが》りついていると、揺れは少しずつ収束しやがて完全に止まった。

　しかしそれにしても長かった。数分間は揺れ続けていたのではなかろうか？　長時間船に乗った後のようにいつまでも揺れている感覚が身体に残り、ダグラスさんにしがみついた手が固まって開かない。

「チカ、大丈夫だ。もう揺れてねえから」

　耳に届く誰よりも安心出来るダグラスさんの低音。固まった手に重ねられた大きく厚い手のひら、怖かったな？　と抱き締め包み込んでくれる広く逞しい胸。

「ダグラスさん……」

　ダグラスさんに抱き締められたままの身体に直接感じる温もりが、私の恐怖で凝り固まった身体を優しく解してくれる。

「あ、あの……今のは、地震ですよね？」

「ジシン？　地面と家がすげぇ揺れたけど……ああ、これが地震なのか？」

　地震という言葉に対するダグラスさんの反応に少し

戸惑った。まさか、この世界で地震はほとんど起きないのか……？　そんなことを考えながら何となく辺りを見回し――私は絶句した。

「い、家が……」

さっきまで家の中にいたはずなのに、何故か私は畑の傍らに立っていて……この辺りに三軒ばかり建っていた家屋は全て倒壊し、瓦礫《がれき》の山が出来ている。

「こ、これは一体……!?」

「地面と家がすげー揺れて、壁やら屋根がギシギシ音を鳴らし始めたから、コイツはヤベェと思ってチカを抱いて外に飛び出したんだ。他の連中にまでは手が回らなくてな……」

「いえ、助けてくださってありがとうございます。ですが……」

もしダグラスさんがいなかったら、私は今頃潰れた家の下敷きになっていた。その現実に血の気が引いた。そして潰れた家の一つには、先ほど診察したばかりの猫族の患者さんがいたことを思い出し、頭の中が真っ白になりかける。

ガタン。

瓦礫の一部が持ち上がり、そこから人影が現れた。

「あ、あなたは……!?　大丈夫ですか!?」

「先生！　俺のことはいいから、こいつを診てやってくれ！　頼む！」

猫族の患者さんは犬族の伴侶を腕に抱えたまま、叫ぶように言葉を発してはふらつき地面に膝をついた。見ればその犬族の彼の右腕は若干青黒く変色している。

「これはどこかにぶつけられましたか？」

「寝ていた俺を連れて逃げ出そうとした時、屋根を押さえてる岩が落ちてきやがったんだ。こいつは俺を庇って……っ」

猫族の彼は青い目に涙を浮かべて俯《うつむ》いた。大切な人が自分のために目の前で傷つくこと。その痛みを思うと胸が締めつけられる。

「失礼します」

私は努めて平静を装い、変色した患部とその周辺を慎重に触診し、その結果に安堵した。

「あとでしっかりと確認しますが、骨などに異常はなさそうです。命に関わるような状態でもありませんし、打撲《だぼく》だと思います。どうか安心してください」

「ああ、ちょっと打っただけだからな。それをこいつが大げさに騒いじまって……」

犬族の彼は痛みに顔をしかめてはいるが、口調もしっかりとして手を握る仕草にも不自由はなさそうだ。これならば神経に傷がついていることもまずないだろう。

「それよか先生、こいつを寝かしとく場所が……」

痛めた腕を布で覆う処置をしていた私にかけられた彼からの言葉に、私も潰れた家を前に唸《うな》るしかない。

「とにかく私達が広場に設営した天幕へと行ってみるのはどうでしょうか？　私達もこの辺りに他に人がいないことを確認したらすぐに行きますから、ダグラスさんいいですか？」

「そうだな。それがいいだろうが、本当にお前さんは大丈夫か？」

ダグラスさんの言葉に力強くうなずく。地震大国に住んでいた私でも驚くほどの揺れだったが、不思議と気持ちの整理はついていた。

「ありがとうございます。なあ早く行って寝かせてもらおう」

「ああ、お前こそふらふらじゃねえか、摑まれ、ほら」

互いに支え合うようにして天幕へと向かう彼らを見送って、私はダグラスさんへと視線を向けてあることに気づく。

「ダグラスさん、一緒に生存者の救助を……って、その怪我はっ!?」

「怪我？　ああ、こんなもんは大したことねえよ」

隣の家の瓦礫をひっくり返しながら中に向かって呼びかけていたダグラスさんが、私の指摘にかすり傷だというように額に滲《にじ》んだ血を拭う。よく見れば豪奢な金髪は埃塗《まみ》れだし、剝き出しの腕には擦り傷や赤い打ち身の痕があった。

地震からの家屋倒壊に患者さんの伴侶の負傷。続けざまに起こった異常事態に頭が混乱していたにしても、医師として……いや、ダグラスさんの伴侶として、彼の負傷に気づかなかった自分が情けない。

「このへんには誰もいなかったみてえだな。天幕に行ってたか、畑にいたのか……とにかく潰れた家の中には誰もいねえ」

平然と話す彼の額から真っ赤な血が痕を残しながら流れ落ちた。

「ダグラスさん……」

私は頭で考えるより先に彼に向かって手を伸ばす。

血管を、筋肉を、皮膚を、怪我を負っている彼の全てをもとの状態にしたいという思いが私の身体から溢《あふ》れてダグラスさんを包み込んだ。

だがそんな私の手をダグラスさんが左手で摑み、悪《いた》戯《ずら》を叱るように右手の中指で額を軽く小突く。

「こんなかすり傷に治癒術なんか使うんじゃねえよ」

苦笑気味に言われて、私は自分が思った以上に力を注いでダグラスさんの額の傷を跡形もなく消し去ってしまったことに気づいた。

「……でも、血が出て……私を庇ってですよね？　でなければこんな傷をダグラスさんが負うはずありません」

「チカを守るのが俺の役目なんでね、お前さんが無事ならいいんだよ俺は。それより……地震つうのはこんなに酷いのか。いきなり地面がめちゃくちゃ揺れて、チカを連れて表に飛び出すのが精一杯だった」

「ダグラスさんは地震を経験されたことがないのですか？　レオニダスの南には火山地帯もありますし、さっきの反応が意外ではあったのですが……」

凄惨《せいさん》な有様を晒《さら》す周囲の様子に視線を向けながらしみじみと口にするダグラスさんに、私は気になっていたことを問いかける。

「俺はねえな。だが確かに南部では地面が酷く揺れて災害が起きたって話を聞いたことがある。山が火を噴く時に地面が揺れるらしいが、このへんの山も火を噴くのか？　あとお前さん、妙に地震に慣れているというか詳しそうだがチカの世界では普通のことなのか？」

「そういう山がなくても地面が揺れることはあります。私の住んでいた場所でも普通……というわけではないんですが地震が多い地域に住んではいました」

「なるほどねぇ。だからお前さんは落ち着いてるってわけか、地震が何で起きるのかも知ってるのか？」

「そうですね、慣れているとまでは言いませんが……。ただ、地震というのは……いえ、私も専門家ではないので適切な説明は難しいんです。その原因はとても特殊というか……。ですが、ダグラスさんがご存知ないということは、レオニダスは地震がほとんど起きない特性を持っている地形なんだと思います。私の世界でもそういう土地はありましたから」

日本人である私は地球で何度も地震を経験し、基本的な地震の仕組みや対処方法も知識として持っている。その感覚で言えば、『揺れは激しいがそこまでの被害は出ないだろう』とあの瞬間は思ったのだが――。

現実は視界に入る家のほとんどが倒壊しているのだから驚きだ。

耐震構造などという概念もないのだろう、何せ屋根の上に雨漏り防止の板を置き、更に重し代わりの岩を置くような状況なのだから……。さっきの彼の怪我もその岩のせいだ。

「ダグラスさん、天幕に戻りましょう。この様子だとたくさんの怪我人が出ていてもおかしくありません。きっと人手が足りないはずです。それに、ゲイルさんやミンツさん達も心配です」

「おう、そうだな。まぁゲイルなら大丈夫だろう。崩れた家の中に立ってても無傷で出てきそうな気がしねえか？」

その様子が少し想像出来てしまって小さな笑いを漏らしてしまった。

そして、互いにうなずき合うと、ダグラスさんは私を再び抱え上げ駆け出した。全速力ではないのだろうが、私の耳元では風切り音が低く唸る。

天幕まで戻る途中、視界に入ってくる家のほとんどが壊滅状態にあった。

かろうじて倒壊を免《まぬか》れていたのは、倉庫や教会といった特に頑丈な一部の建物だけだ。それも全壊していないというだけで、何らかの被害は受けている。

「この辺りも地震があまり起きる地域ではなかったのでしょうか。ここまでの被害が出ているということは……」

「だろうな。正直俺も驚いた。あれだけ揺れりゃこのへんの家の造りじゃ、柱なんか根っこから倒れちまって崩れるだけ――んっ、チカ、あっちから呻《うめ》き声が聞こえるっ」

ダグラスさんがその足を止め、私を素早く降ろした。私には聞こえない声を探るように、ダグラスさんの耳がひくひくと動く。

「あっちか」

「えっ、あっ、もしかして下にっ」

ダグラスさんの視線の先にあるのはぺちゃんこに潰れた家で、隙間がどこかにあるのか私の目ではとても見えない。

「チカ、お前は先に天幕に行ってくれ。こっからならもうすぐだ」

「でも、ダグラスさんお一人では……」

「戻って力のある奴をこっちに向かわせてくれ。その間に俺は声の出どころを探っておく。この様子だと怪我人も多いだろう。お前さんはそっちを頼む」

確かにここに私がいても何の役にも立たないのは明白だ。

私もまだ若干混乱状態だというのに、不慣れな地震を経験したこの状況下でダグラスさんは適切な判断をくだせるのはさすがとしか言いようがない。

「わかりました。私はこのまま天幕へ戻ります。急ぎますのでどうかダグラスさんもご無理はなさらないでください」

「わかってる。お前さんを一人にするのは心配だが今は、これが最善だろうからな……。なあに、すぐに助け出してお前の所に連れて行ってやる。その後は、チカ頼んだぞ」

その言葉に、私は『待っています』と言葉にする代わりに強くうなずいた。

ダグラスさんの傷だらけだった肌は治ってはいるけれど、素手で太い木材を摑み倒壊家屋の下に潜《もぐ》り込もうとする彼は、きっとまた傷を負う。だけどダグラスさんは、目の前で苦しみ生命の危機に瀕《ひん》している人達を見捨てられる人じゃない。

そんな誇らしい伴侶に恥じぬよう、私は一度大きく深呼吸して天幕へと走った。

＊＊＊

「怪我をして動ける人は天幕に来てください。動けない人は天幕へと運んで、首や頭の怪我をしていて意識がない人は、動かさないで連絡をくださいっ!!」

天幕へと戻りながら私は声を張り上げ、右往左往している人達への指示を繰り返す。

天幕に着いてすぐにダグラスさんのもとへと人員を送り出し、天幕内で散乱した道具の片付けと消毒をする。

そして、ミンツさんと二人で目まぐるしい勢いでの治療が始まった。

怪我人はどんどん天幕の中に運ばれてくる。簡単な診療のための設備を揃えたこの天幕は、入り口を二重の垂れ幕で区切った以外は衝立《ついたて》で診察台と待合を隔てただけ。その広い待合が今はごった返していた。

しかも風邪の患者なのか怪我人なのか、あるいは風邪をひいている怪我人なのかはっきりしない。怪我の程度も重軽傷者が入り乱れ、とにかく近くにいる人が診察台に乗せられているような状態だ。これではあまりにも――。

「チカ君、これでは効率が悪すぎます」

今まさに私が考えていたことを、ミンツさんが訴える。

この際、流行病の患者は後回しにして命に関わる怪我をした人の治療を優先すべきだ。

しかし、この状況下では怪我の状態の確認にすら手間取ってしまい、そうこうしているうちに手遅れになる人が出てしまわないとも限らない。

いや、きっと出てしまう……。だが、少しでも多くの命を救わなければ……。

「とにかく待合を別の場所に移しましょう。そこで一人ひとりの状況の確認を行って、この天幕は治療中と治療済みの方だけを残して治療が済んだ方のうち軽傷者や動かせる方は、安静に出来る場所に速やかに移動を」

そんなことが出来るのかと思いながらの発言を、拾ってくれた人がいた。

「だったら二つの天幕を、それぞれ待合と病室にすればよろしいですかな？　それでよろしければすぐに手配いたしましょう」

そんな頼もしい言葉と共に熊族の隊長さんが胸を叩く。頼もしい人だと思いながら、私はまだ無事を確認出来ていないゲイルさんへと自然と思いを馳せてしまう。

いや、ゲイルさんはダグラスさんと同じぐらい屈強で逞しく、己を鍛《きた》え上げた武人だ。きっと、無事だ。大丈夫だと不安な心を必死に抑える。今は目の前の対応に全力を注がなければ……。

「患者の移動もお任せください。今回連れて来た騎士達は力自慢も揃っております。とはいえまずは待合にいる人々の状況確認からですな」

「ありがとうございます！」

「でしたら、私はそこにいる人達から怪我をしていない病人を探してあの館に運ぶように手配します。幸いなことに館に被害は出ていませんし、あちらで薬師見習いの方が病人の様子を見てくれるように話をつけてきました」

エドガーさんが手を上げて報告してくれる、それはとてもありがたいことだと私はうなずいた。それならば感染は防げるし、ここに残るのは急ぎ治療が必要な怪我人だけになる。


「助かります。もし何かあればすぐに連絡をください。出来るだけ早く駆けつけるようにします」

「わかりました。その旨を伝えた上で、私も手が空いたらすぐにこちらの応援に入ります」

「よろしくお願いします、エドガーさん」


エドガーさんの判断は適切で、今回の旅に彼が同行してくれてよかったと改めて思う。

おかげで天幕内の混乱が少しは収まっていったが、それも束の間。

次から次へと怪我人がやって来る。しかも地震そのものや家が倒壊したことで精神的にショックを受けている人達もいて、自分の怪我の状況すら把握していない人も多い。

そのために一人ひとりの診察にとても時間がかかる。

私はすぐに村長代理を務めている息子さんにお願いして、とにかく人手を集めてもらった。特別なことが出来なくても、パニックに陥《おちい》った村人や怯えて泣き続ける子ども達をなだめてくれるだけでもいいのだ。


「この方は大腿部の骨折、ねん、ざ――うわっ！」

「うおーっ！」

「ひぃぃぃぃー！」


いきなりの余震。さっきほどではないがそれなりに強い揺れ。

再びの揺れに天幕の内外から悲鳴が上がり、皆が地面に這いつくばった。私も目の前で座っていた患者さんが倒れそうになったのを抱き留めて、そのまま一緒になって地面に倒れ込む。打ちつけた腰が痛いが揺れている間は動けない。

激しい揺れはしばらく続き、終わってもパニックに陥った人達が泣き喚《わめ》いている。

「大丈夫ですっ！　皆さんどうか落ち着いてっ」

「こんな、こんなに強く揺れるものなんですか!?　これではレオニダスの建物でも崩れるのでは……!?」

いつもは泰然としているミンツさんですら動揺している。ミンツさんは知識として地震についてある程度は知っているらしいが、それでも実際に体験するのは初めてだという。

「地震は地面の中の断層というか亀裂というか、そういうものがずれて地面が揺れる現象です。大きな揺れが来た直後は余震と言ってまた揺れることもありますが、だんだん落ち着いてきます。私の知っている限りではこの規模のものは大地震というほどのものではないんです。ですから、大丈夫ですよ」

まずはミンツさんを落ち着かせ、そして天幕から顔を出した。隣の天幕はすでに待合になったようで、開けっぱなしの出入り口からたくさんの人が見える。予想どおりパニック状態の人が多いが熊族の隊長さんを中心に騎士の皆さんがその対応にあたってくれている。

その様子を見て天幕内に戻り、診察を再開する。ミンツさんの震えもようやく落ち着き、顔色は悪いがその手の動きは問題ないようだ。

そうして治療を続けているうちに待ち望んでいた人の姿が見える。

ダグラスさんだ。

その姿を見て、息をするように尋《たず》ねてしまう。

「ダグラスさん、ゲイルさんは？」

「あいつは村の北の方に行ってるみてぇだ。村の外れに製材所があって、そっちも崩れちまって被害が大きいらしい。さっきエドガーにも行ってもらった。あいつなら大丈夫だ。だからチカ、今はこっちを頼む」

どうしてこんなに不安なのだろう。自分でも不思議なほどにゲイルさんの安否が気になってしまう。私よりはるかに強い人だというのに……。

だが、そんな私の意識もダグラスさんが連れて来た怪我人の様子を見て一気に現実へと引き戻される。

「この方は、もしかしてさっきダグラスさんが見つけられた方ですか？」

「ああ、潰れた家の中で完全に下敷きになっちまってた。チカがよこしてくれた騎士達と一緒に助け出したんだが、大丈夫か？」

「胸部の圧迫による吐血……。呼吸音も……、肺が虚脱している可能性が……肺挫傷を起こしてるかも……」

うっすらと意識はあるものの随分と息をするのが苦しそうで激しい息切れを起こしている。本来であればレントゲンで確定診断をつけるのだが、ここにそんなものは存在しない。

となれば……。

「この方には治癒術を使います」

「チカ君……無理をしないでくださいね。私はダグラスさんとゲイルさんを治療した時のあなたを知っていますから……」

「大丈夫です。自分の限界も少しずつわかってきていますし、本当に必要な方を選んで使うようにしますから」

ミンツさんの言葉にうなずきながら、私は治療のための魔力を相手に流していく。内臓のような繊細な部分の治療には多くの魔力が必要で、私の中から何か抜けていくのを感じる。いくら私が持っている魔力の量が規格外だとしても、限界は存在する。そして、魔力がなくなれば次に失われるのは私自身の生命力だ。

過去の自分であればどうだっただろう……。己の命を捨ててでも消えゆく命を救いたいと願っていた。もちろん今もその気持ちに変わりはないが私は私を愛してくれる人達のために死ぬことは出来ない。

だからこそ慎重にならなければ……。

損傷した臓器や肋骨《ろっこつ》を治療しながら、患者の呼吸が先ほどと比べて明らかに安定したところで魔力を流すのを止める。四肢の骨折などは治療しきれていないが、これで生命は大丈夫だ。骨折の治療は固定に止めて、後回しにするしか今は選択肢が見つからない。

「この方の治療は終わりです。隣の天幕で出来るだけ安静に、輸液のルートは確保しておきますので医療技術を持っている騎士の方に引き継いでください」

「わかった。俺に任せろ」

そう言ってダグラスさんはもう一人の騎士と担架で患者を隣の天幕へと運んでいく。

それからも怪我人は次から次へと運び込まれ、私とミンツさんの手が止まることはなかった。

だが、少しずつ……少しずつだが数は減ってきているようには感じる。だけど、本当にそれで終わりなのだろうか？　具体的な数は数えていないけれど無事を確認出来た人と今まで治療をした人の数はこの村の住人の総数には到底満たない。

となると先ほどダグラスさんが救助した人のように、倒壊した家屋の下敷きになっている人達がまだたくさんいるということだろうか？

そんな考えが頭を一瞬よぎり背中に冷や汗が流れる。一体どれだけの被害が出ているのかその全貌は何もわからない……。

そんなことを考えながら目の前の患者の治療を終えて、落ち着いてきた天幕内を見渡したその時だった。

天幕の扉代わりの布が大きくめくれ上がり、エドガーさんが飛び込んできた。

「チカユキ殿、ゲイル殿が救助活動中に落ちてきた木材の直撃を受けて負傷されました――！」

その言葉に、ふっと意識が遠のきかけ、危うく前にそのまま倒れかけたが何とかその場に踏みとどまった。

「行ってください、外でグレン殿が待っています。我々ではゲイル殿をあの場から動かしてよいのか判断がつかず、あなたを呼びに来たんです」

「ゲ、ゲイルさんは無事なんですか!?」

ああ、私は何を言っているんだろう？　無事じゃないからエドガーさんが私を呼びに来たというのに。

「ゲイル殿は生きています！　チカユキ殿、いいですか？　ゲイル殿は『生きて』います。あくまで私の見立てですが、命の危険が迫っているという状況でもないはずです。ですが、彼は頭を強く打っています。ですから、あなたの力が必要なんです！」

混乱した私を落ち着かせるように、エドガーさんがゆっくりとはっきりとゲイルさんのことを教えてくれる。

私はその言葉の一つ一つを頭の中で咀嚼し、そして自身の荒れ狂う感情を落ち着かせるために何度も落ち着けと心の中で唱えた。

「ここには私が残ります。チカユキ殿と同じというわけにはいきませんが、チカユキ殿とゲイル殿が戻られるまで全力で対応します。ダグラス殿にも自分が説明を」

「チカ君？　大丈夫ですね？　いや、あなたなら大丈夫です。心を落ち着けて、グレンの背中に乗るんです。そうすればすぐにゲイルさんのもとに着きますから。大丈夫。大丈夫ですよ。ここのことは任せてください」

「っあ……ありがとうございます。でっ、出来るだけ早く戻ってきますから!!」

「ええ、すぐにダグラスさんにも向かってもらいます。ですが、チカ君はグレンと一緒に。足の速さでグレンに勝てるものはいませんから」

「はいっ！　いってきます！」

ミンツさんの言葉に押されるように天幕の外に出れば、大きな狼がちょこんとお座りをして待っていた。

いつもの私ならその可愛らしい仕草に心を奪われたであろうが、今はそれどころではない。

「グレンさん、お願いします！」

『しっかり掴まるっすよ！　ゲイルさんの所に超特急で向かうっす！』

私はグレンさんの身体によじ登って、太い首に掴まり背を跨《また》ぐ。

『よし行くっす！』

その言葉と同時に身体がふわりと浮き上がり、灰色の狼の身体が宙を飛ぶように疾駆する。私は振り落とされぬよう、彼の首回りの被毛に顔を押しつけてしがみつく。

ただ一心に、ゲイルさんの無事を心の中で祈りながら。

＊＊＊

崩れた建物の合間をグレンさんの獣体は、どんどん速度を上げて駆け抜けてあっという間に北部の製材所へと着いた。

そこで見たのは、地面に仰向けに寝かされたゲイルさん。近くではゲイルさん達の救出活動で救い出された人達だろうか、比較的軽傷な村人が心配そうにゲイルさんを見ている。

ゲイルさんの頭頂部近くを小柄な犬族の村人が布切れをあてて必死に押さえてくれているがそれは赤黒く濡れ、地面に手のひら大の血溜まりを作っていた。近くには私が手を回しても抱えられるか怪しいほどの太さの丸太が転がり、その側面にはゲイルさんの血がべッタリと付着している。

「ゲイルさん！」

悲鳴にも似た声を自然と上げてしまい、思わず飛びつこうとして、私は寸前で堪《こら》えた。頭部に衝撃を受け意識のない人間をみだりに動かしたり揺すぶったりしてはいけない。そんな基本中の基本を、一番よく知っているのは私のはずなのに……。

私はゲイルさんの傍らにそっと跪《ひざまず》き、止血をしてくれていた人へと感謝を告げてそれを引き継ぎ、まずは傷の状態を確認した。頭部の損傷は外見だけでなく重要なのは内部なのだが、ここにはＣＴもＭＲＩもない。診て触った限りでは頭蓋骨の骨折や陥没はなく、この大きな傷からの出血が今の一番の問題だろう。

見た目の出血は派手だが、頭部の外傷自体は致命的なものでは決してない。私は焦る気持ちを必死に抑え込む。意識はないものの呼吸は安定している、それ以上のことをこの場で判断することは出来ない。

だから……私は私に与えられた力を私欲のためにあますことなく使う。

エゴに満ちた行為だと思う。天幕内ではあれほど慎重に治癒術を使う患者を選んでいたというのに……。

だけど、私は迷わない。

目の前の愛する人を救えるのであれば偽善者と罵《ののし》ら

れても構わないと心から思った。

慎重に、まずは傷口の治療から始める。

「ゲイルさん……」

ゲイルさんの少し固い髪の毛が肌に触れるのを感じながら、ゆっくりと丁寧に魔力を流す。『番《つがい》』であるゲイルさんと私の魔力はとても馴染みがいい。私は脳内の損傷も想定し、私の専門である脳外科の知識の全てを余すことなく使い、脳の正しい構造をイメージしながら治癒を施していく。

すぐに、ゲイルさんの頭部の外傷はその痕跡すら残さず消え去り、まだ意識は戻らないが顔色も呼吸も安定したのが見てとれる。

「チカ！　大丈夫か？」

極度の緊張と集中を伴う魔力の大量消費、そんな中で今最も側にいて欲しい人の声が聞こえた途端、力が抜けて私は地面にへたり込んでしまった。


「これでとりあえずは……」

治っているはずと思いながら、私の手は酷く震えてゲイルさんに触れることが出来ない。

私は私に出来る最善の治療を施した。問題など何もない——理屈ではわかっている。

だけど確かめるのが怖い。息をしていることは胸の動きでわかるのに、愛する人に触れることがたまらなく恐ろしい。

「よく頑張ったな」

不意に強張《こわば》っていた背中が心地好い温もりに包まれる。同時に香るのは私だけが嗅ぐことが出来るダグラスさんとの絆——『番』の証《あかし》。

甘く熟《う》れた果実の匂いに包まれて、私はそっと頭上を見上げた。頬に触れるのは彼のざらりとした無精髭。

「ダグラスさん、ゲイルさんが……」

私は彼の優しい笑顔に縋るように言葉を何とか紡ぐ。

「チカが治療してくれたならゲイルは絶対に大丈夫だ。どうするこのままこいつの側についていてやるか？」

「いえ、私は天幕に戻って怪我人の治療にあたります。それをゲイルさんも望まれていると思いますから」

本当はゲイルさんについていたい。今彼の側を離れたくない。

だけど、私にはやるべきことがある。

「よし、それでこそ俺の……いや、俺達のチカだ。ご褒美に、こいつの目が覚めたら特別に二人っきりで好きなだけゲイルの獣体を触らせてやろう。俺が許可する！」

ダグラスさんの唇が私の額に優しく触れる。

「ありがとうございます……！　ダグラスさん」

私の代わりにダグラスさんがゲイルさんの傍らにいてくれる。それは私にとって何よりも安心出来ること。


「さてと、重いんだよなぁこいつは」

『重い重い』とおどけながら、しかしダグラスさんは苦もなくゲイルさんの巨体を運ぶ。パワーのゲイルさん、スピードのダグラスさんといった印象が彼らを知る人の中には定着しているようだが、それはあくまで二人を比較した場合の話であって、ダグラスさんは決して力が弱いわけではない。

「こいつはあの館に連れて行っておくぜ。ノアを連れて来させてるから、乗っけて運ぶか。ついでに治療の必要のない動ける奴も連れて行く」

「はい、よろしくお願いします」

「ああ、任された。だが、もう聞き飽きたと思うが絶対に無理はするな。ここまでに治癒術を結構使ってるだろう？　それにゲイルにもだ。お前に何かあったら悲しむ人間が大勢いるんだ。だから自分の身を大事にしろ、絶対に無茶はするんじゃねぇぞ」

「はい、無理はしません。約束します」

一つうなずくと、私はゲイルさんを抱えたダグラスさんを振り返ることなくグレンさんの背に跨がって、天幕へと向かった。

今二人を振り返ったら離れられなくなるとわかっていたから……。

＊＊＊

私が後ろ髪を引かれる思いで広場に戻ると、そこには予備の天幕二つが追加で張られていた。ただしこれは先に張られた二つと違い簡易的なものらしく、申し訳程度に固定された薄布からは中が透けて見えている。

「私がいない間に、こんなに……」

中には大勢の怪我人が敷布に寝かされていた。泣きながらその手を握る人、怒ったように叫んでいる人、包帯を片手に走り回っているのは比較的軽傷で素人《しろうと》ながら手助けに入ってくれている人々だ。

中には酷い咳をしている人もいたが、疲れきったようにうずくまっているから怪我をしているのかどうかもわからない。

私がここを離れている間に、村中から救助された重軽傷者達が一気に運び込まれてきたのだろう。

まさに天幕の中も、天幕の外も大混乱といった様相を呈していた。

私はグレンさんの背から降ろしてもらい、足早に治療用の天幕に向かいながら考えを巡らせる。

こういった災害時、少しでも多くの命を救うため治療の優先順位を決めるためのトリアージという手順がある。すぐに治療が必要な状態か、後に回しても大丈夫か、そして治療不可——すなわちすでに死亡しているか……。

今この場所にはまさにそれが必要だった。

むろん、医師である私がトリアージをすることは可能だ。しかし、出来れば私は治療に入りたい。この場で、重傷者の治療が出来るのは私とミンツさんだけだからだ。

だけど、ダグラスさんは館に向かい、熊の隊長さんは全体の指揮をとっているだろうし、グレンさんは村人の救助のために村中を駆け回っている。医療の知識のある騎士の方にお願いするにしてもあくまで彼らが知っているのは、応急処置の方法や医療の補助としての対応方法だ。トリアージを任せるのは荷が重い。そうなるとやはりエドガーさんが最も適任だけれど、彼とて本業は騎士であり、本来であれば診断を下す立場にはない。

トリアージはする側にも大きな精神的な負担と責任が生じるから安易に任せることは出来ないという理由もある。

……とにかく何をするにも人手が足りない。

「ミンツさん、エドガーさん、遅くなってすみません」
「チカ君、ゲイルさんは？」
「見た目には酷い傷でしたが治療は出来ました。命に別状はありませんのでダグラスさんが館の方へと」

短く会話を交わし、すぐに目の前の怪我人へと視線を走らせる。

「伝令っす！　骨折した人間を診れる人をよこして欲しいっす！」
「――――！」

そこに届けられたグレンさんの慌てた声。

骨折といっても様々な種類がある。グレンさんがわざわざ来たということはその場での処置が必要な状況なのだろう。

だが……。

「チカユキ殿、自分が参ります」

ここでエドガーさんに抜けられるのは正直痛いが、今の状況で最も適任なのは彼だろう。

「わかりました、お願いします」

私はエドガーさんを送り出し、すぐに彼が診ていた患者を引き継いだ。

「右腕に切創と挫滅創《ざめつそう》あり、右大腿部骨折、出血量も多い……」

止血が先、それと傷口を縫い合わせて挫滅創に壊死《えし》があればその処置も。やはり、骨折は簡易的な固定で後回しにするしかない。

「いてえっ、いてえよお、先生っ、早く何とかしてくれえ」

痛みに叫ぶ患者が暴れるのを側で補助をしてくれていた騎士さんが押さえてくれるが、私の手をその手で掴まれてしまい渾身の力で握り込まれて強い痛みが走った。

「っ!!　治療が出来ないので離して――」

「チカ君、こっちの人の意識と呼吸がっ」

ミンツさんが息を呑みながら私を呼ぶ。

「わかりました！　そちらに行きます！」

慌てて移動しようとした私の身体が強く引き留められた。

「せんせー……俺の治療はっ、早くしてくれえっ」

苦しげに呻く骨折の彼は必死だ。だが命の危険が迫っているのはあちらの方。

「すぐ戻りますから。ミンツさん、替わってください」

「お願いします」

だが患者さんの力は強く、私は謝りながらその手を振りほどく。私の治癒術で治してあげられればいいんだけど、その怪我では使えない、使っていたらあとがもたない……。

だけどそんな私の集中を邪魔するのはたくさんの人の懇願、惑乱、悲痛な叫び。

「早くっ、早く助けてくれっ！」

「子どもが!!　子どもが!!　血が出てて、お願いします!!」

「いてぇっ、いてぇよおっ！」

救助された村人達が集まるにつれ、早く自分や家族を助けて欲しいと願う人達が増える。

家族が、仲間が苦痛を訴える声に、看護をしている村人も早くしてくれと訴える。こちらが手一杯だとわかっていても彼らの祈りにも似た声は止まらず、それはパニックとなって伝播《でんぱ》してしまう。

こうなったらもうやるしかない。


「ミンツさん、この方は大丈夫です。呼吸が正常に戻りました。それと、お願いがあるんです。ミンツさんが待合に行って怪我人の優先順位を決めてもらえませんか？」

「優先順位……治療の、ですか？」

「ええ、ここは私だけになりますが、助ける人数を多くするためには意味があることなんです」


たとえここは私が一人になろうともトリアージを先にしてもらう方がいい。先ほどのように呼吸状態が危うい患者には優先的に私の治療が必要だろう。

そうでないと助かる命も助けられない。

だがトリアージはある意味、命に優先順位をつける辛い作業だ。それをミンツさんに押しつけることに私は深々と頭を下げた。


「え、どうしたんですかチカ君、そんな……あなたが頭を下げるようなことなんですか？」

ただ治療の順番を決めるだけだと思っているかもしれないミンツさんに、私はしなければならないことを伝えようとして口を開いた。


「チカユキさん、それは僕がやりますよ」

不意に聞こえたのは知っている声――けれどここにはいないはずの人の声に、私とミンツさんは驚き振り向いた。


「あっちの人達のトリアージをすればいいんですよね。薬剤師ですけど海外ボランティアを目指していた時期もあって、チカさんと同じようにはいかないと思いますが、しっかり勉強はしてるので任せてもらえますか？　治療が出来るチカユキさん達の手が止まるぐらいなら僕の方が適任だと思うんです」

そこにいたのは獣頭人の国ベスティエルにいるはずのスバル君だった。

もともとこの村に行くという連絡は先にして薬を用意してはもらったけれど、彼がここに来る予定はなかったはず。

ゲイルさんに連絡はつけてもらったけれど、それも今日のことで……。

「スバル君、どうしてここに?」

天幕から覗き込んでいる黒髪の青年の姿を私は呆然《ぼうぜん》と見つめた。

「あとでまた詳しく説明しますけど、あれだけ大量の薬の要請が来たんでちょっと気になってヴォルフさん達の遠征に同行して近くまで来てたんです。そこで、チカユキさんが書いた手紙を持った使いの人と出会って、急いで向かってたら地震が起きてってところですね」

何という偶然……いや彼の判断によるものだから必然なのだろうか。頼りになる彼の存在に張り詰めていた私の緊張が少し解ける。そうなってみて、あまりにも切羽詰まってしまったが故に自分の思考も固まってしまっていたことにようやく気づく。

とにかく落ち着かないと、何も出来ない、何も進まない。

「スバル君、ありがとう。本当に助かるよ」

「はい、僕はトリアージに入りますね。必要なものがあれば何でも言ってください。とりあえず、創傷保護材と鎮痛剤の植物を多めにはやしておきましたから、手の空いてる人で収穫をしてもらえれば、あっヴォルフさん。それはこっちに」

スバル君に続いて現れたのは狼の顔を持つ獣頭人のヴォルフさん。途端に村人の間からどよめきが沸き起こる。というか、私も驚いた。獣頭人の存在はまだ一部を除いて秘匿《ひとく》されているはずだったからだ。

そのことに気がついたのか、スバル君が肩をすくめて答えてくれた。

「まあ非常事態ですからしょうがないということで。一応ダグラスさんには了解を得てきました」
「あ、ああそうなんですね。それならば、大丈夫なはず……です」

いいのだろうか？　多分いいんだろう……いや、本当に？　と思わないでもないが、ふと視線を戻せば、さっき私の服を摑んで離してくれなかった患者さんが手伝いの人にしがみついていた。そこに浮かんでいるのは明らかな怯え。見つめているのは荷物を運んでくれたヴォルフさん。

「ここでいいな」
「え、ええっ、ありがとうございます」
「ひっ……しゃべったっ」

上がった声に私は慌ててフォローしようとしたが、その前にスバル君が明るい声で言い放った。

「滅びたはずの獣頭人ですけど怖くないですよー。薬もたっぷり持ってきたので、皆さん使ってくださいね」

スバル君の持つ独特な穏やかで明るい声だからか、皆の意識がそちらに引き寄せられる。

そこにあるざわめきは獣頭人に対する警戒心。だけど同時に『癒し手様がお二人も』という言葉が紛れている。

ああそうか、スバル君も黒い髪、黒い瞳、日本人なら皆そうであると知らない人は、ここに私のような存在が二人いるのだと勘違いしても仕方ない。

私は慌てて訂正しようとしたけれど、それより先にスバル君がはっきりと伝える。

「残念ながら、僕はチカユキさんのような癒し手ではありません。でも薬を創って皆さんにお渡しすることは出来ますし、皆さんの怪我の状態を見てそれが命に関わるものか判断をすることは出来ます。ですが、順番を後回しにされる方はご不安かもしれません。ですが、一人でも多くの方を救うために必要なことなんです。ご協力をお願いします」

そんなスバル君の言葉に再び皆の中に動揺が生まれるが、彼らとて自分より命の危険がある者の治療が先だとは理解しているのだろう。ざわめく声に否定の感情は窺《うかが》えなかった。

それどころか、スバル君という明らかに特別な存在が現れ、落ち着いた様子ではっきりと状況を伝えることで、うるさいぐらいだった声が静かになっていく。

私が言うべきこと、しなければいけないことをスバル君は全てを察し代わりにやってくれたのだ。

そこからのスバル君の行動は迅速だった。

動くことの出来ない怪我人、付き添いのいない怪我人から順に怪我の重傷度を判定し、きっと自らの力で生み出した色のついた花をつけていく。

治療の傍らその様子を見ていたが、その精度は高く、医師顔負けの診断力を持っているように見える。あの若さであらゆる薬剤に精通している彼の知識も不思議だったが、彼はどうして薬剤師としての道を選んだのか、今度一度ゆっくりと聞いてみたいものだ。

そんな中、村長さんの息子さんとその婚約者も駆けつけて手当ての手伝いを始めてくれた。村人の中心となり、取り纏めをする彼らがいるというだけで村人達に明らかに安堵の色が広がっていく。

何よりここにいる人達は一つ村の中で暮らしてきた仲間だ。そこには自然と助け合いの精神があり、素人でも見ればわかるほど重傷の人を見つければ、自発的にスバル君を呼び診てもらっている。

そうしてバラバラだった人達が一つに纏まり始めていたところで、ひょこっと現れた方がいた。

「こんにちは、私はセリオンと申します。見ての通り獣頭人ですが狼族です。私達はチカユキ殿のご依頼でお薬をたくさん持って参りました。このような大惨事に遭《あ》われた皆さんに心からのお見舞いを。そして、隣国に住む者として私達も出来るだけお力になりたいと思っております。皆さんとは違う、こんな頭をしている者が他にも何人かおりますが、決して恐ろしい存在ではありませんので何卒よろしくお願いいたします」

スバル君の後ろから現れた小さな姿は幼く見える。だが、その幼さとはかけ離れた気品のある仕草と物言いは、間違いなくベスティエルの王族の血を引くセリオン様だ。

スバル君とヴォルフさんがいるのはまだわかる。だけど、何故セリオン様までが……。

治療中の手が危うく止まりかけたほどに私は驚いていた。

「えっとセリオン様？」

「はい、チカユキ殿。お久しぶりです」

「何故、セリオン様もご一緒に？」


王を主軸とした国から民主国家に移行中とはいえ元王族、次期国王として育てられたセリオン様は見た目に反して、その精神年齢はかなり高い。いや、今の挨《あい》拶《さつ》の様子だけでも明らかに『普通』ではない気品と為政者としての威厳があり、この場にいる誰もが息を呑んだほどだ。

だけどそんなセリオン様も、くるりと私の方を振り向いた途端にっこりと、けれどどこか悪戯っぽくその狼の顔で笑みを浮かべた。

「私は一人でも身を立てられるようにスバルさんの弟子として薬師の見習いをやっているんですよ。弟子になりたてのほやほやですが今回はたまたま同行しておりまして、スバルさんのようにはいきませんが私も頑張りますのでよろしくお願いします」

愛らしい狼っ子の言葉に、張り詰めていた空気が更に緩んだ。どこか人を和ませる雰囲気を持つセリオン様は、今治療中でなかったら飛びつきたいほどの可愛さだ。


「さあ、セリオン様、行きますよ」

「はいっ」

スバル君の呼びかけに応える姿は、まるで年の離れた兄弟のように仲がよさげだ。

向けられる視線に好奇のみならず怯えや嫌悪が含まれている状況でも、セリオン様はにこにこと笑顔を浮かべ、そんな彼を助けるように共にあるスバル君。その後ろに荷物持ちと化したヴォルフさん以下何名かの屈強な獣頭人の姿も見える。

そして、彼らと共に最後に現れたのはダグラスさんだ。私と目が合うと、彼は憎いほど様になるウィンクをしてきた。

その視線は、ゲイルさんは大丈夫だと明らかに物語っていて、私の中に強い安堵の気持ちが生まれる。

「まさかこんなところで兄さんに会えるなんて……」

ミンツさんが治療をしながら小さく呟いた。

「え……あの獣頭人が先生のお兄さんって?」

そう言ったのは、さっき獣頭人だと真っ先に呟いた患者さん。

「ええ、私の両親は獣頭人なんですけど私は獣人として生まれたんですよ。育ちはレオニダスですし、姿形は違いますけどね。見た目は違えど、どちらも同じ人間ですよ」

ミンツさんは手を止めることなくにこやかに言葉を返す。

「そっか……獣頭人から獣人も生まれんのか……」

「獣人同士では獣頭人は生まれないんですから不思議ですよね。はい、これで大丈夫です」

何だか非常にざっくばらんな説明にも感じられるが、それでいいのかもしれない。

「応急処置ですが、これですぐにどうこうということはありません。夜ぐらいにもう一度確認しますから、それまではなるべく動かさないように。こちらは痛み止めです。きちんと飲んでくださいね」

「おお、ありがとな……そっか、さっきの獣頭人は先生のお兄さんか、見た目は怖そうだけど先生のお兄さんならきっと優しい人なんだろうな」

「ええ、そうなんです。自慢の兄ですよ」

嬉しそうにミンツさんが答え、彼も少しだけ笑みを浮かべた。

「皆を頼むな、先生」

その声音にさっきのような獣頭人に対する嫌悪感は

なく、そのことをこんな時だというのに私は少し嬉しく感じた。

スバル君のトリアージが入ったおかげで、怪我人の治療は効率よく順調に進み始めた。判別も大事だが、バイタルやどんな状況下で怪我をしたのか、どんな症状があり、どこを痛めているのか予め聞き出してメモしてくれていることがとにかく助かる。

その中で重傷度の高い患者の担当は私だ。後になるにつれて崩れた家からようやく救出されたという人達が多くなり、瀕死状態の方も診ることになる。中にはもう手の施しようもない人も含まれていた。

「チカユキさん！　心肺停止ですっ」

スバル君の悲鳴のような叫びに、私はその場をミンツさんに任せて急ぎ声のもとへと向かった。

そこでは埃とゴミに塗れた長身痩軀の兎族が、スバル君の心肺蘇生を受けていた。だが彼の小麦色の長い耳は力なく垂れ、スバル君の両手が薄い胸を押すたびに揺れるだけで自発的な反応はない。

「スバル君はそのまま胸骨圧迫をお願いします！」

叫びながら傍らに座り、急いで診察する。

「首の骨かも……」

喉の辺りに強い圧迫痕があった。私は急いで喉に手を当て治癒術を施す。その間もスバル君の力強い胸骨圧迫が続く。

「生きて、心臓が動けば……動いてくれれば治る」

『至上の癒し手』と呼ばれる私の治癒術ならば、生きてさえいてくれれば治すことが出来る。だが、それには本人が生命活動を維持していることが必須なのだ。いかに肉体の損傷を完璧に修復しても、心臓がその鼓動を打たなくては生き返らない。つまり、心臓がその動きを止めてしまえば蘇生しない限りどうしようもないのだ。

『至上の癒し手』ともてはやされていても、私の力は死者を生き返らせるほど万能ではない……。

「チカユキさん……」

胸骨圧迫の手を止めたスバル君が、付き添っていた患者家族の泣き喚く声が響く中で私に向かって力なく首を振った。

「……スバル君、ごめん」

それでも治療の手を止めるわけにはいかなかった。
スバル君に呼ばれ、そして患者が亡くなっていることを確認して私が首を横に振るたびに、スバル君の顔色が悪くなってゆく。スバル君が私を呼ぶのは、生きるか死ぬかの瀬戸際にいる人だと判断した時、そこからの生死は五分五分といったところ……。
『至上の癒し手』などと大層な名で呼ばれながらも己の無力さが恨めしい。
それにトリアージは辛い仕事だ。時に非情な判断を迫られるし、何より明らかに助からないと彼でも判断出来る人も来るのだ。その精神的な苦痛を、スバル君に押しつけてしまうのが心苦しい。
そんな過酷な仕事をスバル君にやらせることに罪悪感を抱きながらも、私が治療をしなければ助かる人も助けられない。だからこそスバル君の心労を慮《おもんぱか》りながら、私は一人でも多くの人を助けるために全力を尽くす。

「チカユキさん、一番危険な組は先ほどの方で終わりです。次はあちらの方々をお願いします。意識レベルが低く、急ぎの治療が必要な人達です」

集まった人達の中からスバル君が、若干強張った表情で何人かを指し示す。
横たわり、あるいは家族にもたれかかってぐったりとしているその人達の腕には、赤い花のついた蔓が巻かれている。
その横では意識があり比較的軽傷な人達の腕に、セリオン様が紫色の蔓花をつけていた。

「赤色を優先してください。黄色はその次、そして紫の花をつけている方々は僕達でも対処出来る人達です。それと花が咲いていない蔓を巻いている方は付き添いの方ですので診察は不要です」

そこで少しスバル君が言葉を詰まらせる。だが意を決したように囁いた。

「黒い花をつけた方は三名……この方々も診察不要です」

向けられた視線の先で泣いている人々、その人達の中心にいるのは、もう医師の診察を受ける必要もなく、すでに亡くなっていた人達だとスバル君は言っているのだ。

私の視線が落ち、重い溜息が落ちる。

「スバル君、ありがとう……。そしてごめんね」

「いえ、わかっていたことですから。あの人達はここに運び込まれた時にはもう……。いくらチカユキさんでも救うことは出来なかった人達です。だからご遺族の方も理解はされています」


全てを自らの手で救えると思うなんておこがましいことだと思う。だけど、私は思わず叫び声を上げそうになる。

だが実際、もの言わぬ骸《むくろ》となった彼らに私の手はもう届かない。その手を新たな患者に差し伸べるしかないのだ。

「スバル！」

そんな中ヴォルフさんの声が響いた。駆けてくるヴォルフさんを村人が避けていくが、そんなことなど気にせずスバル君へと駆け寄る。

「丘の上の館に避難させた病人の熱が高く解熱剤が欲しいと言っているのだが、荷物の中にはもうない」

「えっ、ああそうですね。鎮痛効果がある解熱剤は怪我人に回したから足りなくなったのかも、すぐ創ります。あっでも……」

「スバルさん、まだ花をつけておられない方はもう五人ほどですよ、残りの方々は彼らが手伝ってくれまし

た」
セリオン様がそう言いながら示した先にいたのは、村長代理とその婚約者。村人と親しい彼らが話しかけ一人ずつ状態を確認して整理してくれていたようで、ほとんどの人が紫の花が咲いた蔓を腕に巻きつけていた。

「ありがとうございます、セリオン様。ではあとはお願いします」

スバル君は立ち上がり表に出て、思いのままの効果を持つ植物を超高速で成長させる『春告《はるつ》げの祈《いの》り』の力を存分に振るう。

こんな事態は想定していなかったので、薬剤の心配をしなくて済むのは本当にありがたい。

「こいつが最後の怪我人だ！」

赤色の花をつけた患者への処置がちょうど終わったその時、ダグラスさんが血塗れになった怪我人を担いで飛び込んできた。

その特有の尻尾から獅子族だとわかる彼は、遠目からもわかるほどに危険な状況だ。意識もなくだらりと垂れた腕……その指先からは真紅の滴《しずく》が絶え間なく床に滴《したた》り落ちていた。

血塗れの獅子族はそのまま診察台に寝かされ、私は急いで治療の準備に取りかかる。

「私は次の方を受け入れます。それとも手を貸した方がいいですか？」

「いえ、こちらは私が受け持ちます。ミンツさんは黄色の方の治療をお願いします」

互いにうなずき合い、治療を再開する。

まずは損傷部位の確認をと思ったが診察台の揺れが止まらない。それと同時に届くのは甲高く幼い泣き声。

「とーちゃん、とーちゃんっ！」

泣き叫びながら台の脚にしがみついた小さな獅子族

の子が、少しでも父親に近づこうと台を上ろうとしていたのだ。

「ユズっ！」

村長の息子さんが駆け寄って子どもを抱え上げるが、小さくとも獅子族の子の力は驚くほど強い。

「ぼうず、手を離せ、とーちゃんが落ちるぞ」

ぐらぐらと揺れる台を私が押さえている間に、ダグラスさんがその子の指を台の脚から外してくれた。

「おにーちゃぁん、離してぇっ、とうちゃんがあ、とうちゃんがーっ」

だがユズと呼ばれたその子が暴れるせいで、村長の息子さんは支えるだけで精一杯……何なら軽くよろけてすらいる。

そんなユズ君の頭にダグラスさんが手を置いて無理やりに振り向かせた。

「おい、ぼうず。気持ちはわかるが落ち着け」

ドスの利いたダグラスさんの声に、ユズ君は泣くことも忘れ固まってしまう。

「なぁぼうず、父ちゃんを治してもらいてぇだろ？」

そして優しく、あくまで穏やかに問いかける。

その様子は自らの子に、リヒトやヒカル、スイに語りかけるかのように見えた。

「とーちゃん治して、ねえ、治してっ！」

「だったらここで暴れるんじゃない。お前は外で待ってろ。大丈夫だ。この先生ならお前の父ちゃんを絶対に治してくれる。俺も治してもらったことがあるんだぜ？　なあ、チカユキ先生」

「はっはい、ユズ君。お父さんを元気にしてあげるから、約束するから……私を信じてくれるかな？」

「う……えぐ……わがっだ……っ」

「よし、向こうで僕と待ってようね。飴でも舐めて落ち着こう」

ダグラスさんになだめられて落ち着いたユズ君を、村長の息子さんが抱きかかえて外に連れ出した。

すぐに、目の前の瀕死状態といっても過言ではない患者への治療を始める。

「これは……酷い……です。獅子のような強靭《きょうじん》な種族でなければ手の施しようがなかったかも……。外科手術では間に合いません、治癒術を使います」

一目でそうするしかないと判断出来てしまう患者に、私は誰に言うでもなく言葉を発した。いや、それは目の前にいる愛する人へと向けたものだった。

「おい、チカ、本当に大丈夫か？　ここまでにも相当治癒術使ってるだろ？」

きっとダグラスさんはそう言うと思っていた。だからこそ、誰よりも私のことを心配してくれるダグラスさんには、私の決意を率直に伝えたかった。


「大丈夫です。この方で最後ですから。まだ、力に余裕はあります。それにあの子と約束しちゃいましたから」

ダグラスさんはそれ以上私を止めることはせず、黙って私の背に手のひらを当て自身の魔力を流し込んでくれた。

「ありがとうございます」

「止めたとしても目の前に救える命があれば救っちまうのが俺のチカだからな。それに、ぼうずにああ言っちまった手前もあるしな。けど、本当に無理はするなよ？　俺の魔力をしっかりと持っていけ」

「はい、もう自分一人の身体ではないと心得てますから……遠慮なくいただきます」

耳元で囁かれた言葉に、知らず覚えていた焦りが消え肩の力が抜けていく。

「肺に穴が空いてます……。この出血の仕方は心臓も……いきます」

開放骨折もあるが、どうやら折れた肋骨が肺や心臓に突き刺さっているようだ。時折吐き出される赤黒い血はそのせいだろう。

彼が屈強な獣人であることが幸いした。もし私だったら即死レベルの致命傷だ。

私は人体の臓器に対するイメージを今一度脳内で描き、ダグラスさんから渡される魔力を私の力に変換して目の前の彼へと注ぎ続けた。

＊＊＊

全ての怪我人の診察と治療が終わった時には、日が暮れて辺りは完全に暗くなっていた。

天空には今宵も変わらず寄り添う銀と赤の月があったが、厚く雲がかかりその光は弱々しい。そのせいで館の外は薄ぼんやりとしか見通せない。

天空の月がまるでたくさんの死者を悼《いた》んでいるようにも思えた。

この村に着いたのは昼過ぎだったか……明るくのどかな風景で流行病も問題なく治療出来そうだと思ったのも束の間、今は潰れた家の残骸があちこちに散らばり、村人は館や天幕などに入って暗い表情で長い夜を過ごしている。

私は窓の外を眺めながら、今は見えない村の姿を思い出す。

たどり着いてすぐに病人の診察を開始した時には、数は多くとも重症者は少ないと安心した。その直後の強い揺れ。地震大国と言われた日本の耐震構造など望むべくもないこの世界では、あの強い揺れで、ほとんどの家が倒れてしまったのだ。

それでも不幸中の幸いだったのは、村人が全員何らかの形で見つかっていることだろう。行方不明になっていた人達も、狼族や犬族の人達が鋭敏な嗅覚で発見しては救助した。そして残念ながらすでにもの言わぬ骸となっていた人達は、村長の代理として息子さんが一人ひとり身元を判別してくれた。途中何度も顔見知りの無残な姿を見ては青ざめ泣きそうになりながら、それでも彼は最後まできっちりと責務を果たしたのだ。

おそらく救出にかかった時間は元の世界よりもはるかに短かっただろう。村という狭い範囲内故に居場所がすぐに特定出来たし、そこに力の強い大型獣人が駆けつけ迅速に柱や屋根を人力で取り除いて救出。運び出された人達を私達が治療する。

しかし……それでも何人もの人が亡くなったのだ。その人達を悼む悲しみが夜の闇の中に広がっているようで、空気はどこかぴんと張り詰めていた。

今、村の中央広場にはたくさんの篝火《かがりび》が焚かれ、闇夜の中に浮かび上がっているという。それらは今日亡くなった方々を悼む鎮魂の炎であり、日本で言う通夜の儀式だ。助けられなかった人々の数だけ灯《とも》された炎を思うと、私の胸の奥がズキリと痛む。

私は神ではなく、救いたくとも救える生命ばかりでないことは誰よりも自覚している。

もし私達の到着が一日でも遅かったら、もっとたくさんの方が亡くなっていただろう。もしスバル君がいなかったら、技術や知識では補えない薬剤の不足によってどれだけの人が亡くなったかわからない。それでもやはり、私の手のひらからこぼれていった生命を前に私は己の無力さを嘆かずにはいられない。

今現在、助けられた怪我人・病人は全て天幕とこの館に収容されている。

館にいるのはもともと流行病に罹患した中での重症者と今日の地震で出た重傷患者だ。感染の危険性のある患者は右の塔付近、重傷を負った怪我人は左の塔付近に振り分け、体力がある元気な人達に交代で見回りを頼んだ。

比較的軽傷で予後の心配がない人は天幕で過ごしているが、狭いながらもかろうじて全員を屋根のある場所で眠らせることが出来たのは、ヴォルフさん率いるベスティエルの人達が天幕をいくつも提供してくれたおかげである。

少し前まで賑《にぎ》やかだった館内も、夜が更けるにつれて静かになってきた。

私達治療にあたった人間は、とにかく休んで疲れた心身を回復させ明日に備えるべきなのだが、私は未だ眠り続けるゲイルさんの傍らから離れられない。

そう……私のもう一人の大切な伴侶であるゲイルさんは、未だ目覚めていないのだ。

寝台の上で眠りについているゲイルさんは、相当深い眠りの中にいるのかぴくりともしない。その寝姿は自宅でのんびりと眠っている時のゲイルさんと全く変わらなくて、すぐにでも目を覚まし低く優しい声で『チカ』と呼んでくれそうで……私は握った彼の手を離せない。

彼が木材の直撃を頭部に受け、私が治療を施してからもう半日が経過している。何より治療自体は絶対に成功しているのだから、こんなにも長く眠ったままなど有り得ない。

なのに、彼のエメラルドの瞳は閉ざされたままだ。

「ゲイルさん……何でですか？　どうして起きてくれないんです……？」

脳というのは不思議が詰まった人体の中でも最も謎に包まれた器官だといっても過言ではない。脳外科を専門としていた私でもその全てを完全に理解出来ているのかと言われると……そんな人は地球にもいないだろう。

だからこそ、込み上げる不安の中、何度も何度も治癒術を使った時のイメージを思い出しては反復する。

どこか間違えたのではないか？　それとも違う場所に原因があるのではないか？　いやそうではない。きちんと治療は出来たはず……だが、そう思うことは単なる願望なのではないか？

ループする思考と積み重なる時間に押し潰されそうになりながら、私はこぼれかけた溜息を飲み込む。

「起きてください……。ゲイルさん、その優しく頼もしい瞳で私をまた見てください……」

私はそっと手を伸ばし、短く刈り込まれた彼の硬い髪に触れ頭を撫でる。血糊が付着していた焦げ茶色の髪は綺麗に拭き清められ、大きな傷があった頭頂部も今はもう何も指に触れることはなく、指先に滑らかな皮膚を感じる。

間違ってはいないはず、私はきちんと治療をしたのだから大丈夫。さすがのゲイルさんも強行軍からの疲労で眠っているだけなのだ――と、無理やりにでも自分に言い聞かせる。

「あ………!?」

その時、不意にゲイルさんの瞼がピクピクと蠢《うごめ》いた……気がする。

「……ゲイルさん？」

じっと見つめていると、彼の大きな身体が僅かに動き、口元が少しだけ開く。

「ゲイルさん！」

私の呼びかけに反応したようにゲイルさんは唇を震わせ、閉ざされていた瞼をゆっくりと持ち上げてゆく。そこから覗くのは愛しいエメラルドの瞳。

「ああゲイルさん……目が覚めたんですね」

気がつけば私は泣いていた。止めどなく溢れる涙が止まらない。

「どこか痛みを感じたり、おかしなところはありませんか？」

目覚めたばかりの目に部屋の照明が眩《まぶ》しいのか、ゲイルさんは顔の前に手をかざして辺りを見渡し何度か瞬きをした。それからおもむろに私へと視線を戻す。

「ゲイルさ――」

喜びのまま抱きつこうとした私は、ゲイルさんの警戒するような視線と表情に固まった。

「ゲイルさん、どうかされました？」

「誰だ、お前は？」

「……え？」

眉間に深く皺を刻んだゲイルさんの口から飛び出した言葉。私はその意味が理解出来なかった。いや、したくなかった。

私に対して『誰だお前は？』そんな言葉がゲイルさんの口から出てくるはずがないのだ。

「ゲイルさん……私のことがわかりませんか？」

問いかける声は震え――否、熱病にかかったように全身の震えが止まらない。

「お前は？　いや、それよりもここは……」

けれどもゲイルさんはそんな私にさしたる関心を向けることもなく、辺りを見渡しては何かを思い出すように目を細めながら呟く。

「ああそうか、木材が崩れてきて……あんなものを避けられなかったとは不甲斐《ふがい》ない」

少なくとも意識を失う寸前までの記憶はあるのだと、私は少し安心した。

だが――。

「お前はこの村の者か？」

三度目の問を発したゲイルさんの瞳に浮かぶ不審感に気づき、身体を氷柱で貫かれたような感覚に襲われる。

「わ……私はチカユキ、シンラ・チカユキと言います。チカユキです」

それでも私はゲイルさんに顔を近づけて、祈るような気持ちで名を名乗る。出来る限り平静を装って、泣き出しそうな思いで繰り返す自分の名前。一生の内に、こんなにも辛い気持ちで自己紹介をする日が来るなんて考えたこともなかった。

だけど、きっとこれで思い出してくれる。一時の混乱さえ収まれば、いつもの不器用だが、強くて誰よりも優しいゲイルさんに戻ってくれるに決まっている。

「知らないな。そもそも黒髪に黒い瞳のヒト族など、見たことも聞いたこともない」

「――ッ」

私の甘い期待は、あまりにも断定的なゲイルさんの答えによって粉々に砕け散った。

パニック状態に陥りながらも、私の脳内には様々な医学用語が浮かび、様々な病名を導き出すがその中に正解は何一つ見つからない。

「どうしよう……どうしたら……」

気がつけば私はゲイルさんを放ったらかしにして、糸の切れた凧のように廊下をふらふらと歩いていた。

「おい、どうしたんだよチカ？」

そんな私を見つけてくれたのは、たまたま見回りで通りかかったダグラスさんだ。

「ダ、ダグラスさ……んッ！　ゲイルさんが！　ゲイルさんが――――ッ!!」

ダグラスさんを見た途端、私の中で抑えていた感情が爆《は》ぜた。脈絡のない言葉が抑えようもなく溢れ、頬を伝い落ちた涙が廊下にいくつもの水玉模様を描く。

「チカ、どうした？　何があった？　まさかゲイルに何かあったのか!?」


私のただならぬ様子にダグラスさんの顔色が変わり、震える身体を強く抱き締められた。

「なぁどうしちまったんだよチカ!?　そんなに泣いて……」

「ダグラスさん、ゲイルさんが、ゲイルさんが……ッ！」

「まさか……急変したのか!?」

「いいえ……で、でも、ゲイルさんは……私のことを覚えてません――――ッ！」

言葉を吐き出すと同時に、私は膝から崩れ落ちてしまった。

「は……？　えっと、それはどういう……え？」

ダグラスさんはポカンと口を開け、次いで眉間に深い皺を寄せた。

「ゲイルがチカのことを覚えてねえ、だと？　いやいや、有り得ねえだろ？　そんなまさか…………マジなのか？」

「はい……」

「何てこった！」

ダグラスさんは低く唸ると、私を抱えてゲイルさんのもとに走った。

＊＊＊

結論から言って、ゲイルさんはダグラスさんのことやミンツさん達のことは覚えていた。そのため、さしあたってその後のゲイルさんからの聞き取りと診察はミンツさんが主導で行うことにした。

ゲイルさんにとって私は見知らぬ赤の他人でしかなく、どうしても警戒心が拭えないようなのだ。

今ゲイルさんの側を離れたくはなかったが、私の存在はただただゲイルさんを混乱させるだけだと思うとおとなしく身を引くことしか出来なかった。

ミンツさんがゲイルさんに確認したところ、ゲイルさんの中には流行病に対応をするために皆でこの村に来たこと、その最中に地震が起きたこと、被災者を救出している最中に事故に遭ったことはしっかりと残っていた。

ただそこからは『私だけ』がすっぽりと抜け落ちていて、ゲイルさんの記憶からは『シンラ・チカユキ』が関係する事象全てが消えていたのだ。

奴隷だった私を解放してくれたこと、そして愛し合うようになり、子どもをもうけたこと、リヒトやヒカル、スイのこと、それらがゲイルさんの中では全てなかったことになっていた。

自身の足が治っていることについての混乱が多少見られるということで、全ての記憶が改ざんされたというわけではないようだが、ゲイルさんの中に『私』という存在はいない。

頭部を強打した際の記憶の混乱・その一部の欠落は、医学的症例としてそこまで珍しいわけではない。しかし、私は極めて念入りに、ゲイルさんの頭部と脳内に治癒術を施している。今現在、ゲイルさんの脳は記憶を司《つかさど》る部分も含め、正常に機能しているはずだ。

つまり、これはもう外科的な問題ではなく、心や精神の問題と考えた方がいいのかもしれない。

一時的なものという可能性ももちろん考えられる。だが、私の治癒術は全てを修復するのだ……、ダグラスさんの左腕を、無から有を生み出したように……。だからこそ記憶の欠落という状況がどうしても信じられなかった。

いや、信じたくなかった……。


「どうして……」


目の前にいる愛する人が、自分のことだけを忘れ去っている。考えたこともなかったその辛さは、実際に経験してみると筆舌に尽くしがたいものがある。

「なぁゲイル……本当にチカのことを覚えてねえのかよ？　こいつは俺達のチカなんだぞ？」

何とも言いがたい表情をしたダグラスさんがゲイルさんに詰め寄るも、ゲイルさんは私にちらりと視線をよこすと素っ気なく一言『知らん』とだけ答えた。

「おい、ほら！　チカからいい匂いがするだろ？　チカとお前は『番』なんだぞ」

「『番』……だと？」

続くダグラスさんの言葉にはさすがに目を見開き驚きの表情を見せたものの、それとて日頃のゲイルさんをよく知っているからこそ見て取れる変化でしかない。

「彼が俺の『番』だというのか？」

「はい……私はゲイルさんの『番』です」

私がそう答えると、ゲイルさんは鼻をひくつかせ動物的な仕草で私の香りを嗅いだ。

私の鼻はゲイルさんの持つ、深い森のような愛する人の香りを敏感に感じ取っていた。

「……いや、特別な匂いなど何もしないぞ」

「えっ⁉」

「はあっ？　お前とチカの『番』の匂いはすげえ爽やかな森林の匂いなんだろ⁉　それがしねえってのかよ⁉」

私とダグラスさんは同時に声を上げていた。獣人にとって絶対的な意味を持つ『番』。ゲイルさんは記憶と一緒にそれまで失くしてしまったというのか……。

「ああ、しないな。そもそも俺が誰かを愛することなど有り得ない。それはダグ、お前が一番よく知ってるはずだ」

その言葉に、ダグラスさんが顔を押さえて天を仰いだ。

「マジかよ……！　っつうか、これじゃ昔のゲイルだぜ」

ダグラスさんの声を聞きながら、私は目の前が暗くなるのを感じた。

私と出会う以前のゲイルさんが、他者との間に見えない壁を作っていたとは聞いていた。否、それを理解しているつもりだった。しかし、今目の前にいるゲイルさんは、私の知るゲイルさんとは身にまとう空気からして違う……。

「ゲイル……確かにチカと出会う前のお前のことは俺が一番よくわかってる。けどな、チカと出会った後のお前は自らチカを『伴侶』として求め、今じゃ可愛いヒト族の子どもだっているんだぞ」

ダグラスさんが詳しく説明する言葉すら、どこか遠くで響く空虚な音に聞こえる。当事者である私こそがしっかりしなくてはいけないのに、心が現実を受け入れることを拒否して乖離《かいり》していく。

「……有り得ない」

私と関連するもの——あんなに愛し慈しんでいた子ども達のことすら忘れてしまったゲイルさん。それは自分のことを忘れられた以上に辛く悲しかった。

「俺に子どもなど……」

だが、少しだけ声のトーンが変わった気がする。もしかすると否定しきれない何かが彼の中にあるのかもしれない。だがそれは、私がそう願いたいだけなのかもしれない。

「ところで、村人の救出は終わったのか？」

何よりゲイルさんの関心は村へと向けられている。自分のことよりも、全員を助けられたのか、現状どうなっているのか、そちらばかりが気になっているようだ。記憶の有無に関わらず、いや、私を忘れてしまったが故にどこまでも己の職務を果たそうとする堅実なゲイルさんの性分……それすらも今は切なく悲しい。

ゲイルさんが向ける視線の先はダグラスさんばかりで、私のことはあえて視線から外しているようにすら感じられた。

「ああ、そっちは大丈夫だ。助けられる奴は全員助けた。まあ……村人全員無事ってわけにはいかなかったがな……。そっちへの対応は村長の息子がよくやってくれているから心配するな」

「ああ、彼か。まだ若いのにしっかりしていたな」

その言葉を聞いて、私はまたもや胸が痛む。会ったばかりの彼のことは覚えているのに、どうして私はゲイルさんの中にいないのだろう。

確かに記憶というものは繊細で、地球の医学でも解明されていないことは多い。記憶を失ってもすぐに思い出す人もいれば、長い時を経てある日唐突に思い出す人もいる。

そして生涯思い出せぬままというケースも……少なくない。

しかし、だからといって私と私に関する事柄だけ忘れてしまうなんて、この世に神様がいるとしたらあまりに惨《むご》い仕打ちではないだろうか……。

「だから今日はもう皆休んでる。とりあえずお前もゆっくり休んでおけ」

「眠くない。何か出来ることがあるならするが……」

「確かにずっと寝てたからなぁ。つっても、お前も一応病み上がりだし。じゃ腹は減ってねえか？　今日の飯はチカ特製のオヤコドンだ。めちゃくちゃ美味ぇぞ」

「オヤコドン？　彼が作ったのか？」

ゲイルさんの視線がようやく私に向けられたが、その視線は『チカ』を見るものではなく、見知らぬ他人を眺めるそれだった。

「チカの料理は美味いからな。そうだな、あの料理を食べればチカのことを思い出すきっかけになるかもしれねぇし……」

「確かに……腹は減ってるな」

ゲイルさんは自分のお腹に手を当て、軽く眉をひそめた。

「頭の怪我は問題なく治っていますし、記憶以外は、問題ないはずなのですぐに食事を用意しますね」

食べたら思い出してくれるだろうか？　ゲイルさんの大好物であるカツ丼でないことが悔やまれたが、ドリーの卵とカモウ鳥の肉を使った親子丼もまた、ゲイルさんには馴染みのある料理だ。

私は急いで厨房に向かい、彼のためにご飯たっぷり、具も倍増しの親子丼を作り始めた。


ご飯は炊き出し用に炊いてあるし、具材もすでにカット済みだから、新たな手間はほとんどない。私は大きめの鍋にカモウ鳥の肉とオニオルをたっぷりと入れて、火を通しながら溶き卵をかき入れトロトロの半熟に仕上げた。

このカモウ鳥は、地震の前にゲイルさんが仕留めたものだ。だけど今のゲイルさんの頭の中からは、『チカ、見事なカモウ鳥が三羽も獲れたぞ』と、狩りの獲物を自慢げに見せてくれたことすら消えているのだろう……。

ああ駄目だ。目の奥が熱くなって視界が歪む。喉の奥に小石が詰まったように苦しい。

私はずずっと鼻をすすり、流れそうな涙を袖で押さえる。ここで私が泣いていても何も解決しない。今はまず、温かくて栄養のあるものをゲイルさんに食べてもらうことが先決だ。

ミンツさんが側で私のことをずっと気遣わしげに見守っていてくれたが、あえて互いに言葉は交わさなかった。

私は大ぶりの器にたっぷりのご飯をよそい、山盛りの具材を上へとかけた。トッピングに三つ葉によく似た香草が欲しいところだが、この状況で贅沢は言えない。

　出来上がった料理を部屋へと運べば、中ではダグラスさんとゲイルさんが会話を交わしていた。

　もっぱらしゃべるのはダグラスさんで、ゲイルさんは口角を上げて反応するといった具合だが、それはいつものことで違和感はない。

　話題はゲイルさんが私と出会う前のこともあれば、出会った後のこともある。

「お前はキャタルトンであいつ、チカと出会ったんだぜ。いや、お前がチカを救ったんだ」

「記憶にないな。キャタルトンには俺とお前で行ったはずだが……」

　けれども私にとって決して忘れられないゲイルさんとの出会いも、今の彼の中には残っていない。

「おお、来たぜ。チカの飯が」

　何となく部屋に入りづらくて立ち往生していた私に気づいたダグラスさんが、さり気なく手招きしてくれた。

「ん……いい匂いだな」

「匂いそのものは、ちゃんとわかるんだよなあ……」

「当たり前だろう？」

　唸るように呟いたダグラスさんに、ゲイルさんは『何を言ってるんだ？』とばかりに首を傾げる。

　今こうしている間も、私はゲイルさんから漂う爽やかな森林の香りを感じているのに、ゲイルさんが嗅いでいるのは親子丼の匂いだけ。

　自分で作った親子丼が妬《ねた》ましいとすら思うのは我ながらどうかしていると思う。

「これがオヤコドンか？」

　そんな私の気など知らずに、ゲイルさんはホカホカと湯気を立てる親子丼に鼻を鳴らす。

「はい。カモウ鳥の肉とドリーの卵を使って作りました。本来の意味での親子丼ではないんですが……温かいうちに召し上がってください」

『初めて見る食べ物』にゲイルさんは怪訝《けげん》な顔を見せたが、半日以上物を口にしていない空腹と、親子丼の食欲をそそる匂いに促されるように口をつけた。

「……美味い」

頬張った親子丼を咀嚼して飲み込むと、彼はそう一言呟いて少し不思議そうに首を傾げる。

「こんな料理は知らないはずなのに……」

ゲイルさんはぽつりとそう呟いたものの、それ以上は何も言わずまさに『かっ食らう』という表現そのままに、親子丼を食らい尽くした。

米粒一つ残さず完食したゲイルさんは、物足りないと言わんばかりに空になった器の底を少し悲しげに見つめている。その仕草はいつものゲイルさんと何ら変わらず、私は安堵と物悲しさを胸に抱えたまま、厨房にお代わりを取りに行った。

その後ゲイルさんは続けざまに三杯の特盛親子丼を平らげ、いつもの食べっぷりを披露してくれた。だけどやっぱり私のことを思い出すことはなく、その口からいつもの賛辞が飛び出すこともない。

ただ一言『美味かった。ありがとう』と私にお礼を言ってくれたきり、私とは言葉はおろか視線すら交わそうとしてはくれない。過去のゲイルさんは人との深い付き合いを望まないどこか距離感のある人だと聞いてはいたが、私に対してはそれが特に強く出ているように感じる。

「ゲイルさん、今日はこのまま休みますか？　そして、明日また改めて診察させてもらってもいいですか？」

「……休むほど、疲れてはいない。身体の調子も問題はないが……」

「確かに、ずっと意識を失ったままでしたしね……。食べてすぐ寝るのも身体によくないですし、それなら気分転換に少し外の空気にでもあたりに行きますか？」

ふとそんなことを言ってしまったのは、何かのきっかけが欲しかったから。

「そりゃぁいい。ちょっと、お前さんら二人でそのへんを散歩してきたらどうだ？」

「彼と二人でか？」


しかし、ダグラスさんに勧められてもゲイルさんは軽く眉根を寄せて、立ち上がる素振りを見せない。いつものゲイルさんならば、すぐにでも私を抱き上げ外に向かってくれるのに。


「お前ときたら、皆がクソ忙しく働いてる真っ最中に、ずっとぐうぐう寝てやがったんだぜ？　チカの散歩の護衛くらいしろってんだ」

「そうか……それはすまなかった。確かに黒髪のヒト族を一人にしておくわけにはいかないな。彼の護衛は請け負おう」

「……ありがとうございます」

「よしよし、行って来い」


そう言ってダグラスさんは、私とゲイルさんを二人きりで送り出した。

だけど、ゲイルさんは『チカ』と散歩を楽しむわけではない。親友のダグラスさんに頼まれたから、散歩に出る黒い髪を持つヒト族の護衛をするだけだ。


「静か……ですね」


館の外に出てみれば、いつの間にか月は高く昇り、村を照らしていた追悼の篝火も小さくなっていた。外にいた人達も、今は館や天幕に入ったのだろう。ついさっきまでの騒々しさは鳴りを潜《ひそ》め、屋外には夜警番の人がいるくらいだ。

私達は館の裏手へと回り、伐採されたばかりのまだ生々しい木の香りを残す切り株へと腰を下ろした。

けれども、もとより寡黙なゲイルさんは、口をへの字に引き結んだまま、『初対面』の私と楽しく会話をするつもりはないようだ。むしろ、どこか緊張感の漂う空気さえ私達の間には流れている。

あぁ、ものすごく気まずい。でも、このままでは一歩も前に進めない。

「ゲイルさん……！」

私は自分を鼓舞するように一度目を瞑《つむ》ると、改めて私の口からゲイルさんとの出会いを語ることにした。

「先ほどダグラスさんもお話ししていましたが、キャタルトンで私はゲイルさんに助けて頂いたんです。その後私達が『番』だとわかり、お二人と一緒にレオニダスで暮らすことになって……」

あの檻の中での出会い、そこから助けられ共に旅をしたこと。『伴侶』となり愛し合い子どもを授かったこと。そして三人で結婚式を挙げたこと。振り返れば本当に色々なことがあったのだと、ぽつぽつと話す私の言葉をゲイルさんは黙って聞いてくれた。

だがやはりと言おうか彼の反応は極めて薄く、それどころか首を傾げて訝《いぶか》しげに呟いたのだ。

「それは……本当に俺の話か？」

まるで他人事のようなその一言に、私は泣きそうになるのを賢明に堪えた。

ああ、自分の弱さが本当に嫌になる。精神年齢が身体の年齢につられて幼くなってしまっている自覚はあったが、私はこれほどまでにゲイルさんとダグラスさんへと依存していたのだろうか……。

だが、まずは全てを否定せずに怒らずに聞いてくれただけで十分だ。これが後々何かのきっかけになるかもしれない。

どうかゲイルさんの記憶が少しでも早く戻りますように。

私や子ども達のことを思い出してくれますように。

繰り返し繰り返し、私は赤と銀の月へと祈った。

＊＊＊

深夜になり、何とか床《とこ》につくことが出来た私だが、横になってもゲイルさんのことが頭から離れない。一日中働いた疲労感は強く、身体は睡眠を欲しているのに神経が昂《たか》ぶって眠れない。

落ち着かず寝返りを繰り返していたら、気がつけば空がうっすらと白み始めていた。

昨日の疲れが残ったままの身体は酷く怠い。それでもゲイルさんのことが気がかりでそのまま目を閉じる気にもなれず、足早に彼の部屋を訪れる。

『おはようチカ。何だか長い夢を見ていたようだ』

――そんなゲイルさんの言葉を心のどこかで儚《はかな》く期待しながら。


「おはようございます、ゲイルさん」

「ああお前か……おはよう」


早朝から室内で日課の鍛錬《たんれん》をしていたゲイルさんは、昨日よりは警戒心を見せずに挨拶をしてくれた。だけどやはり記憶は戻っておらず、私は溜息を飲み込みながら肩を落とす。

焦ってもどうにもならない。頭ではわかっていても、『私だけが忘れられている』という現実と直面するたびに、心が酷く痛み、強い焦燥《しょうそう》に駆られる。

だが、村の状況が状況だけにゲイルさんばかりに構ってもいられない。

どれほど辛く悲しくとも、生きている人間には生活がある。そのためには一人ひとりが己の職務を全うして復興作業にあたらねばならない。動ける大型の獣人は仮設住宅の建設に取りかかり、小型の獣人は日々の生活に必要な細々とした作業に就いている。

そんな中で私やミンツさん、エドガーさんといった治療班は昨日と同じく病人や怪我人の診察を開始し、スバル君は足りなくなった薬を創り出す。

特にスバル君が私の診察をもとにした分析と、病人を直接診て創り出した風邪薬は素晴らしく画期的なものだった。

その薬は蔓から伸びた枝にぶら下がる小さな丸い果実になっていて、薄い皮を剝いて飴のように舐めるだけで咳止めと解熱作用を兼ねる総合感冒薬で、おまけにとてもおいしい。

そして、その薬は驚くほど流行病の患者に対して効果を発揮した。

この薬の成分をエルフの里に送って逆に分析をしてもらえば流行病の特効薬を作り出すことが出来るかもしれない。

私とスバル君は、急ぎレンス鳥に手紙と薬を託し、エルフの里の長へと送った。

「チカユキさんが作っていたのど飴をヒントにしました。舌下錠みたいなイメージで服用出来た方がこういう症状には合っているのかなと思いまして、何より唾液の分泌が促されて喉が潤いますしね」

「スバル君本当にありがとう。喉の腫れが酷くて薬を飲み込むことが難しい患者さんも喜んでたよ」


更にスバル君は椰子《やし》の実の形をした果実の中に、各種栄養ドリンクの入った飲む点滴まで創ってくれた。

「茶色の実が経口補水液、その隣の緑がマルチビタミン入りジュース、青いのがプロテインドリンク、赤いのが鉄分とカルシウム強化の……」

「……人のことは言えないけど、『春告げの祈り』って本当に何でもありだね……」

「そっ、それは恥ずかしいからやめてください！　ヴォルフさんのせいでそんなへんてこな名前になっちゃっただけですから……」


どうやらスバル君は『春告げの祈り』という己の力の名前が恥ずかしいようだ。まぁ、その気持ちはわからないでもないのだが……。

この椰子の実ドリンクは、ストロー代わりの中心が空洞になった草の軸が天辺の一点から簡単に刺さり、手軽でおいしい栄養補助食品として大活躍。心身の状態から食欲のない患者にも好評だ。

「スバル君が来てくれて本当によかったよ」


スバル君が力を込めて地面に植えた種から芽が出て、瞬く間に育ち枝で咲いた花が実へと変わっていく。

何度見ても目の間で起きていることはまさに奇跡としか言いようがない。


「チカユキさん……ミンツさんからゲイルさんのことを聞きました。あのゲイルさんの中から、チカユキさんの記憶だけが消えるなんて信じられないです」

そんな光景に見入っていた私に、スバル君はたわわに実った果実の一つをもぎながら、静かに語りかけてきた。

「ええ……どうしたわけか、ゲイルさんの頭の中から
は私だけがスッポリと抜け落ちてしまって……」
そう説明するだけで、胸と声が詰まってしまう。
「まずはこれをどうぞ」
スバル君はもぎたての黄色い果実に草の軸を差し込
み、私に手渡してくれた。
「これは？」
「生姜湯っぽい味の栄養補助食品です。身体の芯から
温まって気分が楽になりますよ。チカユキさん、昨日
はあまり眠れてないんでしょ？　本当は寝て欲しいん
ですけど、チカユキさんの気持ちもわかるのでその代
わりです」
「ありがとうスバル君……いただきます」
スバル君の思いやりに心から感謝し、生姜湯らしき
ものを口に含む。それがまずは温かいことに驚いたが、
甘さの中にある独特のピリリとした刺激と旨味、全て
が疲れた心身に染み渡るのを感じる。
「……失われた記憶というものはどうすれば戻るのか
色々考えていると眠れなくて。脳外科を専門にしてい
たくせに、情けない話だよね」
「チカユキさん、記憶の欠落に対する治療は現代医学
でも難しいと聞いてますからそんな風にあまり思いつ
めない方が――」
「うん、そのとおりなんだけどね。脳の状態だけなら、
治癒術で完全にと確信を持って言えるほどにもとの状
態に戻したのに……それなのにどうして記憶だけがっ
て」
「チカさんの治癒術でお手上げとなると、外傷による
脳の器質的異常じゃなさそうですね……」
スバル君は難しい顔をして、数多《あまた》の可能性に思考を
巡らせているようだった。
「私もそう思っているよ。おそらく精神的な何か、心
の問題……。だけど、その『何か』が私には見当もつ
かなくて……」

「チカユキさん、どうか焦らず根を詰めすぎず、気長に回復を待つぐらいに考えた方がいいんじゃないですか？　チカユキさんに言うことじゃないと思いますが原因というものがそもそもない可能性だってあります。そして、ある日突然記憶が戻る。こんなことも起こるのが人間の脳でしょう？」

スバル君の言うとおり、過去に見た文献ではそんな事例もたくさんあった。

人知を尽くしてしまった以上、あとはもう天命を待つしかない。わかっている。そんなことはわかっているのだ。

彼が渡してくれたドリンクを飲み干すと、身体の芯がぽかぽかと温まっていて、少しだけ気分が浮上した気がする。

「おいしかったよ。本当に、ありがとう」

「どういたしまして」

日本の同僚と話しているかのような言葉のやりとりに思わず顔を見合わせて笑い合った私達の所に、ダグラスさんがゲイルさんを連れて来た。

「チカ、今日はお前にゲイルをつけるからな」

「おい……さっきから言っているが、俺は復興作業に混ざった方がいいだろう？　体力も十分戻っている、それに人手が足りてないだろう」

「力自慢の奴ならいくらでもいる、ベスティエルの連中も快く手伝ってくれるそうだ」

思わずゲイルさんを見上げるが、彼が納得していないことがありありと伝わってくる。何か言いたげにその口元がひくついているが、そんなゲイルさんを無視してたたみかけるのがダグラスさんだ。

「いいかゲイル。チカは俺達の『番』で愛すべき伴侶だ。お前さんの記憶があろうがなかろうが、そいつは揺るぎねぇ事実ってやつだから認めろ」

現代医学では、記憶障害の方にあまり強く以前のことを押しつけるのは駄目なのだけれど正直ダグラスさんの言葉が今の私にはありがたい……。

「チカは俺達とは違う。体力は赤ん坊なみだし、とにかく身体が弱くて貧弱だ。ちょっと油断して目を離したら簡単に死ぬ生き物だと思え」

あの、ダグラスさん……。全て事実ですけど、もう少し言い方が……。

「なのに人助けのためとあらば、後先考えずにすっ飛んでいって、そこに患者がいれば迷わず助ける」

「簡単に死ぬ？　ちょっと待て。お前が言っていることの意味がよくわからない。……治療をすることと命に何の関係があるんだ？」

そうだ……今のゲイルさんは、私の扱う治癒術の特異性も知らないのだ。こういった一つ一つの出来事が、私の中に寂しさを積み上げていく。

「普通の診察や治療なら構わねぇんだよ。けど、チカは自分の魔力が足りなければ生命を削ってでも治癒術を使おうとする。それに昨日話したようにチカの治癒術は奇跡を簡単に起こしちまう」

「俺の頭の傷……それに、動かなくなっていた足のことか……本当に彼が治したというのか？」

ゲイルさんはかつて形ばかりは繋がっていたものの、ほぼ麻痺して感覚のなくなっていた左足首を再度確認するように動かした。

「そうだ、チカが治癒術で綺麗さっぱり治したんだ。チカが人を治そうとするのはもう性分だから止められねぇ。だから何かあった時には、すぐに対応出来るように俺達はいつもどっちかが必ずチカについてる。というか、俺達がチカから離れたくなくて争っていたぐらいだ。んで、今日はお前さんの番。以上、チカを譲ってやるんだから反論は認めねぇ」

もともと寡黙で口下手なゲイルさんは、口達者なダグラスさんに立て板に水の如くまくし立てられると、昨夜切り株に座っていた時同様、口をへの字に引き結んで黙りこくってしまった。何というか……非常に気まずい。

「俺にはまだわからない……。だが、お前がそこまで言うなら、きっとそうなのだろう」

ようやく口を開いたゲイルさんの口調と表情は、言葉の内容に反して酷く硬かった。ゲイルさんが信用しているのは、あくまで親友のダグラスさんであって私ではない。

「今日は俺が彼を警護する。それでいいんだな？」

『彼』という他人行儀な呼び方、義務を確認するだけの事務的な物言い。それら全てが氷の杭となって私の心を刺し貫いた。

自惚《うぬぼ》れているわけではないが、いつもはどちらが私に付くかで言い争っている二人なのに、今のゲイルさんは明らかに私と行動することに抵抗感を覚えている。

「よろしくお願いします、ゲイルさん」

だけど、たとえ彼に疎まれても何が記憶を呼び覚ますきっかけになるかわからない今、私は少しでもゲイルさんの側にいたかった。

だから私は精一杯の笑顔でゲイルさんへと言葉をかけた。

＊＊＊

あの災害から一夜明けた今日の診療では命に関わるような緊急度の高い処置はないが、昨日は後回しにするしかなかった追加の治療が山ほどあった。新たに流行病に感染した患者や、応急処置を施しただけの人達の治療を行い、薬の処方を行っていくのだ。

それにこういった災害時には外傷だけでなく、精神的な問題も発生する。私も医学的な知識の中や災害派遣という過去の経験から役立ちそうなことを伝えているが、やはり専門家でない私に出来ることは限られている。

その間ずっとゲイルさんは私の傍らから離れなかった。もちろんダグラスさんの言葉があったからだろうが、どうやら私というひ弱な存在そのものが熊族である彼の強い庇護欲を本能的に呼び起こしているようだとダグラスさんがこっそり教えてくれた。

記憶を失ってもゲイルさんの本質は変わらない。その事実は私の心を少なからず救ってくれていた。


「おい、危ないぞ」

「あ、はいすみません」

「何故何もない所でお前は躓《つまず》くのだ？」

「……すみません」


自分では持てると思った道具の山が抱えた途端に崩れかけて支えてもらったり、何もない所で転びそうになって支えてもらったり。そんなことを繰り返すうちに、最初はぎこちなかった私とゲイルさんの空気は昼頃には多少打ち解けたものにはなっていた。

それでも、その距離感は私にとっては寂しいものだが、事を急いではいけない。


「それは俺が持つ。ダグから任されたお前に怪我をさせるわけにはいかない」

ゲイルさんはちょっとした荷物でさえ率先して運び、私に持たせようとしない。こういうところは以前のゲイルさんと同じなのだが……やはり何かが決定的に違う。


「すみません。ありがとうございます」

私を知らないゲイルさんには独特の威圧感があって、典型的日本人である私は思わず過剰に頭を下げてしまう。

そんな私の様子にゲイルさんは微妙に顔をしかめ、エメラルド色の瞳を細めて首を傾げる。それはどうしていいかわからない時に出るゲイルさんの癖だった。


一方、獣人と獣頭人の間でも、私とゲイルさんのようなぎこちないやりとりが繰り広げられている。

昨日の救援活動で、獣頭人が言い伝えのような危険な蛮族でないことはわかったものの、だからといってすぐに打ち解けるというのも難しい話なのはわかる。

各所で発生しているぎこちない関係。それでも少しずつ互いに歩み寄ろうとしてはまた離れてを繰り返しているそんな中、私達は診療をいったん中断してお昼ご飯にすることにした。

今日のメニューは豚汁。幸い野生の豚のような魔獣フォレストピークの肉が狩りを得意とする狼族によって用意されており、野菜もこの村で収穫されたものでほぼ賄《まかな》えるし、足らない分はスバル君がまた大活躍。

ベスティエル勢が収穫してくれたのは、スバル君が創り出した見るからにみずみずしく太く長い大根だ。

ところがダグラスさんの腕ほどもある大根の山は、私の手には負えなかった。まな板の上に大根を置き、大剣でぶった切ろうとしたゲイルさんを慌てて止めたものの、さてどうしたものか。

「チカ殿、ここは私にお任せください」

ここで名乗りを上げてくれたのがエドガーさんだ。確かに、彼はとても器用で料理の腕も素晴らしい。

多種多様な犬族の中でエドガーさんは大型種の部類ではないが、それでもヒト族の私とは比較にならぬ筋力の持ち主だ。それが彼の手先の器用さと相まって繊細かつ大胆な彼の包丁捌《さば》きによって肉と野菜がどんどん刻まれ、端から大鍋に投入されてゆく。


「随分と手際がいいですね。というか、作り慣れてます？」

「騎士団の野外訓練で、このトンジルは一番人気なんですよ。もっとも騎士団で作るものは肉が半分を占めていて、それだと野菜の旨味が足らずいまいちでして……やはり野菜はこのくらい入れないと！」

そう説明しながら、エドガーさんは嬉しそうに大量の野菜を投入する。

騎士を志《こころざ》すような獣人はきっと肉を好む種が多いのだろう。そんな中でエドガーさんは野菜も好きな少数派なのかもしれない。


「ならば、これも」

「待ってください、ゲイルさん」

「いけません、ゲイル殿」

巨大な肉の塊《かたまり》を放り込もうとするゲイルさんを、私とエドガーさんは笑顔で止めた。この何にでも巨大な肉塊を放り込みたがる癖も、ゲイルさんの変わらないところだと思うと少しだけ元気が出た。
適度な配分の材料を一気に煮込み、味を調えれば即完成。少し肌寒い季節、温かいものは何よりのごちそうですとエドガーさんが早速村の皆さんに豚汁を配っていく。
私は一番大きいお椀にゲイルさんの分をよそって、食べてくださいと手渡した。

「これは豚汁という料理です。熱いから気をつけて食べてくださいね」

『あなたの好物の一つです』と言いたい気持ちは、胸の奥に押し込める。
ゲイルさんの大きな手がそっと椀を持ち上げ、豚汁の匂いを嗅いだ。その途端、ゲイルさんは口元に小さく笑みを浮かべ、椀の縁に口をつけて汁を一口する。

「――――!!」

その瞬間、ゲイルさんの目がかっと見開かれ、あとはもう一気だった。熱さに眉根を寄せながらも、スプーンを持った手を止めることなく具材を口の中へと運ぶ。お椀と口の間を幾度もスプーンが高速移動し、たっぷりよそった豚汁は瞬く間に消え失せた。
汁の一滴も残さずに椀を空にしたゲイルさんが、私をじっと見つめる。

「お代わり、たくさんありますからね」

私が二杯目を椀の中に注ぐと、ゲイルさんは再び無我夢中になって食べる、ひたすらに食べる。その姿は紛れもなくいつもの彼だった。一生懸命、ただただ無心に、子どものように食べるゲイルさん。そんな彼の姿が愛おしい。たとえ私を忘れてしまっても、ゲイルさんがゲイルさんであることに変わりはないのだ。
結局鍋が空になるほどに食べ尽くして、ようやく人心地ついたかのようにゲイルさんの手が止まった。

「美味かった。トンジルは素晴らしいな。具に染み込んだ、深い味わいと旨味が凝縮されたスープが最高だ。先ほどエドガーが野菜の旨味がと言っていたが、確かにこれはたっぷりの野菜あってこその味わいだ。何より具だくさんだから腹も膨れる」

「……気に入ってもらえて、よかったです」

彼らと出会ってすぐにキャタルトンからレオニダスに向かう途中の野営地で、私がありあわせの材料で作った豚汁を口にした時も、ゲイルさんは満足げに今と同じような賛辞の言葉をくれたのだ。

ゲイルさんの中から私が消えても、私が作った料理の味が少しでも彼の中に残っているならば、それがきっかけでもとの彼に戻ってくれるかもしれない。

そんな期待が頭をもたげる。

「よければまた何度でも作りますから」

「そうか、ならば肉は俺が狩ってこよう」

その受け答えも変わらなくて、私は笑顔で大きくうなずいた。

「ぜひ、よろしくお願いしますね」

食事の片付けが終わるまで、私とゲイルさんは料理の材料や調理の仕方など他愛のないことを話し、また一歩距離が縮まったような気がする。

「午後は何をするんだ？」

「休憩を少しいただいてから、診療を再開します」

「チカユキ殿」

私がゲイルさんに午後の詳しい予定を話していると、小さな子どもの手を引いたセリオン様に声をかけられた。にこりと笑みを見せたセリオン様の後ろで、ふさふさの尻尾がパタパタと揺れている。明らかな喜びが伝わってくるその動きは愛らしく、私は思わず立ち上がって彼を招いた。そんなセリオン様の手をしっかりと握り、先っぽだけに房がある尻尾を彼の足に絡めている子どもはどこかで見たことがあるような。

「実はこの子のお父上が怪我をしておられて、私が代わりに面倒を見ていたのですが。散歩に出かけて戻ってきたらトンジルしか残っていなくて……。どうもこの子はあのお汁の匂いが苦手で食べづらいみたいなんです。何かスバルさんが創られたものでもお持ちではないですか？」

そういえば、大量に握ったはずのおにぎりはものの数分で消えていた。

「ごめんなさい……ごめんなさい。しゅきらいしてごめんなさい」

セリオン様の手を握ったまま、泣きじゃくりながら謝る子ども。

「あ、君はユズ君だね？」

私はその泣き声を聞いて思い出した。この子は昨夜酷い怪我で運び込まれた獅子族の父親と一緒にいた子だ。父親の治療は問題なく終わっているが、木材で圧迫され続け、大量の血を失った身体は治癒術だけでは完全に治っておらず、さすがに造血にまで魔力を回す余力もなく、今日も寝台の上で安静にしてもらっている。一週間は仕事禁止、でないと動けなくなるとミンツさんがいい顔で脅し――もとい説明していた。

その父親にしがみついて離れなかったユズ君は、おそらく三歳ぐらいだろうか。私は彼の前にしゃがみ込み、小さな頭を撫でながら話しかけた。

「この調味料の味は初めてだと駄目な人は大人でもいるから大丈夫。そういう人のために用意したお汁もあったのだけど、なくなっちゃってたんだね。だったら別のものを食べようか」

「でも、お残しは駄目なの」

そう言って目線で教えくれた卓には確かにお椀が一個だけ。私が視線を向けたのがわかったのかセリオン様がお椀を持ってきてくれた。確かに豚汁がそのまま残っている。

「大丈夫、これは私が食べるから」

そうして私の分のおにぎりを差し出した。

「これはおにぎり。これなら中身は甘辛く似たお肉だから大丈夫だと思うよ。食べてみて？」

「おにぎり？」

ユズ君はくんくんと匂いを嗅いでから私が手に持ったままだったおにぎりに顔を寄せ、そのままぱくんと食べる。

そして少し首を傾げながら咀嚼した後、ぱあっと笑顔になった。

「おにぎり、おいしいっ！」

嬉しそうに今度は自分の手に持ってかぶりつく。さっきまで泣いていた子はもういない。

「よかった、いっぱい食べて元気になってね。それでお父さんが動けるようになるまで、いっぱいお世話をしてあげて欲しいな」

そういった途端、ユズ君の手が止まった。不安そうに眉根を寄せて口をへの字に曲げて私を見る。

「とーちゃん、うごけるよーになる？　あるけるよーになる？　あんなにいっぱい血がでてふらふらしてて、桃色のお耳のお兄ちゃんがうごけなくなるっていってた」

どんどんと弱くなる言葉がユズ君の不安を伝えてくる。理解力がある程度あるだけに、ミンツさんの説明を間違って解釈してしまったのだろう。寝台から降りられない父親の姿もその不安に拍車をかけたに違いない。

「大丈夫、怪我はもう治っているんだよ。ただ今はいっぱい外に出ちゃった血を身体の中で食べたご飯でたくさん作ろうとしているんだ。だからじっとしていなさいってミンツさんに、桃色のお耳のお兄ちゃんに言われていただけ。ゆっくりと寝て、いっぱいご飯をたべて、血がいっぱい作れたら前と同じように動けるよ」

「そーなの？　とーちゃん、うごけるようになるの？」

「うん、大丈夫」

少なくともユズ君の父親の身体はちゃんと治っている。今朝もそれは確認している、出血による貧血も徐々に改善されるだろう。スバル君が作ってくれる増血剤があれば、ミンツさんの想定よりも早く動くことも出来るはずだ。

「やったぁ！　とーちゃんなおるんだね！　そしたらまたあそんでもらえるんだ！」

「よかったね。だがら、ユズ君もしっかり食べていっぱい元気になろう」

「うんっ」

セリオン様の言葉に、ユズ君は元気よくうなずいておにぎりを食べていく。私は更に荷物の中からラモーネの皮で作った砂糖漬けを取り出した。

「たくさん食べた子にはご褒美だよ」

「わあ、これもおいしいっ！　あまーい！」

これは柑橘系の果皮は風邪にいいという記憶があったのと、実際にこちらでは乾燥した果皮を薬師が薬に使うと聞いたこともあり作ってみたものだ。本当はシロップ漬けがいいのかもしれないけど、持ち運ぶことを考えて砂糖漬けにしてみた。効果は薄くても、ちょっとした糖分補給にもなるからと、のど飴用に力自慢の獣人達に絞ってもらった後の皮を有効利用したのだ。

おいしそうに食べるユズ君とセリオン様、二人の可愛い子ども達を見ていると疲労感も何も吹き飛びそうだ。

「あの……ゲイルさん？」

しかし、私の向かいで子ども達の様子を眺めているゲイルさんから、ただならぬ圧を感じるのは何故だろう。

「あ、ゲイル殿も召し上がりますか？　おいしいですよ」

セリオン様がゲイルさんに話しかけるのを聞いて、私は『あっ』と声を上げかけるのをかろうじて堪えた。

子ども達の愛らしさに気を取られていたが、ゲイルさんは甘い物が実は大好きなのだ。

「もしよければゲイルさんも味見してみてください。甘いですけど酸っぱさとほのかな苦味もありますから、大人でも食べられるのではと思って作ってみたんです」

甘い物が好きだけど表だってそのことを言えないゲイルさんは、私が差し出すと不承不承と言った感じで二、三個ほど摘《つま》み口の中に放り込んだ。

「ああ、かなり甘いな。だが確かに酸っぱさで軽減される」

もっともらしい大人の感想とは裏腹に次を取るための手が伸び、何となく顔も緩んでいるように見える。

「チカユキ殿が作る料理は何でもおいしいとスバルさんから聞いています。せっかくの機会ですので、ぜひ色々教えてください」

「はい、もちろんです」

にっこりと笑うセリオン様の目的がどこにあるのか、以前も同様のことを頼まれている私は知っている。

獣頭人のアニムスであるセリオン様はよき『伴侶』を見つけることを望んでおられ、料理はそのための必修科目だと考えているのだ。その積極性はアニマとして育てられ重い運命を背負わされていたのも原因の一つかもしれない。

しかし、セリオン様のそんな考えは大型種の獣人の食欲を考えれば、あながち間違いでもない。

「おいしいの、うれしいね」

甘酸っぱいお菓子に目をきらきらとさせるユズ君は『ぼくも作りたい』と可愛らしく手を上げた。

「そうですね、一緒に作りましょうね」

私はスバル君の手伝いに戻るというセリオン様から休憩中はユズ君を預かることにして、その場には私とゲイルさん、そしてユズ君が残された。

「あのねチカせんせー、せんせーはとーちゃんをたすけてくれて、おにぎりとあまいおかしをくれたの。だから、ぼくのひみつのおうちにつれていってあげる」

「秘密のお家？」

「うん、こっちだよ」

ユズ君はウキウキとした様子で私の手を引っ張った。

「あの、ゲイルさん……ちょっとユズ君の秘密のお家を見てきても構いませんか？　子どもの足で行ける所ならそんなに距離も……時間もかからないと思いますし」

何か予定のない行動をする時は、必ずダグラスさんかゲイルさんの許可を取ってから。出立前の約束どおり、私はゲイルさんに許可を求める。

「好きにするといい」

「あ、はい、そうですよ……ね」

だけど、返ってきた答えはあまりにも素っ気なかった。いつものように『気をつけろ』『危ない場所ならすぐに帰るぞ』『危ないことはさせないからな』といった、子どもにするような注意はない。

「では、行きましょう」

「ああ」

ついては来てくれるものの、手を繋いでくれることもない。

いつも過保護すぎる伴侶達に頭を悩ませていたつもりだったけれど、こんな風に突き放される……というわけでもなく『普通』の対応をされると寂しく感じる。

そしてそんなことを思う自分が、いい歳をして酷く恥ずかしい。いつからか私には、過剰にゲイルさんとダグラスさんに構われること、それが当たり前のことになってしまっていたのだ。

奴隷として過ごした長い時、その中で私は一度壊れてしまったのだと思う。そして、ゲイルさんとダグラスさんによって今の私が形作られた……。

その根底にはもちろん互いの愛が存在していた。だからこそ今の私はゲイルさんとダグラスさんの『伴侶』であるもう一人の、シンラチカユキなのかもしれない。

こんな風に自分を見つめ直すことはゲイルさんがこ

うならなければならなかったことだろう。

「こっちこっち」

そんなことを考えながらユズ君に手を引かれるままについて行った先は、『砦の館』がある丘から森に入らずに東に向かった場所。そこには山から流れ出す川があり、対岸には山肌が迫っている。川は浅瀬を通れば子どもの足でも対岸へと渡ることが出来、そんな山肌の一角に子どもの背丈ほどの小さな洞窟があった。

「ぼくのないしょのおうち！」

えっへんとばかりに胸を張り、すごいでしょ！　と自慢する獅子の子がとっても可愛い。私はうんうんとうなずきながら、子どもの背丈ほどの穴を見つめた。

「せんせーはとくべつね」

すっかり懐いたユズ君が教えてくれた彼だけの特別。

「すごいね、君が見つけたの？」

「うんとね、かーちゃんといっしょ」

その言葉に私は何とも言えない気持ちになる。聞いた話では、ユズ君は少し前に母親と死別しているのだ。

「かーちゃんがみつけて、おしえてくれたの。ぼくのひみつのおうちにしていいって、あかるいときだけだよって、だからとーちゃんにもないしょね」

そう言われて辺りを見渡せば、意外にも見晴らしがよくて村の広場がよく見える。どう見ても、こちらから見えるように村からもここの様子が見えるのではないかと思える場所だ。だからユズ君の母親もここで遊んでもいいよという意味で教えたのだろう。

「獣のねぐらだったのだろうが、今は何も住んでいないようだな。これは案外丈夫そうだ。ん……思ったより奥まで続いてるぞ」

ゲイルさんが洞窟の様子を確かめようとするも、彼の長身では奥へと進むことは出来ない。小柄な私でも四つん這いになってようやくで、光が届きにくいため奥の方はよく見えなかった。

「ここにね、かーちゃんつかってたクシとか、かがみとか、かみかざりがあるの」

「そうなんだ……」

私は膝をついてユズ君と視線を合わせ、小さな頭をそっと優しく撫でた。

「お母さんの思い出の品達なんだね」

「と一ちゃんね、かーちゃんがしんじゃったときいっぱいないて、かーちゃんのものないないしちゃった。見たら思いだすって。でもぼく、かーちゃんのものないないするのいやだったの」

幼い子どもがたどたどしい言葉で、懸命に訴える亡き母への愛。そのいじらしくも悲しい姿に、私の胸がぐっと詰まった。それは、ユズ君への憐憫《れんびん》とユズ君に我が子の姿を重ねてしまったから……。

死ねない。子ども達が無事に育って独り立ちするまでは、絶対に死ねない。私は死んではいけない……。

「お前の父親はよほど母親を好いていたのだな」

すると、それまで腕を組んだまま黙って話を聞いていたゲイルさんが、不意に口を開いた。

たとえ『番』でなくとも、獣性の強い獣人は伴侶に対して強烈な独占欲を向ける。種族によってその強弱はあるが、獅子族であるユズ君の父親は、きっとユズ君のお母さんをとても愛していたのだろう。

「いつかお前の父親も、愛した人の思い出が残っていたことを喜ぶだろう。大事にしておけ」

「うん、ぼくね、大事にするよ」

「ユズ君はいい子だね。私達に君の大切な秘密のおうちを教えてくれてありがとう」

私はユズ君の細く小さな肩を抱き締める。それはまるでスイを挟んでゲイルさんと過ごしているような感覚だった。

ゲイルさんの記憶の中に私はいない、リヒトやヒカル、血を分けた子であるスイすらもいない。だけどゲイルさんの身体は確実に私達家族としての暮らしを覚えている。

それを感じるたびに私は、嬉しくて切なくて期待する。

いつかきっとゲイルさんの記憶は戻る、何かのきっかけで戻るはずだと。

＊＊＊

「チカ君、ちょっとお話が」

村で三日ほど過ごし、流行病の重症患者も地震による重傷患者も全員快方に向かってこれで一安心と、レオニダスとベスティエルの救援部隊が集まって話し合っていた時のことだ。

ミンツさんが改まった様子で私に話しかけてきた。

「はい、何でしょうか？」

ミンツさんの態度に私も背筋を伸ばす。

「ゲイルさんの記憶は未だ戻る気配はありませんね」

「え、ええそうですね」

断定的な問いかけに私はうなずくしかない。あれからも、何かを身体が覚えている片鱗は見せるのだが、それが明確な記憶とは結びついていないのは確かだ。

「でしたら、チカ君とダグラスさん、それにゲイルさんは一度レオニダスに戻られてはいかがでしょうか？」

その進言に驚いたのは私だけだった。どうやらダグラスさんはすでに知っていたのか、こくこくとうなずいている。ゲイルさんは特に反応していないが、その視線は窺うように私達を見つめていた。

「この村と近くの部族に関しては『薄墨の牙』の協力の下、流行病と先日の地震による被害状況の把握も終わり、支援などがすでに始まっています。それにベスティエルの皆さんが来てくださったおかげで人手も今は足りています。なのでチカ君は、一度レオニダスに戻って陛下に直接状況を報告してくれませんか？」

それは誰かがすべきことであり、最初の計画の中にもあったことだ。もともとダグラスさん達が、私が長期間辺境の地にいることを厭《いと》うたせいもあるが。

「ですけど、自惚れるわけではないですが医療の担い手は私とミンツさんです。それであれば、レンス鳥を使っても……」

「だからこそ、状況が落ち着いた今がその時期なのです。今後必要になる細かな支援物資についての相談と今後の具体的な支援策も含めて。実際に被害を目の当たりにし、患者の治療にあたったチカ君とダグラスさんが報告するのがアルベルト陛下にも最も伝わりやすいのではないかと」

「そうだぜチカ、とりあえずこの近辺で一番被害が酷かったのはこの村で間違いねぇ。この村の周辺は移動生活者が多くて家屋の大半が軽い天幕だったから、人も建物も比較的無事だ。その辺りの報告も含めて一度レオニダスに戻ろう。っつーか、もともとこの村に来たのは、流行病の治療と蔓延、感染の拡大防止のためだっただろ？　そっちの方もスバルのおかげで落ち着いたことや、その経緯なんかも報告する必要がある」

そう言うダグラスさんの視線がちらりとゲイルさんに向けられた。

ああそうか、皆ゲイルさんを心配して私達を先に帰そうとしてくれているのだ。レオニダスには私とゲイルさんの思い出がたくさん刻まれている。だからこそ、ゲイルさんの住み慣れた地に一度戻ってみろと言ってくれていることは、鈍い私でもさすがにわかる。

「……わかりました、一度戻ってアルベルト陛下にご報告します」

「よろしくお願いしますね」

そう言って意味ありげに微笑むミンツさん。

「今度来る時は食べ物をたっぷりお願いするっす！」

大きな声を上げて、ミンツさんの平手を頭にもらっているグレンさん。

「チカユキ殿に教えて頂いた知識と料理、それをここで存分に振るいたいと思います」

深々と頭を下げるエドガーさん。

「力仕事は我らの領分、どんと任せてくれ」

その横で胸を叩く隊長さん達。

「実地で関わることでどういう薬が必要なのかよくわかりました。樹海のエルフ族とも連絡はついていますので、飲みやすく、効果があって、万人に使える薬を開発していきますね」

「私も手伝いますっ！」

スバル君の言葉にセリオン様が手を上げて、ヴォルフさんが深くうなずいている。

「ベスティエルの民も協力は惜しまない。ここからであればレオニダスの王都よりもベスティエルの方が我らの知る道を使えば近い、何かあれば国から応援を呼ぶことも出来る。どうか安心して戻って欲しい」

日が経つにつれて獣頭人と獣人の関係はよくなってきている。それは彼らの真摯な態度があったからこそだ。

「皆さんがいらっしゃるんですから、心配などしていません。いえ……、ありがとうございます」

深い感謝の念を込めて頭を下げ、彼らに後を託して私達はレオニダスに戻ることになった。


レオニダスへの帰路、私達三人はいつものようにアーヴィスを走らせている。私はダグラスさんに抱きかかえられてレックスの背に揺られ、ゲイルさんは単身ノアを駆っている。

ちなみに、ゲイルさんの騎乗っぷりは素人の私が見ても、以前と何ら変わらぬ堂々たるものだった。彼が忘れてしまったのは、あくまで私と私にまつわる事象だけなのだから、当然といえば当然だろう。

　だけど……魔獣相手に何をと言われるだろうが、ゲイルさんに覚えていてもらえたノアが羨《うらや》ましかった。人としてかなり終わっているが、今の私はゲイルさんの分厚い手のひらで首を愛撫され、心地好さげに目を細めているノアが心の底から羨ましい。

　村を出る時だって、いつもならどちらが私を抱いて騎乗するかで熾烈なジャンケン合戦が繰り広げられるのに、今日のゲイルさんは一人さっさとノアに跨り振り返りもしなかった。

「チカ、そんな寂しそうな顔すんなよ。俺まで悲しくなっちまうぜ？　撫でて欲しいなら、おっちゃんが身体中隈《くま》なく撫でてやるから元気出せって」

「すっすみません……ダグラスさん。そういうつもりじゃなくて……」

　ダグラスさんに抱きかかえられた腕の中で、ゲイルさんを想って寂しがっているなんて、普通に考えて失礼な話だ。私の伴侶は二人。どちらも変わらず大切な人達なのだから。

「違うだろ？　こういう時にはすみませんじゃなくて――」

「ありがとうございます」

「うーん、もう一声！　ダグラスさん大好き！　とか、今夜にでも撫で回して！　とか、色々あるだろ？　まぁ、今は状況が状況だ。お前はあいつのことだけ考えてればいい。俺に気を遣う必要はないからな」

「っ……大好きです。ダグラスさん」

　どんな時でも明るく陽気に。ピンチの時ほど不敵に笑う。耳元で囁かれた小さな低い声。ダグラスさんのそういう強さに、私はいつも救われる。

「ダグ、遊んでないで野営地を探すぞ」

「へいへい」

　片や私とダグラスさんのやりとりに、何の感情も見せないゲイルさん。キスの回数が一回少なかっただけで、この世の終わりのような顔をしていた人は、一体どこに隠れてしまったのだろう。

「ダグラス、本当に俺までレオニダスに戻る必要があるのか？　彼の護衛ならばお前だけで十分に思えるが。俺は、村の人達が心配だ」

「ゲイルさん……」

それはいかにも真面目で誠実なゲイルさんらしい考えだったが、疎外感に近い寂しさは禁じ得ない。

「村のことは皆に任せておけば大丈夫だ。何度も言うが、俺とお前、二人揃ってチカの伴侶で『番』。そのことは記憶がなくても忘れるな。それより野営の準備を急ごうぜ。日没までもう時間がねぇ」

「そうだな……」

ゲイルさんは茜色《あかねいろ》の空に目をやり、仕方がないと言わんばかりにうなずいた。

「チカの美味い飯で舌が肥えちまうと、どうにも保存食が味気なくていけねぇな」

「帰ったら、ダグラスさんとゲイルさんがお好きなものを、お鍋いっぱいに作りますよ」

急ごしらえの野営地で簡単な保存食を食べながら、ダグラスさんが嬉しいぼやきを明るくこぼす。

本当ならきちんと温かな食事を提供したいところだが、新鮮な食材は村で使ってもらうために全て置いてきたのだ。

「それにしても……やけに冷えるな」

暖を取るための焚火に赤く照らされながらダグラスさんが呟いた。

ウルフェアはもともと寒い地域だが、森の奥に入ると更に地面からじわじわと冷気がしみ出してくる。

「チカ、こっちだ」

そろそろ寝る時間だと、ダグラスさんが私を抱き上げながら獣体へと変化すれば、私の数倍はある巨大な獅子が完全に私を包み込む。野営のお約束ともなっている『獅子の被毛による毛布』は素晴らしく温かく、柔らかく肌触りもよくて、私は寒さを感じたことがない。

「お休みなさい……」

心地好い温もりに抱かれ、私はすぐにうとうとと微《ま》睡《ど》み始める。

「え……？」

その時、不意に瞼の裏が明るく輝いた。

「ゲイル……さん？」

何事かとうっすら瞼を開けると、私の目の前にゲイルさんが巨大な熊の身体でちょこんとお尻で座り、手持ち無沙汰でこちらを見つめているではないか。

だがそんなゲイルさんをよそに、ダグラスさんはますます強く私を抱き込み、ゲイルさんはそんな私達をじっと見つめる。

「あの、えっと、ゲイルさん……？」

何がどうしてこうなっているのか、正直さっぱりわからない。

それでも私はゲイルさんの視線に誘われるかのように手を伸ばす。

ゲイルさんは無言のまま私の手におずおずと触れ、そのまま寄り添うように横たわった。

頭上でダグラスさんの『やれやれ』と言わんばかりの溜息が聞こえたけれど、二人の『伴侶』に添い寝された私はとても幸せだった。まるで何もかもがもとに戻ったような……そんな夢心地の中で眠りについたのだ。

＊＊＊

「おはようございますゲイルさん。もしかして何か思い出したり――」

幸福な眠りから覚めた私は、淡い期待を胸にゲイルさんに問いかける。

「いや、何も……すまない」

「いえ、私こそ……すみません」

だけど、現実は甘くなかった。

「チカ、ほれほれこっちだ」

「はい」

今日も私はダグラスさんに抱かれ、レックスの背に乗る。もちろんそのことに不満はないのだけれど、悲しげにいないなくノアにつられて、私まで悲しくなってしまう。

「……俺と乗るより、ダグの方がいいだろう」

そうノアに語りかけるゲイルさんの態度は、相も変わらず素っ気ない。

ただし、昨日と違ってゲイルさんは時折私に視線を送ってきた。

これはいい兆候……なのだろうか？


「ありゃあ気にはなるが、何で自分がそんなに気になるのかわかってねえって面だな」

「時々……ゲイルさんの記憶の中に私が現れているような感じがします。私の願望かもしれませんが……」

おそらくゲイルさんの中から、私はまだ『消えて』いない。彼の記憶のどこか奥の方に、しまい込まれ隠されているに違いない。

けれどもそれは、きっぱりと線引き出来るものではなく、時折記憶の表層にジワリと滲み出すのだろう。

……私はそう思いたい。

「そりゃそうだろうよ。獣人にとって『番』という存在は自分自身より大事なもんだ。それを完全に忘れることなんて有り得ねえ。何かのきっかけで必ずチカのことを思い出す。おっちゃんは今のうちにお前さんを身体だけでも独占しておくさ」

きっぱりと言いきったダグラスさんは、あえて見せつけるように私に頬ずりして、髪にキスを落としてきた。

「あ……」

不意に強烈な視線を感じて目だけを動かすと、ゲイルさんが呆気に取られた顔で私達に強い視線を向けてきていた。『まだ日の高いうちから人前で何をしているんだ』と言わんばかりの表情にいたたまれなくなる。それによくよく見れば、ノアの手綱《たづな》を取るゲイルさんの拳《こぶし》は無駄に力がこもり、軽く血管が浮き出ていた。

あれ？　これってもしかして、怒ってます？

「おうおう、気に入らねぇって面してんなぁ？　けど、ありゃまだ『何で自分がそう思うのか』わかってねぇよ」

ニヤリと笑ってゲイルさんを挑発するダグラスさんに、私は何も言えずにされるがまま。

もうじき森を抜けるかと思ったその時――。

「……ダグラスさん？」

私と戯《たわむ》れていたダグラスさんの身体がぴくりと震えた。抱き込まれていたからこそ気づいたその反応に私が振り返ると、ダグラスさんはしっと唇に指を当てた。

「ゲイルさ――ッ!?」

そして私達の横を駆け抜けてゆくゲイルさんとノア。思わず声を上げてしまった私の口を、ダグラスさんが大きな手のひらで塞ぐ。

ゲイルさんは鋭い視線を前方から逸《そ》らすことなく、左手のみでノアを巧みに操りながら右手で背に負った大剣の柄を握る。

「グレルルだ」

耳元でダグラスさんに囁かれ、その名を持つ魔獣が脳裏に浮かぶ。山間部に住まう大型の肉食魔獣。その獲物は主に他の魔獣だが、時には人も襲うため有害魔獣の指定を受けている。

発見次第討伐必須であり、基本的には戦闘特化の冒険者が複数人いれば討伐可能だという。だが、あくまで複数人のはずなのだが……。

「ゲイルなら何の問題もねぇよ」

ダグラスさんの言葉に魔獣の断末魔が重なる。ゲイルさんは騎乗したままあの大剣を地面と水平に構え、バットを振り切るようなスウィングの一撃でグレルルを屠《ほふ》ったのだ。血飛沫を上げて崩れ落ちるグレルルの横を、ダグラスさんのレックスが疾走する。

ちらりと見えたグレルルはノアに乗ったゲイルさんよりも更に大きく、私はその巨大さに驚愕した。

「ダグラスさん……あれって本当に、冒険者なら討伐出来るものなんですか？」

「んー、ちょい大きかったなぁ。並の冒険者なら十人ぐらいか……？　さすがウルフェアの森の奥地だな、魔獣もでけえ」

やっぱり大きかったし、普通じゃなかったのだ。だがそんな魔獣を一撃で仕留めたゲイルさんは、大剣をしまうとすぐに私達に追いついた。

「よっ、ご苦労さん」

「ありがとうございます、ゲイルさん。怖いと思う暇もなくて、あんな大きな魔獣を一撃で倒すなんて、やっぱりゲイルさんは強いですね」

「……大したことではない」

私の謝辞にも、ゲイルさんは眉一つ動かさない。『鋼《はがね》の心を持つゲイル』……畏怖と揶揄《やゆ》を込めて彼がそう呼ばれていた所以《ゆえん》を、期せずして私は思い知った。

「魔獣の相手はお前に任せるわ。代わりに俺はチカを護《まも》るってことで」

「ダグラスさん、私は大丈夫ですから。ゲイルさんだけに押しつけるなんて――」

「……構わん」

ゲイルさんは地を這うような声で応えると、ぷいっとそっぽを向き離れていってしまった。

「あーあ、ありゃあかなり妬《や》いてんなぁ。その感情が湧いてるなら記憶が戻ってもよさそうなもんなんだが……」

「ダグラスさん、ゲイルさんをあまりからかわないでくださいよ」

私はダグラスさんの意地悪を軽く窘《たしな》める。ゲイルさんが私を意識してくれることに、喜びを感じないと言えば嘘になる。

だけど、それ以上に戸惑い混乱しているゲイルさんが心配だ。

＊＊＊

数日の旅程の末にレオニダスに戻った私達は、予め連絡を入れておいたとおり、自宅ではなくゲイルさんの実家であるフォレスター家に向かった。

こんな状態のゲイルさんを、とても子ども達には会わせられないからだ。ゲイルさんならばたとえ自分の子として認識出来なくても、子ども達を邪険に扱ったりしないことは村での様子からわかっている。

けれども、私はまだ幼い子ども達に『父親から忘れられる』という衝撃的な経験をさせたくない。下手をしたら心に一生の傷を残してしまう。

家のことは引き続きセバスチャンさんに、子ども達のことはヘクトル様やテオドール様にお願いしてある。あの方達であれば、上手く子ども達を今のゲイルさんに会わせないようにしてくれるだろう。

フォレスター家では、ゲイルさんのご両親であるバージル様とリカム様が快く私達を迎え入れてくださった。

「よく来たな！　まずはゆっくり休むといい」

「そうだね。辺境での支援活動に想定外の大地震。皆疲れてるだろう？　とにかく無事でよかったよ」

「……大事ありません。部屋で少し休みます」

なのに、ゲイルさんの態度は久々の親子の対面とは思えないほどに素っ気ない。そのまま、かつての自分の部屋へと姿を消してしまう。

「ふぅ、聞いてはいたが……あれはどう見ても、昔のゲイルだな」

「チカ殿を連れて来た時も驚いたけど。逆の意味で今は驚いてるよ……。うん、完全に昔のあの子だね。チカ殿と出会う前の雰囲気そのままだ」

バージル様とリカム様は眉をひそめて顔を見合わせる。

「私達からすれば馴染みのある姿だけど、チカ殿にはさぞ衝撃的だったろうね……」

バージル様とリカム様は揃って深い溜息を吐かれ、それからリカム様が私に向かって深く頭を下げられた。

「すまないね、チカ殿。悪気がないとはいえ、記憶のないゲイルの態度はきっと君を傷つけているだろう。俺達が何か力になれればいいんだが……。せめてこの屋敷を我が家だと思って寛いでくれるかい？」

「いえ、私の方こそご迷惑をおかけいたします。こちらでお世話になれて本当に助かります。私はいいのですが子ども達にはさすがに……」

「賢明な判断だな。あのゲイルの様子ではスイやリヒト、ヒカルを目の前にしても互いに戸惑いが深まるだけであろう……」

リカム様とバージル様それぞれの心遣いが本当にありがたい。

本当は私とダグラスさんだけで私達の家に帰る案も出たのだが、私がどうしてもゲイルさんから離れたくなかったのだ。

そんな私達を迎えてくれたバージル様とリカム様のお心遣いによって、まるで自分の家のように寛がせてもらっているのだが――。

「チカは俺の膝の上な！　ほら、これは美味いぞ。この薄いハムはお前さんの好物だろ？」

家族揃った朝食の場で、キュウリもどきとチーズの生ハム巻きを手ずから口に運んでくれるダグラスさん。

ええまぁ、確かにこれが自宅でのデフォルトですけど……生温かい目で見守ってくださるバージル様とリカム様の視線が辛いです。

「ゲイル、お前はやらなくていいのか？」

「父上、俺はあのようなことは……」

「興味がないか？」

「……はい……いえ、よくわかりません」


　そしてゲイルさんは、こちらを凝視しながらバージル様の質問に歯切れ悪く答える。

　即答ではないところに、今の自分の状況に違和感を持ち始めているようにも思えた。それはいいことなのか悪いことなのか……。

「よっし、俺はちょっくら兄貴に会いに行ってくる。特に一連の出来事について詳細な報告が必要だろう。特に地震の被害は、俺達には想定出来ないものだった。あとは、ベスティエルのことについても、ウルフェアの森に彼らが入ることも含めて相談しといた方がいいだろう」

　食後のお茶が終わる寸前、ダグラスさんが不意に声を上げる。

「そうですね、でしたら私もご一緒した方が」

「いや、それは大丈夫だ。お前さんの分野についてはミンツがことの詳細を報告書に纏めてくれてるからな。ゆっくり休んでおけ」

「えっ、ミンツさんが……？　それでは話が……」

　まさかミンツさんがそこまで下準備をしてくれていたとは思わず、自然と声に出てしまう。

「いいからいいから任せておけって、というわけでチカを頼むぜゲイル？　今日は一緒に街に出て、色んな所を回ってこい。そうすりゃ、ちったあ思い出すことや引っかかることもあるだろうよ」

「……彼と二人きり、でか？」

「そうだ」

　ああ、そうか。皆で私とゲイルさん二人きりの時間を作ってくれようとしてくれているのだ。本当にその心遣いには感謝しかない。

　ならば、私はその気持ちを無駄にしてはいけない。

「ゲイルさん、ちょっと街を散策するだけです。私のことだけではなく、ゲイルさんの記憶と齟齬《そご》があるところがあるかもしれません。ですから、記憶の確認の一環としてご一緒してくださいますか？」

渋るわけではないが戸惑いを隠せず座ったままのゲイルさんに、私は思いきって手を差し伸べてみた。

「……わかった」

ゲイルさんはしばらく私の手を見つめていたが、結局その手を取ることはなく立ち上がる。

「それで、どこに行くんだ？」

「そうですね…まずはゲイルさんと一緒に行ったことのある商店に行きましょう。今回の旅でゲイルさんの外套がかなり傷んできているのが気になっていたんです」

「俺の外套を……？　……お前がそれでいいならそうしよう」

私の言葉に少しぎこちなくうなずきながら、ゲイルさんはゆっくりと歩き始める。だけど、やっぱりゲイルさんは私と手を繋いではくれなかった。

＊＊＊

ダグは俺の大切な親友で相棒だ。若い頃から共に旅をし、ギルドの冒険者として共に戦い、そして最後は共に大怪我をして冒険者を辞めた。

もっとも俺達の名はその頃には知れ渡っていた故に、そう簡単に引退させてはもらえず、ギルドのキャタルトン支部長と補佐を請け負うはめになったことはよく覚えている。

だが、俺がその地で黒髪のヒト族であるチカユキを奴隷商から助け出したことなどまるで記憶にない。更にはそのチカユキが我々二人の『番』であり、類い希なる『至上の癒し手』という奇跡の力で俺の動かなくなった左足と、ダグの欠損した左腕を治した――そんな荒唐無稽《こうとうむけい》な話を聞かされても、とてもではないが信じられない。

この俺が……他人と相容れることなど不可能だと、身内を含む誰からも言われ続けてきた俺が、助けるためとは言え嫌悪して止まぬ奴隷売買に手を出してまで誰かを手に入れた？

そうして連れ帰った相手は、誰もが熱望しながら終生出会えずに終わるという運命の『番』？　一体どれほどの奇跡が重なれば、そんなことが起こり得るのか。

常の俺ならば、またダグ得意の与太話が始まったと一笑に付していただろう。だが、実際に俺の足は何の問題もなく機能し、ダグに至っては失ったはずの左腕が何事もなかったかのように生えているのだ。こうまで明確な物的証拠を突きつけられてしまっては、ダグの話を信じるより他にない。

しかし、ならば何故俺はチカユキに何の匂いも感じないのか。『番』であればわかるはずの二人だけの匂い。獣性の強い熊族でアニマの俺が、その匂いに気づかぬはずがない。

本当にチカユキは俺の『番』なのだろうか？　そんな疑問も頭をもたげたが、そこを疑い始めると俺は身近な人間全員から騙《だま》されていることになる。さすがにそれはないだろう。

不思議なのはそこには疑問が浮かぶのに、あのチカユキが関係しないことに対する疑問は一切浮かばないのだ……。今がいつで何のために俺はウルフェアのあの村に行ったのかも、そして地震に見舞われ、その救助活動中に負傷したことも。

全ては明確なのに、どうしても一つだけぽかりと空いた穴がある。それはチカユキが関係する事象全てにおいて生じているという何とも言いがたい奇妙な違和感。

それにチカユキの人となりは、被災した村人達に対する献身的なふるまいから十分に見て取れた。『番』云々《うんぬん》を抜きにしても、彼を一人の人間として好ましく思う。

そして不思議なことに、彼の作る料理はどれもこれも何故か懐かしく、何を食べてもとにかく美味い。トンジルの後にそっと勧めてくれたラモーネの皮の砂糖漬けも美味かった。それにあの時の彼の眼差《まなざ》しからして、彼は俺が隠している甘い物好きだということを明らかに知っていた。

それを知っているのは両親と執事のセバスチャン、そしてダグだけのはずなのに。このことからも、チカユキが俺にとって近しい存在だったことは間違いない。

だが、それでも俺は彼が自分の『伴侶』であることを受け入れられなかった。いや、理解が出来なかったのだ。


ミンツ達に勧められてレオニダスに一足先に戻る時、アーヴィスに乗れぬチカユキはダグと共にレックスに騎乗していた。ヒト族としても小柄なチカユキはダグの胸にすっぽりと収まり、上から外套で包まれてしまえば俺からは全く見えなくなった。

だが、互いに何やら楽しそうに話している言葉の断片が、風に乗って俺の耳にも届く。

俺は一人でここにいるのに、どうしてそんなに楽しそうなんだ？

この時俺は、自分でもよくわからない焦りを覚え、己の感情の奇妙さに戸惑った。

ダグがアニムスと親しげにしているのはいつものことで、今更珍しくもないというのに。何故か俺は飢餓感にも似た疎外感と喪失感に苛《さいな》まれていたのだ。

途中幾度か挟んだ休憩で、ダグに『替わるか？』と問われた時も、俺はすんでのところでうなずくところだった。俺はもともと、一人でアーヴィスを走らせるのが好きだ。あんな風に誰かを乗せて気を遣いながら走るのは、どう考えても俺の性には合わないというのに。

だから俺は断ったのだが、それからのダグは明らかに俺へと見せつけるようにチカユキを抱き込み、愛おしげに触れ始めたのだ。

その姿が視界に入るたびに、俺の胸の奥で苛立ちのような何かが燻《くすぶ》った。

長いダグとの付き合いで、この程度のからかいには慣れているはずなのに。何故こんなにもチカユキが気になるのか？

俺はいよいよ己の心がどこを向いているのかわからなくなり、混乱を深めていった。

そして奇妙なことはそれだけではなかった。


『きゅう！』

いつもはおとなしいノアが、休憩時間のたびにチカユキに擦り寄り、何か言いたげに俺を見るのだ。最初はわからなかったが、どうやらノアが彼を乗せたがっているのだと理解し、俺は酷く驚いた。

元来アーヴィスは誇り高い魔獣だ。それは比較的人懐っこく雌故にいくらか小柄なノアとて変わらない。そんなノアが、自ら進んで他人を乗せたがるなど初めてのことだった。

俺は……皆が言うように真実チカユキを大切にしていたのだろう。きっと旅をする時は、ダグがしているように彼をノアに乗せ、ああして全てから守るように包み込んでいたのだ。

だが、今の俺にその記憶はない。他人を己の懐《ふところ》へと受け入れたことのない俺が、知り合ってから今までの記憶がないままにチカユキを受け入れられるのかと自問すれば、はっきりとした答えが見つからない。

下手なことをすれば逆にチカユキを傷つけてしまうだろう。自分の性格や気質が人好きするものでないことぐらい理解はしている。

ならば彼のことはダグに任せた方がいい。俺は自宅へと戻った翌朝、そう結論を出した。

ちなみに、キャタルトンから戻った俺にはダグやチカユキ……それに子ども達と暮らす家があるらしいのだが、俺にとっての自宅とは両親が暮らすこの家をおいて他にない。

やはりそういった部分でもチカユキが関わる部分には確かに記憶の齟齬や欠落が存在しているのだ。皆が何らかの意図を持って俺を騙そうとしてない限り……。

だからもうこれ以上、チカユキのことで心を乱すのは止めよう。それがチカユキのためにも……俺の子のためにもなるのだと無理やり自分を納得させて俺は一人静かに決意を固めた。

しかし一夜明け、両親とダグとチカユキが揃った朝食の席で、俺の決意は脆《もろ》くも崩れ去った。

ダグが当たり前のようにチカユキを自身の膝に座らせ、幼子にするように手ずから食事を与え始めたのだ！

いや……思えばあの村でもそういうことは確かにあった。

村でのチカユキは俺と共にいることが多かったが、たまにダグがああやって彼を膝の上に乗せていた。野営の時にも終始膝の上に乗せていたが、それは単に寒いからだと思っていた。

その姿を違和感なく捉えていた自分にも今更ながら驚いたが、俺の両親がいてもそうなのだから言葉も出ない。

それにしてもダグはここまでアニムスを甘やかしていただろうか？　あいつは自由奔放《ほんぽう》に遊んでいるように見えてある種の線引きはしていたはずなのだが……。

それにしても、曲がりなりにも他家での食事の場でぐらい弁《わきま》えろと思ったが、俺の両親は特に動じる様子もない。

「相変わらず仲睦まじいことだ。リカム、お前も儂《わし》の膝に乗るか？」

「ん？　二度と立てなくなるように膝を叩き折って欲しいって今言ったか？」

そんな会話を呑気《のんき》に交わしながら、ダグとチカユキを微笑ましく見守っていた。これが彼らの日常であるならば、その溺愛っぷりは凄まじい。はっきり言って病気だ。

そんなことを考えていたせいか、大好物の実家特製ロックビーの蜜増量パンケーキの味すらわからなかった。

何とも言えぬモヤモヤとした気分で食後のお茶を飲んでいると、不意にダグがアルベルト様のもとに報告に行くと言い出した。それ自体は別に構わない。というか、もともと俺達はレオニダスからの特使としてウルフェアに赴いたのだから、帰還後に任務の首尾を報告するのは当然の義務である。

しかしダグは、俺にチカユキを連れて街を巡れと言う。

更にはチカユキまでが、穏やかな微笑みを浮かべて俺に手を差し伸べてくる。

別に、彼と出かけることが嫌なわけではない。だが彼は、自分のことだけをすっかり忘れ果てた人間といて、不快な気分にはならないのだろうか？

もし俺が逆の立場ならば、不快とまでは思わなくともその扱いに困り果てるだろう。

「……わかった」

そう思いつつ、俺は何故か拒絶出来ずに立ち上がった。一瞬、彼の手を取ることも考えたが、覚えてもいない相手に馴れ馴れしく触れることは憚《はばか》られた。

「それで、どこに行くんだ？」

我ながら端的すぎる物言いで尋ねた俺に、彼は商店街の洋品店に行き、俺の外套を新調すると答えた。

不潔でさえなければ身なりにこだわりのない俺は気づいてもいなかったが、彼は旅の最中に俺の外套がくたびれていることに気づき、ずっと気にかけていたという。


何故か彼が俺を見ていたこと、俺の身なりを気にしてくれていたことが、気恥ずかしくもやけに嬉しい。誰かに好意的に思われて嬉しい、ありがたいと感じるのは人として至極《しごく》まっとうな感覚なのだろう。だが、今俺が感じている『嬉しさ』は、そうした一般的なものとは違う気がする。端的に言って……それだけのことで心が浮き立つような喜びを感じるなど、大人になってから……いや子どもの頃もついぞなかった。

一体この感情は何なのか……。俺にはチカユキに関する記憶が何一つない。となると、この感情は『過去の俺』ではなく『今の俺』がチカユキを好ましく感じているから発生したのだろうか。


自分ではわからないが、本当に彼が俺の『番』であるとすれば、俺は自らの命よりも彼を大事に思うはずだ……獣人とはそういうものなのだから。それ故に俺はチカユキに執着し、何も思い出せずとも彼の傍らに在りたいと考えてしまうのか……。

チカユキの歩幅に合わせて歩きながら、俺はそんなことを考える。

チカユキと歩くレオニダスの街は、いつもと変わらぬ喧噪《けんそう》で俺達を迎えてくれた。俺はこの街をちゃんと知っている。そう実感することは、俺を少しと言わず安心させてくれた。

本音を言えば、チカユキのこと以外にも無自覚に忘れていることがあるのではないかと恐れていたのだ。


「おはよう、チカさんゲイルさん！」

「チカさん今日は熊の旦那とお出かけかい？」

「チカさんが自分の足で歩いてるなんて珍しいねぇ。抱っこしてやんないのかゲイルさん？」

いつもと違うのは街のあちこちでやたら気さくに声をかけられ、俺とチカユキが二人でいることが当たり前かのように見られていることだ。しかもチカユキに声をかける人々は、同時に俺にも話しかけてくる。

ダグ曰《いわ》く俺の風貌は他者に威圧感を与える……らしく、以前は街を歩くと俺の周りだけ人がいなくなったものだ。


「ゲイルさん、あんたの好きな上等のロックビーの蜜が入ったよ」

「言い値で買おう」


だが、そうした街の人間の態度を当然とばかりに心地好く受け入れている俺がいる。

何よりもチカユキが皆に慕われていることが嬉しい。ダグラスの話によると、彼は『異世界人』？　という存在らしいが、こんなにも街の住民に慕われているのだから俺が感じた彼の人柄に間違いはないのだろう。

チカユキは『俺《ゲイル》』のものだと誰もが認識しているのが心地好い。俺は自分の中にある独占欲という感情を初めて知った。

この感覚は、俺が彼を昔から知っているからか？

それとも、彼を知って僅か数日で俺の心が彼へと大きく傾いたということか？

やはりそれは彼が俺の『番』だからなのか……。

その答えは見つからない。


「チカユキ！」

チカユキのつむじを上から眺めつつ思考の沼にはまっていた俺は、通行人が彼にぶつかりそうになった瞬間、反射のみで行動を終えていた。

「あがぁぁッ！」


俺に腕を捩じ上げられた鼬《いたち》族の若者が、ミシミシと骨を軋ませながら悲鳴を上げる。

「だ、駄目ですゲイルさん！　わざとじゃないんですから離してあげてください！」

無意識に力を込めすぎている自分に驚き、チカユキが慌てた顔で俺の腕に縋りついてきたから、『すまない』と詫びてから離してやった。

ヒト族であるチカユキは、きっと獣人の粗暴さが苦手なのだ。俺は彼に不快な思いをさせてしまったのではないかと不安になった。

「でも守ってくださったんですよね？　ありがとうございます」

「あ、ああ……」

柔らかな笑顔で礼など言われると、俺の小さな尻尾が喜びでぶるぶると動きそうになる。俺とてこれまでの人生で、他者から感謝される喜びをまるで知らぬわけではない。つい最近も、あの村で力仕事をしては村人から賛辞と感謝を受けたばかりだ。

だがチカユキから受けるそれは、喜びの度合いがまるで比較にならない。もしかして……これが世間で言うところの恋心なのだろうか？　しかし、彼との過去を忘れた今の俺が、新たにそんな感情を持っていいものだろうか？　そもそも、獣人にとって何よりも大切なはずの『番』を忘れるような輩《やから》に、人を好きになる資格があるのか？

「俺はダグからお前を守るように言われている」

「……そうでしたね」

どこか残念そうなチカユキに、俺はうなずくことしか出来ない。本音を言うならば、ダグラスとは関係なく、俺自身が彼を守ってやりたいという気持ちが自然と湧き出てきている。こんなにも小さく弱く愛らしいヒト族を守ることは、大きく強く生まれた熊族である俺の責務だ。

チカユキを見ていると、俺の中で眠っていた熊族としての本能が目覚めていくのを感じる。

「ゲイルさん、そろそろお昼にしませんか？」

「そうだな」

太陽が頭上に来る頃、ちょうど小腹が空き始めたのを見計らったかのようにチカユキが声をかけてきた。

「お前は何が食べたいんだ？」

きっと記憶を失う前の俺は、こんな些細なことを逐《ちく》一確《いち》かめることなく、彼が好きな店に入り彼の好きな料理を当然のように注文していたのだろう。

「今日はゲイルさんのための買い物に来たんですから、ゲイルさんの食べたい物があればそれにお付き合いさせてください」

「俺の……」

そう言われて俺は戸惑う。俺的にはとりあえず肉があれば満足なのだが。

「ん……あれは？」

そんなことを考えながら適当な店を求めて視線を巡らせていた俺は、風変わりな名前の店を見つけた。

『チカが愛情を込めて握りましたおにぎり屋』……はて、こんな店がレオニダスにあっただろうか？

しかし、何とも語呂が悪い。

この店名をつけた人間にはあまりセンスがないのだろう。

「チカユキ、あの店は何だ？　初めて見るが新しい店か？」

「あ、あれは……」

俺が見慣れぬその店を指さして問うと、何故かチカユキは耳まで真っ赤にして俯いてしまった。何かいかがわしい店なのだろうか？　俺にはごく普通の飯屋に見えるのだが。

「えっと、あそこはですね、『おにぎり』という食べ物と『お味噌汁』というスープ、その他唐揚げや卵焼きというちょっとしたお惣菜を売るお店です。お持ち帰りも出来るし、あそこのオープンテラスでも食べられますよ」

「なるほど……ところで、チカユキは何故そんなに恥ずかしそうにしているのだ？」

店の説明に納得したところで、俺は気になっていたことを尋ねてみた。記憶を失う前の俺ならば、きっとこの辺りの事情も心得ていたのだろう。彼との記憶を失くしてしまった己が口惜しい。

「それは……ですね」

顔を真っ赤にしながらチカユキが話してくれた事情に俺は驚いた。何と『オニギリ』は彼の発案した料理であり、そのため店舗に彼の愛称である『チカ』の名が冠されているというのだ。あの村の炊き出しで食べたオニギリも大層美味かったが、まさか発案者がチカユキとは思いもよらなかった。

「だが、それの何が恥ずかしいのだ？　お前が作った炊き出しのオニギリは、本当に美味かった。おまけに、携帯食としての利便性にも富んでいる。誇りこそすれ、恥じる必要は何もないはずだ」

「ゲ、ゲイルさん、恥ずかしいから……！」

「だから、何故だ？」

俺はお世辞やおもねるといったふるまいが嫌いだ。

故に、チカユキに対する賛辞にも嘘偽りはない。医師としても食の改革者としても、彼がレオニダスにもたらした功績は大きい。

「あ！　チカユキさんだ！」

「何⁉　うわ、本物だ！」

だが、俺の声はいささか大きすぎたようだ。数人の観光客が寄ってきて、チカユキにサインをせがむ。

「チカユキさん！　我々はあなたの発明された素晴らしいワショクの大ファンで、ぜひ本場レオニダスのワショクを堪能したくて旅をして参りました！」

「まさかあなたのお店で『チカちゃん印』のご本人に会えるなんて……光栄です！」

レオニダスだけでなく、他国の者からも食の伝道者として敬《うやま》われているチカユキを見ていると、俺はそれを自分のことのように誇らしく感じていることに気づく。

どうして俺は、こんな気持ちになるのだろうか？

家族やダグラスが何らかの功績をあげ、その栄誉を讃えられた時も、もちろん嬉しかった。だが、それらがあくまで『他者の栄光』であるのに対し、チカユキへの賛辞はもっとずっと距離が近い――文字どおり一心同体の心持ちなのだ。

何とも言えぬふわふわとした気持ちのままおにぎり屋で新メニューの『天むす』を堪能した後、俺達は本日の目的を果たすために洋品店へと向かった。

その途中、俺はおにぎり屋の他にもクレープ、カツサンドといった『チカちゃん印』の店をいくつか見つけた。それらの店には決まってチカユキの顔をデフォルメしたイラスト入りのノボリが立てられていて、俺がそれを指摘するたびにチカユキは顔を真っ赤にする。

自分が考案した料理の店が王都にいくつも立ち並び、いずれの店も大盛況。普通ならば胸を張って誇ることを、何故チカユキはこんなにも恥ずかしがるのだろう。

謙虚な人柄であることは村での立ち居ふるまいからわかっていたが、いささか度が過ぎているようにも思える。こんな態度を見せられては、ますます守ってやりたくなってしまうではないか……。

「えっと、ここで見ましょうか」

「ああ」

チカユキが選んだ洋品店は、以前から俺とダグが好んで利用している店だった。多少値は張るが、実用的で堅実な作りが冒険者向きで気に入っている。

「いらっしゃいませゲイル様、チカユキ様」

「今日は外套を新調しに来た」

俺は店の奥から出てきた店主に軽く挨拶し、手短に要件を伝えた。

「外套でしたらいい品が何点か入っておりますよ」

「適当に見繕ってくれ」

着飾ることにあまり興味のない俺は、いつもこの店主に任せてしまう。彼ならば俺の趣味を概《おおむ》ね把握しているから、それで何の問題ない。

「いえいえ！　私よりチカユキ様のお見立ての方が確かですよ。チカユキ様はゲイル様とダグラス様のお召し物を選ぶ達人ですから」

「そんな……達人だなんて」

またもやチカユキは、はにかみ頰を染めている。どうやら俺が覚えていないだけで、俺は幾度も彼とこの店を訪れては、服を選んでもらっていたようだ。

「ではお前に頼みたい。構わないか？」
「はい、もちろんです」

心から嬉しそうにうなずいたチカユキは、俺に五つほど外套を羽織らせてはうんうんと唸り、最終的に暗緑色のフードつき外套を選んだ。外と内にポケットが多く、余計な装飾はない。実用性重視なところが俺の好みにぴったりだ。

「とてもお似合いですよゲイルさん。瞳の色とのバランスもゲイルさんの体格のよさと精悍《せいかん》さを引き立ててくれてすごく素敵です」
「……そうか」

チカユキに褒められて悪い気はむろんしないのだが、こうも面と向かって容姿を褒められるのは何とも面映《おもはゆ》い。

かつての俺は、こうした賛辞もダグのように余裕で受け止めていたのだろうか？　『番』の『伴侶』ともなれば、きっとこれが普通だったのだろう。しかし、今の俺には……。

「そろそろ帰るか？」
「ええ、そうですね」

外套を購入して店から出ると、西の空が微《かす》かに茜色に染まり始めていた。

結局のところ、街での買い物や散策は俺の記憶を呼び覚ますものではなかった。

そしてチカユキはチカユキで、物言いたげに俺を見つめては、口を開きかけて止める動作を繰り返していた。

互いに何かが引っかかり、だがどちらも何も言えない。そんな感じで街中を歩き回って過ごした俺達は、二人して煮えきらぬ疲労感を味わいながら帰宅した。

そうして帰る家も俺の実家であり、チカユキ達にしてみれば本来の自分の家ではない。

そのため食事をしても、ゆったりと過ごすべき時間でも、チカユキはどこか気が張っているように見える。
体力のないチカユキに、俺のせいで辛い思いをさせている。
そんな自責の念に囚われて、その夜俺は寝台に入ってもなかなか寝付けなかった。

「ん……?」

その時、不意に小さな話し声とすすり泣きが聞こえてきた。どうやらその声は、俺の部屋の隣に用意されたダグとチカユキの部屋から聞こえてきているようだ。
俺は思わず部屋を抜け出し、隣室へと向かう。

「あれは……」

僅かばかり開いた扉から、微かに漏れるすすり泣きと金色の光。目を凝らせば、ダグラスが獣の姿で横たわっていた。
俺達の獣体を好むというチカユキのために、ダグが獣体化したのだろう。

ならば俺も。
ふとそんな渇望に襲われ、考えるより先に獣体化した。

『これは……?』

光に包まれ完全に熊の姿になった途端、俺は目の前の隙間から漂う微かな、そして不思議な香りに気がついた。
ああ、そうかこれが……。
俺はその香りに誘われるようにして、のそりと室内を覗き込んだ。
中では横座りになったダグがチカユキの身体を腹に抱き、あいつにしてはひどく優しい声で囁いていた。

「とにかくチカは寝ろ、何も考えずにゆっくり寝ろ。寂しいなら俺がいくらでも一緒にいてやる。だからな、あまり思い詰めるな」

そして何度もチカユキの頰を舐める。
ああ、やはりチカユキが泣いていたのか。

そして泣かせたのは『俺』の存在。

記憶を持っている『俺』と記憶を持たない『俺』。

どちらの『俺』がチカユキにはふさわしいのだろうか、そもそも『俺』は『俺』なのか……。

泣いているチカユキを見ると俺の胸は痛む。

もし、チカユキに関する記憶を取り戻した時、今の『俺』はどうなってしまうのだろうか……。

消え去ってしまうのか、それとももともとの俺に戻るだけなのか……。

いや、俺は何を考えているのだろうか、そんなことを考えてもしょうがないというのに……。

やがてすすり泣きは小さくなり、穏やかな寝息が聞こえ始め、俺は熊の姿のまま二人のもとへと歩み寄った。

『俺』の心は決まっていた、もう悩むのはやめよう。

この先もダグと共にチカユキを守っていこう。

『俺』が『俺』としていられる間はこの生命と引き換えにしても……。

＊＊＊

ゲイルさんの実家の家から見る夜空は、私達の家から見る空と同じ星が瞬いている。

大きな銀の月は勇ましく空を翔《かけ》り、小さな朱き月は銀の月に寄り添っていた。

私にとっての家は子ども達が待っている場所のことであり、ここはゲイルさんの実家とはいえやはり他人の家、贅沢だとはわかっていてもどうしても馴染みきれない何かがあった。

この部屋もそう。

いつもならダグラスさんとゲイルさん、二人と一緒に三人で眠る私達。だけど、今ゲイルさんは一人で寝ていて、私はダグラスさんと共にいる。

だがいつもと同じようにダグラスさんに包まれて横になっても、私は睡魔に襲われることがなく、意識はいつまでも冴えたままだった。

結局眠ることを諦めて、私は窓から外を眺めていた。

「チカ、どうした眠れねえのか?」

のそりと大きな獅子が私に近づいてくる。その巨体は月明かりで金色に輝き、毛並みの一本一本が輝いているようだ。長い尾がゆらりと揺れ、先の房が私に触れる。

私は誘われるように首に手を伸ばし、豊かなたてがみの中に顔を埋めた。

「ダグラスさん、ええそうですね。眠ってもすぐに目が覚めてしまうんです」

「ゲイルの記憶のことが気になってんだろう？」

「……はい」

ダグラスさんは聡い。私の心情が彼に隠せた試しはない。

「ずっと何か寂しいと思っていたんです。いつだって、皆と仲良くやっている時でも寂しいという思いが消せなかった」

「そうだな、最近のチカは笑っている時でもどこか寂しそうなのは俺じゃなくてもわかるぐらいだ」

「最初は子ども達がいないからだと思ってたんですけどね」

もうずっと会っていない子ども達のことを思うと心の中に冷たい風が入り込んでくるのだと思っていた。

「でも違うんです、そうじゃない。子ども達のせいじゃなかったんです」

私は逃避していたのだ。自分の力ではどうしようもない現状から逃れるために。

「寂しいのはゲイルさんに会いたいから……、おかしいですよね。ゲイルさんとは毎日顔を合わせているのに」

ダグラスさんと競い合うように私に触れていたゲイルさん、抱き上げ、抱え込み、優しい笑顔を見せてくれたゲイルさん。

今のゲイルさんも優しいけれど、どこか私が知っているゲイルさんと違っていて、それが私の寂しさを誘う。

「ダグラスさん、ゲイルさんの記憶、本当に戻るんでしょうか……。いえ、戻らなくとも……また私のことを好きになってくれるでしょうか……？」

「記憶のことは俺にはわかんねえ、チカにわかんねえことは俺にもわからん。だがな、記憶があろうがなかろうがあいつはお前のことを愛してるよ。それだけは疑ってやるな」


ダグラスさんは大きな獅子の身体で私に寄り添い、私が抱えた底しれぬ寂しさを分かち合ってくれた。

「だがな、お前さんが苦しんでいる以上にゲイルも苦しんでいる。お前が愛おしくてたまらないと身体は、本能は叫んでるのに、そこに心が追いついてねぇんだよ」

「私を知っているゲイルさん……私を知らないゲイルさん……。同じ人なのに私は私を知っているゲイルさんに会いたいと思ってしまうんです。欲張りですよね……。ダグラスさんのおっしゃることも理解しているつもりなんです。ゲイルさんはゲイルさんなんだって、だけど……」


ゲイルさんの行動の端々に現れる私への態度が、まさにそれだった。

あの記憶のないゲイルさんもゲイルさんだとわかっているが故に彼のことを好ましく思ってしまい、それがどこかゲイルさんへの裏切りのように思えてしまう。

そのせいで私は、彼の回復を過剰に期待し、焦り、そして落胆してしまう。

「……ああ、寂しいよな。俺だって、本当は寂しいんだ。俺達は三人揃って俺達だもんな。だけど、とにかくチカは寝ろ、何も考えずにゆっくり寝ろ。寂しいなら俺がいくらでも一緒にいてやる。だからな、あまり思い詰めるな」


その言葉に私は黙ってうなずき、太く逞しい獅子の首に縋って泣いた。

「いいぜ、チカ。好きなだけ泣けよ。お前の涙は俺が全部掬い取ってやるから」

「……ッ」

頬を伝う滴を、ダグラスさんのザラついた厚い舌が何度も舐め取ってくれる。その優しい温もりに甘え、私は孤独を吐き出すようにすすり泣く。

「ダグラス……さん……」

「眠れ」

「……はい」

絶対的な安心感に抱かれ、久方ぶりに深い眠りへと落ちていく。


「……ん……？」

その時私は、夢と現実の間で獅子のそれとは違う短い被毛が頬に触れるのを感じた。

そして広がる、爽やかな森林の香り。

「……ゲイル……さん……」

眠りの淵に沈みかかった意識の片隅で、『遅えよ』と囁くダグラスさんの声を聞いた……気がする。

この夜、私は獅子と熊に挟まれ微笑みながら微睡む夢を見た。

＊＊＊

「一度あの村に戻ってみませんか？」

レオニダスに戻ってから一週間ばかり、ゲイルさんの記憶がもとに戻る気配はない。

このまま長丁場になるのなら、私は一度あの村に戻りたかった。

毎日のように交わしているレンス鳥のやりとりで、あの地に雨が降り続けているということがわかったからだ。

風邪対策としては湿度の高さは歓迎だが、陽射しのない大気は冷気を孕み身体を蝕《むしば》みやすい。しかし現状何より恐ろしいのは、地震により地盤が緩んだあの土地に長雨が続くことによる二次災害である。

スバル君もそれを危惧して、村人全員を『砦の館』に避難させているという。そのため館は鮨詰め状態になったが、幸いにも流行病の感染は落ち着いていて、再拡大する様子はないそうだ。

私自身、地震大国から来たとはいえ、災害対策の専門家ではないので地震については雑学程度の知識しかない。だがスバル君と相談すれば何かいい案が浮かぶかもしれない、そう思うといてもたってもいられなかった。

もちろん、その件についてはアルベルト様へとダグラスさんから伝えてもらい、応援要員を追加で派遣してもらっている。

だけどミンツさん達とも交代する必要がある。彼らだって幼い子ども達がいるのだ。

私を危険な所へ連れて行きたくないと最初は渋っていたダグラスさんだが、最終的には折れてくれた。

だが、記憶がないままのゲイルさんがダグラスさんと同じ意見だったことに少し驚いた。

何かが……何か私の知らない変化が起きているのだろうか。

そうして再びウルフェアへと旅立つことになったわけだが、今度はゆっくりと旅をする時間はない。

ということで、私達の目の前にいるのは二匹の空を飛べる魔獣ピュートン。

ウルフェアの森の中の村まで行くのにアーヴィスでは時間がかかるからと、ダグラスさんがアルベルト陛下から借り受けたのだ。

ピュートンはサイズ的にはアーヴィスと大差なく、巨大な翼を持つ馬の身体と鳥の頭を持っている。もとの世界の感覚で言えば、鳥頭のペガサスといったところか。

知能が高く主人を明確に識別するため、最初に主をきちんと認識させておく必要がある。


「ぴゅーい」

「ぴゅいぃー」


もっともダグラスさんもゲイルさんもすでにピュートンは何度も利用していて愛馬のような関係性、更に何故か私まで気に入られている。

嬉しそうに鳴き声を上げたピュートンに構われながら私はゲイルさんと乗せてもらう。


「チカユキ」

「お願いしますね、ゲイルさん」

当然ダグラスさんと乗ると思っていた私にとっては
これも意外なことだった。

「これはすごいですね……」


竜へと変じ、空を飛ぶことが出来るガルリスに乗ったことのある私からしても、助走をつけて飛び立ったピュートンの乗り心地はかなり快適だった。

はるか上空を飛ぶ竜族に対して、ピュートンは比較的低空を飛行するため、風の精霊術が使えなくても風圧と寒さで凍死する心配はない。飛んでいる最中に他の乗り手と話をすることも可能だ。


「おい、ゲイル、目指すはウルフェアの森林地帯の東北奥部だ。あの館の二つの尖塔が目印になるはずだ」

「ああ、了解だ」

「ただ風も雨も相当強いと聞いている。近くまで飛んだら高度を落とすぞ」

「近づいたら風の精霊術で身を守った方がいいだろうな。お前の分もやってやる」

「ああ、頼むわ」

予想どおりウルフェアの森の上は暴風雨で、視界も悪かった。だけど私は少しも怖くない。

二人の頼もしい『伴侶』に守られ、ゲイルさんの精霊術に包まれた私の身体には、雨粒の一滴すら触れはしないのだから。


「いい子だね、頑張って」

「ぴゅいーん!」

「ぴゃぁー!」

そして二匹のピュートンも、強烈な風雨をものともせずに力強く羽ばたいて前進する。


「あそこだ!　下りるぞ」

「ああ」

真っ先に目印を見つけたダグラスさんの指示に従い、私達は無事目的地に着地した。

「チカ君っ、お帰りなさいっ」

　地上へと降り立った私達を迎えてくれたのはミンツさんだった。だが、言葉を交わす間もなく、ダグラスさんが私と荷物を抱えて館に足早に入り、ピュートンはゲイルさんが厩舎に連れて行き、指示を出している。

　追いかけてきたミンツさんが窓越しにそのゲイルさんに視線を向け、私へと問いかけた。

「まだ、ですか？」

「ええ、わかりますか？」

　聡い問いかけにうなずけば、ミンツさんもうなずく。

「以前のゲイルさんだったらチカ君と離れる前に視線を交わすと思いますけど、それがありませんでしたから。ですが、こちらを気にしてはいましたね。少しは変化があったんでしょうか」

「そう、なんですよ……。まだ記憶は戻っていないのは確かなんです。ですが、時折以前のゲイルさんと今のゲイルさんがダブって見えて……、いえ同じ人なんですからこの言い方はおかしいんでしょうけど……」

　口から自然と吐息がこぼれる。

「いえ、チカ君の言いたいことは何となくわかりますよ。今のゲイルさんは私の知っている過去のゲイルさんより現在《いま》のゲイルさんにどこか近い……」

「確かにそうなんだよなぁ。ピュートンに乗せる時も自分がチカを乗せるんだとゲイルが譲らなくてよぉ。記憶戻ってきてんじゃねぇか？」

「そう、なんでしょうか……。そうだといいんですが……。ところで他の皆さんは？」

「今はこの館の中でそれぞれがやるべきことを。スバル君が植物を通してこの辺りの山の様子を調べていてくれて、グレンや他の人達は周囲の様子を確認しに行っています。流行病はほぼ終息、あとは地震で骨折した人達が未だ治療中というぐらいですかね。チカ君がレオニダスに帰ってからの大きな変化といえば……、とにかく雨が酷くて」

「それでこんなに」

場所によっては廊下に人が溢れ出している。それでも村の広場の天幕よりはマシなのだろう。それほど外の雨は酷いのだ。

「あっチカユキさん、ダグラスさんもちょうどよかった。あれゲイルさんは？」

ミンツさんに案内されて広間に入ると、スバル君が手を振って私達を呼んでいた。その側にはヴォルフさんも自然と存在していて、この村の住人に獣頭人が受け入れられていることを感じさせてくれる。

「あいつならすぐ来る、どうした？」
「ちょうどこの辺りの状況を説明しようと思っていたところなんですよ。そういえばゲイルさんって」
「残念ながら」

首を横に振れば、スバル君達の表情が気遣わしげなものになる。

「でもゲイルさんはゲイルさんですから」
「チカユキさんがそう思えるのであれば今のゲイルさんもきっと優しいんでしょうね。えっと、その件についてはまた落ち着いてから詳しく教えてください。あっ、ゲイルさんもちょうど来られましたね」
「すまない。待たせただろうか」
「いえ、皆さんちょうどいらっしゃったところですから。では、この村の現状について説明をします」

しかし気持ちを切り替えるように宣言したスバル君の表情は明らかに硬く、私に状況の厳しさを予感させた。見ればスバル君の傍らに寄り添ったヴォルフさんの表情もかなり険しい。

「僕もチカさんも、生まれ育った土地柄地震や水害への馴染みは深いと言えます。でも、僕らはその分野の専門家ではありません。むしろ、この土地で育った方が詳しいこともあると思います。なので、僕の力の及ぶ範囲でわかることをお伝えしたいと思います。そこだけは承知してください」

そんなスバル君の前置きに私もうなずく。国で各種対策は取られていたが、それでも悲惨な災害は起きていたし、一般人はその仕組みについてごく簡単なことしか知らないのは普通だ。

「今一番危険視しているのは土石流や地すべりです。古くからここに住んでいる人からも話を聞きました。長雨のあとはよく崖崩れなどが起きていたそうです」

スバル君は地図の一部を指さした。ちなみにその地図は『薄墨の牙』の族長さんにもらった大変大まかなものに、スバル君がこの近辺の地形を描き加えたものだ。その一部をスバル君が指でなぞっていく。

「すでにその前兆はいたる所に出ています。あの地震でこの辺りの地盤は緩みきっています。そこにこの大雨でもう限界を迎える寸前なのは間違いありません」

「グレンや足の速い狼族達に頼んでこの周囲の村にも警告を出した上で避難を呼びかけています。すでにこの村の周辺に残っていた人は皆この館に集まっていることも確認済みです」

スバル君とミンツさんの説明を受けてダグラスさんが口を開く。

「手紙に書いてあったよりも随分切羽詰まった状況みたいじゃねぇか……。つまりは、もう事が起きることは前提で被害を最小限に食い止めるために動いてるってことで合ってるか？」

「はい、そう考えた方がいいと思います。今も川の上流の山の地下に植物の地下茎を張り巡らせてますけど、表面の層はいつ崩れ出してもおかしくない状況です。表層の土は柔らかすぎて植物の根を這わせても十分に補強することが出来なくて……」

スバル君の言葉に耳を疑ったのは私だけではないようだ。

「おいおい、ちょっと待ってくれ、お前さんは植物を通してそんなことまでわかるのか？　あと根を張って補強とか言ってたが……」

「スバル君、『春告げの祈り』は植物を作り出すだけじゃなかったんですね……」

「えっ！　ええ、あの城で竹が大繁殖した時の感覚を思い出して色々と試してたら何か出来るようになっちゃいまして……」

「出来るようになっちゃいまして……で終わらせていい力じゃない気もするんですけど……今重要なのはそこではないですね。すみません」

何でもない風にスバル君は言ったけれど、それはとんでもない力だ。

下手をすれば国同士の争いにだって使うことの出来る力。

私の側でダグラスさんが兄貴に報告……親父……と何かぶつぶつと呟いているのがその証拠だ。

そんな中で、ゲイルさんが口を開いた。

「つまりはこの館にいれば安全ということでいいんだな？　この建物自体は『砦の館』と呼ばれるほどに骨組みも頑丈に出来ているし、村全体を見下ろせる高台に位置している。まさに要塞といっていい造りだ。これを造った過去の領主はこのような事態も想定していたのかもしれないな」

「そうなんです。この館、そういう意図をもって造られたとしか思えないぐらい基礎が頑丈なんです。ただ、念のため鋼のような強度を持たせた蔦葛を壁面と地盤に這わせて更に補強をしています」

今またさらっとスバル君がとんでもないことを言ったけど本人は気づいているんだろうか……。

ダグラスさんの独り言が更に加速しているのが少し気になる。

ただ実際、この建物はあの地震の時も石の欠片が数個落ちたぐらいですぐに使えた。

今はこれ以上何かが起きないことを祈るばかり。いや、起きたとしても被害が出ないことを祈ることしか出来ない。自然災害にはいくら強靭な肉体を持つ獣人だってかなわないのだから。

だが周辺の土地に地下茎を這わせて様子を探りつつ、館を守るだけの蔓を生やしているスバル君の魔力は、いくら膨大といっても限界があるのは私と同じじゃか。

彼の青ざめた表情から、いっぱいいっぱいなのだということはわかる。

何より『番』であるヴォルフさんが彼を自分の膝に

座らせて、側を離れないのがその証拠だ。

せめて休んで欲しい、そう言おうと私が一歩彼に近づいた時だった。

「誰かっ、うちの子どもを知りませんかっ！」

不意に勢いよく開いた扉に皆の視線が集中する。

「子ども……あっあなたは」

それは私があの日最後に治療した獅子族の人、ということは彼の言う子どもというのはユズ君のことか。

「ユズ君がどうかしたんですか!?」

ここにもいないと知って蒼白になった彼は、すでに頭から水をかぶったようにびしょ濡れだ。

「山が崩れそうだという話をして俺ら大人はこの館の補強なりを手伝いに出ていたんだ、あの子は一人だったが絶対に部屋から出るなって言い含めて。それなのに、さっき帰ってきたら部屋にはいない。それで手分けして探したんだがどこにも見当たらないんだ……」

以前よりはるかに血色はよくなっている、それなのに目の前の彼は今にも倒れそうなほどにふらふらだ。

山が崩れるという話を聞いた途端。さっきスバル君はどこを指さした？

「まさか？」

私が地図から顔を上げるのとゲイルさんが私を見たのが同時だった。

「心当たりがあります、でももし奥に入っていたら子どもか私ぐらいしかそこには入れませんっ。ゲイルさん、あそこに連れて行ってください」

「ちょい待て、あそこってどこだ？　ゲイルはわかるのか？」

「ああ、この辺りだ」

ゲイルさんがユズ君の教えてくれた秘密のおうち辺

りを指さした。

「そこは……っ、早くしないと地すべりを起こすかもしれません。追加の地下茎と蔓を伸ばしていますが、表層部は本当に限界です」

説明のたびに息が荒くなっていくスバル君。額に冷や汗が流れているのは魔力の消費が速いせいだ。そんなスバル君の身体をヴォルフさんが支え直している。彼の膝の上に座り、身体を預けるスバル君は目を閉じて強く集中しているが先ほどよりも顔色がよくない。いくら『番』の魔力をもらえるからといってヴォルフさんの魔力も尽きてしまえばそれも終わりだ。

「ダグラスさん、早く行かないとユズ君が」

「ちっ、仕方ねえ、ゲイル行くぞ。チカ、マジでお前が行かねえとって言うから連れて行くが……わかってるな」

「大丈夫だ。チカユキは俺が必ず守る」

ゲイルさんの言葉に一瞬耳を疑った。いや、ゲイルさんはもともと優しい人だ。誰かの命を守るために躊躇《ちゅうちょ》はしない人。だけど、今の言葉は私にとって特別なもののように感じられた。

「はいっ。お二人のこと信じてますから、よろしくお願いします！」

ミンツさん達に館のことは任せて走り出す私達。旅装を完全に解いていなかったせいで雨対策はばっちりだ。

それでも館の外に出た途端、風に押し倒されそうになった私をゲイルさんが何も言わずに抱えてくれた。力強い腕に身を任せることが出来る安心感をこんな時に味わえるなんてと思いながら、彼にしがみつく。

こんな強い風の中、ユズ君はどこかに飛ばされていないだろうか。

館からはそれほど遠くない。だが今その山肌を隔てる川は水位が上がり、浅瀬が消えている。

「あっちだ、あの木の上、見ろ」

不意にダグラスさんが指さした。そこには布きれが引っかかって風に吹かれていた。

「あれは雨具ですね、こんな場所にあるなんて……ユズ君やっぱり……」

「この辺りは雨風をしのげる場所が多い。そのぼうずはそれを知っているんだろうな。よし、行く——ちっ」

目的地へと再び駆けようとしたゲイルさんの足がたたらを踏んだ。見上げた先にあるのは紅い瞳が一対、いやもっと多い。

「なるほど、雨風がしのげるところは魔獣どもの避難場所でもあるわけか」

「そんな、あの子はっ!?」

「血の臭いはしねえ、こいつらが来る前に向こうに渡ったことを祈っとけ。ゲイル、ここは任せな。チカを頼んだぞ！」

ぐるると唸る魔獣の群れは身体こそ小さいがかなり俊敏そうに見える個体が五体もいる。それらに向かって双剣を構えるダグラスさんの意図は、はっきりと伝わってきて、私は思わず呼びかけた。

だがそんな私にダグラスさんはいつもの笑みを返してくるだけ。

その姿もすぐにゲイルさんの大きな身体に隠れてしまう。

「ダグラスさんがっ！」

「あいつなら大丈夫だ、あの程度の魔獣などすぐに蹴散らす。それより君はもっと強く摑まれっ」

「えっあっ！」

何か感じた違和感を確かめる前にゲイルさんが走り出した。大きな身体で鈍重と思われがちなゲイルさんだが、走る速度は十分に速い。その勢いと先ほどより強くなった雨が肌を刺す痛みに顔をしかめたのも束の間、びゅうびゅうと鳴っていた風の音が不意に消え、肌を圧迫する感覚が消えた。

代わりにゲイルさんの優しさを具現化したような柔らかな風に包まれる。それなのに目に入る景色はものすごい勢いで背後へと流れていく感覚。

そうして感じた違和感に気づいた。

ゲイルさんが私を君と呼んだ……。

記憶を失ってからずっとお前だったはずなのに……。


「ゲイルさ――」

「しっかりと、摑まっていろ」


言葉と同時に訪れる浮遊感。

私を抱え、勢いをつけて濁流となった川を一気に飛び越えたゲイルさんの足は、衝撃を全身に受けながらも見事に対岸の地面に着地する。


「ゲイルさんっ、大丈夫ですかっ！」

「大丈夫だ、それよりあそこだ！」


怪我はないかとゲイルさんの身体に触れようとした私の目が、あの子がひみつのおうちと呼んでいた穴を捉えた。

「急いでくれ、あれを見ればまずい状況だってのは俺にでもわかる」

その穴の近くで地面から泥水が流れ出ているのが私の目にも見えた。


「ああそうです、ニュースで見たことがある……ああやって流れ出してて」

「チカユキ、早く中へ！」

「あっ、はい！」


ゲイルさんが穴を覆うようにその大きな身体で塞ぎ、私を穴の入り口に下ろす。

聞きたいことはたくさんあった。お前、君……。だが、今ゲイルさんはチカユキと私を呼んだ。やはり記憶は……。いや、今はそんなことを考えている場合ではない。

穴の入り口付近は川縁より高い所にあったが、それでも降り込んだ雨水のせいか大きな水溜まりができている。そこに手をつき、私は穴の中を覗き込んだ。だが奥は暗く、薄暗いとはいえ明るい場所にいた私の視界にはその姿を捉えられない。

だが耳を澄ませば風雨と川の音に紛れているが、小さな子のすすり泣きが聞こえてきた。

「いますっゲイルさん、あの子がいますっ。ユズ君っ、私だよ、チカユキだよ」

「……チカ、せんせー？　来てくれたの、ほんとにチカせんせー？」

「そうだよ、大丈夫かい？　怪我はしてない？」

「うん、でも川が渡れないの、雨がいっぱい降って濡れちゃったの、せんせー、寒いよお」

ひくっえぐっとしゃくり上げながら泣く子どもを私はあやす。

穴は小さくてあの子なら奥まで入れるが、私は四つん這いでも苦しいほど。それでも何とか上半身を穴の中に入れて、私はあの子の名を呼んだ。

「そう、だから迎えに来たんだよ。お父さんもユズ君のことを探してるんだ。早く、館に帰ろう」

伸ばした手に小さな手が触れる。穴の中は奥に行くほど暗くて、彼の姿がはっきり見えない。夜目の利く獅子族の子だからこそ、あの中でも我慢出来たのか。

摑んだ手を引っ張れば、ユズ君の小さな身体はすぐに私の腕の中へと飛び込んできた。

「チカせんせーっ」

腕に抱き留めた瞬間、ユズ君が大きな声で泣き出した。

「うん、よく我慢してじっとしてたね」

「チカせんせーっ、怖かったよーっ、きゅーに雨がいっぱい降ったの、ザンザン降ってきたから待ってたら、通れなくなったのー。とーちゃんにでちゃだめっていわれてたのに、ごめんなさい、ごめんなさーいっ」

そう言って泣きじゃくるユズ君の手にはしっかりと彼のお母さんの形見であるクシが握られていた。山が崩れると聞いて、これを取りに来たこの子を私は責めることも叱ることも出来なかった。

「大丈夫だよ。さあ帰ろう、お父さんや皆が待っているから」

四つん這いのまま後ろに下がり、最後はゲイルさんに引っ張ってもらう。私と一緒に入り口まで出てきたユズ君は服から何から泥だらけで、その肌は酷く冷たい。

これ以上、時間が経っていたら低体温症になっていたかもしれないとぞっとした。私は出来るだけユズ君の肌と私の肌が触れるようにして、ゲイルさんを振り返る。

「ゲイルさん？」

彼の真剣なエメラルドの眼差しが何かを見ていた。いや、それは驚愕の表情だったのか、それとも音を聞いていたのか……。

視線は別の所に注がれたままのゲイルさんの腕が私ごとユズ君を抱え上げる。それは酷く慎重で素早い一瞬の出来事。

何かが起こる。大変なことが……。

けれどゲイルさんに尋ねる暇はない。

「せんせー？」

「ちょっとだけ目を瞑っていて、出来るかな」

囁く私の言葉に、怯えた表情のユズ君はそれでもこくりとうなずきぎゅっと目を瞑った。そんな彼の頭を抱き締めるように私も目を瞑る。

まるでそれが合図だったかのように、ゲイルさんが走り出す。見えていない私には振動でそうだとしか感じられていない。ただゲイルさんの吐息が酷く荒く、そして筋肉が激しく動くのだけが伝わってきた。

そして不意に気づいたのは何かが追いかけてきているような激しい音。

まさに地響きを伴う音が近づいてくる。

「ゲイルさんっ！」

気づいた私は思わず叫んでいた。

見開いてしまった私の目は、ゲイルさんの肩越しに山が落ちてきているのを捉えた。そう、山が膨れ上がり木々がなぎ倒され、私達の方にすべり落ちてきているのだ。

「くそっ！　チカ――」

ゲイルさんらしからぬ悪態と私の名前が呼ばれたのと同時に、かろうじて外の様子を捉えていた視界がゲイルさんの身体で覆われ、耳をつんざくような轟音で世界が覆われた。

＊＊＊

どのくらい意識を失っていたのか……いや、もしかしたらずっと起きていたのかもしれない。だけど私の全身を襲った痛みは突然で、今目覚めたばかりにも思える。

ただ痛いと言っても何か取り返しのつかないことが起きている状況ではないと自分でもわかった。いや、ショック状態のせいで鈍く感じるだけかもしれないが、ただ医師としての経験と自分の本能が大丈夫だと教えてくれている。少なくとも、今すぐどうこうという状態ではない。

ところでここはどこなのだろう？　私は遅まきながら辺りを見渡したが……何も見えない。どんなに目を凝らしても、目の前にあるのはただひたすらに闇一色。

真っ暗闇の中で私にわかることは、自分が呼吸をしていて心臓が動いていること。腕の中に小さな温もりがあること。そして私の身体を守るように包む大きな温もりがあること。

パニックになってもおかしくないこの状況において、私がこんなにも冷静でいられるのは全身でゲイルさんを感じていられるからだ。とくんとくんと規則正しく響く心音は、他の何よりも私に勇気をくれる。

私は呼吸がまだ出来ることを確認し、そしてゆっくりと頭を動かした。視界は真っ暗だが、すぐ近くに土砂、生木、草、腐葉土といった、青臭さとカビ臭さが入り交じった匂いがする。少し離れた場所からは水が流れる音がして、足は何かに埋もれたように動かないが、手をいくらか伸ばすことは出来た。

ここは土の中――私達はいわゆる生き埋め状態になっている。

それに気づくと同時に、こうなる寸前の記憶が鮮明に蘇《よみがえ》った。

背後から迫る不吉な地響き。突如立ち止まり山に背を向けたゲイルさん。彼の背中越しに見えた崩れ落ちる山。そして、圧倒的質量の土砂。

ゲイルさんが守ってくれたんだ……その身体と得意とする精霊術を使ってきっと……いや、絶対に。でなければ私達が生きているはずがない。勢いよく流れる土砂の圧は凄まじく、もし私とユズ君だけであれば今頃全身がバラバラになっていたとしてもおかしくはないからだ。

そうして意識を失ってなお、ゲイルさんは私とユズ君を守るために、その身を呈して盾となってくれている。

強くて優しい私の『伴侶』。記憶を失っていても、ゲイルさんは紛れもなくゲイルさんなのだ。

私の腕の中にいるユズ君が気を失っているのは、この際好都合だ。すでに十分怖い目に遭ったというのにそれ以上の恐怖をこれほどに幼い身で経験する必要はない……。

「ゲイルさん、大丈夫ですか？　ゲイルさん」

何度か呼びかけると呻き声が聞こえた。

「ん、うっ……チカユ……キ……」

何度か呼びかけると、ゲイルさんの少し苦しげな呻き声が聞こえた。

「ゲイルさん！　無事ですか!?　どこか痛い所はありませんか!?」

「チカ……」

「ゲイル……さん？　ゲイルさん!!」

だけど私の名を二回呼んだ後、ゲイルさんは沈黙してしまった。

「ゲイルさん……返事をしてください、ゲイルさん！」

私はユズ君を抱えたまま、ゲイルさんの頭があるであろう場所に手を伸ばす。

「――ッ！」

にちゃりと指先に伝わる嫌な感触に、悪寒がゾワリと背骨を撫でた。
ゲイルさんの前頭部に、頭髪ごと抉《えぐ》り取るほどの傷が出来ている。骨までには到っていないようだが、このまま土中に埋もれていては……。

「あ……！」

不意にズズズっと小さな振動音が響いた。余震か、あるいはまた山が崩れ出したのか。いずれにせよ、この状態で再び土砂に押し潰されれば私達は間違いなく死ぬ。

「ダグラスさん！　私達はここです！」

私はどこか近くにいるはずのダグラスさんに向けて、必死に声を張り上げた。
生き埋めになっている密閉空間で大声を出すのは、酸素不足を招きかねないとも思った。だが、何もせずにいられるほど私の心は強くない……。

ゲイルさんが文字どおり身体を張って守ってくれたこの命、子ども達を残してこんな所で散らすわけにはいかない。今度は私がゲイルさんを助け、ユズ君をお父さんのもとに帰してあげなければ。

「ダグラスさん！」

けれどもそんな私の想いを嘲笑《あざわら》うかのように、張り上げた声は虚《むな》しく土中に吸い込まれ、地鳴りは無情にも大きくなってゆく。更にはすぐ耳元で、パラパラと土が降る音まで聞こえ始めた。
駄目だ、このままでは完全に埋もれてしまう。そうなれば私達を待っているのは窒息死だ。
すぐそこまで迫ってきている死の足音。せめてゲイルさんとユズ君だけでも助けたいのに――いや、私も共に助からなければならないのに……。

「誰か！　誰かぁぁぁっ!!」

ドン、と響く鈍い音。ついに壁が崩壊して土が顔へと降り注ぎ始めた。

もはやここまでか……脳裏に浮かぶのは愛しい子ども達、そしてダグラスさん、ゲイルさんとの穏やかな日常。私はユズ君を再び強く抱き締め、ゲイルさんと自分の身体の間に挟み込む。

こうすれば、もしかしたらこの子だけでも……。

ゲイルさん……ごめんなさい。色々と聞きたいこともあったのだけれど……。

愛しています。記憶がなくても、記憶があっても。ゲイルさんがゲイルさんだということを今になって私は……。

だけど、遅かった……。

記憶を取り戻すことばかりに、過去にばかりこだわって私は『現在』のゲイルさんに私の気持ちを告げることが出来ていない。

それが悔しくてたまらない。

私が感じる揺れはどんどん激しくなっていく。最後の時が近づいているのを感じて私は目を閉じ、思いを告げた。

「愛してます。ゲイルさん……。どんなあなたでも大好きです。…………え？」

しかし、覚悟を決めた私が感じたのは土砂による衝撃ではなく突然の浮遊感。今、私は土の中ではなく、袋状の何かに収まって宙に浮いていた。

「何、これ……？」

驚いて目を開けた私の視界に飛び込んできたのは、酷く現実離れした光景だった。

先ほどまで私達が埋もれていた土を押し上げ、天を突く勢いで伸びた電信柱ほどもある太さの緑の蔓草。その先端には網状の蔓袋がついていて、私達は虫取り網に捕らえられた虫のように、その袋の中に収められている。

極太の蔓は私達を入れた網袋を垂らしたまま成長を続け、土砂のない安全な場所に到達すると役目を終えたとばかりに枯れていった。

「これは……」

意識がないゲイルさんが固い地面の上に崩れ落ちる。抱き締められたままの私もそのまま仰向けに空を仰ぐ形となり、空から降り注ぐ雨に泥塗れの身体を晒す。私の腕の中で、ユズ君が微かに身じろいだ。

「もしかしてスバル君の……？」

枯れ果てた網袋付の蔓は、どう見ても私達を救うという意図を持って創られたとしか思えない。

「チカっ！」

蔓の正体に思い至ると同時に、ダグラスさんの声が響く。

「ダグラスさん、ここです！　でもっでもっ、ゲイルさんが……！」

「チカ無事か!?　おいゲイルっ！」

駆けつけたダグラスさんがゲイルさんの腕を解き、私を助け起こしてくれた。

「チカ君っ！　よかった！　生きててよかったっす！」

「……せんせー？」

グレンさんの大声にユズ君も目を覚まし、しばらくはボンヤリとしていたが——。

「こわかった……こわかったよおー！」

全てを思い出してしまったのか、声を張り上げて泣き出した。

「おっぽうずも無事か！　館でとーちゃんが待ってるぜ」

「ひっく……とーちゃんにあいたいよぉ」

「もう泣かなくても大丈夫。先にお父さんの所に行っておいで。グレンさん、ユズ君をお願いします」

幸いなことに、ユズ君はゲイルさんのおかげでかすり傷一つ負っていない。ならばグレンさんにお願いして、一刻も早くお父さんのもとに帰してあげるべきだ。

お父さんだって、一人息子の無事な顔を見るまで生きた心地がしないだろう。

手元が自由になった私は、すぐにゲイルさんの頭の怪我を診た。

汚れた指で触るのに少し躊躇したが傷は、やはり深くはない。私はすぐに魔力を流して、治癒術をかける。浄化と洗浄、そして傷の修復に再び脳の内部に至るまでの完全な治癒。今日の私は魔力の出し惜しみをする必要がない。私の全てを持っていけとばかりに全力で治療にあたった。


「チカ、もういいんじゃないか？」


ダグラスさんの言葉にうなずいた途端、目が眩《くら》み、ふわりと身体が傾いだ。

これは魔力切れではない、精神的なショックと私の貧弱な体力の限界が来ただけだ。

だから心配しないで、とダグラスさんに告げたかったが言葉にはならなかった。


「チカ、くそっ」


慌てた様子のダグラスさんに抱きかかえられながら「大丈夫です」と訴えたが、自分でも声になっていないことはわかっていた。

ゲイルさんと私を抱えるダグラスさんの負担はかなりのもののはずだけど、それを気遣う気力はもうなかった。

疲れて、眠くて、怠くて、何よりゲイルさんもユズ君も生き延びたことが嬉しくて、私はダグラスさんの腕の中にいるという安心感の中で目を瞑った。

＊＊＊

少し目を瞑っただけだと思ったが、気がつけば身体は綺麗に清められ、清潔な寝台の上で私は目を覚ました。しかも隣にはゲイルさんがいて、逞しい胸板に頭を寄せているという状態で。

そういえばダグラスさんの手で身を清められている時に、広い寝台だからゲイルと一緒に休めばいいと寝かされたような記憶が夢現《ゆめうつつ》の中にぼんやりと残っている。ダグラスさんは後始末があるからと部屋を出て行ったことも。

そのまま、傍らのゲイルさんの温もりを感じながら私は夢も見ないほどに熟睡してしまったようだ。

そして傍らのゲイルさんはまだ深い眠りの中にいるのか、私が身じろいでも目覚めることはなかった。

「ゲイルさん……」

私は起き上がり、ゲイルさんの額へと手を当てた。熱はなさそうで、聞こえる寝息も規則正しく、耳を寄せて聞いた胸の音もおかしなところはない。

「無事でよかった……。それに、ありがとうございます」

そう言葉にした途端ひくりと喉が鳴った。胸の奥、詰め込んでいたものが一気に中から溢れ出し、嗚咽《おえつ》となって私を襲う。溢れた激情は涙となってこぼれ落ち、私は顔を覆い泣いていた。

一瞬でも味わった死の恐怖、しかも自然という抗《あらが》うことの出来ない脅威の存在に身体が震える。

しかし今、ゲイルさんの温もりを感じる場所にいられることがたまらなく嬉しいと感じると共に、絶対に失いたくないと切実に願う。

そんな複雑な感情に襲われて私の涙は止まらない。

思い起こせばこの世界で私が私として生きることが出来るようになったのもゲイルさんが私を助けてくれたから。あの檻の中の私をゲイルさんが見つけてくれなければ、私はこの世界にはもう存在していなかったはずだ。

そんな私がこれほどの幸せを皆から与えられて、そしてまたゲイルさんに助けてもらった。

だから……過去の出会いも、共に暮らしてきた日々の記憶などなくても、私は大丈夫。

「ゲイルさん……ゲイルさん……、記憶のないゲイルさんも私は大好きです。時間はかかるかもしれませんがもう一度、作っていきましょう。私達とゲイルさんの思い出を。私達の絆はそんなことで途切れるほど薄いものではないはずです……。だから……」

私は顔を覆い、溢れる涙を拭いながら、ひくひくと子どものように泣き続けた。

最近の私は泣いてばかりだ。そんな弱い自分が嫌になってしまう……。

そんな私の声に気づいたのか、ゲイルさんが一度大きく身じろいで目を覚ます。剝き出しの腕が私の腕を取り、慌てて涙を拭って無理やりに笑顔を作る。

「すみません、うるさかったですね」

「……何故泣いているんだ」

ゲイルさんは私の腕を取ったまま、そのエメラルドの瞳を歪ませて問いかけてくる。

「誰かに何かされたのか、チカ」

「いいえ、ただゲイルさんが無事だったことが嬉しくて」

「……俺がチカを泣かせたのか？」

途端に眉間に皺を刻んで考え込むゲイルさん。

そして私は、何となく感じる違和感にゲイルさんと同じような顔になり考え込んだ。何だろう、この違和感は。彼から名を呼ばれると酷くしっくりくる。ここ最近感じていなかった安心感というか、何というか。

「ああ、そうか……。土砂に俺達は押し潰されて、だがチカ。俺達はどうやって助かったんだ？」

「それはスバル君が……えっ!?」

その言葉、いや、その中で呼ばれた私の名前……。

「ゲイルさん、今私のことをチカと……」

「ああ、チカはチカだろう？」

ごく自然に呼ばれるその名。だが記憶がなかったゲイルさんは、私のことをずっとお前かチカユキと呼んでいた。

「まさか……いえ、ゲイルさん、私と初めて出会った時のことを覚えていますか？」

以前にも同じ質問をした。その時には自分がその当事者だと信じてもらえなかったそのことを。

「もちろんだ。俺はあの時チカを見つけて、助けられたことは己の天命だったのだと今でも思っている」

「っ！」

その言葉に、私は息を呑み、何とか止めたはずの涙が溢れ出した。

「ん、おい、チカっどうして泣くんだ。どういう……ん、……いや、そうか……、そうだ俺は」

「思い出してくれたんですね……」

「思い出した……というのが正しいのかはわからない。だが、俺は全てを託されたのかもしれないな……」

「託された……？」

「ああ、どうやら記憶がなかった時の『俺』も君に心底惚れていたようだ。自分の命に代えても君を守ると、今の俺と同じように誓っていた」

その言葉を聞いて、何か腑に落ちた気がする。ゲイルさんの態度の変化。そこに感じていた何かの存在。

「そうして、『俺』は命をかけてチカを守った。いや、この言い方は恩着せがましいな……」

「いえ、そんなことはありません。ゲイルさんは私とユズ君の命の恩人ですから」

「そうか、そう思ってくれるなら『俺』も喜んでいるだろう。そうして君を守った『俺』から俺は君を託された。いや、君を知っている俺と君という記憶を失った『俺』が再び一つになったように俺は今感じている」

「そんな……」

ゲイルさんの言葉をそのまま解釈するならば、記憶のないゲイルさんにも『個』としての意志があり、その間の記憶が今日の前のゲイルさんの記憶に統合された……？　いや、もともと同じ人間なのだからその考え方もおかしいのかもしれないけれど……。

「あの……、記憶のないゲイルさんが私のことをというのは……」

「ああ、間違いない。君のことを誰よりも愛していた。だからこそ戸惑いも強かった。俺の中に別の俺がいるような。だが、君への思いは同じで我ながら随分とその違和感に悩んでいたようだ」

そう言って、ゲイルさんはエメラルドの瞳を細めて苦笑する。

「すまなかった。随分と、君を苦しませてしまった。悲しませてしまった……。そして、泣かせてしまった……」

その言葉に再び滂沱《ぼうだ》の涙が溢れ出し、私は止めることが出来ない。

「事故だったんです。何で記憶が欠落したのかも未だにわかってないですし、誰が悪いなんてことはないんです。ただ、私が少し寂しいと思っていただけで……。こんなことを言ったら、記憶のなかった時のゲイルさんに申し訳ないですね」

「いや、あれも俺であることに変わりはないから構わない。それだけチカが俺を想ってくれていることの証だと思うと喜びすら感じる。むしろ、君を忘れてしまった自分の愚かさが許せない」

「どうか自分を責めないでください。こうしてゲイルさんと、全てをわかってくれているあなたの腕の中にいられることが私の幸せですから……どうか……」

感極まったようにゲイルさんに抱き締められるその腕の力は強い。だけど決して私に負担をかけるものではなく、彼の優しさとそして思いが伝わってくる。

「そんなに簡単に許してくれるな。ダグに叱られる覚悟はしているが、君ももっと怒ってもいいんだぞ」

「許すも許さないも……。いえ、でもそう思ってくださるのならどうか私をもっと……もっと抱き締めてください、そしてチカと呼んでください。ゲイルさんが自分を責めるより、私はそうしてもらえる方が嬉しいです。そして、私のことを愛してください……」

私の懇願はすぐに叶えられた。

「ああ、チカ、愛している。君は俺のチカだ」

愛の言葉を呟きながら下りてきた彼の肉厚な唇を迎

え入れる。すぐに舌が私のものと絡み合い、濡れた音が妙に耳に大きく響く。

考えてみればゲイルさんが記憶を失って以来、ずっとこうした触れ合いはなかったのだ。

それを思い出した途端に私の下腹は熱くなり、身体の奥が逞しい物を求めて浅ましく疼く。

手を伸ばし抱き締め、抱き締められて互いの熱を与え合い、まとわりつく『番』の心地よい香りが私達を煽り立てた。

「ゲイルさん、ゲイルさん……!!」

「チカ、チカ……、どうして俺はこれほどに愛しい存在を忘れることが出来たのだろうか……」

根が真面目なゲイルさんだから、私が気にするなと言っても聞き入れてくれないだろう。だから私はその懺悔《ざんげ》のような言葉をこれ以上否定はしない。

「ゲイルさんが思うままに、私のことを抱いて……いえ、貪ってください」

触れ合えなくて、愛の言葉を交わすことすら出来なくて本当に寂しかった。

だから今日は欲しい、ありのままのゲイルさんを全身で味わいたい。

「チカ、わかった。君の望むままに」

私の懇願をゲイルさんは拒絶しない。薄手の夜着は剝ぎ取られ、寝台へと押しつけられた身体は瞬く間に生まれたままの姿を晒し、ゲイルさんの逞しい身体に組み伏せられた。

私の裸体をゲイルさんが見ている。隅から隅まで、どこも忘れていないことを確認するかのように獰猛《どうもう》な獣の視線を受けて、もうそれだけで私の性器は滴を垂らして淫らに濡れる。

「あまり……見ないでください。恥ずかしい……です」

さすがに羞恥が沸き起こり、その視線から逃れようと身じろいだ。だが外れそうになった腕はすぐに強い力で寝台に押しつけられ、ゲイルさんの大きな身体がのし掛かる。

「駄目だ、動かないでくれ。でないと縛りつけたくなる。優しくしたいと思っているが今日はなかなか難しそうだ。チカ、先に謝っておくぞ。俺は君を食らう、すまない」

「――ッ」

私を見下ろすゲイルさんの獰猛な表情と言葉に、背筋がぞくりと震えた。この人に食べられたい、蹂躙《じゅうりん》されたいという強い気持ちと共に感じるのは恐怖ではなく、稲妻のような快楽の奔流《ほんりゅう》。溢れ出した先走りが自身を伝い濡らす刺激が、敏感な身体に新たな快楽を呼び起こし私の奥を疼かせる。

恥ずかしくて逃れたいのに、ゲイルさんの手の力は『絶対に逃さない』という彼の強い意志を私に伝えてくる。

「ゲイルさん……」

私を見据えるエメラルドの瞳。いつもは優しく穏やかな光を宿す双眸が、今や底光りする欲情に染まりきっている。

熊族の強烈な獣性が表出したゲイルさんは、普段の寡黙で真面目な彼とは別人のように見える。性に淡白で誰にも興味を示さずにきたゲイルさんが、私に対してのみ獰猛な熊族の、アニマとしての本性を露《あらわ》にしてくれるのだ。

「ゲイルさん？」

だけど、ゲイルさんは動かない。私の腕と足を彼の四肢で押さえつけ、頭から腰まで何度もその獰猛な視線を往復させる。もはやそれは視線による愛撫などという生易しいものではなく、私は実際に触れられているかのような圧を感じ、浮きっぱなしの腰の後ろまでも淫らな液体でぐっしょりと湿らせた。

そして不意にゲイルさんが動いた。彼の顔が下りた先は私の平たい胸。ゲイルさんの大胸筋で盛り上がったそこと比べるまでもなく、平たく貧弱な私の胸。

「んぁっ、あぁっ！」

二人の獣に日々責められてきた私の乳首。そこは、少し舐められただけなのに、涙と声が自然と溢れるほどに気持ちいい。

自分でもはっきりとわかるほど張り詰めた乳首を、ゲイルさんの厚みのある舌が音を立てて舐め回し、吸い上げ、甘噛みのように牙を立てられる。

「んん、あ……噛まない……で……ッ。イッちゃい……ます」

胸からの刺激は凄まじい快楽へと直結する。いじましく存在を主張する私の性器は、ゲイルさんの大きな手のひらに付け根から先端までスッポリと包まれ、無骨に節くれだった五本の指で荒々しく扱《しご》かれた。

「ひ！　ぁぁあッ！　で、出ちゃうッッ！　出ちゃいますッ！」

「逃がさないぞ、チカ。君は俺のものだ」


ゲイルさんは強すぎる刺激から逃れようと身悶える私の両足首を摑み、軽々と掲げて限界まで割り開く。

「あ……や、恥ずか……しい」

ゲイルさんの眼前に全てを曝け出した私に、再び執拗なまでに彼の視線が絡みつく。

「チカ、綺麗だ」

いつも以上にゆっくりと、舐《ねぶ》るように再び視線で犯される。見られている、ただそれだけのことに私の身体は全身が性感帯と化し、ビクビクと震えては性器とお尻から透明な汁を垂れ流す。

そしてゲイルさんは私の全身をじっくりと責め始める。感じる所などすでに全て把握されているその責めに私は嬌声《きょうせい》を上げ、快楽の露を性器の先端から溢れさすことしかできない。

欲しい。ゲイルさんが欲しい。彼の逞しい分身でめちゃくちゃにされたい。焦らされる時があまりに長く、思考回路が焼き切れそうになる。

「ゲイルさ……ん、もうっ無理っ……早く――」

　久しぶりのゲイルさんの香りと性技に追われ、思わず甲高く叫んだ私の口を、ゲイルさんの手のひらがぴったりと覆う。

「うぐ……！　ぐむぅ」

　首を横に振りながら呻く私に、ゲイルさんが苦笑を浮かべる。

「すぐ近くに人の気配がする、風の精霊術で防音壁を作っているがあまりに大きい声は防げない」

　そう言われて私は、ここが自宅ではないことを思い出した。

　個室ではあるがこの館にはたくさんの避難した人がいるのだ。その一番奥の狭い部屋とはいえ、叫べば人に聞かれてしまう。


「あ、やっ、わ、私は――！」

　何てことだろう、私はこんな場所でゲイルさんを求めてしまったという事実に今更ながらに慌ててしまう。ああ……でも我慢出来ない、ゲイルさんがやっと戻ってきてくれたのだから。

　見上げた私の無言の願いに気がついてくれたのか、ゲイルさんは私の額に口付け鋭い牙を見せて笑う。

　獰猛で魅力的な、全てを食い尽くされたいと渇望してしまう、そんな笑みだ。

「俺もここまで来て我慢は出来ない。だからチカ、君をこのまま抱く」

「きて、来てくだ……さい……ッ！」

　私は自ら足を大きく開き、彼をねだり、招く。

「チカ……」

　最初の衝撃を期待して思わず目を閉じた私の口を、ゲイルさんの唇が覆い厚みのある舌が入ってきた。

「ん……んく」

私は乳を求める赤子のように、無我夢中でゲイルさんの舌に吸いつき、離すものかとばかりに自らの舌を絡みつかせる。

「ひぅ――っ！」

その刹那《せつな》、ずんと突き上げる衝撃が私の脳天を貫いた。

狭い入り口を太く熱いゲイルさんのモノがこじ開け侵入する衝撃は、何度経験しても強烈だ。だけどその衝撃はすぐに和らぎ、ゆっくりと優しく丁寧に少しずつ奥へと入ってくるゲイルさんのモノに全身が歓喜し震え、貪欲な私の身体はもっと欲しいと彼を締めつける。

声にならない嬌声が何度も互いの喉に消え、強い快感に絶え間なく涙が流れ続ける。

ずっと欲しかったもの。

私の身体に刻まれたゲイルさんの形、ゲイルさんの熱。

待ち望んでいたそれらを与えられ、私の心と身体があまりの至福に狂い始める。

「チカ、大丈夫か？」

久しぶりの行為に気を遣い、途中まで入ったところでゲイルさんは一度侵入を止め私に問う。

「大……丈夫……大丈夫、だから……早く、早く……全部……くださ……い」

けれども幾度も抱かれてきた私の身体は、すぐにゲイルさんを受け入れ馴染む。そして止まっている間ですら、浅ましく貪欲に僅かな刺激を快感として拾う。

太く硬いゲイルさんのモノは狭い肉襞を限界まで押し広げ、私の快楽の源を強く押し上げ押し潰す。

私の手は溺《おぼ》れた人間のように縋れる何かを探し、指先に触れたものを摑んではすべり落ちた。

「チカ」

不意に名を呼ばれ、私は泣き腫らした瞼を薄く開く。ゲイルさんの鋭い牙が覗く唇が囁いた。

「奥まで挿《い》れるぞ」

ぞくりと全身が震え、耳元で囁かれた低い声に頭の中が瞬時に蕩《とろ》けた。

「きて、きて……ください！　ゲイル……さん、私の奥まで、全部食べてくださ……」

汗に濡れたゲイルさんの肌をすべり落ちた私の手が、自分の腹の中ほどを撫でる。いつもここまで挿《はい》っていた。今でも私の中はゲイルさんでいっぱいなのに、ぎっちり隙間なく埋め尽くされているのに、もっと欲しくて私はゲイルさんに訴えた。

「ここまで……お願い……」

今よりもっと深く、与えられる快感に慣れてきた身体は最奥《さいおう》を犯される脳を焼き尽くすほどの快楽を欲して疼く。

「ああ、チカ、君の奥を愛させてもらう。俺の全てを受け止めてくれ」

「あぁっ」

私の太ももを摑んだゲイルさんの手に力がこもる。構えるより先に身体の中に更に深く押し入る巨大な質量。

「んあぁぁぁっ！　ひぃぃぃぃッッ!!」

ゲイルさんの全てを受け入れた瞬間、私は我慢出来ずに悲鳴にも似た嬌声を放つ。

伸ばした手が強い力で摑まれ、自分がゲイルさんの腕の中にいることを歓びと共に実感する。だがそんな風に明確な意識があったのはそこまでで。

身体が起こされてゲイルさんのモノを更に奥深く飲み込み、そこから先はもう何も考えられなかった。

視界が眩み、脳内が真っ白に染まる。

短い失神と覚醒を繰り返しているのが無意識下で感じ取れる。

泡立ち濡れた音、湿った肌を強く打つ刺激、私の最奥を貫く言葉にしがたい快楽の嵐、肉に食い込む牙の感触、うなじに走る痛み。

私は啼《な》き喘ぎながらも、爽やかな森林の香りに包まれ全てが白く染まり深い眠りに堕ちていくまで、ゲイルさんを心と身体で感じ続けていた。

＊＊＊

穏やかな温もりの中で微睡み、私は傍らから感じる鼓動に額を擦りつけた。あごをくすぐる太い指の感触に微笑み、もっとと顔を上げれば頬に当たるちくちくとした短い剛毛の刺激に痛みよりも幸せを感じる。そんな私の身体が柔らかく抱き寄せられ、私の胸は爽やかな森林の香りで満たされた。

「チカ……」

微睡みの中に響く優しい声に私の意識はゆっくりと浮上していき、再度の呼びかけでこれが現実だと認識する。

「ん……ゲイルさん」

手を伸ばせば指が絡められ、引き寄せられた顔に口付けが落ちてきた。

ようやく私の意識もはっきりとしてきて、目の前にいるゲイルさんが愛おしげに私を見ている姿を喜びでもって受け入れた。

「ゲイルさん、私を覚えていますか？」

それでも私はその言葉を紡いだ。

そんな私にゲイルさんは黙したままうなずき、そして私を抱き締めた。触れる彼の胸板とそして夢の中でも味わった森林の爽やかな香りが色濃く香る。

少しの隙間も許さないとばかりに密着した私達、自然に互いの唇が引き寄せられて、私はそっと受け入れるために瞳を閉じたのだが。

「さて、俺を放置してお二人様は何をやっているんでしょうかねえ。ちょっと理由を教えてもらえると嬉しいんだが」

唇が触れ合う寸前、低く重く響いた声。

ぱっと目を開いた私の視界の片隅に、くすんだ金色の癖っ毛をはねさせたまま、腕組みをして壁に寄りかかっているのはダグラスさん。

私と視線が合ったことに気がついたダグラスさんがにっこりと、それはもうとてもいい笑顔を見せて笑う。

私とゲイルさんは顔を見合わせ、ゆっくりと互いに離れてそのまま寝台の上に並んで正座をする。何というか、本能的にそうしなければいけないと思ってしまったのは、過去の経験からか。

「あ、あのっ、ゲイルさんが記憶を取り戻してですね」

「うんうん、それで昨晩はとっても盛り上がっていたようだったので、おっちゃんも一応遠慮というものをしてみましてね」

「え、気づいて……」

「助けた後にぶっ倒れたチカとゲイルは休ませておけば大丈夫だってミンツが言ったからよぉ。まあ寝具も足りねえし一緒でいいだろってことで寝かせたのは俺だからな。そんで様子見に戻ってきたら、ゲイルが目覚めてお前さんと話をしているところに出くわしたってわけだ」

「ということは、昨夜の時点でもうゲイルさんの記憶が戻ったことをダグラスさんは知って……」

「チカがゲイルのことを一番心配してたからな、記憶が戻ったらそれは嬉しいだろうし？　盛り上がるのもまぁ、しようがないかと思ったわけですよ。おっちゃんは気を遣って周囲の人払いまでしてやったわけだ」

その言葉に顔が沸騰したように熱くなる。そんな私をじっとりとした目つきで見るダグラスさんが、突然鋭く目を細めて睨んだのはゲイルさん。

「あのな、ダグ、それは……」

「朝になってもなかなか起きてこないお二人様を、寂しく一人寝した哀れな中年が起こしに来たわけですが。俺をのけものにしてまたいちゃついておられる。おっちゃんびっくりしちまったわー。かーっ、チカユキ君はそんなにゲイルの方がよかったのかなぁー」

「いっいえ、その……」

否定してもまずいし、否定しなくてもまずい。

決して勝つことは出来ないダグラスさんの口撃にたじろいでしまう。

「まあ、とりあえずレオニダスに帰ったら二人とも覚悟しておくように。それより、他の連中も起きてお前さん達のことを待ってんだから早く準備しな」

「え、皆さんももうゲイルさんのことはご存知で？」

「昨日のうちにな、皆喜んでたぜ。あっ、あとスバルとヴォルフにはしっかりお礼を言っておけよ」

「あっ、やっぱりあの植物はスバル君が？」

「俺もその現場にいたわけじゃねぇからな。ミンツから聞いた話になっちまうが、お前さん達が土砂に飲み込まれたのを植物づてに気づいてすぐに残りの力を全部解放したらしい。それで、力を使い果たしてヴォルフと二人でぶっ倒れたらしいぞ」

「倒れた!?　大丈夫なんですか!?」


あの土砂の中から私達を救い出してくれた不思議な植物。思ったとおりあれはスバル君の力だったのか……。だが、限界を超えた力の行使は魔力が尽きれば生命力を奪っていく。それを一番よく知ってるのは、私だ。

「安心していいぞ。魔力が枯渇しただけみたいだからな。すぐにミンツが診て、今も安静にさせてる」

「それは申し訳ないことをしたな……。『番』をそのような目に遭わせてしまうとは、ヴォルフ殿にも謝罪をせねば……」

「ああ、それはいいってよ。僕なりに出来ることをしただけですからって伝えてくれってスバルからも、ヴォルフもそれには納得してる。チカの世界の人間はちょっとどこかぶっとんでるよなぁ」

「そっそれは否定出来ないかもしれないです……」

私とスバル君とユーキ君。この世界に呼ばれた地球人は、自ら意識せずにとんでもないことをしてしまうというのを自分も含めて何となく感じている今日この頃だ。

「って、また長話をしちまったな。お前さん達が助けたぼうず、ユズって言ったか？　あの子やその父親も礼が言いたいって待ってんだ。もちろん、ミンツや他の連中もな。だから準備をさっさとするように」

その言葉を受けて私とゲイルさんは急いで着替えて皆のもとへと向かう。

無事に生還したことを喜ばれ、ユズ君とそのお父さんには数えきれないほどの感謝の言葉をもらった。

スバル君は苦笑いを浮かべて、もうチカさんの無茶を笑えませんねとベッドの上でヴォルフさんに抱きかかえられていた。ダグラスさんがヴォルフさんの耳元で色々と何かを伝えていたが、きっとスバル君の力についてだ。私利私欲に満ちた人間に知られ、スバル君の意思に反した事態が起きないように、きっとレオニダスとしても何か対応を考えているのだろう。

ゲイルさんの記憶についても関係者一同が心から喜んでくれている様子で温かく迎えられた。

そうして私達の日常がようやく戻ってきたのだ。

＊＊＊

新たな災害に見舞われたもののその後は順調に天候も回復し、魔力の戻ったスバル君とグレンさん達狼族が再度地盤の調査をして、これ以上崩れそうなところはないことを確認。

ダグラスさんはレオニダスのアルベルト様に、グレンさんは父である『薄墨の牙』の族長さんと連絡を取り、村への調査と追加支援を依頼していた。

その間も続く村の復興作業は順調で、記憶が戻ったゲイルさんを筆頭に騎士団員や村人とすっかり馴染んだベスティエルの獣頭人達もその力を競い合うように力仕事を請け負うものだから、予定より早く必要数以上の家が建ったほど。

収穫期を終えていた畑や果樹に甚大《じんだい》な被害が出なかったのは不幸中の幸いと言っていいのかもしれない。土砂の流れ込んだ畑も力自慢の皆の手で次の収穫期には新たな作物が収穫出来そうなほどまでに迅速に復興作業が行われ村人達と共に私も驚いた。

以前と全く同じとはいかないもののもう、村人だけでも大丈夫だろうとなったところで、私達は帰国することになった。

見送ってくれる村人達は皆笑顔だ。

亡くなった人もいたから悲しみがないわけではないが、それでも未来に向かって歩もうとしている人達は強い。

ミンツさん達は騎士団と共に陸路をレオニダスに向けて出発し、スバル君達とはまたの再会を約束して(ダグラスさんはどうせすぐ会うことになるとどこか遠い目をして呟いていた)、彼らはベスティエルへと戻っていった。

そして、私達三人はピュートンで再び空路を行くことに。

「よし行くぞ」

ダグラスさんの合図で飛び立つピュートン。

私はゲイルさんに身を預け、丘の上を駆けるピュートンの背中で感じる揺れに耐える。だがそれも一瞬のことで、少しの助走の後ふわりと浮いたピュートンが空へと向かって何度も大きく羽ばたいた。

「ふああ」

浮遊感と自分が空へと向かう光景に思わず声がこぼれる。

大きな翼が広がって風を捉え、滑空するように村の上空をぐるりと回っていく。

眼下には私達に向かって手を振る村人達がいて、私も彼らに応えるように何度も大きく手を振った。

ピュートンから身を乗り出しても、私の腰をしっかりと掴んでくれるゲイルさんがいる限り怖いと感じることは全くない。

少しずつ小さくなる彼らの中にはユズ君も元気になった父親と共にいた。あの穴は崩れてしまったけれど形見の品は持ち出すことが出来たようで、その形見を見た父親はユズ君に謝り、泣いていた。

自分の悲しみばかりに気を取られてユズ君の悲しみに気がついていなかったと随分と反省していた父親の姿にユズ君が笑顔を浮かべていたのを思い出す。

熱が下がった村長さんの両隣には息子さんとその婚約者さん。若い二人はミンツさんやエドガーさんから医学の知識と料理を教えてもらったようで、今後は私達自身の知識と技術で出来ることは頑張りますと、とてもいい笑顔で語ってくれた。

そんな彼らは、春になったら婚約者から伴侶になる宴を行うそうだ。その時にはぜひにと招待されて、もちろん伺わせてもらいたいと答えている。

そしてその周りにもたくさんの人達。あの中にはヴォルフさんやベスティエルの獣頭人の騎士に剣の修練をしてもらっていた人達もいる。未だ秘匿され、一部の人達にしかその存在が明かされていない獣頭人の国ベスティエル。

そして、この地域はベスティエルに最も近い獣人達が住む地域。今回のことがきっかけとなり、獣頭人という存在への偏見が薄れた村人達の多くは彼らとの交流を望み、村長さんが忙しくなりそうだと笑っていた。

ここに来た原因の流行病は鳴りを潜め、エルフの長から特効薬完成間近の報告ももらっており、その症状で苦しんでいる人達はもういない。

地震によって潰れた家屋も建て直され、これから少しずつもとの村の風景を取り戻していくのだろう。

そんな村の様子を『砦の館』が再びその役目を終え、見守っているように見えた。


村の上空を三周ばかりしたところで、先を行くダグラスさんがピュートンの進路をレオニダスに向けた。私とゲイルさんが共に乗るピュートンもそれに合わせて少しずつ村を離れていく。

そうなれば眼下は一面の深い森となり、先行してアーヴィスで帰国の途についているはずのミンツさん達の姿は残念ながら見られなかった。もちろん別の道をたどるベスティエルの一行の姿も見えることはない。

「そういや、ゲイルさんよ。お前、記憶を失っている間のことも覚えてるんだって？」

「ああ、酷く不思議な感覚だが。自分の意識とは違う場所にその記憶は確かに存在している。多少の混乱はあると思うが、ある程度のことは覚えているはずだ」

「へぇ、それじゃ自分がチカのことをどんな風に認識してたのか覚えてんのか？」

「ああ、そのことを思うとチカに対して本当に申し訳なさしかない」

「いえ、それはもう済んだことというか。よくよく考えれば記憶がなかったゲイルさんに何かされたわけではないんですよ。私が一人で寂しがっていただけというか、勝手に思い悩んでいただけですし……」

「チカ……」

「むしろ、今回のことで私はゲイルさんのことをもっと……好きになりました。やっぱり私が愛した人は、素敵な人なんだなってそれを改めて知るいい機会だったのかもしれません」


これは私の本心だ。

記憶のないゲイルさんとの日々で、私はどれほどゲイルさんを愛しているのか自分の気持ちと再度向き合い、この人から離れては生きていけないとそれを思い知らされた。

ただ、何故私に関する記憶だけがぽかりと欠如してしまったのかそれだけは未だに謎だ。

物理的な衝撃、心因的なもの……どうして記憶が戻ったのかそれもわからない。

もしかしたら、私達の絆を試すためにこの世界の神……いや、何かが私達に与えた試練だったのかもしれない。そんな現実離れしたことを考えるほどに、私の中に謎として残り続けている。


「おいおいおいおい、ちょっと待て！　何か、さらっと愛の告白みてぇな言葉が聞こえたんだが？　わりと俺もお前さん達のために骨を折ってやったと思うんだが、ゲイルだけずるくねぇか!?」

「ダグ、見苦しいぞ。もとはと言えば俺の失態。だが、それを乗り越えることで俺とチカの絆が深まったのは事実だ。なぁ、チカ」

「えっ、ええ。ゲイルさんのおっしゃることはそのとおりなんですけど……。えっと、ダグラスさん……？」

「ぐぬぬぬぬぬぬ。よしわかった。それじゃ次は俺が記憶喪失になるわ。そうなったら、チカお前はベッドから起き上がることは出来ねぇと覚悟しておけよ!!!」

「お前は一体何を言ってるんだ……」


本気で悔しそうな顔をするダグラスさんとそれにいつもの調子で答えるゲイルさん。

ああ、そう。これが私の求めていた日常。


「記憶喪失はちょっと困りますけど。今回のことでダグラスさんのこともちろん……その……えっと……

改めて好きだなって……」

「チカユキ君、よく聞こえなかったんでもう一度」

ピュートンを片手で御《ぎょ》しながら、真顔でダグラスさんが真剣な視線をこちらに向けてくる。そんなダグラスさんをゲイルさんはやれやれといった顔で見ているだけで……。

「っ……ゲイルさんのことで一人思い悩んでいた私の側でずっと寄り添い支えてくれたダグラスさんが大好きです！　ゲイルさんと同じだけ、愛してます！　こっ、これでいいですか！」

私の顔はきっと真っ赤に染まっているだろう。

ここまで直球な愛の告白をしたのは多分片手で数える程度……。

「よっしゃー！　貴重なチカユキ君からの愛の告白いただきましたー！　ゲイル、記憶喪失になってよかったぞ。でかした」

そう言って、ダグラスさんが少し離れたところを飛ぶピュートンの上で明るく笑う。

何とも自分の言葉が恥ずかしくなって、私は身を捩って上半身を無理やりゲイルさんに向けた。そしてその胸元の服を掴み、明るい光の中でゲイルさんのエメラルド色の瞳と視線を合わせる。

「あいつなりの気遣いだ。わかってやってくれ」

「ええ、もちろんわかっています。私達は三人で一つの強い絆で結ばれているんですから……。そう思うのは私の自惚れではないですよね？」

「もちろんだ。見えないだろうがダグも大きくうなずいているぞ。記憶のなかった『俺』が加わった分、その絆は強くなった。自分で言うのもおかしな話だが、記憶を失くした『俺』にも感謝をしなければいけないな」

「はい、私も決してこのことは忘れませんから……」

記憶のなかった『俺』と口にしたゲイルさんに、一瞬その面影を見たのは私の気のせいだろう。

「さあゲイルさん、ダグラスさん。私達の家に帰りましょう」

「おう、子どもらが待っている家にな」

「そうだな、俺達の家へ」


ダグラスさんも大きな声で賛同する。そしてゲイルさんが、はるか遠くへと視線を向けて強くうなずく。

私はピュートンを操るゲイルさんを見上げた。そんな私を見下ろす優しい瞳はいつものゲイルさん。

エメラルドの瞳に空の青と森の緑、そして私が映っている。

その瞳の中で私は微笑んだ。

Fin.

どこまでも広がる、雲一つない青い空。大地に恵みを与えるかのように、照りつける太陽。それらを映してキラキラと輝く鏡のような美しい水面。時折吹き抜けては素肌をくすぐる涼やかな風が、こそばゆくも心地好い。

『かーしゃん！　池れしゅよ！　おっきな池れしゅ！』

そして足元には、元気いっぱいに走り回る小さな黒獅子の仔――リヒト。私と同じヒト族のヒカルとスイも、それぞれダグラスさんとゲイルさんの腕の中でご機嫌な声を上げている。

「リヒト、あれは池じゃなくて湖って言うんだよ」

『みじゅうみ、れしゅね！』

ダグラスさんとゲイルさん、それに私。三人揃って休みが取れたこの日、私達家族はレティナ湖までピクニックに来ている。

「こんな素敵な場所を家族だけで使わせてもらえるなんて、ヘクトル様には感謝してもしきれませんね。特別扱いして頂いて少し申し訳なくも思いますが……」

「気にしなくてもいいぜ、言い出しっぺの自分が来れなくて悔しがってたのが見ものだったけどな。まぁ、親父も兄貴も広く開放して民達にも使わせてやりてぇんだろうけど、何せ貴重な生物や植物がたくさんあるから難しいとこだよなぁ」

そう、このレティナ湖は本来レオニダス王家が所有し、管理している保養地なのだ。先ほどダグラスさんが言ったように、特殊な条件が重なったこの地にはいわゆる天然記念物がわんさかと存在しているのだとか。故に、保護のための直轄地ではあるのだがこれほど素晴らしい場所を王家が独り占めしているようで申し訳ないとアルベルト様はおっしゃっていた。

そんな背景がありながらも、私達家族はヘクトル様やアルベルト様のご厚意で、自由に使わせて頂いている。

「人間が大勢集まれば知らず知らずのうちに大きな変

化を生み出してしまう。それがいい方向に働くこともあるだろうが、これだけ特殊な環境下だとそれは難しいだろうな。辺りから感じる精霊の魔力の種類も桁違いだ」

確かに、ゲイルさんが言うとおりだと小さく頭を縦に振る。精霊や魔力の有無に違いはあれど、自然が長い時間をかけて創り出した生態系を一瞬で人間が壊してしまうというのは地球でもよく見た光景だ。

「だが、懐かしいな……。子どもの頃、ダグとはよくここで遊んだものだ」

「ああ、あそこの大岩まで競争したよなぁ。ま、勝つのはいつも俺だったけどよ！」

「嘘をつくな。勝率は半々だったぞ」

ダグラスさんとゲイルさんの会話を聞いていると、私の愛する二人が気心の知れた幼馴染みだということを改めて思い出す。

本来であればダグラスさんが主《あるじ》であり、ゲイルさんは主に仕《つか》える騎士という関係なのだが、二人の姿を見ていてその主従関係を感じたことはない。

あくまで対等であり、互いを尊重し合う友人……いや、それ以上の深い絆《きずな》で結ばれているように思える。それは私と二人が結んでいる絆とは別なもので、たまにそれを羨《うらや》ましいと思ってしまうのはさすがに贅沢なことだろう。

『とーしゃん、およぎをおしえてくらしゃい！』

「よっし！　俺がレオニダス王家秘伝の獅子かきを教えてやるぞ」

リヒトが可愛く片手を上げておねだりすると、ダグラスさんはヒカルをゲイルさんに渡し、その姿をあっという間に獅子へと変えてリヒトを頭にのせたまま、得意の泳ぎを披露してみせる。

「うーあー！」

「ん？　どうした？　ヒカルも泳ぎたいのか？」

「うー！」

「だが、お前はまだ……。それならばチカ、スイを頼んでもいいか？」

「はい、スイこっちにおいで」

ゲイルさんはスイを私に渡すと、ヒカルの小さく柔らかな身体を、そっと水面に横たえた。その仕草は、まるで宝物を扱うように丁寧で、いっそ厳《おごそ》かですらあった。

「きゃっきゃっ」

するとヒカルは小さく短い手足を懸命に動かし、パシャパシャと背泳ぎをして見せる。

思いがけないヒカルの様子にゲイルさんに視線を向けると、互いに自然と柔らかな笑みがこぼれた。遠くからは、ダグラスさんもヒカルの様子に気づいたようで、獅子の顔は明らかに笑っていた。

とにもかくにも、その姿は大層可愛く、愛くるしい。これは決して親の欲目などではないはずだ。

「お兄ちゃん達も楽しそうだし、スイもお水で遊ぼうか？」

「きゃっ！　きゃっ！」

子ども達と伴侶の姿を眺めながら私も浅瀬で、最近ようやくヨチヨチ歩きを始めたスイと水遊びを始めた。

「あー！」

「スイはその石が気に入ったの？」

けれどもスイは、水遊びよりも様々な形の石を積み上げることに夢中だ。

同じように育っても三人ともまるで違う。だけど、その誰もが私の愛する子ども達。

いつも私に愛を囁き情熱的な愛を感じさせてくれるダグラスさん。

言葉は少なくとも、私のことを愛していると全身で伝えてくれるゲイルさん。

強く優しい『伴侶』に、可愛い子ども。

気持ちのいい自然の中で、家族揃って笑顔で遊ぶ。

ああ、何て幸せなんだろう。

この世界で奪われたものも多かったが、それ以上に私は今あまりに多くのものをこの世界で与えられている。

「スイ、とっても上手だね」

「うー！」

スイのふっくらとした小さな手が、思いがけない器用さでバランスよく小石を積み上げていく。

「あー？」

「ふふ、私もやってみようね」

私は手頃な石を拾い、特に意味はないが祠《ほこら》のような形に積んだ。

澄んだ水の中に沈んでいた平たい石は、手に取ると穏やかな冷気を帯びて心地好かった。きっとスイも同じことを感じているのだろう。見れば次々に水の中から新しい石を拾い上げている。

気がつけば、ダグラスさんの横をリヒトが一緒になって器用に泳ぎ、熊の姿になったゲイルさんが水の中で仰向けになり、そのお腹の上でヒカルは背泳ぎを堪能していて、思わず笑ってしまった。

そうして、各々がそれぞれ子ども達とたっぷりと遊んだ頃合いを見計らい、私は皆に声をかける。

「そろそろお昼にしませんか？」

『かーしゃんのおべんとれしゅ！』

「おっ？　待ってたぜ。これがピクニックの醍醐《だいごみ》味だからな」

「ああ、君の作るものは何でもおいしいが、こうして皆で外で食べるとまた違った美味さがある」

「あうー！」

俊敏な動きで駆けてくるリヒトを先頭に、広げた敷物に皆が集まってくる。

ダグラスさんとゲイルさんは人の姿に戻っていた。

そうなると必然的に二人が全裸であることに気づき、どこか気恥ずかしくて目を逸らしてしまう。

「そんなに慌てなくても、お弁当は逃げませんから。その……、お二人は服を着てからご飯にしませんか？」

私の様子から色々と察してくれたのか、ダグラスさんはニヤニヤと笑いながら、ゲイルさんは慌てた様子で服を着てくれた。

そして、私は涎《よだれ》を垂らさんばかりに待ち構える獅子と熊の前に、ヒカルがスッポリと入れるほどの大きさのバスケットを二つ並べた。一つのバスケットにはいくつかの主菜を入れて、もう一つのバスケットにはおにぎりやサンドイッチ、薄く切った黒パンにフワフワの丸パンなどが入っている。


「くー！　美味ぇっ！　チカの弁当は今日も最高だ！　特にこのカラアゲ、味が三種類もあるぞ!?」

「はい、いつもの唐揚げに、今日はタルタルソースとチリソースであえてみました」

「馴染《なじ》みのあるカラアゲも肉汁が滲《にじ》み出てシンプルに美味いが、このチリソースがかかったカラアゲは葉物野菜との相性が抜群だな」


ゲイルさんは大きな緑の葉にチリソースを絡めた唐揚げを包むと、一口でそれを食べてしまう。そしてまた次の一個へと手が伸びる。


「俺はタルタルソースだな。このソース、野菜につけても美味いぞ」

ダグラスさんは唐揚げを頬張りながら、添えておいたタルタルソースを野菜スティックにつけてバリバリと噛み砕く。人参に似たカロット、大根に似たラディーシャ、巨大キュウリとしか言いようのないキューカル、セロリそっくりなセラシャ。

どれも日本のそれとよく似ている。


「まんま！」

「むーー！」

「はいはい、ヒカルとスイも食べようね？」

ダグラスさんが手にしたラディーシャに手を伸ばすヒカルとスイに、私は優しい味付けをしてから軽く蒸して柔らかくしたラディーシャを渡す。

「んっんっ」

「むぐぐ」


するとヒカルとスイは、嬉しそうに両手でラディーシャを摑んで頰張る。二人とも少しずつ、大人と同じ食べ物を自分で食べるようになってきているのが、親としてはとても嬉しく感じる。

『かーしゃん、おしゃかなもおいしいれしゅね！』

リヒトが無心に頰張っているのは、サブリの竜田揚げだ。もとの世界の鯖《さば》と鰤《ぶり》を足して二で割ったようなフィシュリード産の魚――サブリは、竜田揚げにうってつけだった。

「白身魚のマリネもあるよ。食べてみる？　酸っぱさは抑えてるからリヒトでも大丈夫だと思うけど」

『ひゃい！　こっちのは、あまじゅっぱいれしゅね！』

あっさりとした白身魚を素揚げにして、オニオル、キャロリテ、トメーラと一緒に甘酢漬けにしたマリネは、ミンツさんの好物だ。たくさん作ったから、明日お裾分けしよう。

『かーしゃん、タマゴヤキもたべたいれしゅ』

「リヒトは卵焼きが好きだね。甘いのとしょっぱいのどっちにする？」

「俺も好きだぞ！　特にしょっぱいのは酒の肴《さかな》に最高だ！」

「ダグ、お前は子どもと張り合うな。チカ、俺は甘いのをくれるか？」

我が家の定番メニューである卵焼きは、子ども達含めて家族皆に……いや、家族以外にも大人気で、三日に一度はヘクトル様の家に届けているほどだ。

私はダグラスさんに出汁《だし》を混ぜ込んで焼いた卵焼きを、ゲイルさんには砂糖を多めに使った卵焼きを差し出し、リヒトにはそれぞれを小さく切って食べさせてやる。

「たくさん焼いてきましたから、いっぱい食べてくださいね」

ダグラスさんもゲイルさんも、もとの世界のカステラ一本分ほどもある大きさの卵焼きを平気で平らげてしまうから最初は驚いたものの今はもう慣れたものだ。

「お？　見たことないサンドイッチ？　いや、パンに何か挟んであるのか？　こいつは何だ？」

「それは焼きそばパンです。ちょっと学生時代に食べてたのを思い出して、勢いで作ってしまいました」

「パンに麺を挟むとは、相変わらず君の故郷の料理は斬新《ざんしん》だな」

「そう言われると思ってましたけど、意外とおいしいんですよ？」

　不思議そうな顔をしながらも、ダグラスさんとゲイルさんは焼きそばパンをぱくりと一口。

「う、美味いっ！　この甘辛いソースが、麺とパンに染み込んでるぞ！　パンと麺がそれぞれを引き立て合ってて美味いんだが不思議すぎるぜ……！」

「甘辛いソースと麺とパンの中に混ざるキャベルの甘みとシャキシャキした歯ごたえが……！　くっ！　止まらない」

　そんな様子を見て私は自然と笑みが浮かぶ。

　自分が好むものを愛した人がおいしいと言ってくれる喜びは何度味わってもいいものだ。

『かーしゃん、りひちょはぴくにっくがだいしゅきれしゅ！　みんなでおそとでたべるごはん、おいしいれしゅね！』

「うまうま」

「あうー！」

「うんうん、チカの飯《めし》が美味いってのはお前達にもわかるんだなぁ。家族で食べれば尚更だぜ」

「こんなにも美味いものを食べて育つ我が家の子ども達は、間違いなく幸せだが……よそのものが食べられなくなるんじゃないかと少し心配だな」

「だっ大丈夫ですよ。私の料理はあくまで家庭料理ですから、実際セバスチャンさんが作るとまた全然違うでしょ？」

「まぁ、あれはあれで美味いと思うけどよ。違うんだよなぁ。お前さんが作るってところが重要なんだぜ？」

「余計な心配だったな。君があまり特別扱いされるのを望んでいないのを知っていながら……すまない」

「いっいえ！　謝られるようなことじゃありませんか

ら！　えっと、他にもおにぎりもあるんですよ。こっちも、たくさん作ったんで全部食べちゃってくださいね！」

相変わらずのゲイルさんの生真面目さにダグラスさんと共に苦笑いを浮かべる。

そうして、子ども達にも色々と食べさせながら、ほとんどの料理がダグラスさんとゲイルさんの胃の中に収まった。

私は最後のおにぎりをリヒトと一緒に食べながら、そのほどよい塩気と上品なラヒシュの甘みに我ながら上出来だと自分を褒めてやる。

「オチビ達は早速オネムのようだぜ？」

「たくさん身体を動かして遊んで、しっかりと食べたからな」

急に静かになったと思ったら、子ども達は互いに寄り添うようにしてお昼寝を始めてしまっていた。確かに、お腹《ふく》が膨れれば瞼が重くなる。

それは当然のことなのだが……。

「ああ、本当に可愛い……」

まるでヒト族の兄弟を守るようにその身体でヒカルとスイを包み込むリヒトの寝姿に、私の中の何かが身《み》悶《もだ》える。

呼吸のたびにゆっくりと波打つ、幼い獣特有のぽってりとしたピンク色のお腹。スピスピと寝息を立てる、黒く湿った逆三角形の鼻。時折ピクンと動く丸い耳。

スイとヒカルの寝顔も、もちろん可愛いが、まだまだ幼い獣のリヒトの姿は私の本能にある意味訴えかけてくる。

「こんな穏やかな日々が、ずっと続けばいいですね」

私が口にした願望はこの世でもっとも欲深いものかもしれない。万物は絶えず変化する。今は柔らかく頬を撫でる風も、季節が巡れば肌を刺す寒風となる。私達が遊んだ碧《あお》い湖も、冬になれば凍《い》てつき白い氷に覆われる。何百年も変わることなくそこにあるように見える大岩すらも、風雨に削られ少しずつその形を変えてゆく。

人も、動物も、自然すらも。世界は一秒たりとも同じ形ではいられない。私達が穏やかに過ごしている同じ時刻に、世界のどこかでは赤子が生まれ老人が死んでゆく。同様に、誰かが幸福に過ごす甘い夜に、別の誰かは愛する人を失うこともある。

平穏や幸福は、決して当たり前のことではない。昨日までどっぷり浸かっていた普通の幸せが、明日にはいともたやすく指の間からすり抜けていく。そんな過酷な現実を、私は嫌というほど知っている。

だからこそ私に出来るのは、祈り願うこと。何に祈っているのかは、正直自分でもわからない。ただ漠然《ばくぜん》と……人知を超えた大きな存在に縋《すが》りたいだけなのだ。全ての宗教の始まりは、こうした人間の切なる祈りだったのかもしれない。

そして、大切なのはそんな不確定なものだけに頼らずに、自らの手でこの幸せな日々を守っていく覚悟を持つことだ。

「そうだな。こんな日が来るとは、昔の俺には考えられなかった」

ゲイルさんにはゲイルさんの思いがあるのだろう。彼は三人の子ども達に野性的で精悍《せいかん》な顔つきでありながら、どこか優しい光を湛《たた》えた緑の瞳を向けた。無表情・強面《こわもて》・口数が少ないと、他人からはそう評されてしまうゲイルさん。確かに彼のことをよく知らなければその見た目だけで怖いと感じる人もいるかもしれない。だけど私は、彼が誰よりも強く優しく誠実で家族思いな人だと知っている。

実直なゲイルさんの存在は、頼もしく、私に強い安心感を与えてくれる。

たとえるならゲイルさんは、あの湖にそびえる大岩だ。長い年月の中で傷つき削られながらも、決して変わることなく最後の一粒になるまでそこに在《あ》り続けることだろう。

変わり続ける世界の中で、私達にとってのゲイルさんという存在は不変なものなのだ。

「そうだよなぁ。あのゲイルに人並みの感情が生まれて、見てるこっちが恥ずかしいぐらいにチカと子ども達を溺愛してるなんて、どんな偉大な占い師だろうと見通せなかったと思うぜ？」

ニヤニヤと笑いながらゲイルさんをからかうダグラスさんのタレた目は、飄々《ひょうひょう》とした雰囲気と男の色気を感じさせながらも私や子ども達に対する底なしの優しさを隠さない。

人好きする男前・軽薄とも取れる言動・そして色々な意味での遊び好きと、ゲイルさんとは真逆の方向で三拍子揃ったダグラスさん。ともすればいい加減な人と評されてしまいそうなその本質は、思慮深く抜け目なく、頭の回転も速く、人の上に立つ資質を強く感じる王族の血を継ぐ存在。

そして、本当に大切なことは決して取りこぼさない人だと私は知っている。

ゲイルさんがあの大岩であるならダグラスさんは、この湖の水のような人だ。広く大きく、雨も雪も全て飲み込み、その姿を柔軟に変化させながらもその本質は変わらない。

「『ギルドの種馬』だった遊び人のお前も、人のことは言えないだろう？」

ムスリと口をへの字に結び、ゲイルさんが珍しくダグラスさんへと言い返す。

かつてダグラスさんは、アニムス・アニマを問わずモテてモテてしょうがなかったという。そして、本人も来る者拒まず去る者追わずのスタンスを貫いた結果、『ギルドの種馬』という二つ名をつけられていたのだ。

その話を聞いた時、私もさすがに驚きはしたものの……冷静に考えてみれば、これだけ魅力的な人がモテない方がおかしいとも思う。

「そいつはもう遠い遠い昔話さ。今の俺にはチカ、お前さんだけなんだぜ？」

不意に抱き寄せられ、後ろから低い声に熱を込められ囁かれる。

「ダ、ダグラスさん……」

それだけでもう、私の身体は甘く震えてしまう。

「過去の俺は、まぁ確かにゲイルの言うとおりだ。それは否定しない。だが、ある種の線引きはしてたんだぜ？」

「あっいえ、過去は誰にでもありますし、私は気にしていませんから」

「いや、お前さんも少しはヤキモチとかそういう気持ちを持ってくれると俺としては嬉しいんだが……」

「ダグ、そうやって抜け駆けをするんじゃない。それに、チカ……君は色々と心が広すぎるぞ」

「違いねぇ。だが家族ってのはいいもんだな。なぁ、今はオチビ達三人でチカも手一杯だ。医師としての仕事も忙しい。それは俺もわかってる」

そこまで言うと何故かダグラスさんは服を脱いで、獣体へと姿を変える。

『チカ、こっちに来な』

ダグラスさんの様子で何かを察したのか、ゲイルさんも獣体へと姿を変えて、私をそのまま抱き上げダグラスさんの横に寝かせてくれた。

柔らかな草の生えた地面からはどことなくゲイルさんの『番《つがい》』の香りにも似た香りが漂ってきて、不思議な気持ちになる。

『いつか、まだ先の話だ。リヒトとヒカル、スイがしっかりと育ってお前さんの仕事も落ち着いた頃でいい』

ゲイルさんとダグラスさんの間に私、そしてその間に子ども達とまさに川の字状態でダグラスさんは言葉を続ける。

『子どもを……いや、家族をもっと増やさないか？』

そう言って、ダグラスさんの柔らかい肉球が私の頭を撫でる。

『それは俺も考えていた。今はあの子達をしっかり見てやりたい。だが、俺ももっと家族が欲しい。チカやダグとこの先の未来を共に歩むことを考えるといつもそればかり考えてしまう』

背後から私を抱き締めているゲイルさんが私の首筋にその頭を擦りつける。

二人の行為と言葉に私は少し驚きながらもその答えは決まっていた。

「はい、私も考えていました。あんなに可愛い子達を三人も授《さず》かって贅沢なことかもしれません。ですが、私はまだお二人の子どもを……その……産みたいです……。そして、たくさんの家族に囲まれたい」

眩《まばゆ》い太陽の下で何を言っているのかと、自分で言っておきながら恥ずかしい。だけど、これは私の本心だ。

『君の産んだ子どもであれば、何人でも俺は愛せるぞ』

「ゲイルさん……」

ダグラスさんの色気のある低音とは違う力強さを感じる低音で囁かれ、胸が高鳴り息が詰まる。

『チカがそう思ってくれんのは俺達も嬉しいぜ。そんで、チカ君は俺とゲイルの子、どっちを産みたいんだ？　いや、どっちから・・・・か』

「そ、それは……」

問われて私は応えに窮《きゅう》した。

最初は私にかけられていた性奴隷の呪いのために、そして生まれてくる子が特別な存在であることを考えた上で、ダグラスさんと子をもうけた。

そして、それらが落ち着いてゲイルさんとの間にスイを……。

ならば次は……？

『ダグ、チカを困らせるんじゃない。それは、その時チカが望むままに決めればいい。お前もそう思っているのだろう？』

『くっくっくっ、悪ぃ悪ぃ。ま、そーだな。二つの月の導きのままにってか？　俺達はどちらが選ばれようと気にしない。俺の子でもゲイルの子でも同じように愛してやる。それは変わりないからな』

『俺も約束しよう。君の選択を尊重すると、そしてどちらの子であろうとこの子らと同じように俺とダグは親としての責任をきちんと果たし、等しく愛そう』

獣の顔でもわかるほどに真剣な表情のゲイルさん、その一方でダグラスさんは獅子の顔で牙を剝《む》き出して笑う。

そんな二人に私が答えられた言葉はただ一つだけだった。

＊＊＊

「チカ君、そういえば昨日は家族でお出かけでしたよね？　確か、レティナ湖にピクニックに……大きい獣二人と子ども達が三人、想像しただけで大変そうですが休めましたか？」

家族での団らんを満喫した翌日、いつものように出勤すると、すぐにミンツさんが声をかけてくれた。

ミンツさん一家とは家族ぐるみのお付き合いをさせてもらっており、私のよき友人であり、同じ志《こころざし》を持つ同僚。そして、パリスさん、グレンさんという『番』の伴侶を持つ同じアニムスとしてミンツさんは私の気持ちを一番理解してくれている人かもしれない。

「はい、子ども達も随分《ずいぶん》と喜んでいました。自分で遊ぶ姿を見て、子どもが育つのって本当に早いんだなってなんだかしみじみと実感してしまって……。今度はよろしければミンツさん達もご一緒に。リヒトはグランツ君と遊ぶのが大好きですし、ミルス君も水遊びなら楽しめるんじゃないですか？」

「それはぜひご一緒したいところですね。ただ、リヒト君がグランツと仲良くしてくれるのは本当にありがたいんですが、あの子はやんちゃすぎていつかリヒト君に怪我でもさせないかといつも冷や冷やしてるんですよ。ミルスは全く手がかからないのに、種族の差なのかグレンの子だからなのか……」

「やんちゃなのは元気な証拠じゃないですか、きっとグレンさんに似て立派な狼族に育ってくれますよ。でも、ミルス君は確かにおとなしいですよね……兎族の子って皆あんな感じなんですか？」

「グレンに似るのはいいのやら悪いのやら……。ミルスは、兎族の中でもおとなしい子だと思います。言葉もまだほとんど話しませんから、ただチカ君の言うとおり子どもの成長の早さにはほんと驚かされますね」

そして、私達は共に子を持つアニムスであり、獣人の子育てを知らない私にとっては、ミンツさんは子育ての先輩として気軽に情報交換が出来る貴重な存在でもある。

「やぁ、チカ君。おはよう」

「あ、パリスさん」

私がミンツさんとそんな話をしていると、パリスさんが白衣を羽織った姿で現れた。

『貴公子』という言葉をその姿で体現するパリスさんは、ミンツさんと同じく私の同僚であり、大切な友人。

ゲイルさんの実家はレオニダスの武を司《つかさど》るフォレスター家だが、パリスさんの実家であるユーベルト家がレオニダスの知を司る名門であり、彼自身も優秀な精霊術や古代魔術の使い手であると知ったのは恥ずかしながらつい最近のこと。

何かあればその現場へと出向く私達にその身体能力の高さを活かして同行してくれる肉体派のグレンさんと対照的に、後方支援役としていつも私達のことを陰から支えてくれる人でもある。

ついでに、うちの子の子守りやギルドの業務までこなしてくれるのだからいくら感謝してもしきれない。

「さて、今日も忙しくなりそうだね。ミンツも聞いていたけどチカ君、ちゃんと休めたかい？　君に何かあったら色々な意味で大変だからね」

「ええ、十分に休ませて頂きました。ゲイルさんとダグラスさんのお気遣いはありがたいんですが、最近は自分の限界を見極めることも出来るようになってきたので」

「それなら一安心だよ。いやぁ、最初にチカ君が診察を始めた頃のことを思い出すね」

そうやって笑うパリスさんは、背中から生えた猛禽《もうきん》の羽と貴公子然とした容姿も相まってまさに肉食獣といった私の伴侶とは違う魅力を持っている。

ミンツさんとグレンさんもお似合いのカップルだけど、ミンツさんとパリスさんが並ぶとまるで絵画のように美しい。

「そうですね。チカ君の知識と技術を私達他の衛生部の職員が学び、それを実践出来るようになるまでのことを思い出すと……」

「確かにあの頃は大変でしたね……」


私がこの世界で広めたいと願っているのは、確かな知識と技術さえあれば誰でも行える医療。それは、ようやく世界に広がりその根を下ろしつつある。

だが、未だに医師が常駐している病院や医院と呼べるモノや、それに類する施設の数は驚くほど少ない。

それでも、世界中の病人がレオニダスに集まってきていたのではないかと二人が言う『あの頃』に比べれば、今の状況は随分と落ち着いてきている。

それは偏《ひとえ》に、アルベルト陛下やヘクトル様が陰ながら各国との折衝《せっしょう》を行い、尽力してくださったからでもある。


「それでもまだやらなければならないことは山積みだ。僕達自身もチカ君からまだまだ知識も技術もしっかりと学んでいかなければといつも思うんだよ」

「そうですね。どうしても重症患者はチカ君任せになってしまうのは本当に心苦しいところです。今のままではチカ君の負担が大きすぎるのはわかっているんですが……」

「いえいえ、そんな……！　私こそ、この世界についてまだまだ学ぶことの多い立場ですから！」


私とて、もとよりこの世界で薬師《くすし》と呼ばれる人達により行われてきた治療行為を否定するつもりはない。この世界にしかない病気やこの世界にしかない薬だって存在している。そして、ヒト族以外の多くの種族も。

いつか……何年かかるかわからないが今のようなギルドの衛生部というものではなく、各国の都市……いや、どのような場所に住んでいても気軽に医療の恩恵を受けられるような環境づくり、大きな総合病院から日常的な病気を診《み》てくれる診療所の設立などこの世界で実現させたい私の夢は膨らむばかりだ。


「謙虚さはチカ君の美徳でもありますが、もっと誇っていいんですよ。あなたのおかげで、私達この世界の人間はかつてない医療という恩恵に与《あずか》っているのですから」

「ミンツの言うとおりだよ。チカ君のおかげで、今までであれば救えなかったはずの命――手の施しようのなかった命を僕達は救えるようになった。それが何よりも僕は嬉しいんだ」

「買いかぶりすぎですよ。私の知識も技術も先人から学んだものですから……私はそれを次の方へバトンとして渡しているだけなんです」

もとの世界で何世代にも渡って医療に従事する者が研究と実践の末にようやく得た技術と知識の集大成。それを伝えているだけの私が、こうも感謝されると照れ臭いを通り越して申し訳ない気持ちにすらなってしまう。

「それでも……おっと、チカ君！　最初の患者さん達がやって来たようです。仕事の時間ですね」

「はい、今日もよろしくお願いします」

「ふう、今日も忙しくなりそうだね。二人ともよろしく頼むよ」

栗鼠《りす》族の受付に診察の開始を伝えられたのを合図に、私達はおしゃべりを切り上げ、それぞれの持ち場についた。

そして、私は五日前に骨折で運び込まれた若い犬族の患者の診察にあたる。

あの夜は本当に大変だった。十人ほどの獣人の若者が、酔った勢いで市中にて大乱闘。騎士団が取り押さえた時には全員が大なり小なり何らかの傷を負っている有様で、私達衛生部に夜間の緊急呼び出しがかかったのだ。

本来ならば交代制の夜勤シフトも組むべきなのだが、あいにく今の衛生部は常に人手不足でそれは不可能だ。医師以外のコメディカルを含めた医療従事者の育成と医療施設の設置と拡張、これが目下最大の課題である。

こうして私達衛生部の職員一同は、午前中にやってきた最後の患者さんが帰るまで、慌ただしく職務をこなし続けた。

「チカ君、ミンツ、お疲れ様」

「本当にお疲れ様です」

「ふぅ……わかってはいたことですが、今日も本当に忙しいですね」

ようやくお昼休みの時間になり、私達は休憩室に集まりお弁当を広げる。きっと今頃、ダグラスさんとゲイルさんも特大のお弁当箱を開けているに違いない。

我が家の今日のお弁当は、海苔弁だ。おかずは唐揚げに野菜の煮物、魚卵とチーズ入りの卵焼き。ただし、ダグラスさんとゲイルさんのお弁当は、海苔弁のご飯の間に濃い目に味付けしたぶ厚い生姜焼きを挟んだ特別製だ。

ちなみにこの世界に存在しない生姜を作ってくれたのは、ベスティエルにいるスバル君。

この世界にはない地球の植物を創り出してくれる彼のおかげで、私の食生活はより豊かなものになっている。

ヘクトル様が預かってくださっているリヒトにも同じお弁当を持たせているから、私達家族は離れていても同じ時間に同じ物を食べている。こんな他愛のないことが、酷く幸せで頬が緩んでしまう。

きっとヒカルとスイも、普段はどちらかというと表情から感情を窺《うかが》い知るのが難しいテオドール様からいつにない笑顔で離乳食を与えられている頃だろう。

「幸せそうだね、チカ君」

「いいえ、パリスさん。私は幸せそうではなく、とても幸せなんですよ」

「おっと、これは失言だったね」

典雅に笑うパリスさんのお弁当もまた、ミンツさんとお揃いだった。

「チカ君も随分あのお二人の伴侶らしくなってしまって……。そういえば、私の今日のお弁当はパリスが作ってくれたんですよ。グレンの分も一緒に」

「え!?　パリスさんが？」

これは少し意外だった。確かにパリスさんは手先が器用だけど、貴族ユーベルト家の嫡男《ちゃくなん》なのだ。料理などは全て使用人が行っていただろうに……。

「我が家は僕もミンツもグレンも、皆働いている。なのにミンツだけに家事を担わせては不公平だろ？　グレンは家の中の力仕事担当だから、せめて僕も料理ぐらいは手伝えればと思ってね。とはいえ、チカ君やミンツのような腕前はないから少し恥ずかしいんだけど」

そう言ってはにかんだ微笑を浮かべるパリスさん。

確かに、ミンツさんが食べているサンドイッチはそこまで作るのが難しいものではないだろう。だけど、そこに十分な愛情がこめられていることは一目見ればわかる。

「そんなことないです。パリスさんの作られたお弁当、とってもおいしそうですよ」

「はは。君にそう言われると、心強いよ」

「そうですよ、パリス。私の好きな野菜のサンドイッチをこんなにたくさん……本当においしい」

ミンツさんは千切りにしたキャロリテにドライフルーツとナッツを加え、ヨーグルト入りの自家製マヨネーズであえた具材を挟んで作ったというサンドイッチを、幸せそうに頬張っている。

いや、彼もまた『幸せ』なのだ。

私がそうであるように。

「グレンも作ると言い出したんだけどね……。それは僕とミンツでやめさせた」

「ええ、気持ちだけもらっておくということで……」

「……そんなに酷いんですか？　その、グレンさんの料理は」

二人にこんな顔をさせるグレンさんがどんなお弁当を作るのか、ちょっと興味が湧いた。

ちなみに我が家の伴侶達も家事を手伝ってくれるが基本は力仕事や掃除担当。料理を任せると巨大な焼いた肉の塊が食卓を埋める可能性が高い。

「味そのものは、決して悪くないんですよ？　手先も器用ですし……」

「うん、まずくはないんだ。ただ、何というか偏《かたよ》りが激しいというか……」

「とにかく肉！　ひたすら肉!!　どこまでも肉!!!

……そんな感じです」

「ああ……なるほど」

ミンツさんとパリスさんの説明で、私は全てを察してしまった。我が家の伴侶達とグレンさんは一緒なのだ。きっと——いや間違いなく、グレンさんの作るお弁当は茶色一色だ。

「ごちそう様でした」

空になったお弁当箱の蓋を閉めると、私はいつものように軽く手を合わせた。この世界で暮らすことになってそれなりに長いけれど、やはり日本人として身に着いた習慣は、そう簡単に抜けはしない。

「……チカ君、純粋な好奇心からの質問を一つしてもいいかな？」

そんな私の仕草を不思議そうに眺めながら、パリスさんが少し遠慮がちに口を開いた。

「はい、何でしょう？」

「君はいつも、食事の前後に不思議な挨拶《あいさつ》をするね？それは何か意味合いのある行為なのかい？」

なるほど……、確かに知らない人の目には『いただきます』と『ごちそう様』は奇妙に映るだろう。ちなみに我が家ではゲイルさんとダグラスさんに行為の意味は説明済みで三人とリヒトで行う、食前食後の普通の光景になっている。

「これは私がこちらに来る前に生まれ育った国の習慣……というのも何か違う気がするんですが、ほとんどの人がやってることで、目の前の食物に関わる全てに対する感謝を捧げている……というのも大げさなんですがそういうものなんです」

「それは作ってくれた人への感謝とかそういう意味なのかい？」

「はい、もちろんそれも含まれます。ただ、食物を育ててくれた人や食材となった生き物達、そういった全てに対する感謝を込めてという感じですね」

「なるほど、チカ君の国は皆がそういう何か信仰のようなものを持っていたということなのかな？」

「いえ、それほど大げさなものではないんです。むしろ、私の住んでいた国は強い信仰心で己の信じるものに強い祈りを捧げる人もいましたが、ほとんどの人はそうではなくて……」

日本人のクリスマスを祝い、お盆に祖先の霊を迎え、神社仏閣を参拝するあの独特な感覚を説明するのは何とも難しい。

「ただ、別の国では、目の前の食事は神が与えてくれたものという信仰で食前に神に対して祈りを捧げる人達もいますね。もちろん、私の国にもそういった方達はいましたけど」

「なるほど、なかなか複雑なようだね。今度もっと詳しく教えてくれるかい？」

「もちろん構いませんよ。ただ、私の知りうる範囲になりますが、何といっても様々な信仰心を持つ人がいた世界なので……」

私はパリスさんの疑問に、なるべく私の私見を介在させず、出来るだけ簡潔に答えた……つもりなのだが、そこで逆に私に疑問が湧いてきてしまう。

「あの、逆に聞いてもいいですか？　私の世界には様々な宗教があり、神という存在の在り方もそれぞれに違いました。今まで疑問に思わなかった自分が不思議なんですが、この世界でも宗教と呼ばれるものや神と呼ばれる存在は個人の信仰に委《ゆだ》ねられているんでしょうか？」

食後のお茶に口をつけてから、少し悩ましげな様子でパリスさんが答えてくれる。

「チカ君の世界でのもっと詳しいことを聞かないと答えづらいところもあるんだけど、僕達は――いや、あくまで僕はあまり神という存在を強く意識してはいないかな」

「そうなんですか？　あの、子を成すために必要な『核』を授けてくれるのは神殿だと聞いていたので神殿がそういったものを司っているのかと勝手に思っていたんですが」

「それはちょっと違うかな。神殿は神殿と皆が呼んでいるけれどとにかく特殊な機関。世俗との関わりがないとは言わないけれどチカ君が考えているようなものとはちょっと違うと思うよ」

神殿、ずっと引っかかっていた存在。男性しかいないこの世界でアニマとアニムスが子を成すために必要な『核』。神殿は一体そんなオーパーツのようなものをどうやって創り出しているというのか……。

「チカ君、考えていることが顔に出てますよ。『核』については、神殿の中でも秘匿《ひとく》されている機密事項です。きっとヘクトル様ですらお知りにならないかと……ただ神殿自体が謎に包まれた組織というわけではないんです。孤児院や私達が医療を広める前は病人の面倒を見たり、生活に困った人々への炊き出しなども行う慈善団体という側面も強いんです」

「そう、神殿は僕達にとってはある意味で不可侵領域。何せ、神殿に何かあって『核』を手に入れることが出来なくなれば、この世界は滅びるしかないからね。だから、あのキャタルトンでさえ、神殿には一切の手出しが出来ない」

確かにあのキャタルトンであれば、神殿を王族が掌握していても何ら不思議はないが、どうやらそれもないらしい。ますます謎な組織だ。

「祈りや神か……。あえてあげるなら、チカ君が食前食後のそれを習慣だと言ったように僕らは同じようにして二つの月に祈りを捧げる。アニマとアニムスの祖がそこから現れたとされる二つの月は、いわば僕らの親みたいなものだからね。だから神殿関係者は二つの月に強い信仰を持っている人も多いんだよ」

この考えが合っているのかは自信がないが、この世界における信仰はある意味日本人が持つ八百万《やおよろず》の神的な意識に近いようにも感じる。

「そんなわけで、一部の特に信心深い人達が神殿で行われる『奉月《ほうげつ》の祈《いの》り』と呼ばれる行事に参加するくらいで、ほとんどの人間が普段はそういったことを意識せずに暮らしているよ。ただ、神殿に関係なく月に対する強い思いを抱いている人達はいるね。キリル様の暮らしていた村が確かそうだったと聞いているし、レオニダスも全く関係ないわけではないし」

そういえば、以前そんな話をキリル様本人からお聞きしたことがある。そして、レオニダスも国事として月に舞を捧げる。キリル様の舞は本当に素晴らしく今でも私の脳裏にあの幻想的な光景は焼きついている。

やはりこの世界の人達にとってあの二つの月は特別な存在なのだろう。

「そういえば……フィシュリードでは漁の安全と大漁を願って、毎年豊漁祭をしますよね？」

私はフィシュリードで見た、幻想的なまでに美しい祭を思い出す。花火に屋台にと賑《にぎ》やかな祭の最後を締めくくる、荘厳な楽の音と不思議な歌。どこか物悲しい響きを持つ口伝の歌は、誰も知らない異国の言葉で歌われていた。

もとの世界の感覚で言えば、あれはまさしく宗教的な儀式に思える。

「フィシュリードは、文化的に随分と特殊な土地だからね。僕らの知らないことや独自の風習、信仰もたくさんあると思うよ」

特殊な土地という言葉に、私は一瞬ドキリとした。それはフィシュリードを訪れた際、私も感じたことなのだ。

石灯籠《いしどうろう》に和の雰囲気を感じさせる建築物、醤油や味噌にそっくりな調味料、そして切れ味抜群な片刃の刀――日本刀。それらは偶然で済ませるには、あまりにも日本のそれと酷似していた。

そこから類推されるのは、数百年前にも私と同じようにこの世界に飛ばされた異世界人がいたということだ。おそらく日本人であったであろうその人物は、この世界に逞《たくま》しく根を張り、生きた証《あかし》を深く刻んで逝ったのかもしれない。

「それに、独自の信仰を先祖代々受け継いでいる種族もいるよ。身近なところで言えば、エルフは月への信仰とは別に『森に住まう何か』に対して、強い信仰心を持っていると本で読んだことがある」

「『森に住まう何か』ですか……」

「うん、『何か』なんだ。その正体はきっとエルフ達にもわかってないんじゃないかな？」

エルフが漠然とした『森に住まう何か』を信仰しているという話にふと思い当たることがあった。チッサイ君という存在、そして神獣と呼ばれる畏怖にも似た感情を私達に抱かせる生物は私のことも何故か理解しているようだった。

もしかしたら彼らこそ、この世界でもっとも『神』に近い存在なのかもしれない。

「色々とありがとうございます。神殿と『核』……異世界人の私にとっては不思議なことの多いこの世界ですが、その中でも特に不思議だなと改めて実感しています」

「『核』については、本当に何もわからないんですよ。薬学の領域の話ではなさそうですし……」

「僕も『核』に関してはお手上げだね。一応精霊術や魔術には詳しいつもりなんだけど」

「そうですか……」

神殿がその一切を秘匿しているという『核』。以前は『核』を専門に研究する学者もいたそうだけど、結局何もわからずに終わったという。

「でも、よくよく考えたら……『核』は各地の神殿で個別に作られてるってことですよね」

「……え？」

不意にミンツさんが、気になることを口にした。

「だって、そうでしょう？　私の生まれ故郷ベスティエルでも子供が生まれるということは、あちらにも独自に核を作れる神殿があるということです」

「あっ、そういえば確かに……！」

竜族が住まうかつては閉ざされた地と呼ばれた秘境ドラグネア。

そして滅びた種族とされた獣頭人が住む幻の国ベスティエル。ミンツさんの故郷であり、彼の兄ヴォルフさんが『伴侶』のスバル君と暮らす国でもある。

獣人と獣頭人ははるか昔の諍《いさか》いがもとで長らく断絶状態にあり、つい最近までベスティエルの存在を知る者すらいなかったのだ。

万人に、公平平等に分け与えられる核。そして核を創り出し、管理する神殿。

それはこの世界における深淵なのかもしれない。

そして私の知識欲は、より世俗的な事柄へと移行する。というか……ある種前々から気になりつつ、どうにも言い出しにくくて聞きそびれていた話だ。

「あの、ちょっと神聖な感じの尊い話題の最中に生々しい話で大変恐縮なのですが……」

私はそう前置きしてから、言葉を選んで話を続ける。

「何というか……アニマとアニムスが想い合うようになったら、こう色々と過程を踏んで、いずれは愛し合うのが自然かと思うんです……」

うう、気まずい。こういう話をミンツさんはともかく、パリスさんもいる前でするのは、何だかすごく気恥ずかしい。だけど、気になっていたことを確かめるチャンスも逃したくない。

あぁ、だけどもう聞いてしまったのだからしょうがない！　覚悟を決めよう。

「そうなった時に、お互いの望むことが異なっていたらどうなるのでしょう？　つまり……片方だけが子どもを望み、もう片方は望んでいないような場合です」

私は一度お茶で喉を湿らせ、より慎重に言葉を選ぶ。

「もし仮に、一方だけの判断で子を望む側のアニマもしくはアニムス自身がその体内に『核』をこっそり仕込んで事に及んでしまったら……。特にアニムスは予《あらかじ》め自分の中に核を仕込んでおけば事をなすのは簡単だと思うんです。獣性の強い獣人の仔は出来づらいといっても出来ないわけではないですし……」

我ながら、かなり攻めた質問だと思う。それでも私は、この世界に生きる人々の価値観が知りたかった。

「チカ君、またわかりやすい顔をしていますよ。ですが、不安になるのは当然ですよね。この世界の在り方が私達にとっては普通のことでも、チカ君の常識とはかけ離れていることは付き合いの中で理解しているつもりです」

私の質問に、察しのいいミンツさんはお茶をすすりながら苦笑する。

「確かに長い歴史の中では、そういったこともあったと聞きます。ですが、その結果が幸せなものだったという話を私は知りません。なので、その辺りの感覚はチカ君のものと同じだとは思います」

ミンツさんの言葉に自然と止めてしまっていた息を慌てて吐き出す。

「ですが……チカ君にとっては思い出したくもないことでしょうが、ヒト族が獣人の子を産むための道具にされていた過去は消せない汚点として存在しています」

そう言われてはっとする。確かにヒト族は、一部の獣人達の暴虐な振る舞いによって望まぬ妊娠を強いられてきた。だが、妊娠するためには『核』が必要で神殿はそれがわかっていながら黙認を続けていたということなのだろうか？

「チカ君の考えているとおりです。神殿に所属しているものは世俗に疎《うと》いと聞きます。そのような事態になっていることを知らなかった可能性すらありますが、昨今ではそんな悲劇を繰り返さないようにと神殿も『核』の扱いにはある程度慎重になっているようです」

「……そうなんですね」

「アニマが『核』を欲する場合、アニマとアニムスが本当に愛し合い、互いに子を成すことを望んでいることを事前に独自に調査し、確認などもしているようです。どうやってそれを調べているのか、これも謎に包まれてはいるんですが……」

こうして改めて言われると、神殿による『核』の管理システムがヒト族の悲劇を助長した側面もあるのだろうかということを実感してしまう。いや……それは違うのかもしれない。妊娠に『核』が必要なくとも、結局ヒト族に起きた過去の悲劇が回避出来たとは思えない……。

悲しいことだが、強いモノが弱いモノから搾取《さくしゅ》するその構造がこの世界ではまかり通ってしまっていた。

「ただし、現在でもアニムスが『核』を望む分には、あまり変わりはないですね」

「えっ、そうなんですか？」

「ええ、アニマに比べアニムスは圧倒的に数が少ないからというのが理由です。だからこそ、アニムスには複数の『伴侶』を持つことが認められているのはチカ君も身をもって知っていると思いますけど……」

そうだった。この世界におけるアニマとアニムスの人口比はかなり偏っているのだ。アニムスが少ないということはそれだけ子どもが生まれづらいということ。けれども、そうした偏りが生んだ一妻多夫制のおかげで、私はダグラスさんとゲイルさんという二人の『伴侶』となり、彼らの子ども達を産めたわけで……。

どうにも複雑な気持ちになってしまう。

「だからこそ、アニムスが子を成したいという思いは歓迎される風潮にあるんです。それを拒否するアニマもまずいませんからね」

「そう……ですよね」

世界規模での人口維持問題と、個人の思惑と倫理観。秤《はかり》にかけてはいけないのだろうが、この世界にとっては決して捨て置けない問題なのだろう。

「でも、チカ君が心配しているようにダグラスさんのことなら大丈夫だと思いますよ？」

「――――ッ！」

ミンツさんの口から出た、私の大切な人の名前に心臓が跳ねる。彼を信じる心と、信じたいことだけを信じるのは愚かだという内なる声。私の中で繰り広げられる醜《みにく》い葛藤――それを見透かされた気がした。

「あの方は、継承権を放棄されたとはいえ獅子の王族です。自分の血を受け継ぐ子が生まれることの意味合いは、しっかりと理解されているでしょう」

ミンツさんの言うとおり、ダグラスさんは王位継承権を放棄している。しかし、何をどうしたところで彼が『静かなる賢王』と称されるヘクトル様の息子であり、現国王アルベルト様の弟であり、次期国王であるテオドール様の叔父であることは変わらない。

更に言えば、陽気で人当たりもよく、この世界でもトップクラスの冒険者である元・王弟殿下は、今もなお国民からの人気が高い。

そして、その整った容姿から振り撒かれる成熟した大人の男のフェロモンと人たらしとも言える言動に、アニマすら惹《ひ》かれていたというのだから……。

「ダグラスさんの過去は、チカ君も知っていますね？」

「はい……。ご本人からもゲイルさんからも伺《うかが》っています」

「確かにチカ君と出会うまでのダグラスさんは、チカ君が聞いているであろうとおりの奔放《ほんぽう》さがありました。ですが、あの方は見境なく遊んでいるように見えて、己に対してよからぬ下心を持つ者達はすぐに見抜いて相手にすらしていませんでしたよ」

そうなのだ。飄々としていて、どこかおどけた雰囲気を持つダグラスさんだが、その本質はヘクトル様譲りで隙がなければ抜け目もない。知略にも長《た》けた、まさに人の上に立つにふさわしい資質を持っている人なのだ。

「ですから、チカ君が心配しているようなことはないはずですよ。アニムスの一方的な思いで勝手なことをさせるほどあの方は優しそうに見えて優しくはありません。チカ君以外には」

「わかってはいるんです。私と出会う前のことですし、ダグラスさんがそういう方だっていうことは。ですが、ダグラスさんの過去にまで嫉妬《しっと》するなんて私は欲深い人間ですね」

「チカ君、それ絶対にダグラスさんの前で言っては駄目ですよ。舞い上がって調子に乗るのが目に見えてます。あとゲイルさんも多分やっかいなことになると思います」

私が抱いていた一抹の不安。それは、もしかしたらどこかにダグラスさんも知らないダグラスさんの子がいるかもしれないということ。

そんなことは有り得ないと思いつつも万が一を考えてしまうのは、今の幸せを壊されたくないという私のわがままなのかもしれない。

すると、ここまでお茶を飲みながら私とミンツさんの話を興味深げに聞いていたパリスさんが突然口を開いた。

「そもそも、チカ君は忘れていないかい？　ダグラスさんやゲイルさんのように、獣性の強い獣人の子を成せるアニムスという存在が、少ないアニムスの中でも更に希少だってこと」

そうだった。この世界の法則では、獣性の強い獣人ほど子を成しにくく、魔力の高い者ほど妊娠しやすいのだ。その法則故に、高い魔力を持つヒト族は、強い獣人の仔を産むための道具として扱われてきたという過去を持つ。

否――悲しいことに、それは未だ『過去』の話ではない。ヒト族が手厚く保護されているレオニダスから一歩外に出れば、常に誘拐される危険がつきまとう。それが私達ヒト族の偽らざる現実なのだ。

事実、隣国のキャタルトンでは今もヒト族が奴隷として売り買いされている。彼《か》の国におけるヒト族の扱いの酷さを、私は最低最悪の形で知っていた。

「失念していました。駄目……、ですね。いい年して、こんなに浅はかでは……」

「チカ君の姿でいい年と言われるとすごく複雑な気分になりますね」

「同じく、だけどそれだけチカ君がダグラスさんのことを思っている証拠だと思うよ。それは決して恥ずかしいことではないし、好ましいことだと僕は思うけどね」

「ええ、私もそう思います。むしろ、チカ君でもそういうことを考えるんだと私は少しほっとしました。チカ君はどこか達観しているというか、大らかすぎるところがありますからね」

「あっ、ありがとうございます。そう言ってもらえるとちょっと気持ちが楽になりました」

私は感謝の気持ちを二人に告げてお茶を一気に飲み干した。

確かに、起きてもいないことを考えてもしょうがない。

私にはやるべきことが山積みなのだから。

「さて、そろそろ午後の診察の支度をしなくちゃね」

「ええ、午後も頑張りましょう」

パリスさんの言葉を合図に、私達は立ち上がり持ち場に戻った。

＊＊＊

「チカ、疲れてはいないか？」

「大丈夫ですよ」

「お前さんの休み明けは何故かいつも忙しいってミンツがよく言ってるぞ。本当に大丈夫か？」

「ええ、皆さんよくしてくださいますし、あの職場にもすっかり慣れて働くのがとても楽しいんです。だから頑張ろうって気持ちが自然と湧いてきて」

「んー、その頑張ろうが俺としては心配なんだが」

「同感だ」

一日を終えて三人の褥《しとね》に入ると、優しい『伴侶』達は代わる代わるに私を労《ねぎら》ってくれる。

休み明けで忙しいのはむしろ冒険者ギルドの長であるダグラスさんとその補佐であるゲイルさんのはずなのだが……。

「今度ピクニックに行く時は、ミンツさん達もご一緒にと声をかけておきました」

「ああ、いいな。リヒトもグランツがいれば喜ぶだろう」

「子ども達と一緒にはしゃぐグレンの姿が容易に想像出来るな……」

「ふふ、確かにそうですね」

そんな他愛のない会話を交わしながら私はべビーベ

ッドで眠る子ども達に目を向けた。真ん中に寝そべったリヒトにヒカルとスイがピッタリと寄り添い、愛らしい寝息の三重奏を奏でている。

きっとお兄ちゃんであるリヒトの黒く艶やかな被毛に触れていると、安心して眠れるのだろう。正直私も触りたい。

「リヒトの奴、モテモテだな？　ちいっとばかし妬《や》いちまうぜ」

「最近のスイは、リヒトの背に乗りたがるからな」

「ふふ、子どもにヤキモチは駄目ですよ？」

一日の終わりを『伴侶』達に挟まれ、共に子ども達の寝姿を愛《め》でて過ごす。何とも穏やかで贅沢な時間である。

なのに私は、そんな時間の中でも昼間ミンツさん達と交わした会話をふと思い出してしまう。割り切ったはずなのに、どうして私という人間は……。

「チカ、何か気になることでもあんのか？」

「いえ、その……」

そんなに私は考えていることが顔に出てしまうのだろうか……。医師としていささかそれはまずいので気をつけなければ……。

とはいえ、さすがに正面切って尋《たず》ねるのは憚《はばか》られる。伴侶といえども……いや、伴侶だからこそ聞きづらいことはある。

「チカ、俺達のことで君が思うことがあるなら何でも言ってくれ。解決出来ることであれば共に解決策を考えよう」

「ゲイルさん……」

「俺だって、気持ちはゲイルと同じだぜ？　な、何があったか話してみろよ」

「わかりました……。お二人にとっては……、特にダグラスさんにとっては大変失礼なお話になってしまうのですが」

私はそう前置きして、『核』とアニマとアニムスという存在——そしてそこから派生していく危惧される問題について、言葉を選びつつも率直な疑問をぶつけた。

「あぁー、何とも耳の痛い話だなぁ」

「すみません……決してダグラスさんの過去をどうこう言うつもりも、ましてや咎めるつもりもないんです。何というか、ちょっとだけ気になってしまったというだけのことで……。そもそも、彼の国で性奴隷をしていた私に、ダグラスさんの過去をとやかく言う権利などありませんし」

「チカ！　それは違うぞ！　俺もダグラスも、君の過去を全て受け入れた上で君を愛しているんだ！」

ゲイルさんの太い腕が、力強く私を抱き寄せた。温かい……彼の身体はその心のように温かく、いつも私に安心をくれる。

「ゲイル、デカイ声出すんじゃねぇよ。子ども達が起きちまうだろ？」

「す、すまん……つい」

「チカ、俺は正直お前さんの過去を、今も受け入れらんねぇよ。いや、受け入れたくないのかもしれねぇ」

ダグラスさんの顔が悲しげに歪む。当然だ。

「いや、お前が思ってるのとは違うからな。俺のチカにあんな酷い仕打ちをした連中が、今もどこかでのうのうと生きてやがる……そう思うと、はらわたが煮えくり返っておさまらねぇんだ。そいつらを皆殺しにしてやりたくなっちまう」

「ああ、それは俺も同じ気持ちだな。チカの過去があるから俺達は出会えた。だが、チカに望まぬ過去を植えつけた奴らをこの手で一人残らずこの世から消したいと俺も思っている」

「ダグラスさん、ゲイルさん……」

抑えてなお、肌を通して伝わってくる二人の憤怒《ふんぬ》と私への憐憫《れんびん》。愛する人が、私のためにこんなにも強い感情を抱いてくれる。それを幸せだと感じるのは、罪深いことだろうか。

「お前さんの過去と俺の過去は全く別の問題だ。なぁチカ……さっきの話なんだが、確かに俺はお前さんと出会うまで、アニムスだろうがアニマだろうが相手を取っ替え引っ替えしていたさ。そいつはまぎれもねぇ事実だ」

「はい」

「けどな、一夜の戯《たわむ》れを合意の上で交わすことと、子を成し家庭を築くことの意味合いはまるで違う。あの頃の俺は、決まった相手と所帯を持つ未来なんざ想像したこともねぇ。だから、俺が相手の体内に核を仕込むこともなけりゃ、相手にそれを許すこともなかったぜ」

「いえ、こちらこそ失礼なことを聞いてすみません」

「いや、チカが気になるのは当然のことだろう」

　ダグラスさんが明確に否定したその瞬間、私の中にしつこく残っていたわだかまりが不思議と消え失せた。本人の口から語られるたった一つの言葉こそが、私の心をこんなに軽くしてくれる。

「チカ……ダグだけにそういった過去があったのは事実だ。だが、ダグが語っていることも真実だ。こいつは己の立場をよく理解しているし、そしてそれを上手く利用する」

「はい」

「ゲイルの口から言われると何だかむず痒いな。おい」

「あとは、過去はダグにだけあるわけではない。俺もこの際だ、正直に白状する」

「……えっ？」

「恥ずかしながら、俺も若い時分に何度かは……性欲を処理するために娼館へ行ったこともある。もちろん子どもが出来るような真似をした覚えはないし、君と出会ってからは、そうした場所には近づいてもいない。これは、騎士の名誉と二つの月に誓って真実だ」

「いや、その告白は特に必要ないと思うんだが……!?　チカ、大丈夫だからな！　ゲイルはそういうのとは一番縁が遠い奴だ！　俺が保証する」

「えっええ、大丈夫ですゲイルさん。私はゲイルさんを疑ったことなんてありません。ダグラスさんのことだって本当はわかってるんです。ただ、今があまりに幸せすぎて、逆に不安要素を自分の中で創り出してしまっただけなんですよ。ですから大丈夫です」

　そこからは言葉は必要なかった。

ダグラスさんとゲイルさんそれぞれに唇を奪われ、強くとても強く抱き締められた。

過去に拘《こだわ》るなんて愚かなことだ。私達は現在《いま》を生きているのだから。

そして、どんな時でも私は愛する二人を無条件に信じ寄り添いたい。

あの夜空に浮かぶ大小の月が、いついかなる時も離れぬように。


そう、この時の私は決して揺らいではいなかった。

穏やかな月明かりが窓辺から差し込む静かな夜はもう何も心配はいらないと私に告げてくれているようにすら感じられた。

＊＊＊

家族とピクニックを楽しんでからしばらく経《た》ったその日。ずれてしまった休日を残念がりながら仕事に向かう二人を私は見送り、子ども達と共にのんびりとした時間を家で過ごしていた。


『かーしゃん、きょうのオヤツはなんれしゅか？』

「何だと思う？」

生地を流し込んだ長方形の型を石窯に入れながら、私はリヒトに問い返す。ここに来た当初は、もとの世界で言えば石窯のオーブンのようなその存在に戸惑いもしたが、魔力によって稼働するそれはなかなかに高性能で使い勝手は悪くなかった。

むしろ自宅の石窯でナンやピザが焼けるのだから、贅沢なことこの上ない。

『あまーいにおいがするれしゅね。たまごのにおいもたくさんれしゅ』

「うんうん、リヒトの大好きなものだよ」

『それに、ほそながいれしゅから……かしゅてられしゅね!?』

「あたり！　すごいね、リヒト」

私の足元で嬉しそうに走り回るリヒトの毛が私の足を時折かすめ、くすぐったさと幸せを同時に感じる。

『かーしゃんのかしゅてら、だいすきれしゅ。しゃりしゃりがおいしいんれしゅ』

「焼き上がる頃には、ヒカルとスイもお昼寝から起きるから。皆で一緒に食べようね」

『かしゅてらいっぱいあるでしゅか？　へくとるじーちゃとておにーしゃんとよはんしゃんにも、りひちょがとどけるれしゅよ！』

「うん、皆喜んでくれるといいね。リヒトがお使いしてくれるなら、焼きたてのカステラの角っこはリヒトにあげちゃおうかな？」

『かしゅてらのかどっこもだいしゅきれしゅ!!』


オーブンとカステラ生地の準備を終えた私は、リヒトを抱き上げ強く抱き締める。さっきまで庭を走っていたのか、その被毛からは太陽の香りがした。

子どもらしく好物の菓子に飛びつく一方で、おいしいものは必ず向かいのヘクトル様宅へと届けたがるリヒト。それは私が教えたことではないのだけど、気がつけば自然にお裾分けをするようになっていた。

抱きかかえたリヒトは私にはもう少し重く感じられる。成長の早い獣人。いや、ヒト族のあの子達だってすぐに成長してしまうのだろう。いつまでこの子達が子どもでいてくれるのか、それを考えると寂しくもあり、嬉しくもある。


『かーしゃん、くるしいれしゅよ』

リヒトは少し照れ臭そうに、温かく湿った舌で私の頬を優しく舐めた。


「ごめんね、リヒト。そうだ、カステラが焼けるまでお庭でブラッシングをしようか？」

『ぶらっしんぐ！　……でも、かーしゃんつかれてないれしゅか？　おひるねしなくてだいじょーぶれしゅか？』

「リヒトまでお父さん達みたいなことを言うんだね。大丈夫だよ。リヒトのブラッシングをすると私は元気になっちゃうんだから」

私は苦笑を浮かべながら、抱きかかえていたリヒトをその場に下ろす。

『かーしゃんのぶらっしんぐ、かーしゃんのぶらっしんぐ』

リズムよく歌うように繰り返しながら、リヒトは足取りも軽く庭に出る。先端の丸い獅子の尻尾が元気よく振れているのは、すこぶるご機嫌な証拠だ。

普段お兄ちゃんとして頑張っている分、たまにはうんと甘やかしてやりたい……。

そんなリヒトを庭先で膝の上に乗せて、思う存分ブラッシングをしてやる。

気持ちよさそうに喉を鳴らすリヒトの姿がたまらない。

庭から見えるリビングでは、ヒカルとスイがベビーベッドの上ですやすやと寝息を立てている姿も見える。

当たり前の日常に心の安らぎを感じながら過ごしていると、あっという間に時間は過ぎてしまい、そろそろカステラが焼き上がる時間になっていた。

そうしてふと気づく。私達の住む家を少し距離をおいて見つめる視線があることに、その人物は青年……と言ってもいい年頃なのだろうか、二十代のようにも見えるがこの世界の人間は、その姿から読み取れる実際の年齢はあまりあてにならない。

魔力や獣性の強さ、種族によって寿命や老化速度がまちまちだからだ。

見ればその人物の足元には、リヒトより少し年上に見える獅子族の子どもが獣体でひっそりと遠慮がちに寄り添っている。

その姿が妙に気になり、明らかに私達の家を見つめているその彼に、私は思いきって声をかけてみることにした。

「あの……どうかされましたか？」

「いえ……その……」

暗赤色の髪と紺碧《こんぺき》の瞳、そして猫科の耳を持つ彼は、何だか酷く思い詰めた様子だ。ひょっとして、何かトラブルにでも巻き込まれているのだろうか？　レオニダスは治安のいい国であり、この王都の治安もいいはずだが、それでも不埒《ふらち》な輩《やから》というものは一定数存在する。

（だからこそ、我が家はヘクトル様の采配によって、ヨハンさん達によるセキュリティが敷かれているのだが……)

それに目の前の親子は、見たところこの街の住人ではなく旅人のようだ。不慣れな土地で子連れのアニムスが困っているのであれば、同じ子を持つ身として何か助けになれればと思わずにはいられない。

『かーしゃん、あのひちょちゅらくて、かなしいれしゅ。こまってるれしゅよ』

「リヒトもそう感じるんだ。うん、私もそう思うんだ。ねぇリヒト、お母さんは困っているあの人を助けてあげたいんだけど、あの人達をおうちに入れてあげてもいいかな?」

『ひゃい!　こまってるはかわいそうれしゅよ。たすけてあげてくらしゃい』

「ありがとうね、リヒト」

リヒトは不思議と人の強い感情を読み取ることがある。そんなリヒトが私と同じように感じ、悪意を読み取っていないのであれば彼と接触しても大丈夫だろう。

私はどこかで私達を見守ってくれている護衛の人達にあえて聞こえるようにリヒトに声をかけ、リヒトの丸い額にキスを一つ落としてから、居心地悪そうに立っている青年に歩み寄った。

「あの、我が家に何かご用ですか?　もし何かお困りであれば、お手伝いしますよ?」

「……でも、その、私は……」

「申し遅れました。私は、チカユキと申します。ギルドに伝手《つて》もありますので、何か私でお力になれることがあれば……」

私が警戒心を解いてもらいたくて微笑みかけると、彼は何かを思案している表情で僅《わず》かに後退る。何かよほど思い詰めているのだろうか……。

おせっかいだとは思いながらも、その彼の足元で地面に視線を落としている獅子の仔の存在も気になり、多少強引な申し出をしてみる。

「このようなところで立ち話も……もしよろしければ、家に上がってお茶でも飲みながら休まれていかれませんか?」

「い、家に⁉」

私の申し出に、彼は紺碧の瞳を見開いた。

光の加減で鮮やかな蒼が閃《ひらめ》く、とても美しい瞳だ。

こんな瞳で見つめられたら、きっとアニマの多くが心を揺さぶられるに違いない。

若く美しいアニムスと、幼い子どもだけの二人旅……なのだろうか。むしろよくぞ無事にここまでたどり着いたものだ。

「不躾《ぶしつけ》ながら、あなたもその子も随分とお疲れのご様子に見受けられますし……ちょうどお子さんが喜びそうなおやつも焼き上がるんです。なので、よろしければ」

『きょうのおやつはかしゅてられしゅ。とってもあまくて、とってもとってもおいしいれしゅよ！　いっしょにたべましぇんか？』

戸惑いを捨てきれぬ様子の彼に、リヒトも懸命に誘いの言葉をかける。


「いえ……そんなご迷惑をかけるわけには……」

ギュゥゥ。

なおも遠慮する青年の横で、小さな獅子のお腹が可愛らしく鳴った。

「あ……」

『きゅう……』

その途端《とたん》、透き通るような肌を持つ彼の頬が赤く染まる。

「も、申し訳ありません。お恥ずかしいところを……」

「いいんですよ。ちょうどおやつの時間ですし、子どもであればお腹がすくのが当たり前で恥ずかしいことなんてありませんよ。どうぞご遠慮なく」

「……すみません」

こうして私はその親子を我が家に迎え入れた。我ながら、いささか無用心かとは思う。それでも幼い獅子の仔を連れた青年の疲れきった様子を見れば、どうしても自分とリヒトをそこに重ねてしまうのだ。

「すぐにお茶の支度をしますので、こちらで待っていてもらえますか？」

「あ、あの……本当にお構いなく」

私は親子を居間に通してソファを勧め、焼き立てのカステラとセバスチャンさん特製ブレンドのハーブティ、そしてリヒトと獅子の仔にはモウの乳を用意した。

何となく平皿で用意してしまったが、この子もリヒトやグランツ君のように、獣体で過ごすことを好むのだろうか？

幼い獣人は獣体で過ごすことを好むことが多いらしいが、目の前の獅子の仔はリヒトよりは大きく見える。

「どうぞ。いっぱい食べてね？　お代わりもたくさんあるから」

私は青年の横で借りてきた猫のように縮こまっている獅子の仔に、大きく切ったカステラを勧めた。

『くぅん……？』

「レオン、せっかくのチカユキさんのご好意ですよ。頂きましょう？」

小さく鳴いて自分を見上げる獅子の仔——レオン君に、猫族の青年は優しく微笑みかけて頭を撫でる。

『わぅ』

するとレオン君は嬉しそうに一声鳴いて、ゆっくりと上品に味わいながらカステラを食べ始めた。リヒトも獅子の仔にしてはおとなしいと言われるが、この子はそれに輪をかけておとなしく見える。

言葉を発さないのは、初めての人と場所に緊張しているのだろうか？

「さ、あなたもどうぞ召し上がってください」

「……ありがとうございます」

丁寧に頭を下げて茶器を手にする青年の様子を、私は失礼にならない程度に改めて観察する。

見た目の年の頃は二十代半ば過ぎだろうか。透き通るような白磁の肌に、暗赤色の髪と紺碧の瞳を持つ美形と称して間違いのない青年。造形の整った人間はこの世界で何人も見てきたが、同じアニムスで容姿が整っているミンツさんともその美しさの方向性が少し違う。

どこか儚《はかな》さすら感じさせる、女性であれば傾国の美女と言われそうなほどにその姿は美しい。

お茶を飲む所作なども上品で、どことなくパリスさんに通じる生まれながらの育ちのよさや気品を感じるが、身に着けている衣服などは、酷く色褪せくたびれていた。

「どうです？　このお茶、気持ちを落ち着かせてくれる効果もあるんです。味は大丈夫でしたか？」

「はい……ありがとうございます。とても……おいしいです」

「では、改めて自己紹介をさせて頂きますね？　私はチカユキと申しまして、レオニダスの衛生部で働いています。この子は獅子族でリヒト、ベビーベッドで眠っているのがヒト族のヒカルとスイです。今は仕事に出ていますが、獅子族と熊族の伴侶がおります」

ゲイルさんとダグラスさんの名前はある意味世界に知れ渡ってしまっている、ここは下手に出さないほうがいいだろう。あとは、レオニダスの各地にあるチカ印の店が私と関係があることに気づかれないことを願うばかり……。

「もし差し支えなければ、あなた方のお名前も教えて頂けませんか？　そして、我が家を見つめておられた理由も」

「……はい、申し遅れましたが私は猫族のチェシャと申します。この子は……息子のレオン――」

そこで言葉を切ると、チェシャさんは唇を噛み締め小刻みに震えている。

「……チェシャさん？」

「チカユキさん、先ほど伴侶がお二人いるとおっしゃいましたがそのお一人はダグラスさんで間違いは……ありませんか？」

その尋常ではないチェシャさんの雰囲気に、私は何故か胸がザワついた。

『かーしゃん……？』

私の不安を読み取ったのかリヒトが、私とチェシャさんの顔を交互に見上げる。

「この子は……レオンは、私と……ダグラスさんの子どもです」

「――――ッ!!」

チェシャさんが口にした言葉。その言葉の意味を一瞬理解出来ずに、私は頭が真っ白になった。

『かーしゃん、だいじょうぶれしゅか!?　かーしゃん!!?』

言葉と血の気を失いソファから危うく転げ落ちそうになる私を、リヒトが小さな身体で懸命に支えてくれる。

「……大丈夫……私は、大丈夫……だから……ね？」

駄目だ……取り乱したら、絶対に駄目だ。こんな時こそ、慌てず騒がず冷静に対処しなければ。とにかく、リヒトを不安にさせてはいけない。

「チェシャさんがおっしゃるダグラスさんとは……私の『伴侶』であるダグラス・フォン・レオニダスのことでしょうか？」

ひょっとしてもしかして、同じ名前の獅子族が他にいるのかもしれない。チェシャさんの勘違いかもしれないと私は一縷《いちる》の望みをかけて確認する。

情けないことに、ティーカップを持つ手の震えが止まらない。

「はい……。この子の父親はこの国の王弟であるダグラス・フォン・レオニダス……その人に間違いありません」

「そう……ですか」

チェシャさんは申し訳なさそうに顔を歪め、だけどはっきりと肯定した。

ああ、何てことだ。私の頭の中で、先日パリスさんとミンツさんと交わしたばかりの話題――『核』についてとそれにまつわる妊娠問題のそれがグルグルと回る。

「どういった経緯でそういうことになったのか……聞いてもいいでしょうか？」

努めて冷静に発したつもりの自分の声が無機質な、まるで機械音声のように聞こえた。

「はい……全てお話しいたします」

そんな私の前で、チェシャさんはまるで懺悔《ざんげ》でもするように頭を垂れる。

「……以前、私はキャタルトンに住んでおりました」

「キャタルトン……」

その名を聞いただけで、私の身体は未だに強張ってしまう。

こんなに愛されて、こんなに幸せな毎日を送っていてなお、あの国で心と身体に刻まれた恐怖と屈辱は、私の中から消えてくれない。

「その頃、酒場で働いていた私は……客としていらっしゃったダグラスさんと親しくなったのです」

当時名うての遊び人だった精悍な獅子族のダグラスさんと、ハッとするほど美しい猫族のチェシャさん。

二人が並ぶ姿が脳裏に自然と浮かんでしまう。

「ダグラスさんはとてもおモテになったので、きっと私など数いる遊び相手の一人に過ぎなかったことでしょう。けれども、愚かな私はダグラスさんに本気の恋をしてしまいました」

「チェシャさん……」

　切なさを押し殺し淡々と語るチェシャさんに、私は胸の奥がチクリと痛んだ。

　どれほどダグラスさんが紳士的な遊び方をしていても――あるいはそれ故に、本気で入れあげてしまった人は少なからずいただろう。今目の前で震えながら話すチェシャさんも、そんな人間の一人なのかもしれない……。

　誰かの笑顔の裏では、別の誰かが涙の川を作っている。誰かが恋を成就《じょうじゅ》させ愛を得た足元には、恋に破れ愛を失った無数の誰か達が積み重なっている。私が二人の『伴侶』達に恵まれ、何不自由なく子ども達を育てている時、チェシャさんは独りぼっちでレオン君を産み育ててきたのだ。一体そこに、どれほどの不安と孤独があったことか……。

　いや、そんな風に決めつけてはいけない……。

　私がダグラスさんを愛していることに変わりはないのだから……。信じなければ……、ダグラスさんがこんな風に誰かを不幸にする人じゃないと一番よく知っているのは私じゃないか。

「ですが、ダグラスさんは地位も名声もある方、……何よりもこの国の王族です。私のような出自も定かでない者と、釣り合うはずがありません。きっと私も数多《あまた》の恋人達のように、いずれは忘れ去られてゆく……それは決まっている未来なのだと幾度も己にそう言い聞かせてきました」

　チェシャさんの滑らかな頬を、一筋の涙が伝い落ちた。

「なのに私はダグラスさんを諦めきれず、ついに禁忌《きんき》を犯してしまったのです」

「……『核』、ですか？」

　私の問いかけに、チェシャさんはコクリとうなずく。その拍子に紺碧の瞳いっぱいに溜まっていた涙がパタパタと落ち、チェシャさんの簡素な服に染みを作った。

「一緒になれないなら、せめて愛した人の子どもが欲しい。それがいけないことだと、もちろん頭では理解していました。でも、結局のところ私は自分の欲望を抑えきれず……ダグラスさんに隠れて自らに『核』を仕込み、事に及んでしまったのです」

「レオン君はその時に……？」

「はい……。たった一度のことで、奇跡的に授かったのが、この子です」

『クゥン……キュゥ』

泣いているチェシャさんを守るように寄り添ったレオン君の被毛は、獣体になったダグラスさんにそっくりだ。

私は気持ちを落ち着かせるために、少し温くなったお茶で喉を湿らせる。

「ねぇリヒト、おやつも食べ終わったみたいだし、レオン君と庭で遊んできたら？」

私達がこれからしようとしている話は、場の空気も含め小さな子どもには毒にしかならない。話の内容は理解出来ずとも、人の強い感情に敏いリヒトをこの場に居させたくない。


『ひゃい！　れおんくん、おにわであそぶれしゅ！』

『わふ……』

元気に飛び出していくリヒトとチェシャさんの顔を交互に見比べた後、レオン君もリヒトの後に続く。それは明らかに場の空気を読んでの行動だった。

この子もまた、歳のわりに随分と敏いように感じる。

「ふえ……ぇ……ぴぎゃぁぁぁッッ！」

その時、不意にスイがむずかったかと思うと、次の瞬間には火がついたように泣き出した。ヒカルに比べて感情に緩急のある子だけれど、ここまで声を張り上げ泣き叫ぶことは珍しい。

「スイ、どうしたの？　お腹がすいた？　それともオシメが濡れちゃったかな？」

私は慌ててスイを抱き上げ、背中を軽く叩いてあやす。

「申し訳ありません。このような時間に、私が来てしまったから……」

「いいえ、お気になさらずに。いつもは人の話し声程度では起きないのに、一体今日はどうしたんでしょう……。こちらこそ、お話を中断させてしまって申し訳ありません。スイ、そんなに泣かないで……」

抱っこしてしばらく部屋の中を歩き回っていると、スイは徐々に泣き止み、やがて小さな寝息を立て始めた。何か怖い夢でも見たのかもしれない。

その横でヒカルは穏やかな寝息を立てたままだ。

「小さなお子さんを三人も育てて、チカユキさんはご立派ですね……。私など、レオン一人でも手一杯だというのに」

「立派だなんて……未熟な私は日々周囲の人達に助けられ、子ども達から教えられることばかりですよ。そんな私からすれば、お一人で頑張っていらっしゃるチェシャさんの方がご立派です」

「私は……そうするしかないから、必死にやってきただけですから……」

長い睫毛《まつげ》を伏せたチェシャさんの端麗な顔には、年齢にそぐわぬ苦労が深く刻まれているように私には見えた。

「すみません……無神経なことを言いました。どうか、許してください」

自分とダグラスさんが出会って結ばれる前の出来事なのだと、それはわかっている。

けれども、一人で子を産み育て苦労を重ねてきたチェシャさんを目の前にすれば、何不自由なく最高の環境で子育てをしていることに、ある種の後ろめたさを感じてしまう。

それは相手の誇りを踏みにじる傲慢な感情なのかもしれない……、だが私の心はざわつくのをやめてくれない。

「いいえ、チカユキさんが謝ることなんて、何一つありません。もちろんダグラスさんもです。悪いのは勝手に子を成し、今更のこのこと現れた私です」

「チェシャさん……あなたはこれまで、どんな暮らしをしてこられたのですか？　差し支えなければ教えてください」


おかしな話だけれど、私はチェシャさん達に対して負の感情が浮かんでこない。

突然知った事実にもちろん混乱はしているのだけれど、もしもレオン君がダグラスさんの血を引いているならば、彼とリヒトの違いは掛け違えられたボタンの、ほんの僅かな差でしかない。

もし……もし本当にそうなのであれば、たとえ私の子ではなくてもダグラスさんの子どもには幸福であって欲しい。


「どのようなとおっしゃられても……普通に平凡な親子の暮らしで、面白いことは何もありませんよ？」

「聞かせてください……チェシャさんとレオン君が過ごしてきた普通の日々を」


だからこそ私は知りたかった。彼らがどのような暮らしをして、そして何故今私達の前に現れたのかを。

「酒場で働いていた私は、レオンを身籠《みごも》ったことに気づいてすぐ店を辞めました。もしまたお店でダグラスさんに会ってしまえば、きっと心が揺らいでしまうから……。それに、ダグラスさんはお優しい方ですから、この子のことがわかればきっと……」

そう言って切なげに目を伏せるチェシャさんは、アニムスの私から見ても美しくどこか蠱惑《こわく》的な魅力を感じる人だ。

だからこそ、その人の口からダグラスさんの優しさを語られるのが辛かった。

「お店を辞めた私はキャタルトンを離れ、キャタルトンの王都から南、フィシュリードとの国境近くにあるメネラという片田舎に引っ越しました。故郷のキャタルトンの王都は、後ろ盾のないアニムスが一人で子育てをするには……色々と問題のある土地ですから」

「確かに……」

チェシャさんの言葉に、私は思わず深くうなずいてしまった。他人様の故郷に対して失礼極まりないことだとは思うが、彼の国は力なき者にとっては紛うかたなき危険地帯である。

ヒト族は言わずもがな、若く美しいチェシャさんのような人が子育てをするには決していい環境とは言えないだろう。


「メネラという街でレオン君の子育てをお一人で？」

「子どもが生まれるまでは、蓄えを切り崩しながら街の食堂で働いていました。その後は……子連れでの住み込みを許してくださった商家にお仕えし、行商の旅を続けておりました」

「行商の旅ですか!?　子育てをしながらそれは、さぞご苦労を……」

「いえ……商家の皆さんはよくしてくださいましたし、何よりレオンは獣人です。穏やかな子ですから、旅暮らしをさせているのは申し訳なく思っていますが、それを辛いとは思っていませんでした」

確かにリヒトを育てている私にもわかる。ヒト族の赤ん坊と違い、獣人の仔の成長は驚くほどに早い。

「そんなさなか、レオニダスへと商家から大きな商隊が出るという話が出たのです。そして、私はそれに自ら同行を願い出ました」

「ダグラスさんに会うために……ですか？」

「今更になって何の用だとお思いでしょうね」

「い、いえ……そんな……」

目の前の若い猫族に心の中を見透かされたようで、私の胸は自然と早鐘を打つ。

「私達の存在が、チカユキさんにとって酷く不愉快なものだということは、理解しているつもりです。今更ダグラスさんに会う資格がないことも、わかっています。それでも私には、どうしてもダグラスさんに……レオンの父親に会って聞かなければならないことがあるんです」

チェシャさんは目に涙を浮かべ、声を震わせた。

その姿や言葉が虚偽や演技だとは思えず、ますます私の鼓動は速くなる。

「……何か深刻な事情がありそうですね」

「はい……問題はあの子、レオンに関することです。レオンは……あの体格でおわかりだと思いますがリヒト君よりもきっと随分と早く生まれています。それなのに、未だに人間の姿を取ることも出来なければ、人間の言葉も話せません」

「え……？」

思いがけない告白に、私は言葉を失くす。

獣人は皆、獣の姿で生まれてくる。

そしてすぐに自らの意思で、獣から人間の姿へと変われるようになる。

実際にリヒトは獣体でいることを好んで獣体を取っているが、人間の姿に変われるようになったのは言葉を解するようになってすぐのことだった。

大人になっても獣体になれるのは獣性の強い獣人だけで、獣性の弱い者は成長するに従い人型から獣体になることは出来なくなる。

それがこの世界における理《ことわり》だと聞かされたが、その逆ともまた違うが獣の姿から人間になれないという話を私は聞いたことがなかった。

「レオンはご覧のとおり獅子族で、ごく普通に獣の姿で生まれてきました。その後も何ら問題なく育ってくれているのに……。いつまで待っても人の姿を取れなくて――ッ」

そこまで言うと、チェシャさんは声を詰まらせポロポロと涙をこぼした。

この世界の常識から我が子が外れているとなれば、親として心配になるのは当然だ。

リヒトがもし、レオン君と同じ状況であれば、私もきっと取り乱しただろう。

「今はまだ幼く身体も小さいレオンですが、あと数年もすれば立派な獅子になるでしょう。そんな状態で、人間の言葉を話せず、二本の足で立つことの出来ないレオンが普通に暮らせると思いますか？」

「それは……」

この世界には、獣体で暮らしてはいけないという決まりはない。実際、人の姿を好まず獣体で生きる人々も、少数ながら存在するという。しかし彼らの多くは、半ば世を捨て森の中で生きる『少し変わった人々』であり、いわゆる『普通』の暮らしとはかけ離れている。

本人の意志でそうした生活を選ぶのは個人の自由だが、人間の姿になれないことを理由にそれを強いられるとしたら……あまりにも辛い。

「私はそのことがわかってからはどうしたらレオンが人の姿を取れるのか……あるいは、せめて人の言葉だけでも話せるようにならないかと、その答えを求めて世界中を旅してきました」

「行商の旅をしながらですか……？」

「はい。私達親子が日々の糧《かて》を得ながら世界を巡るには、そうするしかありませんでしたから……」

「……そうでしたか」

「でも、駄目なんです。行く先々で人々に話を聞き、何か手がかりがないかと様々な地を巡りました。それでも、何も私にはわかりませんでした」

チェシャさんは膝の上で拳《こぶし》を握り締め、その表情は深い無力感に包まれている。

「それで私は……父親であるダグラスさんであれば、何か知っているのではないか……もし、何もご存知なくとも、あの方の力で何か調べてもらえないかと……。許されぬことを承知でここに来てしまいました。愚かな私を、どうかお許しください」

「チェシャさん……もし私があなたと同じ立場であれば、きっと同じことをします。ですから、私に謝る必要はありません」

我が子を愛しているのはどの親も同じ……。藁《わら》にも縋る思いでダグラスさんに会いに来たチェシャさんを、一体誰が責められるだろうか……。

だが、やはり私の胸の中のざわめきは収まらない。

そもそも、私一人で受け止めきれる話ではないのだ。当事者であるダグラスさん不在のままでは私は何の判断も下せない。いや、下してはいけない。

『かーしゃん、レオンくんとあそんできたれしゅよ！』

「あっ、お帰りなさい……、リヒト。レオン君も」

私はソファから立ち上がり庭先から戻ってきたリヒトを抱き締める。この子がこんな風におしゃべりしてくれるのも、チェシャさんにとっては当たり前のことではないのだ。

『かーしゃん……あのひちょ、ずっとごめんなさいしてるれしゅよ？』

リヒトの視線の先には、苦しそうな顔で私達を見つめるチェシャさんがいた。きっとリヒトは、彼が抱える罪悪感を強く感じているのだろう。

リヒトが敵意を感じないのであれば悪い人ではない。それだけは確かだ。

『きゅううん』

「レオン、リヒト君に遊んでもらえてよかったですね」

獣の声で鳴く我が子の頭を、チェシャさんは優しく撫でる。するとレオン君は嬉しそうに目を細め、チェシャさんに丸い額を押しつけた。

レオン君は自ら人の言葉を発することが出来ないだけで、相手の言葉はしっかりと理解しているのは確かなようだ。

それ故、自分が周りの皆と違うことも、そのせいでチェシャさんが悲しみに暮れていることも理解しているに違いない。彼が獅子族にしては驚くほど物静かでおとなしいのも、そうした事柄の影響だとしたら、幼い身に負うには重くあまりに痛ましい。

「チェシャさん、正直なところ私はまだ少し混乱しています。ですから、もう少しお互いのことを知る必要があると思います。そしてレオン君のことも含めて、ダグラスさんが帰ってきてから話しましょう。まずはそこからだと私は思います」

「はい、本当に申し訳ありません。私の愚かな行為で皆さんにはご迷惑をおかけします。ですが、チカユキさん……あなたはどうして……。私は、どのような言葉で詰《なじ》られるか、そんな覚悟もしてきたのですが……」

「驚いてはいます。レオン君がダグラスさんの子であるという点について、私はどうすればいいのか、何が正解なのか正直なところわかっていません。ですが、親であれば子のためにどんなことでもするという、その強い気持ちはわかります。私も同じ親ですから」

「チカユキさん……」


本当は、簡単に『わかる』などと言ってはいけないのかもしれない。けれども私は、チェシャさんを見ているとスイが生まれた時のことを思い出してしまう。あの時の私は、スイを救うためならどんなことでもする覚悟を決めていた。

今のチェシャさんは、まさにあの時の私だ。

だからこそ、助けてあげたいと、力になってあげたいと思うのかもしれない……。


「お茶が冷めてしまいましたね。もう一度淹《い》れ直しますね。ダグラスさんとゲイルさんが帰ってくるまでにはまだ時間があります。ゆっくりと寛いで待ちましょう。そして、よければもっと聞かせてください。チェシャさん、あなたとレオン君のことを」


私の言葉に小さくうなずいたチェシャさん。

だが、その白い指先――苦労の痕が刻まれた指先が持つティーカップは僅かに震えていた。

＊＊＊

「チカ、帰ったぞ！」

「ただいま、チカ」

ちょうど日が落ち、私とチェシャさんの話も尽きた頃にダグラスさんとゲイルさんが帰ってきた。

待ち望んでいたはずの声、だが私の心は複雑だ。


『とーしゃんたちれしゅ！』


大好きな父親達を出迎えに、リヒトが誰よりも先に駆けてゆく。

「チカユキさん……」

「大丈夫ですよ、チェシャさん。まずは、しっかりと話をしましょう。そこから、先のことを決めていきましょう。一つ一つゆっくりと」

「はっ、はい……」

　緊張に顔を強張らせるチェシャさんを居間に残し、私は最近ヨチヨチ歩きを始めたヒカルとスイの手を取って、玄関へと向かう。

「とーた！」

「あーぅ！」

　父親達の姿を見るとヒカルはトテトテと駆け出し、スイも小さな足をヨチヨチと懸命に動かす。するとリヒトは踵《きびす》を返してヒカルとスイの間に入り、二人がいつ転んでも危なくないように身構える。誰が教えたわけでもないのに、全く見事な連携だ。

「ヒカル、そんなに走ったら危ねぇぞ！」

「スイ、いい子にしていたか？」

　そして子ども達を溺愛する父親二人は、すぐさまヒカルとスイを抱き上げた。

　ごくありふれた、きっと珍しくもない家族の情景。

　だけど、今の私にはそれらが何故か特別なものに見えてしまう。

「おいチカ……家の中から知らねぇ奴の匂いがするぞ？」

「お前も感じたか？　チカ、何かあったのか？」

　私がそんな感傷に浸っていると、ダグラスさんとゲイルさんは鼻をヒクつかせ、途端に表情を険しくした。

「ダグラスさん、ゲイルさん、そんな怖い顔をしないでください。今日はちょっと……思いがけないお客様が見えただけです。今も奥で待ってらっしゃるので、会って頂けますか？」

　嘘は一つも吐いていない。

　でも……玄関先で全てを語れるようなことでもない。

　レオン君が本当にダグラスさんの子どもであるか否か以前に、そういった主張をする親子が訪ねてきたこと自体、我が家にとっては大事件だ。

「思いがけない客？　君の知り合いか？」

「いいえ……チェシャさんという方が、ダグラスさんに会うためにやって来られました」

私はあえて唐突にチェシャさんの名を出し、ダグラスさんの表情を窺った。彼を疑っているわけではない……。けれども、私は聞いてしまった。まるで、ダグラスさんを試すような真似をする自分の浅ましさが嫌になる。

「チェシャ？　初めて聞く名前だぞ？」

「え……？」

そんなダグラスさんの反応は、慌てるでも誤魔化《ごまか》すでも固まるでもなく、素で『わからない』という顔をしている。

「あの、キャタルトン時代のお知り合いで……覚えはありませんか？」

「んー……サシャなら覚えがあるんだが、チェシャは知らねえなぁ」

「どういうことだ？　ダグの知らない人間が、ダグの知り合いを名乗って家に上がり込んでいるのか？」

「いえ、その辺りの事情はご本人から聞いて頂いた方がいいかもしれません。きっと驚かれると思います。これは、ですが、私は悪い人ではないと思っています。これは、先にお伝えしておきますね」

私の表情で目敏く何かを察したのか、ダグラスさんが言葉を発する。

「とりあえず会ってみようぜ？　そのチェシャとやらにな」

「そうだな。チカ、君がそう言うのであれば問題はないのだろう。だが、念のためだ。君と子ども達は俺の側にいてくれ」

「……はい」

今更チェシャさんの存在を警戒してもと思ったものの、私はゲイルさんの言葉に従い、チェシャさんの待つリビングへと足を進めた。

「お待たせしましたチェシャさん。えっと……、ダグラスさんはご存知だと思いますが、こちらはゲイルさんです」

「…………ッ」

私が二人を改めて紹介すると、チェシャさんはソファから立ち上がり、ダグラスさんの顔を凝視する。

「ダグラスさん、ゲイルさん、こちらがチェシャさんとそのお子さんのレオン君です。レオン君は――――」

駄目だ、言葉が出てこない。

どうしてもその先を、私の口から告げることが出来ない。

「ダグラスさん。……この子は、レオンは……あなたと私の子どもです」

「な――――!?」

「ッ――――!!」

ダグラスさんの目を見てチェシャさんが静かに告げると、その場の空気は完全に凍りついた。

まるで時が止まったかのような静寂が部屋の中を支配する。

そして――――。

「えっと……チカユキ君？　これは一体、どういうこと……かな？」

時が再び動き出すと、ダグラスさんは錆びたブリキ人形のような動きで、ギギギと首を動かし私を見た。その目に浮かぶ混じりっけなしの困惑を見て、私の中の混乱は更に深まる。

ダグラスさんはチェシャさんのことを忘れているだけなのだろうか？

それとも最初から本当に知らないのだろうか……？　ならば、チェシャさんが嘘をついている……？　何のために？

苦しい。チェシャさんが悪い人ではないと私の直感が告げているからこそ、とても苦しい。

『かーしゃん……いたいいたいれしゅか？』

「リヒト……」

私の葛藤を敏感に察知したリヒトが、心配そうに足元にすり寄り見上げてくる。

『かーしゃん、だいじょーぶれしゅ。ちぇしゃしゃしゃんは、やさしいひとれしゅよ。わるいひとじゃありましぇん。でも、ちぇしゃしゃしゃんもいたいいたいれしゅ。ずっとないてましゅ』

そうだ……苦しいのは私だけじゃない。今一番辛いのは、きっとチェシャさんだ。彼が本当のことを言っているにしろ、何らかの理由で嘘をついているにしろ、レオン君が深刻な問題を抱えていることに変わりはないのだ。

「皆さん、とりあえず一度座りましょう。座って、落ち着いて話をしましょう」

私は立ったまま固まっている皆を促し、昼間とは違うお茶を淹れた。

子ども達が見ている前で、私達大人が醜態《しゅうたい》を晒してはいけない。

ああ、こんなことならヘクトル様に預かってもらうのだった……。だけど、そうすればヘクトル様にチェシャさんの事情を知られてしまう。ダグラスさんに確認を取らずにそれは避けたかったのだ。

そんな空気の中、最初に言葉を発したのは意外なことにゲイルさんだった。

「チェシャ……と言ったな？」

「……はい」

「君はダグラスとの間に子を成したと言った。ならば、その辺りの事情を詳細に話してもらえるだろうか？」

「はい、全てお話しいたします……」

全身から威圧感を放つゲイルさんを前に、チェシャさんは震えながらも『ダグラスさんとの過去』を語る。

その話は先に私に語ったことと寸分違《たが》わず、人が嘘をついている時に生じがちな齟齬《そご》は一切なかった。

「……」

話を聞き終えると、ゲイルさんは何も言わずに私の手を握った。

「ゲイルさん……」

大きくて武骨なゲイルさんの手からは、温もりと一緒に私を思いやる彼の優しさが伝わってくる。

「なるほど、お前さんの言い分は理解した」

一方ダグラスさんは、最初こそ驚き焦っていたものの、チェシャさんの話を聞くうちにすっかり落ち着きと冷静さを取り戻していた。

その姿は何故か頼もしくすら見える。

「確かにキャタルトンにいた頃の俺は、アニムス・アニマを問わず色んな奴と遊んでたさ、その中の一人にお前さんがいても何ら不思議じゃねぇ。けどなぁ……俺は記憶力にゃ自信があるんだぜ？　特にお前さんみたいなひと目見たら忘れないような奴と遊んだら、絶対ぇ覚えてるハズだ。おかしいなぁ」

お茶の入ったカップを片手に、ダグラスさんはチェシャさんの姿を頭から足の先までじっくりと何か検分でもしているかのように強い視線を向ける。

確かにダグラスさんが言うように、チェシャさんほどに綺麗な人を――それも一夜を共にした上で忘れることなんてあるのだろうか。

ダグラスさんの言葉に自分だけでは気づかなかった疑問が湧き上がってくるのを感じる。

「そんな……私程度の容姿は、猫科のアニムスであれば珍しくありませんよ？」

「確かにそのとおりだな。猫科のアニムスには綺麗どころが多いのは事実だ。だが、お前さんはそれだけでくれる代物《しろもの》じゃねぇ。それにお前さん、わざとその髪型や身なりで野暮ったく見えるようにしてるだろ？」

「え!?　そうなんですか？」

私の目には、今のチェシャさんだって十分すぎるほどに綺麗なのに……。ダグラスさんの目には、一体何が見えているのだろう。

「つまり、お前さんは自分がまともに装えば悪目立ちする容姿だってことを自覚してるってわけだ。違うか？」

「それは……容姿が……という以前に、私がただのアニムスだからです。私のように戦う術を持たぬ非力なアニムスが、幼子を連れて行商の旅をするには色々とありましたから……。だからせめて、なるべく目立たないようにと心がけて参りました」

「ふんふん……一応筋は通ってるな」

チェシャさんの言い分に、ダグラスさんは顎を撫でながら目を細める。

その様子からは、明らかにチェシャさんを疑っていることが見て取れた。お世辞にも友好的とは言えない態度だったが、そもそもダグラスさんはチェシャさんを知らないと言っているのだから当然かもしれない。

「で、お前さんの目的は何だ？　俺がその子の父親になればいいのか？　それとも生活の面倒を見てやれば満足か？　王位継承権は放棄しちまってるから、その子を王族にってのは無理だぜ？」

「ダ、ダグラスさん、ちょっと落ち着いてください。チェシャさんが……」

「チカ……お前さんと出会うまで、俺が数多の人間と関係を持ってきたことは紛れもねぇ事実だ。けどな？　だからこそ俺はこういうことが起こらねぇように、十分な対策を取ってきたんだ」

ダグラスさんの言葉には説得力があった。ミンツさんも言っていたが、彼はとても頭がよく、己の立場を弁《わきま》えている人だ。自分の血が持つ意味を正確に理解し、自由奔放に遊びながらも絶対に間違いが起こらないようにときちんと予防線を引く、そういう人なのだとわかっている。

私はわかっているのだ……。

「ですが、この子はあなたの子どもなんです！　私が愚かなことをしてしまったことは認めます。許してもらえるなどとは思っていません。それでも……」

だけどチェシャさんはチェシャさんで、レオン君を抱き締めながら必死に彼がダグラスさんの息子であると主張する。

「それに、ダグラスさん……あなたは勘違いをしておられます。私はあなたにこの子の父親になって欲しいとも、あなたと共に暮らしたいとも……そんな大それたことは望んでいません」

チェシャさんとの関係をまるで裏付けがあるような物言いで否定するダグラスさんを前にして、チェシャさんは、はっきりと首を横に振ってみせた。

「ダグラスさん、私は私の子であるレオンを心から愛しています。けれども、その出生は私の独断で成されたことであり、あなたには何の責任もありません。全ては浅はかな私の犯した過ちによって、自ら招き寄せた結果です」

自らの過ちを認めるチェシャさんの顔が悲痛に歪む。

勝手に『核』を仕込んで抱かれることは、ある意味相手に対する最大の裏切りだ。

けれども、どんな経緯であれ生まれてきた子に罪はない。

私の中で言葉に出来ない感情の渦がうねりを上げるが、そんな私の手をゲイルさんはしっかりと握っていてくれる。

「本来ならば、こうして皆さんの前に姿を現し、平穏な生活をかき乱すこと自体、決して許されぬ行為であると心得ています」

『くうぅ……ん……』

チェシャさんはテーブルに平伏《ひれふ》すようにして頭を下げる。その姿を心配そうに見ているレオン君の姿が胸に刺さった。幼い子どもにとって、チェシャさんのそんな姿は何よりも不安をかき立てるものだろう。

「チェシャさん、大丈夫です。大丈夫ですから頭を上げてください」

『れおんきゅん、だいじょーぶれしゅよ。りひちょにかーしゃんも、とーしゃんたちもれおんくんのみかたれしゅ』

レオン君にしっかりと寄り添い、励ますように口の周りをぺろぺろと舐めてあげるリヒトの優しさに私は救われた。この子の優しさは、傷ついた人やその周りにいる人の心を、いつだって柔らかく掬い上げてくれる。それはきっと、世界で一番優しく尊い力だ。

「けどよ、父親としての責任を取ることも求めない、金もいらねぇってなら、いよいよお前さんが俺に会いに来た理由がわかんねぇな。お前さんは俺に何をして欲しいんだ？　わかるように言ってくれよ」

「……どうしても、どうしてもダグラスさんの——レオンの父親であるあなたに頼るしかなかったんです」

チェシャさんは傍《かたわ》らで話を聞く我が子を気遣いつつも、レオン君が抱える深刻な問題についてゆっくりと説明を始める。

「……もう、これ以外に私には取れる手段が……何も……なかったんです……」

子どもの前で泣くまいと、チェシャさんは肩を震わせ必死に耐える。それは紛れもなく子を持つ親の姿——強くて哀しいそれだった。

「ダグラスさん……私にはまだ何もわかっていません。ダグラスさんが知らないとおっしゃるそれが真実なのだと信じるのが私の取るべき道なのだとはわかっています。ですが……」

「いや、それは難しいだろう。ダグが遊び人だったことは事実で、本当にダグが忘れているだけの可能性もある。アニムスであれば『核』の入手もそれを忍ばすことも難しいことではない。今ここで、ダグと彼の言い分についてどちらが正しいかなんて証明することは誰にも出来ない」

普段より饒舌《じょうぜつ》に的確に事態を整理してくれるゲイルさん。その言葉にダグラスさんもチェシャさんも大きくうなずいている。

「こんな状況で、チカが戸惑わない方がおかしい。俺だってチカと同じ気持ちだからだ」

「そうだな。俺の身から出た錆だ。チカには申し訳ないと思ってる。すまん」

「いえ、そういうつもりでは……。謝らないでください。それにダグラスさん、レオン君の状態については獅子族特有の問題やレオニダスの王族に関係のある何かというわけではないんですよね？　父親問題は別としてです」

「そうだな、チカの言うとおり。レオニダスの王族にレオンみたいな状況になった奴はいないな。俺が知る限り、獅子族特有の問題でもないな」

「そんな……」


　チェシャさんの口から絶望したように言葉が漏れる。

　それよりも、レオン君のことについて答えてくれたダグラスさんの口ぶりはどこか違和感を覚えるものだった。

　だけど、それならば私は私ですべきことがある。

「ゲイルさんがおっしゃったように、今ここで白黒はっきりさせることが不可能なのは確かです。ですが、レオン君のおかれている状況についてはダグラスさんの伴侶としてではなく、この世界の医師の一人として力になりたいと私は思っています。ダグラスさんのお気持ちを考えると申し訳なさはあるのですが……」

「いや、お前さんが申し訳なく思う必要はねぇだろう。こういう問題の種をまいちまったのは過去の俺だ。それに、チカが納得してるなら俺に異論はないぜ」


　下手をすれば私より戸惑っているかもしれないダグラスさん。その優しさに甘え、無茶なお願いをしている自覚はある。だけど、目の前の苦しんでいる親子のために私に出来ることがあるのならば、それは私の個人的な感情より優先すべきものだ。

「ならば、現時点で彼とダグが過去に関係を持っていたか、レオンがダグの子かどうか、それについては保留でいいだろうか？　チェシャ、君の目的がレオンの問題についてならまずはそちらを解決した方がいいだろう。君が知ってここに来たのかはわからないがチカは優秀な医者であり『至上《しじょう》の癒《いや》し手《て》』と呼ばれる力を持っている。ダグだけでなく、チカのその力はきっと君達親子の力になってくれる」

「はっはい！　レオンのことに力を貸して頂けるだけで十分です……！」

「私もそれがいいと思います。あっ、私のことであれば本当に気にしないでください。だいぶ自分の中で整理はついたので……」


嘘だ。心の整理なんて一つもついていない。

それはレオン君がダグラスさんの子であるかどうかではなく、こういう事態が起こっているのに自分の正直な気持ちがわからないことについて……。私はこんなに自分のことを俯瞰《ふかん》出来ない人間だったんだろうか……。

だからこそ、ゲイルさんの冷静な判断がありがたかった。

そんな私の横でダグラスさんは何かを言いかけて口を噤《つぐ》み、不安そうに縮こまっているレオン君へと視線を向けて頭を優しく撫でている。

それは、父親としてではなく、何か懐かしいものを見ているような表情だった。


「チェシャさん、しばらくレオニダスに滞在することは可能ですか？」

「は、はい」

「でしたら、今日のところは一旦ここまでにしませんか？　そろそろお夕飯にしないと子ども達がお腹を空かせてしまいますし」

「あっ、そうですね……。私達は宿に戻ります。突然の訪問で長居をしてしまい、本当に申し訳ありません……」

「いえ、本来であればお夕飯をご一緒に……とお誘いしたいのですが……」

「とっ、とんでもありません。どうか私達にはお気遣いなく……。ただ、レオンのことはどうかよろしくお願いいたします」

ソファから立ち上がり、深く頭を下げてから、レオン君を連れて出て行こうとするチェシャさんをダグラスさんが引き留めた。

「子どもを連れての宿暮らしは大変だろう？　それに、

レオンのことを調べるなら近場に居てくれた方が助かる上に、チカが心配でたまらねぇって顔をしてる。そんなら、いいところを紹介してやるよ」

確かにダグラスさんの言うとおり、レオニダスで一番安い宿を取っていたとしても、金銭面でそれなりに負担がかかる。

それに、ダグラスさんが何を提案しようとしているのか私にはすぐにわかった。

「レオニダスは治安がいいところですがチェシャさんみたいに綺麗なアニムスの方は用心するにこしたことはありませんね」

「そうだな。チカがその子のことを診てやるのであればなおのことだ」

ダグラスさんの提案に私もゲイルさんも同意する。

「ありがたいお言葉ですが、そこまでご迷惑をおかけするわけには……」

「いいから気にすんな。むしろこっちの都合の問題だからな。ほら、向かいに建ってる親父の家に行くぞ。荷物は後で宿から運ばせる。食事の心配もしなくていい、チカが腕をふるいたくてうずうずしているからな。ほら、俺についてきな」

「え？　おっ、親父……？」

「いいから行くぞ、ほらレオンこっちだ」

そう言って戸惑うチェシャさんを後目《しりめ》に、レオン君を抱きかかえ、お隣のヘクトル様のお宅へとダグラスさんはどんどん歩いていってしまう。

「あ……はっ、はい……。あっ、あのちょっと……えっ!?」

チェシャさんが慌ててその後を追いかけるが、妙に強引なダグラスさんの様子が少しだけ気にかかる。

それともう一つだけ気にかかるのは……。

「ヘクトル様だな。問題は」

「ええ、ダグラスさんと大変なことにならなければいいのですが……」

「無理だろうな……」

——ほどなくしてご近所がざわめくほどの『静かなる賢王』の悲鳴にも似た叫び声が辺りに響き渡った。

どうやら、ゲイルさんと私の予感は的中してしまったようだ。

「おう、親父は任せろって受け入れてくれたぜ」

「……本当ですか？」

「まぁ、さすがにちょっと驚いてたけどな」

あれはちょっとなのだろうか……。

「チカ、ひとまずあの親子のことはヘクトル様にお任せしよう」

「そ、そうですね……」

一抹どころではなく不安はあるけれど、ゲイルさんの言うとおり今ここで私が心配していても仕方がない。ただ、ヘクトル様にお任せすれば大丈夫という安心感があるのも事実。

「少し遅くなってしまいましたが、お夕飯にしましょう」

私は気持ちを切り替えて台所に立ち、夕飯の仕度に取りかかる。と言っても、日本風のカレーは昨日のうちに作って一晩寝かせていたし、トメーラとキャベルのスープは朝の残りだから、新たに作るのは海藻と野菜のサラダだけだ。

ゴマ油とよく似た香りの油にソイソとお酢を加えて混ぜたドレッシングを回しがけ、最後の仕上げに大葉そっくりな風味を持つハーブを刻んでトッピング。

だいぶ手抜きではあるけれど、今夜はこれでよしとしよう。

『カレーおいしいれしゅ。れおんきゅんにもたべさせてあげたいれしゅね』

「そうだね、後で持っていってあげようね。ヘクトル様達にカステラも」

「ならば、俺がリヒトと届けよう」

「ありがとうございます、ゲイルさん」

あんなことがあった後とは思えないほど、私達は和やかに『いつもの食卓』を囲んだ。普通が一番……使い古された言葉が染みる。普通とはつまり平穏無事を意味するのだから。

食後はゲイルさんとリヒトが連れ立ってヘクトル様の家に差し入れを届け、大人三人で子ども達を風呂に入れ寝かしつける。

そしてここからは――いつもとは違う大人だけの時間だ。

「チカ、お前さんを苦しめる原因を作っちまった俺には今は何も言う権利はねぇ。だからこそ、調べなきゃならんことがある。俺に少しだけでいい、時間をくれるか?」

唐突にダグラスさんに強く抱き締められると同時に告げられた言葉。

私とダグラスさんはしばらくそのまま見つめ合っていた。

いつもと変わらないタレ目がちでどこか色気を感じさせる表情の中に、強い意思を持った茶色の瞳。

それが全てを物語っていた。

だから私は、余計なことは言わずに大きく、ただ大きくうなずいた。

「ありがとなチカ、愛してるぜ。ゲイル、チカのことを頼んだぜ」

「ああ、任せろ。お前もやるべきことをやってこい」

頬にキスをされ、それだけ言うと、ダグラスさんはどこかに出かけていってしまった。

私は黙ってその背中を見送ってから、ゲイルさんに向き直る。

「お茶にしましょうか」

私は温かいお茶を用意した居間のテーブルを挟んで、ゲイルさんに向かい合う。

「ゲイルさん……ゲイルさんは、ダグラスさんが何に気づいて、何をしに行かれたのかご存知なんですか？」

「長い付き合いだから、大体の察しはつく。だが、だからといって君の心情が複雑であることは察して余りある。チカ、俺は何よりも誰よりも君のことが心配だ」

ダグラスさんのことを私よりよく知っているゲイルさん。その言葉には迷いがない。そのうえで、私の気持ちを慮《おもんぱか》り、まっすぐな気持ちをくれる。この裏表のない誠実な優しさに私は救われる。

「お気遣い頂きありがとうございます。でも、私は何だか自分で思っていたよりも大丈夫なので心配しないでください。ダグラスさんの様子や反応、そしてあの表情を見れば何となく私にもわかります。あっもちろん混乱？　戸惑い？　みたいなものがないといえば嘘にはなりますが……」

「チカ、君はあの親子やダグに、怒りを感じてはいないのか？」

気遣いと困惑がない交ぜになった緑の瞳。そこに映った私の顔が苦笑する。

「……繰り返しになりますが、驚きはしました。混乱もしています。ですが、怒るという気持ちは不思議とありませんでした。レオン君が誰の子でチェシャさんの目的が何であっても、レオン君が問題を抱えているなら助けになりたい。この気持ちに偽りはありません」

綺麗事でも何でもない、それが私の本心だった。だけど……。

「どうして君は、そんなにも寛容でいられるんだ？」

「そんな立派なものではありませんよ。私はきっと目の前に集中出来る何かが欲しいのだと思います。それは問題の本質から逃げているだけかもしれません……」

「そんなことはない」

「どうでしょうか……。私は結局、全てが丸く収まってもとのダグラスさんとゲイルさん、そして子ども達との平穏な生活が戻ってくることをただ望んでいるだけなんです。きっと……」

「そう思うことの何が悪いんだ？　君があの親子に向けている感情は、間違いなく君の優しさから来るものだ」

私の迷いのこもった言葉に求めていた以上の言葉を返してくれるゲイルさん。

「ありがとう……ございます」

「君のその思いは何よりも尊い。それを知っているのは俺とダグだ」

そう言って、ゲイルさんは私を抱きかかえて膝の上にのせてくれた。

ちょうど胸元に顔を埋める形になり、そこからはゲイルさんの爽やかな『番』の香りが漂ってくる。

「本当にありがとうございます。ゲイルさん」

強く、とても強く抱き締められた。

痛いほどに強く、だけどそれが何よりも嬉しかった。

大丈夫だ。

ゲイルさんとダグラスさん、二人とならばどんなことだって乗り越えられる。

その夜、ダグラスさんは帰ってこず、私はゲイルさんの胸元に顔を埋めて穏やかな眠りについた。

＊＊＊

色々なことが嵐のように起きた昨日の出来事から一夜明け、私は朝食の用意をしていた。

ゲイルさんはまだ眠っており、ダグラスさんは未だに戻ってきていない。

私の足元ではいつものようにリヒトが元気に駆け回っている。

そうして出来上がった朝食を持って、向かった先はヘクトル様のお宅。

勝手知ったる我が家の如《ごと》く、ヘクトル様に挨拶をしてからチェシャさんが泊まっているという部屋へと向かい、部屋の扉を軽くノックする。

「おはようございます、チェシャさん、レオン君」

『おはようごじゃいましゅ！』

そうして出てきたのは寝不足なのか少し目が腫れて

いるように見えるチェシャさん。

「おはようございます。チカユキさん、リヒト君」

『みゃう』

「レオン君はよく眠れたかな？」

チェシャさんの足元から遠慮がちに現れたレオン君の頭から首筋を、私は手のひらでそっと撫でた。

「はい、おかげ様で……。まだ、自分がここにいることが信じられませんが私もレオンもゆっくりと休ませて頂きました」

「ああ、確かに戸惑いますよね。私も最初は同じでした。ですが、ヘクトル様はとてもお優しい方ですから。休めたのなら何よりです」

私はチェシャさんの目が赤いことにはあえて言及しなかった。きっと彼の心には、誰にも言えない苦しみが詰まっているのだろう。

「朝食を持ってきました。もしよかったら、召し上がってください。我が家でご一緒にとも思いましたが、昨日の今日ではチェシャさんもお疲れでしょうし……皆には少し時間が必要かなと」

「何から何まで……ありがとうございます」

『くぅん』

揃って深々と頭を下げるチェシャさんとレオン君は、どこまでも慎み深く謙虚な親子に見える。何か意図があって、私達に近づいてきたようには見えない。

『かーしゃん、あさごはんたべるでしゅよ！　りひちよ、おなかぺこぺこれしゅ』

大人達の葛藤など露《つゆ》知らず、リヒトは鼻先でバスケットをつつきながら無邪気に催促をしてくる。

「そうだね、リヒト。お腹が減ったね。そうだチェシャさん、せっかくなので一緒にテラスで食べませんか？」

「えっ……、あっはい……チカユキさんがよろしければ……」

こうして私は、再びチェシャさんと二人きりで話す機会を得た。厳密にはリヒトとレオン君がいるけれど、逆に子ども同士で遊んでくれていた方が、私としては『大人の話』がしやすい。子ども達が聞いて毒になるような話を、朝からするつもりはないけれど……。

私は持参した赤と青を基調とした格子柄のクロスをテラスのテーブルに敷き、バスケットに詰めたサンドイッチを並べる。

燻製《くんせい》肉と卵のホットサンドにテポトサラダサンド、子ども達が大好きな卵サンドに自家製マーマレードのジャムサンド。

デザートはペイプルとパイナルのヨーグルトあえだ。

「すごいですね……こんなにたくさん」

『きゅううん！』

ホットサンドを見たレオン君が、目を輝かせて鼻を鳴らす。おとなしくてもやはり獅子の子、ご多分に洩《も》れずレオン君も肉を愛して止まぬようだ。

「遠慮なく召し上がってくださいね？」

『くぅん……？』

「頂きましょう。まだ、熱いから火傷をしないように気をつけて、こぼさないようにね？」

チェシャさんは大振りな四角い布を三角形に折り、スカーフ状にしてレオン君の首に巻く。名前を刺繡《ししゅう》した水色の可愛らしい前掛けは、どう見てもチェシャさんの手作りでレオン君への愛情が窺えた。

『ふぁん！』

まるで『いただきます』というように一声鳴くと、レオン君はゆっくりとお行儀よくまずはホットサンドに口をつける。

おとなしくお行儀のいいリヒトと比べてすら、随分と綺麗な食べ方をする子だ。これなら前掛けがなくても、ほとんど被毛が汚れることはないだろう。

こうして身近で接すれば接するほど、私にはチェシャさんが悪い人には思えなくなってしまう。

私が腑に落ちない部分、それはチェシャさんの話が全て嘘だった場合のことだ。

どうしてチェシャさんはそんなとんでもない嘘を吐くのだろう？

ちょっと調べたらすぐにバレそうな上に、バレたらただでは済まなくなる王族を相手に……チェシャさんは一体何を考えている？

ダグラスさんの敏さを知っていれば嘘をついて近づこうなどとは思わないはず……。

怖い。相手の考えがまるで読めないことが、この上もなく恐ろしい。


『かーしゃん？　なにがこわいれしゅか？』

「――ッ」


いつの間にか隣にいたリヒトの問いかけに、私はハッとする。そう、私はチェシャさんの本当の姿を知ることに怯えている。

私には、自らチェシャさん達を招き入れた責任がある。子ども達の親として、ダグラスさんとゲイルさんの『伴侶』として、本当のことを知らねばならない。


「大丈夫だよ、リヒト。リヒトは何も心配しなくていいからね？　たくさんご飯を食べて、今日もレオン君と遊んでもらったらどうかな？」

心配そうに鼻を鳴らしながら見上げてくるリヒトの頬を、私は両手でそっと包み込む。

この澄みきった黒い瞳は、この世界の生々しさを映し出すには早すぎる。


『グランチュもよぶれしゅよ』

「ああ、そうだね。皆で遊んだら楽しいね」


リヒトの共感性の強さや不思議な力は優しさの源であると同時に、一歩間違えれば幼い心に消えない疵痕《きずあと》を刻む凶刃と化す。そんなことにならないように、私は親として可能な限り見守ってゆきたい。

「レオン君がリヒトと遊んでくれるので、助かっています。リヒトの兄弟はヒト族ばかりなので、なかなか全力で遊ぶわけにはいかなくて。同じ獅子族の子どもと遊べる機会は貴重です」

「こちらこそ……言葉も話せないレオンと遊んで頂いて感謝しています」

レオン君が極端におとなしいのは、やっぱり言葉の問題が大きいのだろうか。子ども達の遊びの輪に入れず、一人ポツンと外側から見ているだけのレオン君。ふとそんな情景が頭に浮かび、胸が苦しくなった。

『れおんきゅん、こっちもどーじょ。おいしいれしゅよ？』

『みう』

「本当に……リヒト君は優しいお子さんですね」

レオン君に卵サンドを勧めるリヒトの姿を見て、チェシャさんの瞳は潤んでいるように見えた。甘いと言われようが、私にはそれが演技だとは思えない。人の親なればこそわかる。

だからこそ、なおのこと彼らのことがわからなくなってしまう。

「はい、私にはもったいない子どもです。サンドイッチ、チェシャさんのお口には合いますか？」

「とてもおいしいです。チカユキさんはお料理がお上手なんですね。昨夜届けて頂いた……かれー？も、おいしく頂きました。でも、本当によろしいのでしょうか……。いきなり押しかけてきた、しかも自分の息子の子を勝手に身籠ったような私を、ご自宅に寝泊まりさせるだなんて……」

「レオン君がダグラスさんの子どもであれば、ヘクトル様にとっては孫ですから、確かに突然のことで驚かれたでしょうがとてもお優しい方ですので……」

「そう、ですね……レオンは……あの方の孫なんですね」

私の言葉に答えるチェシャさんはどこかぎこちない。まるで、それを想定していなかったとでもいうような様子が私の心にやはり引っかかる。

私とチェシャさんはサンドイッチを食べながら、しばらくは他愛のない会話を交わす。そうして頃合いを見計らって、話題の方向性を変えてみる。

「チェシャさん、もし差し支えなければ……ダグラスさんのことを教えて頂けませんか？　昨日もチェシャさんとダグラスさんの関係については伺いましたがもう一度、もしよろしければ」
「ダグラスさんの……ですか？　でも、それはチカユキさんの方がご存知なのでは？」
「いえ、私が知りたいのは昔のダグラスさん……私と出会う前の、チェシャさんが知っているダグラスさんのことです」
「私のような者が、ダグラスさんの『番』であり、『伴侶』でもあるチカユキさんに、このようなお話をするのは憚られますが……」

チェシャさんは遠慮がちに、それでも強く拒むことはなく語り始めた。その態度にこれといって不審な点は見られない……気がする。

「キャタルトンにいた頃のあの方は、それはもう誰もが顔と名前を知っている有名人でした。レオニダス王位継承順位第二位の王子でありながら、自ら継承権を放棄した隻腕《せきわん》の冒険者であり、ギルドの長。……アニムスもアニマも、老いも若きもあの方に憧れていたものです。もちろん私もその中の一人で……あの方に声をかけられただけで、舞い上がってしまいました」

うっとりと夢を見るように語るチェシャさん、だけど私は明確な違和感を覚える。何故なら彼が口にした内容は、『誰もが知っている』ダグラスさんのプロフィールであり、目新しい事柄が一つもなかったから。
チェシャさんの言葉を信じるならば、ダグラスさんは彼にとってすこぶる特別な人だ。昔の話とはいえ、ほんの数年前に自ら『核』を仕込んでまで抱かれた相手のことを、人はこんなにも客観的に語るものだろうか？

私に遠慮して……と考えればわからなくもないが、それにしてはうっとりとした表情が矛盾する。言葉と表情のアンバランスさ、そこに何か歪《いびつ》なものを感じ取ってしまう。

でも……もし、そうだとしてチェシャさんが嘘をつく理由は何だろうか？
レオン君の問題を解決したいだけならば、ギルドの衛生部に患者として来てくれればいい。仮に特殊な症例故に隠したいと望むにしても、個人的に我が家を訪れ悩みを打ち明けてくれたなら、私は医者としても子を持つ親としても力を尽くしただろう。

いや、私に近づくためにダグラスさんの名前を逆に使った？　ダグラスさんの子であれば王族の子として診てもらえると思ったのだろうか？

それでも、チェシャさんのやっていることがもし嘘であればあまりにリスクが大きすぎる。

やはり、父親であるダグラスさんを頼って……？　だが、ダグラスさんはそれが嘘であると何らかの確信を持っている節すらあった。

わからない。

わからないことが多すぎる。


「チカユキさん……？　どうかされましたか？」

控えめなチェシャさんの呼びかけではっと我に返る。

「いえ、すみません……。少し考え事をしていました」

「……そうですよね。私のような者がダグラスさんを語れば……」


「そっ、そうではなくて……。レオン君のこと、そうです。レオン君のことを話し合わないといけませんね」

「あの……昨日は場の空気に流されてお願いしてしまいましたが、チカユキさんは『至上の癒し手』であり、レオニダスで一番の名医だと聞き及んでいます。頼みの綱《つな》だったダグラスさんは何もご存知なく……頼れるのはチカユキさんあなただけに……」

不意に、チェシャさんは手にしていたジャムサンドをナプキンの上に置き、私の手に縋りついてきた。

「チェシャさん……」

「お願いします……どうか、どうかレオンを……っ！」

彼の手は小刻みに震え、紺碧の瞳は真剣そのもの。そこにはダグラスさんの話をしていた時にはなかった、痛ましいまでの真実みがあった。

『かーしゃん、チェシャしゃんだいじょーぶれしゅか？』

「大丈夫だよ、リヒト。チェシャさんはレオン君のことがとても大切で、だからすごく心配してるんだ」

あまりに切羽詰まったチェシャさんの様子に、卵サンドの欠片を口の周りにつけたままリヒトも固まっている。

「チェシャさん、レオン君のこと絶対に治しますと無責任なことは口に出来ません。ですが、医療だけでは難しくても、私の知り合いには精霊術や魔術、薬学に長けた人達がたくさんいます。ですから、医師として、あなたと同じ一人の親として最善を尽くすことをお約束します」

「っ……ありがとうございます……本当に、ありがとうございます……っ！」

私の返答に、チェシャさんは涙を流して何度もお礼を口にした。

その姿から邪《よこしま》な想いは一切感じられなかった。

＊＊＊

「チカ、ちょっといいか？」

「あ、ダグラスさん戻っていらしたんですね」

テラスでの朝食会を終え、私が自宅の台所で片付け物をしていると、ダグラスさんが後ろから声をかけてきた。

いつもと変わらぬ様子のダグラスさん。

だから、私もいつもと変わらぬ返事をしたつもりだった。

「……やっぱりお前さんを不安にさせちまってるな。本当にすまん」

「すっ、すみません。私はそんなにおかしな顔をしていましたか？」

「いや、いつものチカだったぜ。だけど、わかっちまうんだよな。お前さんのことを愛してるからこそ、お前さんのちょっとした気持ちの揺らぎが」

「ダグラスさんに嘘はつけませんね。私が揺らいでいる……それは事実だと思います。ただ、それはどちらかというとチェシャさんから覚える歪さや違和感のせいかもしれません」

私はチェシャさんに抱いた違和感を、どのように伝えたものかと言葉を探す。『ダグラスさんとの過去を語る熱量と、レオン君の未来を憂える熱量に差がありすぎて怪しい』とは、さすがにちょっと言いにくい。

「すまねぇな、チカ。チカに将来出会えるってことがわかってりゃ、あんな馬鹿な真似はしなかったんだがな。今更悔いたところでおせぇが」

「いいえ、ご自身を、過去を責めるのはやめてください。その過去があるから今のダグラスさんがいらっしゃるんです。私にも過去はありますし、全てをダグラスさんにお話ししているわけではありません。それはゲイルさんだって同じことだと思うんです」

「けどな、そのせいで今チカを苦しめてることが辛ぇんだ」

「ダグラスさん……私はその言葉を頂けただけで十分ですよ。もし、私が苦しんでいるとしたらダグラスさんのことを愛してるからにほかならないと思うんです。どうでしょう？　こうやって考えると何だか前向きな気がしませんか？」

そこまで言うとダグラスさんに軽々と抱え上げられ、目線の高さを合わされる。

「はぁ、どうして俺のチカはこんなに可愛いんだろうな……。それに強ぇ。俺は、お前さんに責められ、怒られ、愛想尽かされる覚悟も一瞬したぐらいなんだぜ？　それをお前さんはよぉ……。だけどそれじゃ駄目なんだ。お前の苦しみを取り除いた上で、あのレオンって坊主を救いたいというお前さんの望みを叶えてやるにはまだ準備が……」

見上げたダグラスさんの瞳には、切ないほどの慈愛が揺れていて胸が苦しい。

いつも周囲の人達に助けられてばかりの私が、強いだなんておこがましいにもほどがある。ちっぽけで弱い私は、いつだって家族や友人の愛によって生かされているのだ。

「もし私がほんの少しでも強くなれているのであれば、それはダグラスさんとゲイルさんのおかげです。お二人が与えてくださる溢れんばかりの愛が、私に信じる強さをくれました」

「チカ……」

「でも……本当は、若く美しいチェシャさんに少しだけ嫉妬もしたんですよ？　ダグラスさんと何てお似合いなんだろうって……」

抱き締められたダグラスさんの胸に顔を押しつけたまま、私は恥ずかしい本音をポツリと漏らす。

「ああ、チカが可愛い。俺の『番』は天使か何かか？　やべぇな」

「えっと、その……昨晩出かけられましたけどご用事は済まれたんですか？」

「おう、調べ物っつーか、確認と連絡その他諸々みたいなもんだったからな」

「そうなんですね。あの、サンドイッチ少し余分に作っておいたので――」

「食う！」

ダグラスさんは食い気味にサンドイッチに手を伸ばし、あっという間に五つほど完食する。その姿はいつものダグラスさんで自然と笑みがこぼれてしまう。

「美味ぇ！　やっぱ朝はチカの作った飯に限るぜ。何つうかこう、全身に活力が漲《みなぎ》るわ」

「そう言ってもらえると作ったかいがあります。それとダグラスさん、私は今朝チェシャさんと一緒に朝食をとったんですが……。何がというわけではないといいうか、私が感じた限りではチェシャさんはどこか正しいのに歪んでるように感じられるんです。あの、やっぱりレオン君はダグラスさっ――んんぐっ」

私の言葉を遮るかのようにダグラスさんは、唐突に自らの唇で私の口を封じた。

「そこまでにしておいてくれるか、チカ」

「ダグラス……さん？」

いきなりの口付けに軽く息を切らす私に、ダグラスさんはシーっと口の前に人差し指を立てる。

「チカのこういう時の鋭さはある意味怖ぇな。だが、今はもう少しだけ時間をくれ。必ずお前のために『正解』を見つけてくる。それは、きっとチカが望む『正解』でもあるはずだ。だから、俺のわがままを許してくれるか？」

「……その時が来たら、全てを話してくれますか？」

「話す。その時が来たら、必ず話す」

「それなら私は構いません。ダグラスさんの思うことをなさってください」


ダグラスさんは意味もなく思わせぶりなことを言う人ではない。彼が『話せない』と言うならば、それには相応の理由があるはずだ。ここで私がとやかく言っても、いいことはないだろう。


「大丈夫だ、ダグは一人ではない。俺もいる。これは俺とダグとチカ、家族三人の問題なのだからな。だからダグ、チカの言うようにお前はお前の為すべきことをすればいい。その間チカのことは俺に任せろ」

「ゲイルさん……」

「頼もしい相棒だね。全く、だがチカのことは本当に頼んだぜ」

振り向けばそこに、いつの間にかゲイルさんが立っていた。


「そういうわけだ。俺達はそれぞれが役割に応じて為すべきことをすればいい。だからチカは、あの親子の……レオンというあの子のことを頼む」

「はい、ありがとうございますゲイルさん。お二人がそうおっしゃるのであれば、私も私に出来ることをしてみます」

「ほんと、ここに来て改めて感じるぜ。家族ってやつのありがたさをな」


昨日から今日にかけての出来事でざわついていた私の心はここに来て一気にそのざわめきが小さくなった気がする。

それは、私達三人の絆が更に深まったからなのかなと二人と別れて職場へと向かう道すがら私は考えていた。

＊＊＊

「レオン君、大きく口を開けて」
『んあ』
「うん、いいよ……ちょっと喉の奥診るから我慢してね？」

チェシャさん達が我が家に現れて数日。旅の疲れが取れた頃を見計らい、私はヘクトル様が用意してくださった客間でレオン君に対して最初の診察を行っている。

診察といっても、とりあえずは問診・聴診・視診・触診を中心とする簡単なものだから、客間に往診鞄一つで十分だ。

ただ、私の側には診察を手伝ってくれる人が一人。

ミンツさん一家には今回の出来事を全て話してある。ダグラスさんやゲイルさんも承知してくれたし、絶対の信頼がおける人達だからだ。

何より、獣人の子どもの問題。しかも、獣体から人間になれないという症状が私の医学知識や私の治癒術だけでどうにかなるとは思えなかった。

だからこそこの世界で生まれ育った医療従事者である、ミンツさん一家を頼ったのだ。

「ちょっとチクッとするけど、動かないでね？」
『ひゃ……ぅ』
「はい、おしまい。いい子で頑張れたね」
「本当にレオン君はおとなしいですね。リヒト君もなのにどうしてうちのグランツだけ……」

小さな溜息と共にぼやくミンツさん。

こんなにミンツさんが遠い目をするなんてグランツ君、君は一体何をやらかすんだい……。

診察の最後に採血を行い、私は今日の診察を終わりにした。レオン君がここでの暮らしにもう少し慣れたら、もっと詳しい検査も行いたい。

特にレオン君の症状を発育段階でのトラブルと捉えるならば、ホルモンの分泌に関与する部分はしっかりと調べる必要がある。

「チカユキさん、ありがとうございます。それで……その、レオンが人になれない理由は何なのでしょう？」

期待と不安の入り交じったチェシャさんの表情に、私は喉に小石が詰まったような苦しさを覚える。それはもとの世界で医師をしていた時、嫌というほど体験してきた感覚だった。

「チェシャさん、レオン君の状態ですがまだどんな状態かを調べている状況でして、治療法を見つけるのには少し時間がかかると思います」

「そ……それは治せないということですか？」

チェシャさんの顔が不安に歪む。どこの世界のどんな種族でも、親というものはいつだって我が身以上に我が子の身を案じるものだ。それを、私は三人の子を持って痛いほど理解した。

けれども、医師として私はいい加減なことを言うことは出来ない。

「チェシャさんとおっしゃいましたね。私はミンツと申します。チカ君の同僚で友人です。私達は今、医療という観点からレオン君の身体におかしいところがないか、まずは一つずつ調べていっているところなんです」

「そっ、そうなんですか……」

「ええ、お気持ちは痛いほどにわかります。私もチカ君もあなたと同じ幼い子を持つものですから。だからこそ、焦っては駄目ですよ。親である私達が揺らげば、子ども達はそれを敏感に感じ取ってしまいます」

ミンツさんのその言葉を聞いて、チェシャさんは俯いてしまう。

そんなミンツさんに促されて私は言葉を続ける。

「私達医師は、そこに後ろ盾のない無責任な言葉を簡単に口にすることは出来ません。それは相手に希望を持たせておきながら、時に絶望に追い込むことになってしまう可能性があるからです。ですが、約束は出来ます。出来る限りのことはやりますし、私の持てる力も知識も全て使います。何だったら伝手も総動員しちゃいますから」

「ええ、そうなんです。チカ君は知識や技術もすごいですが、もうその伝手の力がすごいですから、とりあえずレオニダスで一番魔術や精霊術に精通した人間に一人伝手があります」

「そんなすごい方に？」

チェシャさんは心底驚いているようだ。

そう、最近ちょっと異常な環境に慣れていたけどこれが普通の人の反応だ。

「ええ、ちなみにそれは私の伴侶です。あとは、世界中に絶大な影響力を持つ『静かなる賢王』はチカさんの頼みなら何でも聞いてくれます。確か、フィシュリードの大きな商会とも強い繋がりを持っていますし、エウルフェアの狼族達との繋がりや樹海の奥地に住むエルフとも。あとは、ここではちょっと言えないような様々なところとも。どうです？　頼もしいと思いませんか？」

チェシャさんは驚きを通り越して呆然《ぼうぜん》としている様子。

ミンツさん、アシストはありがたいんですがいくら何でもそれは盛りすぎな気がします……。

「ですからレオン君は大丈夫です。身体は至って健康体ですし、高い知能も備えています。時間はかかるかもしれませんが、私達でレオン君を助けてあげましょう」

「えっと、ミンツさんの言ったことはちょっと大げさすぎますが、全力は尽くします。だからあまり気に病まないでください。今すぐ命に関わるような状況ではないということをお伝えしても慰めにしかならないのはわかっているんですが……」

「いえ、……申し訳ありませんでした。本来ならこのように姿も見たくないであろう私達親子に、チカユキさんはこんなにもよくしてくださっているのに……」

そう言って、チェシャさんはまた俯いてしまう。

「チェシャさん、それももうやめましょう。あなたがそんなに自分を卑下する必要はないんです。信じてもらえないかもしれませんが、私はあなたのことを数日前に会ったばかりだというのに友人のように感じているんですから」

「私を友人……と……？　ですが……私はダグラスさんと……」

「チェシャさん、諦めた方がいいですよ。チカ君はこう見えて意外と頑固ですからね。それに、あなたももっと肩の力を抜いた方がいい。それがレオン君のためにもなると思いませんか？」

「あなた方はどうしてそんなに……。いえ、そうですね……。ありがとうございます。本当にありがとうございます」

ミンツさんに来てもらって本当によかった。第三者が入ることで、頑《かたく》なだったチェシャさんの心が少しほぐれたように見える。

「さて、レオン君はよく頑張ったから戻っておやつを食べようか？　リヒトとグランツ君も待ってるんですよね？」

「えっええ……チカさんが言うとおりに連れて来ましたけど本当に大丈夫でしょうか……。うちの子がレオン君に怪我をさせないか心配で……」

「グランツ君というのはミンツさんのお子さんですか？」

そう、こういう反応を求めていたのだ。

壁を作らずに自然と疑問に思ったことを口に出せるような状況。今のチェシャさんにはきっとそれが必要だから。

「ええ、狼族の子なんですが……。レオン君とリヒト君と比べると落ち着きのない危ない子でして……」

「ミンツさん、グランツ君は乱暴なんじゃなくてただ元気なだけですよ。その証拠にリヒトが一緒に遊んでて怪我をしたことなんて一度もないじゃないですか」

「それはそうなんですが……」

「レオンは……、あの子は言葉がしゃべれないこともあって近い年頃の子と遊んだことがほとんどありません。リヒト君があの子を気味悪がらずに自然に接してくれることに、レオンは本当に喜んでいます。もし、ご迷惑でなければグランツ君ともうちの子を会わせてやってもらえますか？」

「安心してください。グランツ君もとてもいい子ですから、きっとレオン君のよき友人になってくれると思いますよ」

チェシャさんはぐっと奥歯を噛み締め、泣くまいと努力をしているように見える。

人の言葉を話せずおとなしいレオン君は、きっと辛い思いを数多くしてきたのだろう。

我が子がそんな目に遭《あ》っていても、今までのチェシャさんは耐えるしかなかったはずだ。

少しずつ、少しずつでいい。

どうかその閉じた心を開いて欲しい。そして、チェシャさんの本当の望みを……。


その後、おやつを食べた獅子の子二人と狼の子は、一瞬で打ち解け合い我が家の庭でじゃれ合っていた。

ミンツさんは、気が気でない様子で常にそわそわしていたのが少し面白かった。

そして、そんなレオン君を見つめるチェシャさんは、その美しい顔に初めて笑顔を浮かべていた。

＊＊＊

「というわけで、一緒に楽しいことをしませんか？」

レオン君の診察を開始してから数日後、私はふとそんなことを口にしていた。

我ながら漠然としすぎているなと思いながらも、他にいい言葉が見つからなかったのだ。

「えっと、チェシャさんとレオン君は、レオニダスは初めてですよね？」

「はい。本当は行商で訪れる必要もあったんですが、私が避けていたので……」

そう言ってチェシャさんは、少し気まずそうに目を伏せた。

「でしたら一度、私達と街を見て回りませんか？」

「え……よろしいのですか？　私達のような者がチカユキさん達とご一緒しているところをこの街の方に見られてはご迷惑なのでは」

「チェシャさん、前にも言ったじゃないですか。私はあなたを友人だと思っていると。いつまでも家の中だけにこもっていては健康にもよくありません。それに、遊びたい盛りの幼いレオン君のことを考えれば尚更です」

「……お気遣いありがとうございます」

レオン君のことを引き合いに出して無理やり連れ出すようで何となく申し訳なさを感じたが、ただ今の二人にはこういうことが必要だと私は思っている。

レオン君は人の姿を取れず言葉を話せないだけで、その内面は至って普通の子どもと変わりはない。それに、実際の年よりもはるかに繊細で聡明でもある。だからこそ、チェシャさんの不安や恐れを敏感に察し、このまま育てば今より更におとなしく聞き分けのいい子どもになっていくだろう。

それはあまりにも不憫で痛ましい。

「せっかくだから、お向かいのミンツさん達も誘いましょう。グランツ君がいると賑やかで楽しいですよ」

この際だから、レオン君には思いきり子どもらしい時間を過ごして欲しい。もちろんチェシャさんにも子どもを持つ一人の親として楽しんでもらいたい。

「先日遊んで頂いた、狼族のお仔さんですね？」

「はい、そうです。グランツ君はとにかく元気いっぱいで、あの子を見ていると周りまで元気をもらえますから」

『ぐらんちゅとお出かけれしゅか？　りひちょもいきたいれしゅ！』

「うん、もちろんリヒトも一緒だよ」

そして、ギルドの仕事との兼ね合いなどもあり、三日後に決行されたレオニダス観光ツアーは、ミンツさんやグランツ君も誘ってとても楽しい一日になった。

ただ一つ辛かったのは――。

「これは、チカユキさんですね……」

『おう！　りひちょのかーちゃだじょ！』

『れおんきゅん、これはりひちょのかーしゃんのえなんれしゅよ』

『きゅー……』

観光名所の一つであるレオニダス国立博物館。そこに飾られた妙に物憂げな表情をした青年が描かれた耽美な肖像画がある。『地上《ちじょう》に降臨《こうりん》せし麗《うるわ》しき天使《てんし》』と名付けられたその展示物。

肖像画の出来そのものは芸術品として素晴らしいと私も思うのだが、そのモデルが自分なのだからたまらない。

「そ、それよりこっちを見ませんか。ゲイルさんのお父様『勇猛《ゆうもう》なる刃《やいば》』のバージル様と、お母様である『不屈《ふくつ》なる盾《たて》』のリカム様です」

どうしても居たたまれず、思わずバージル様とリカム様の肖像の前に誘導してしまう。

その後も、商店街をぶらりと歩き、露店で売られている品物を見て周り、ミンツさんお勧めのお店でおいしい昼食をとる。

そして、他にも獣人の仔達がたくさんいる王都の中央公園で、私達の三人の子は思う存分駆け回っていた。

今回はレオン君とチェシャさんにまずは慣れてもらうためにと、スイとヒカルを連れて来れなかったのは残念だったけど、チェシャさんの表情を見ればこうして街へと連れ出したことが正解だったと心から思える。

「レオン君、楽しかった？」

『あう！』

「また皆でお出かけしようね。湖でピクニックをして、水遊びなんてどうかな？」

『きゅーん！』

嬉しそうに尻尾をパタパタと振るレオン君に、私まで嬉しくなった。

私達家族とチェシャさん親子の出会い。それは、きっと世間的には不自然で歪なものなのだろう。

だからこそ、私は彼らの力になりたいと願う。

伴侶二人が自身の役目として為していることがあるのであれば、これが私の為すべきことの一つなのだ。

＊＊＊

ここのところ、俺の身辺は酷く落ち着かねぇ。理由は言うまでもなく、チェシャと名乗る猫族のアニムスが、自称『俺との子ども』だという獅子族の仔レオンを連れて現れたからだ。

たとえそれが真実でなくとも、チカには詰られゲイルにぶん殴られる程度のことは覚悟していた。きっちりと予防線を張った我ながら綺麗な遊び方をしていたという自負はあるが、それでも決してそれが褒められる行為ではないという自覚ぐらいは俺にもある。

チカは表向き、動揺を見せないようにと踏ん張っているが、内実その心中が嵐のように乱れているのは俺から見ればバレバレだ。それにもかかわらず、チェシャの子であるレオンに随分とよくしてやっている。いや、レオンに対してだけじゃねぇ。チェシャに対してまで、数年来の友人であるかのように接している。

まぁ、チカなりにあの親子に関しては色々と察しているところもあるようだが……。

それでも全ての元凶を創り出したのは俺の過去の所業。悔やんでも今更おせぇのもわかってる。だから、俺が今すべきことは一つだけ。

チカと家族の平穏な生活を取り戻すようにすることだ。それが俺に出来るチカに対する唯一の償《つぐな》い……なのだろう。

「ゲイル、付き合わせちまって悪いな」

「いや、構わん。家ではしづらい話もあるだろう。内容も想像はついている」

そしてこの夜、俺はゲイルを誘ってあえて繁華街の喧《やかま》しくて薄暗い、いくらかいかがわしい雰囲気の酒場で飲んでいる。

理由はゲイルが口にしたとおり『家ではしづらい話』をするためであり、その手の話をするにはこういう店こそがうってつけだからだ。この薄暗い空間では、誰も彼もが意中の相手を口説くのに夢中で、隅で飲んでるむさくるしいアニマ二人なんかにゃ目もくれやしねぇ。

「お前は朴念仁《ぼくねんじん》のくせに、昔からこういうことの察しは悪くねぇよな」

「朴念仁は余計だ」

ムスリと口をへの字に引き結んだゲイルもまた、今回の件に関しちゃ完全に巻き込まれた側だというのに、事の起こりから今この時まで俺を責めてはこない。

全く……ありがたい話だぜ。


「ゲイル、お前はあの猫族――チェシャをどう思う？」

「今になってお前の子を連れて現れた時点で十分に怪しいが、どう見てもあれは普通のアニムスではない」

「だよな。ありゃあ間違いなく特殊な訓練を受けた人間……それも俺やお前よりヨハンに近いタイプの人間だ」

「ああ、ヨハンからも話は聞いた。我が家の前に現れた時、すぐに排除しようと考えたがチカがそれを止めたと。だが、それに従ったのもチカに危険はないと判断したからだと言っていた」

「そうだな。リヒトの反応、泳がして目的を知る必要性、それに加えてチカの望みとはいえ、そんな特殊な人間をチカに近寄らせたことを謝られたぜ。まぁ、何かあればすぐに動けるようにはしてたみてぇだがな」

俺はほろ苦い泡麦酒をグビリと喉を鳴らして呷《あお》る。この程度の酒は俺にとって果汁と変わらねぇ。たとえ一樽飲んだところで、酔うこともねぇだろうが……。

それでいい。今夜の俺は酒に酔いたいわけじゃねぇんだ。


「だけどな、悪意があろうとなかろうと、そんな人間が俺を訪ねてくるなんざ、どう考えたって普通じゃねぇ。しかも、『俺の子』を連れてだ」

「同感だ」

深くうなずき、ゲイルもジョッキの中身を半分ほど飲み干す。

「最近何かと理由をつけちゃ、セバスチャンが頻繁に訪ねてくるのも、お前の差し金だろ？」

「そうだ。ヘクトル様やテオドール様、ヨハン殿を信用していないわけではないが、事が事だ、どれほど注意してもしすぎるということはないだろう。本来ならこの俺が、一日中チェシャを見張っていたいくらいだ」

「お前はチェシャを見張りたいんじゃなくて、チカに引っ付いていたいんじゃねぇのか？」

「むう……それは否定出来ん」

冗談半分にまぜっ返してやったつもりが、ゲイルは完全に真顔だった。チェシャが何を企んでいるのか知らねぇが、チカや子ども達に毛ほどの傷でもつけたなら、その時点で無惨極まりなく人生を終えるのは決定だ。普段温厚な奴ほど一度キレたら止まらねぇと言うが、ゲイルはまさにその典型だからな。

もちろん俺だって、愛する家族に手を出された日にゃ黙っちゃいねぇ。何十年かかろうがどんな手を使おうが、必ずこの爪と牙で報復してやる。綺麗に楽に、剣の一撃で殺してなんかやらねぇ。生きながらボロ雑巾になってもらうさ。

チカにはとても言えねぇが、チカの過去に関わっているキャタルトンの連中ももちろんそれは同じだ。

ただ、チェシャが何らかの目的で俺達に近づいたとして、酷く不自然な点がある。

「けどよ……チェシャからはどういうわけか、殺意や悪意の類を感じねぇんだわ。訓練を積んで意図的に消してるとしても、ヨハンやセバスチャンの目は誤魔化せねぇ。それに、自慢じゃねぇが、俺はその手の感情や気配にはかなり敏感な方だぜ？」

「ああ、知っている。お前に察知出来ないなら、本当にあの者には俺達に対する害意はないのだろう。だが、今のところは……だ」

「そうだな……。そのとおりだ」

「それとレオンのことだ。これはまだチカにも言ってねぇんだが——」

「おい、まさか本当にお前の子ではあるまいな？」

ゲイルの目が、瞬時にして剣呑《けんのん》な光を帯びた。まるで闇夜の猫族みたく、翠の瞳が炯々《けいけい》と燃える。

こいつは何があろうと誰であろうと、チカを傷つける全てを許さない。極論、チカ一人のために世界中の人間を皆殺しにしたとしても後悔一つしない奴だ。

俺は幼馴染みのこいつとチカと共に家庭を築けたことに、口には出さずとも感謝している。チカを独占したい気持ちが欠片もないと言えば嘘になるが、俺にもしものことがあってもゲイルがいれば安心だ。

だが、ゲイルの発する獣気に辺りの獣人達から小さなざわめきが起きる。

発生元がゲイルなのはまだバレてないがいささかま

ずい。

「そう殺気立つなって。お前の獣気で周りの客がビビってんじゃねぇか」

「……すまん」

俺が指摘すると、ゲイルは慌てて獣気を抑えた。

「なぁゲイル、お前も知ってのとおり俺はさんざん遊んできた。けどな？　決して子どもを作るような真似はしなかったし、させなかった」

「絶対にと、言いきれるのか？」

「世の中に絶対はねぇだろうな……。だがもし万が一、俺がとんでもないやらかしをかましちまったとしても、それは絶対にレオンじゃねぇ。それだけは言いきれる」

「……根拠は？」

いい反応だ。相手が幼馴染みだからといって安易に頭から信じたりせず、冷静に根拠を聞き出す姿勢はさすがだ。俺はチカみたく心が綺麗――というよりチカのあれは博愛に近いからな……、単にイイ奴ってだけじゃ他人を信頼しきれねぇ。

その点ゲイルは、これまでずっと気まぐれな俺の期待に応え続けてくれた。全く大した相棒だぜ。

「件《くだん》のレオンの特殊な体質だ」

「リヒトより年上でありながら、人化出来ないというあれか……」

「そうだ。その世にも稀《まれ》な事象について、俺は知り合いの獅子族から相談を受けたことがある」

「何だと!?　そんな大事なことを何故黙っていた！　何故そのことをチカに教えてやらないんだ！　そうすればチカも……」

手にしたジョッキをテーブルに叩きつけ、席から立ち上がらんばかりの勢いのゲイルを俺は手で制した。

「お前が怒るのも無理はねぇ、悪かった」

「俺のことなどどうでもいい！　チカに悪いと思わないのか!?」

「もちろん、チカにはすまねぇと思ってるさ。あの場ですぐにそれを告げてやれればチカがあんなに戸惑う

 こともなかったってことはわかってる」

「ならば何故だ？」

「まずは、第一にこの件には確実にキャタルトンが関わっている。チェシャもそうだ。あの場でそのことを糾弾すれば、追い詰められたチェシャが何をするかわからねぇ。チカだけに伝えてやったとしても、チカはそれを隠すことが出来るような人間じゃない。わかるだろう？」

「ああ、確かにそのとおりだ。チカの優しさは時に諸刃の剣となる。だが、何故キャタルトンだとわかった？　チェシャが猫族だからか？」

「それが二つ目だ。件の獅子族はキャタルトンの人間だ。俺があっちにいる頃に知り合った友人。これはあいつの血筋の名誉にも関わることだからな、事を慎重に運びたかった……。だが、調べなんてあっという間についたぜ。キャタルトン、『俺の子』であるレオンを連れた猫族のアニムス、そして獅子族の俺の友人。点と点は面白いぐらい簡単に線となって繋がった。あちらさんもだいぶ脇が甘くなってるなこりゃ……」

「前置きはいい、詳しく聞かせてくれ」


俺は果実酒を一瓶追加で頼み、レオンの体質とキャタルトンで出会った獅子族の友人――ダリウスについて語り始めた。


かつてゲイルと共にキャタルトンで暮らしていた俺は、ギルドの支部長を務めながらキャタルトンの内部を探っていた。

長きに渡って奴隷制を公然と敷き、ヒト族狩りを盛んに行っては人身売買を繰り返す彼の国の在り方は、親父の代からレオニダスでも問題になっていたからな。

まぁ、探るも何も内部が完全に腐ってるのはすぐにわかったわけだが……。

もっとも、本来ならばいかにレオニダスといえども、他国の内政に干渉するのは難しい。外交として圧力をかけることは出来ても、あまりに直接的な内政干渉は簡単に戦争の引き金となる。

それが大国間の戦争ともなればレオニダスが負けずとも数多の犠牲が出るだろう。

だからこそ、レオニダスは慎重に動いていた。

だが、キャタルトンの連中は自国内だけでは収まらず、時として国境を越えてまで人狩りに精を出してやがった。更に言うなら、たまたまキャタルトンに立ち寄っただけの旅行者を誘拐しているという、限りなく黒に近い噂も定期的に流れてくるんだからどうしようもねぇ。

　まぁ、ここまでは説明をするまでもなくゲイルも知ってる話だ。

　そんな中で俺は、より深くキャタルトンの内情を得るために数人の『友人《きょうりょくしゃ》』を作った。獅子族の商人ダリウス・バッソも、その中の一人だった。

　獅子族という大型種にもかかわらず温厚で、争い事や戦う事を好まない優しい奴だった。ある程度戦うことは出来ても、早々に自分には向いてないと剣を置いたという話を聞いた時も、同じ獅子族として驚いたもんだ。

　そんなダリウスの家は曾祖父の代からの豪商で、貴族でこそないもののキャタルトン国内で絶大な影響力を持っていた。並の貴族など及びもつかぬバッソ家の資産を目当てに、数多の貴族達がダリウスの家と縁を結ぶことを望んださ。

　特にアニムスを子に持つ貴族達のダリウスへの誘惑は凄まじいものだった。

　だが当のダリウスは、いかなる誘いにも頑として首を縦に振らなかった。

　一度ダリウスに理由を聞いてみたところ、奴は『天空に浮かぶ二つの月に恥じる商売はしたくない』と、俺の目を見て断言した。

　奴隷大国キャタルトンで豪商と呼ばれながら、王侯貴族からの圧力に媚びず屈せず、奴隷に関わる仕事を断固拒否し続ける商人としての志。その気概が気に入って、俺は損得や仕事を抜きにして改めてダリウスと親交を結んだ。

　ダリウスが密かに反王政派の支援者であるのを知ったのもこの頃だ。

　そうして打ち明けられたのが、ダリウス一族の秘密とも言うべきことだった。

「それが例の……レオンと同じものだというのか？」

「そうだ」

　俺はグラスの中で揺れる薄紅色の果実酒に目を落とす。ダリウスが神妙な面持ちで自らの秘密を打ち明けてくれたあの夜は、これとは比べ物にならない喉が灼《や》けるような蒸留酒を飲んでいたな……。

あいつにとって、あれはそうでもしなけりゃ口に出来ない話だったんだ。

一人で抱えるには重すぎる、だが誰にでも話せるわけじゃない。

あいつは俺を友人として信頼してくれたのか、それともレオニダスの王弟として何か利用出来るかと考えたのかそこまではわからねぇ。いや、俺は前者だと思っているがな、ダリウスっていうのはそういう奴だ。


あの夜、俺はいい酒が手に入ったから一杯やらないかと、ダリウスの自宅に招かれた。

初めて訪れたダリウスの家は、キャタルトンきっての豪商が暮らす屋敷としては質素な印象を受けたが、しっかりとした造りと趣味のいい調度品で整えられた空間は居心地がよかった。成金趣味剝き出しのキャタルトン貴族なんぞより、商人であるダリウスの方がよほど貴族らしい。

「さぁ、座って……遠慮なく飲んでくれ」

「おう、遠慮なく頂くぜ」

俺達は暑い地方で作られたという強烈な蒸留酒をグイグイと呷《あお》りながら、しばらくは他愛のない世間話に興じていたんだが――。

「ダグラス……実は、僕にも最近気になる相手が出来たんだ」

酔いが回るうちに、ダリウスは、はにかみながらポツリと漏らした。

「へぇ、そりゃよかったじゃねぇか。で、お相手はどんな子なんだ？　どこまで進んでるんだ？　もしかして伴侶に迎える準備も出来てんのか？」

ゲイルほどじゃないにしても、そういったことに奥手で生真面目なダリウスがそういう話をするのは珍しかったから、俺は好奇心の赴くままに先を促した。

ところが、だ。

「彼は猫族でとっても素敵な人なんだ。僕は彼のことがとても好きだ、思い上がりでなければ彼もきっと僕のことを同じように思ってくれていると思う。だけれど、僕と結ばれれば彼は子どもを持てないかもしれない……。いや、持たせてあげられない……」

「あ？　何でだよ？」

ダリウスが口にした思いがけない言葉に、俺は思いきり首を傾げちまった。

俺達アニマの大半は、半ば本能的に自分の子孫を残したいと望む。加えて四代続く資産家、しかも俺と同じ獅子族ともなれば、自らの血を受け継ぐ子を望むのが普通だろう。

「お前、実は子どもが嫌いだったりするのか？」

「……子どもは好きだよ。何と言っても可愛らしいからね」

「だったらどうしてだ？　もしかして、相手が子ども嫌いか？」

「いや、彼も子どもは好きだと言っていた」

「わかんねぇなぁ。だったら何が問題なんだよ？」

同じ獅子族のアニマである俺から見ても、ダリウスは愛した相手と結ばれ、子を成し家庭を築くのに申し分のない人間だ。獅子族だが、俺ほどに獣性は強くねぇ。相手次第ではあるが子どもが出来ないというわけではないはず。

子ども好きで実家は資産家。本人も堅実に家業を引き継いでゆくだけの才覚を十分に持ち合わせ、下の者からの人望も厚い。

容姿にしても獅子族にしては若干優男《やさおとこ》感があるものの、色素が薄く毛先の緩く巻いた金髪に濃紫の瞳を持つダリウスは、決して悪い方じゃない。こうして言葉を交わしていても、知性と教養が嫌味なく感じられて、実に感じがいい。

アニムスが伴侶に求めるおよそ全ての条件を高水準で満たす人物。

それが俺の目に映るダリウス・バッソだ。

「……それは、僕の体質――いや、僕の一族の血に込められた呪いのせいだ」

ダリウスはグラスの中の琥珀《こはく》色の液体を見つめたまま、苦悩に満ちた言葉を喘ぐように吐き出した。

「呪いっていうのは穏やかじゃねぇな。それは詳しく聞いちまってもいいのか？」

「ああ、聞いて欲しいから君を呼んだんだ……。僕の家系の獅子族には、代々その呪いとも呼べる奇妙な体質が受け継がれてしまう。そのせいで僕らは、皆と同じように獣の姿で生まれ、ごく普通に育ちながら……周りの子ども達が人間の姿を取れるようになっても獣の姿のままで人の言葉をしゃべれない」

「何だって……？　じゃあお前はどうなんだよ？　俺が見たとこ、お前は普通に人間の姿じゃねぇか。どこもおかしいとこなんてねぇぞ？」

俺はダリウスの姿を上から下まで眺めたが、これといって違和感を覚える部分はねぇ。どこからどう見ても立派な獅子族の成人だ。

「そう……一度人の姿になることが出来れば、それ以降は特に問題なく育つんだよ。だけど、普通の子どもが生後半年もすれば人化してしゃべり始めるのに対して、僕の家系はそれがいつになるのかわからない」

「そんなことがあるのか……？　ってことは、お前もそうだったのか？」

「そうだよ。僕は人の姿になれるまでに四年もかかった。周りの人間が話す言葉は全て理解出来ていたし、文字だって読めた。何なら爪の先にインクをつけて、紙を破かずに文字を書くことだって出来たよ。……だけど、どんなに皆と同じように人の言葉で話がしたくても、僕の口からは獣の鳴き声しか出なかったんだ……ッ」

ダリウスはグラスを手にすると、その中身を喉に放り込むようにして飲み干した。それは奴らしくもない乱暴な仕草だったが、人にはそうでもしねぇと感情の奔流《ほんりゅう》をやり過ごせねぇこともある。

「そんな僕を両親は家の中に隠して育てた。だから僕は学問や教養を我が家の秘密を知っている家庭教師から学ぶ一方で、四歳を過ぎるまで外の世界のこと……皆が当たり前に知っている普通のことを何も知らなかったんだ。もちろん両親を恨んではいないよ？　この差別の根強い国で、僕みたいな特異な存在が外を歩いていたらどうなるか……。下手をすればそれを理由にバッソ家に王族の奴らが何か手を出してこないとも限らない。それに、両親や家の者達は僕を精一杯愛してくれたからね。だけど屋敷の窓から見える外の世界は、いつだって酷く楽しげで眩しくて……幼い僕は羨み妬《ねた》んで何度も泣いたよ。恵まれた環境にありながら他人を妬み嫉《そね》みながら育った僕を、君は軽蔑するかい？」

秘密を吐き出してどこか安堵したような、それでいて寂しげなダリウスの微笑。

俺はその表情を生涯忘れられねぇだろう。

「今の話を聞いてお前を軽蔑する奴がいるなら、俺はそのクズ野郎を軽蔑する。大変だったな……ダリウス」

普段は随分とよく回る俺の舌は、強い哀しみを前にすると職務放棄しちまう悪癖がある。この夜も辛い過去を語るダリウス相手に、俺は毒にも薬にもならねぇ月並な言葉をかけることしか出来なかった。

「ありがとうダグラス。君の言葉で僕は救われたよ。でもね、ダグラス……だからこそ僕は子どもを作れない。僕の愛する彼は猫族だけど、僕は二分の一の確率で、我が子にも同じ苦しみを与えてしまうんだ」

「――――ッ」

テーブルに視線を落としたまま吐き出されたダリウスの言葉に、俺も思わずグラスを呷る。

異なる種族同士で子を成した場合、生まれてくる子どもは両親いずれかの種族になる。つまり、ダリウスが伴侶との間に子を成せば、半分の確率で獅子族が生まれ――その子は必然的にダリウスと同じ運命をたどる。

「それでも愛する人に自分の子どもを産んで欲しいと望む僕は、最低最悪の人間だ。我ながら穢《けが》らわしくてゾッとする」

「そいつは違うぜ！」

気がつけば俺は立ち上がってダリウスの肩を摑んで

いた。こいつは性根の優しい人間だ。そんな奴がこんな風に自分を責めなきゃいけねぇなんて、理不尽すぎて腹が立つ。

「人の姿になるのが……言葉を話せるのが周りの連中より数年遅いから何だってんだ！　俺らの寿命は長ぇんだぜ？　幼少期に三年や四年遅れたところで、ンなもん爺になる頃にゃどうでもよくなってるだろうが。そりゃお前みたいに辛い思いをすることになるかもしれねぇが、今のお前は不幸じゃねぇんだろう？　なら!?」

この世の不条理にあんまり腹が立ちすぎて、ついそんな台詞を捲し立てちまったが――。

「……運よく人の姿になれれば、ね」

「どういう意味だ……？」

目を逸らして呟くダリウスの姿に、俺は強烈に嫌な予感がした。そしてありがたくねぇことに、俺のこういう勘は大体当たる。

「僕の家系の獅子族は、五人に一人程度の割合で……生涯人の姿を取れずに終わる」

「な……ッ!?」

「更に三人に一人は、発育が途中で止まって子どものままの体格で一生を過ごすんだ」

「……っ！」

その厳しすぎる確率に、俺は二の句が継げなかった。そして――己の軽率な発言を心底悔いた。知らなかったとはいえ、俺は恐ろしく残酷な台詞を吐き散らかしちまった。最悪だ。

「人になれなかった一族の多くは、人知れず森の奥に隠棲するか……悲観して自ら命を断つそうだ。もし僕もあのまま人になれなかったら、同じ道をたどっていたね」

「……お前が人になれて、よかったわ。だが、人になれるきっかけってのは何なんだ……？　そもそも何が原因でお前さん達の一族は……」

「原因は何もわかっていないんだよ。一つだけはっきりしているのは人の姿になることが出来るようになる前に、僕達の一族は必ず高熱を出すんだ。僕もそうだった……。だけど、それが何でかはわからない」

返す言葉が見つからなかった。

人間、衝撃がデカすぎると語彙力が死ぬってのを初めて感じた。

「僕はこのことを、僕の一族の忌まわしい呪いについて……まだその彼に話せてないんだ。臆病だと笑うかい？」

「笑えねぇよ……馬鹿」

静かに涙を流すダリウスに、俺は胸が苦しくなった。

好いた相手を伴侶に迎え、愛し愛され日々を送る。いずれ子を持ち孫を持ち、共に老いていく。

そんな平凡な誰もが望む夢を見ることさえ、こいつには許されねぇのか？　夢見たところで必ずしも叶うわけじゃねぇが、ハナから夢を持てねぇのは生きてく上で辛すぎる。


「おまけに僕は……キャタルトンで生まれ育ちながら、奴隷制が大嫌いなんだ。どれだけそれが国益になるのだと説かれても、少しもいいと思えない」

「知ってるさ。バッソ家は奴隷に関わる商売を一切してねぇもんな。そもそも、こんだけ広い家に奴隷小屋がねぇのがその証拠だろ」

胸糞の悪いことに、キャタルトンの金持ち連中はたいてい庭に木造の奴隷小屋を建てていやがる。そして建てられた小屋の中には、大勢の奴隷達が過密状態で押し込められ、気紛れな主に鞭《むち》打たれながら劣悪な環境で酷使されていた。ちなみに小屋が木造なのは、不衛生さから疫病が発生した際に、奴隷を閉じ込めたまま小屋ごと焼き払うためだ。人を人とも思わねぇクソッタレな合理性には、心底吐き気がするぜ。

「うん……我が家で働いてるのは『使用人』であって、『奴隷』じゃない。一応雇用期間契約は結んでいるけど、満期になればどこに行って何をしようが彼らの自由だ」

「つまりお前さんは、反王政派ってわけか」

「反王政……とは少し違うかな。僕はキャタルトンが『王政を敷くこと』そのものには反対していないんだ。ただ、現政権の在り方に賛同出来ないだけだよ。だって、君の国は王政だけど素晴らしい国じゃないか。この国に君のような王族がいてくれればどんなによかったか……」

「あんまり買いかぶってくれるな……。だが、それを聞いて安心した」

実のところ俺は、ダリウスが反王政派勢力と裏で繋がり、内密に資金援助していることを知っていた。そして少しばかり心配もしていた。

何故なら現状キャタルトンの反王政派は、緩やかに改革を進めようとしている穏健派から、王族の血筋を絶やすために皆殺しを掲げる過激派までピンキリだからだ。正直俺は、友人であり善良な商人であるダリウスには、あまり血生臭い連中とツルんで欲しくなかった。

だが、どうやらそいつは俺の取り越し苦労だったらしい。俺なんぞが口を挟まなくても、ダリウスは冷静に物事を俯瞰して見ていた。

「でもね……とどのつまり僕がこの国において少数派であることに変わりはないんだ。呪われた家系の異端者に想われて、一体どこの誰が喜ぶと思う？　常識的に逆の立場で考えたら、ひたすら迷惑でしかないよ。だから僕は……どんなに愛していても、彼を伴侶にすることなんて望んではいけないんだ」

そう言って二杯目のグラスを空にしたダリウスに、俺はどんな言葉もかけてやれなかった。

「俺の知らないところで、そんなことがあったのか……」

「まぁ、あっちの国で裏でこそこそやってたのは俺の一存の部分も多かったからな。お前さんはそういうのに向いてないって自覚もあるだろ？」

俺の話を聞き終えたゲイルは低く唸るように呟き、苦虫を噛み潰したような顔で甘い果実酒を口にする。

「なぁゲイル、お前は今の話に出たダリウスの一族のような話を他で聞いたことがあるか？　まぁ、ダリウスの一族も隠しているんだから表に出てくること自体が稀だとは思うがそれでもだ」

「いや、そんな話は噂の類ですら聞いたことがないな」

「だろ？　実際、バッソ家の話はあの家には何かあると多少なりとも噂にはなってたからな。完全に隠し通すなんて不可能なんだ。そしてレオンは、そのダリウスと同じ状況に置かれている」

「そして、ダリウスが恋をしていた相手というのは猫族……。チェシャはキャタルトン出身だな……」

「レオンが絶対に俺の子じゃねぇってのは、つまりそういうことだ。あれほど子どもを作ることを恐れていたダリウスの子が何故生まれているのか……。それは、チェシャが語った俺の部分をダリウスに置き換えれば説明はついちまう」

「ああ、理解した」


レオンが俺の子でないと納得したゲイルは、それ以上ダリウスのことを詮索しようとはしなかった。これと言って同情じみた言葉を口にするでもなく――それがこいつなりの優しさであることを、俺は知っている。かつて俺がお袋を亡くした時も、ゲイルは何も言わず俺の無茶な遊びに付き合ってくれた。こいつがそういう奴だからこそ、俺はチカをこいつと二人で愛することが出来るんだ。


「それで、この先お前はどうするつもりだ？」

「そうだな……やらなきゃいけねぇことは色々あるが、俺はチェシャから目を離したくねぇ。チェシャの背後にいるのは確実にキャタルトンの上の方の連中だ。ほぼ間違いなく、チェシャは何かを人質に――例えばダリウスの命を盾にとられ、俺達の前に姿を現したはずだ」

「俺は何をすればいい？」

「お前はヨハンを連れて、この仮説の裏を取ってきてくれねぇか？　大体のことは調べたがもっと確証となる決め手が欲しい。それとダリウスの現状も。手間をかけさせて悪いが頼む」


俺は困難な仕事を、もっとも信頼する連中に託した。ちなみにセバスチャンには俺が仕事に出ている間、チカと子ども達の身辺を守ってもらう。セバスチャンの目の届く範囲で事を起こすのは、堅固な城壁に囲まれた一国一城を単騎で落とす以上に無謀な行為だ。それは、チェシャがヨハンと同じ側の人間だからこそ理解出来ているはずだ。それなりに頭のいい奴ってのは、ぼちぼち思考が読めるからやりやすい。そういう意味で言えば、ガルリスやグレンの方がはるかに面倒臭ぇ。

「これは俺達家族三人の問題だ。遠慮は無用だ」

ゲイルは言葉少なにそう応じると、残った果実酒を自分と俺のグラスに注ぎ足し瓶を空にした。

「悪いな。けどよ、何かこう思い出しちまうな……チカが家に来たばっかの頃を」
「ああ、俺も今思い出していた」

オッサン二人が柄でもねぇが、思い出を共有出来る相手がいるってのはいいもんだ。

ゲイルと軽く飲んだ後、俺はその足でやるべきことを、チカと約束した己の為すべきことを為すために直接チェシャの部屋に向かった。間違いなくチェシャもある意味で被害者だ。

気は進まねぇが、それでもあいつに問い質《ただ》さなきゃならねぇことが少なからずあるからな。

途中、居間で寛いでいた親父と目が合ったが、親父は一つうなずいただけで何も言わなかった。普段はヒト族好きの道化じみた親父だが、こういう察しのよさは衰えてねぇな。

恐ろしいぐらいに全てを察してやがる。

「チェシャ、ちょっといいか？」
「その声は……ダグラスさんですか？　ちょっとお待ちください」

軽くノックして声をかけると、小さな返事の後に扉が開く。

「こんな時間に悪いな。長居はしねぇ、ちょっとだけ中にいいか？」
「私は構いませんが……。私と二人きりになられるのはチカユキさんのお気持ちを考えると……」

　こういうところにもチェシャの隠しきれない善性が見え隠れする。

　いや、チェシャが語ったことに虚構が混じっていてもその中には事実も多いのだろう。

　だからこそ、我が身のことのように寄り添ってくれるチカにある意味こいつもやられちまってる。チカ、お前は本当にすげぇ奴だよ……。

「心配すんな。そんなことでどうこうなるほど俺達の絆はもろくない」

「そう……ですか……。いえ、ではどうぞ。お部屋をお借りしている身でこの言い方もおかしいとは思いますが」

「気にすんな、そんでレオンはもう寝てるのか？」

「ええ……もうグッスリと」

　チェシャの言葉に偽りはなく、寝台に目をやれば年のわりに小柄な獅子の仔が健やかな寝息を立てていた。


「可愛い子だな……」

　俺は寝台に腰掛け、ピスピスと鼻を鳴らしている仔獅子の頭を静かに撫でてやる。毛質的に俺が幼かった頃とよく似ている。これなら俺の子と言っても、世間の連中はまず疑わねぇわな。

「なぁ、お前さんがここに来てからうちの家族がどういう状況になっているか、敏いお前さんなら気づいてるだろ？　特にチカの心の揺れ――お前ら親子への気持ちを。だから、そろそろはっきりさせようぜ」

「はっきり……とは、何をでしょうか？」

「もちろん、俺とお前さんの関係さ」

「……私達の関係、ですか？」

　この傾城《けいせい》が。

　秀麗な眉を困ったようにひそめ、軽く小首を傾げて見せるチェシャ。そのいかにも儚げな媚態に俺は苦笑した。

　これをやられて落ちねぇ大型種のアニマはゲイルぐらいかもしれねぇな。

ダリウスもその一人なのか？　だが、それなら何故ダリウスとの間に子を作って姿を消した……？

この美貌の猫族は、その手管《てくだ》でこれまでにどれだけ世のアニマを手玉に取ってきたんだか。

けどな、チェシャ。

人を手玉に取ることにかけちゃ、俺だってなかなかの腕前なんだぜ？

「まぁ立ち話もなんだ、ここに座れよ」

俺は腰掛けたベッドの隣を手でポンポンと叩いてチェシャを誘う。

「はい……ダグラスさん」

チェシャは小さくうなずき、俺と微妙な距離を取り、静かに座った。

「へぇ？　今度はチカに遠慮しねぇんだな」

「……チカユキさんには、どうかご内密に」

「だったらもっと、側に来いよ」

「――――ッ!?」

俺は片腕を伸ばし、チェシャを強引に抱き寄せた。

「な、何を……ッ!?」

「デカイ声出すなよ。レオンが起きちまうぜ？」

「……っ！」

耳元で低く囁いてやれば、チェシャはビクンと身体を震わせる。こいつはおそらく、演技じゃなく素の反応だ。

「どうした？　何を緊張してんだよ？　お前さんは俺に内緒でコッソリ『核』を仕込むほどに、俺のことを愛してくれてたんだろ？」

「あっ……やめ、て、ください……そんな……」

俺はチェシャの首から肩、肩から二の腕、背中に腹に腰に太ももにと、満遍なく手のひらを這わせて『確かめ』た。

思ったとおり、細いが鍛《きた》え抜かれた均整の取れたいい身体をしてやがる。それも一年二年のにわか仕込みじゃねぇ、長期に渡って計画的に造られた暗殺者のそれだ。

俺はヨハンをはじめ、本物の暗殺者を何人も知っている。その中には美しさを武器にするアニムスも複数いたが、チェシャの身体つきはそいつらとそっくりなんだ。


「イイ身体してんじゃねぇか」

「や、やめて……」

「まったく、嫋《たお》やかにしなやかに上手く鍛えたもんだ。いかにもか弱そうに見えるぜ」

「ッ――――！」

チェシャの身体が瞬時に強張った。

おいおい、その反応は駄目だろ。

何せ、本番はこっからなんだぜ？

「それにしても不思議だなぁ？　こんなイイ身体を一度でも抱いたら、俺が忘れるわけがねぇ。しかも、その美貌だぜ？　いやぁー、いくら来る者拒まず去る者追わずが信条の俺でもお前さんみたいな『特別』な相手を忘れるはずがねぇんだよなぁ、本当に不思議だと思わねぇか？」

「そ、それは……！　ダグラスさんは昔からおモテになられましたから……ほんの数回気紛れに枕を交わした相手のことなど、覚えてらっしゃるわけがありません」


俺がわざと棒読みで煽ってやると、チェシャはもっともらしい答えを返す。

なるほど、あくまで『遊び人ダグラスの記憶違い』で押し通す気か。だったらこんなのはどうだ？

「勘違いすんなよ？　俺は何もお前さんを疑ってるわけじゃねぇんだ。ただ単に全く覚えてねぇ、それだけさ」

「はい……存じております。あなたに忘れられてしまったことは、疑われる以上に悲しいことではありますが……」


心にもない言葉に混ぜられるのは、どこまでも殊勝な演技。

　きっとチェシャなら役者になってもやっていける。面《つら》もいいしな。

「ところで、俺は遊び相手と寝る前に必ず一つ約束を交わすんだが、もちろん覚えてるよな？」

「え……？」

「何だよ、忘れちまったのか？　つれねぇなぁ」

「す、すみません……。何年も昔のことで……忘れてしまったみたいです……」

　ここに来てチェシャは苦しい言い訳を繰り出した。まぁ、下手に技巧を凝らすより、素人《しろうと》臭さを出すって意味じゃ成功してるわな。

「ああ、忘れちまったのか。そりゃあ仕方ねぇな、よくある話だ気にすんな」

「本当にごめんなさい……」

　チェシャは安堵したように息を吐く。甘いな、チェシャ。

「どんな約束だったか聞きてぇだろ？　忘れたまんまじゃ気持ち悪いもんな」

「え、ええ……ぜひ聞かせてください」

　俺にこう言われては他に答えようもないのだろう、チェシャは少しぎこちなく微笑んだ。

　駄目だぜチェシャ、仮面がもう剝《は》がれかかってるぞ？

「俺が同じ遊び相手と寝るのは一回こっきり。決して特別な存在、特別な相手になろうとするな――だ」

　これは本当のことだ。我ながら身勝手なことこの上もない、人でなしな約束だと思うぜ？　けどな、俺には好むと好まざるとにかかわらず、縛られてるもんがある。

　継承権を放棄してなお、俺の中に流れる王族の血には軽くねぇ意味があるんだよ。

『ほんの数回気紛れに枕を交わした相手』。お前さんはさっき自分でそう言ったよな？」

「……はい」

もとより血の気を感じさせねぇチェシャの顔は、今や蠟人形よりも青白い。

「もし俺が、キャタルトンで本当に誰かと『数回』寝てるとしたら、その誰かは俺にとってよほど特別な相手だろうな。だがそれは有り得ねぇんだよ。俺にとっての『特別』はチカだけだ。俺が心から欲しいと願うのはあいつだけ、最低な遊び人のダグラスが行っていた他の連中との行為は一夜の楽しい夢物語に過ぎねぇんだよ」

「……ッ」

チェシャのこめかみから汗が一筋流れ落ちる。だいぶキてんな……もう一押ししてやろう。

「さて、ここで賢いお前さんに質問だ。この俺がチカ以外のそんな特別な相手を、僅か数年で綺麗さっぱり忘れる間抜《まぬ》けだと思うか？」

「……いいえ……思いません」

喘ぐようなかすれた声。整った顔に絶望の色をベッタリと張りつけたチェシャの表情、それは事実上の敗北宣言だった。

「以上をもって、俺はレオンが俺の子じゃねぇと確信してるわけだが……おしゃべりついでにもう少しだけ面白い話を聞かせてやるよ」

俺は眠る仔獅子の柔らかな腹を軽く撫でながら、白く虚《うつ》ろなチェシャの顔を見やる。

「……これ以上、一体何を？」

「レオンに関わる話だ」

「っ!?」

途端にチェシャの顔つきが変わる。嘘で塗り固められたチェシャという存在の中で、レオンへの愛だけは間違いなく本物だ。

「こいつは俺がキャタルトンで知り合った、とある獅子族の話なんだが……そいつの家系には代々伝わる奇妙な体質があってな――」

名前だけは伏せて、俺はダリウスの話をチェシャに語って聞かせた。

俺の推測が間違ってなけりゃ、レオンは十中八九チェシャとダリウスの子だ。そしてそれは、チェシャの反応で推測ではなく確信に変わる。

あの夜、ダリウスが口にした『気になる相手』とはチェシャのことであり、結局あいつは己の体質について話せねぇまま、チェシャと愛し合ったのだろう。

自身の一族が背負っている宿業を抱えていても、チェシャのことを諦めることは出来なかった……。いや、子どもさえもうけなければ問題はない、そしてそのことはいつか話そうと――そう割り切ったのかもしれねぇ。

「ダッ、ダグラスさん……その獅子族の方のお名前は……」

「ダリウス・バッソ。俺よりお前さんの方が詳しいだろ？」

「あぁ……ッ」

チェシャは短い悲鳴を上げると、顔を覆って嗚咽《おえつ》を漏らした。

「チェシャ、お前さんはダリウスに無断で体内に『核』を仕込んで抱かれたんじゃねぇのか？　で、何らかの事情でレオンを身籠るとすぐに逃げ出した。違うか？」

つまりチェシャの話は、レオンの父親が俺だってことを除けば、ほぼほぼ真実――俺はそう睨んでいる。

「それは……言えません……どうかお許しを……」

ベッドから降りて俺の足元に平伏するチェシャのうなじを見下ろしながら、俺はやれやれと溜息を吐く。

「あのな、俺は別にお前さんを吊るし上げてぇわけでも断罪したいわけでもねぇんだ」

これは偽らざる俺の本心だ。そんなことをすればチカが酷く悲しむし、ダリウスが愛した相手なら、可能な限り助けになってやりたい。いや、ダリウス自身に危険が迫ってる可能性もあるならなおのことだ。

「でもな、俺はチカを心から愛している。この世の誰よりも何よりもチカが大事なんだ。もちろん子ども達やゲイルもだ。お前さんがレオンを愛しく思っているようにな」

レオンの喉の下に指を差し入れ、軽く撫でればゴロゴロと心地好さそうな音がする。幼くか細い、俺が指先にほんの少し力を加えただけで、たやすく手折られてしまう頸《くび》だ。

「お前さん達にも、事情は色々あるだろう。それをここでは問うつもりはねぇ」

「ダグラスさん……?」

顔を上げたチェシャの双眸《そうぼう》に戸惑いが揺れた。おそらく、俺から厳しく責め咎められるとでも思っていたのだろう。

「チカだって、レオンが俺の子じゃねぇことには薄々気づいてるはずだ」

「……やっぱり……そうですよね」

チェシャの綺麗な顔が罪悪感で歪む。

「チカは優しい。本当の本当に、底なしに善良で優しい人間だから、どうにかしてお前さん達を救いたがってる。仕事と家事が終わった今も、毎日遅くまで専門書を読み漁っては、レオンのために出来ることを探してるんだぜ」

「チカユキさん……そんなことまで……」

チェシャは更に顔を歪め、ポロポロと涙を床に落とした。きっとこれは演技なんかじゃねぇ、チェシャの本心からの涙だ。

チカは俺を人たらしと呼ぶが、チカお前さんも人のことは言えねぇぜ?

「もちろん俺は、チカの気持ちを大事にしてやりたい。だがな、もしお前さんがチカや子ども達、俺の大切な家族を少しでも傷つけるつもりなら、俺は一切容赦しねぇ。俺はチカみたいに優しくないんでな。お前さんだけじゃなくレオンも含めて絶対に許さねぇ」

「ひっ――ッ」

俺は威嚇《いかく》と警告の意味を込めて、本気の獣気をチェシャにぶつけた。

「ここにいること自体がお前さんの望みだとは思ってねぇ。いや、レオンを助けたいとチカを頼りたかった気持ちはあるのかもしれねぇが……。だが、お前さんの後ろにキャタルトンがいることはわかってる。そして、どんな使命を帯びてここにいるのかもだ」

俺は獣気を弱めることなく続ける。この獣気で失神しないということがチェシャが普通のアニムスじゃないことの証明でもある。

「『至上の癒し手』、『レオニダスの黒獅子』、どちらもキャタルトンから見れば喉から手が出るほど欲しい存在だ。いや、その家族である王族の血を引くヒカルや、チカと同じ黒髪のスイも似たようなもんだ。殺すんじゃなくて拐《さら》う必要があった。だが、それは無理だったな。あとは、兄貴や親父、そして俺。ああ。ゲイルも一応候補か？　レオニダスでも影響力のある連中の殺害。これも大変だろう？　何しろヨハンやセバスチャンが四六時中お前さんのことを見張ってるんだもんな」

「はっ……ひっぃ……う……」

少しやりすぎたかと獣気を弱めてやってもチェシャはその場で全身を大きく震わせたままだ。

「だけど、お前さんにはそれを成し遂げなきゃならん理由がある。そうだな？」

俺の問いかけにチェシャは何も答えない。だが、それは無言の肯定だ。

「だからな？　狙うなら俺だ、俺にしろ」

「は、はぅ、あ……？」

俺の言葉の意味がわからないといった様子のチェシャ。だが、ここで一気に思い知らせる必要がある。お前はもうこっちの手の内にいるということを。

「返事は？」

「ひぁ……ッ！」

獣気を再び強めてやれば、チェシャは歯の根が合わぬほどに震え上がる。一般人じゃねぇとはいえ、アニムスにここまで手荒な真似をしたくはねぇんだがそこにチカという存在が関わるんであれば俺は躊躇《ちゅうちょ》はしねぇ。

「……は、はい……」

ようやく返事を絞り出した時、チェシャは全身に汗を滲ませ肩で息をしていた。

「ああ、それでいい。さて、ここからが一番大事なところだ。よく聞け、悪いがお前さんに拒否権はねぇからな」

チェシャもダリウスも切り捨てるのであれば話は簡単だ。だが、そんなことをチカは望まない。俺もそれは同じ。

ならば、やるべきことは一つだ。

俺が告げる言葉にチェシャが何かを言っていたがそんなことはどうでもいい。

チェシャは、俺に怯えていた。

この時の俺はどんな顔をしていたんだろうか？

笑っていたのか、怒っていたのか、それとも何の表情も浮かべていなかったのか。

それはわからねぇ。

だが、俺のしようとしていることはある意味でチカに対する裏切りだ。

チカを裏切り泣かせることへの罪悪感、俺の心を占めていたのはただそれだけだった。

＊＊＊

どこまでも広がる青い空。空の青をそのまま写し取った煌《きら》めく水面。はるか遠くにそびえ立つ巨大な大岩。レティナ湖の美しさは、以前訪れた時と何一つ変わらない。

「暑い……」

ただ、先日のピクニックからまだそう日が経っていないというのに夏へと近づいた分、暑さは随分と増している。天空に輝く太陽はギラギラと地上を照らし、私達は額に汗を滲ませる。

『かーしゃん、だいじょーぶれしゅか？』
「うん、ちょっと暑いけどリヒトこそ大丈夫かい？」
『ひゃい！　おみず、たくさんのまなきゃらめれしゅよ！　ねっちゅーしょうになったらたいへんれしゅ！』
「うん、そうだね。ありがとうリヒト」

私は大きな水筒にいくつも作ったラモーネ水をカップに注ぎ、リヒトと分け合って飲み干す。ラモーネにロックビーの蜜と少しの塩を加えただけの原始的なスポーツ飲料水だけど、これがなかなか優れもの。

真水にほんの少しの塩を加えることで、普通に水だけ飲むよりも効率よく水分を細胞内に補給出来るのだ。もとの世界では常識だが、こちらの世界では革命的な暑気対策として受け止められた。

その結果、私が熱中症の薬師と患者さんに作り方を教えたラモーネ水は衛生部の患者さん達の口コミによってあっという間に普及して、今やレオニダス中で愛飲されている。

ちなみに私は『国民を暑気中《あた》りの危険から救った』功績を讃えられ、アルベルト様から保健文化功労賞なるものを賜《たまわ》ってしまった。

既存のスポーツ飲料水を雑にコピーしただけなのに、罪悪感で胸が痛い……。

『ちぇしゃしゃしゃんもどーじょ！　おいしいれしゅよ』
「ありがとう。リヒト君は本当に優しいですね」

リヒトは小さな獅子の手で新しいカップにラモーネ水を注ぎ、木陰で休んでいたチェシャさんにも勧める。

そう、今日の私達はチェシャさんとレオン君も誘ってレティナ湖に遊びに来ているのだ。

ただしダグラスさんとゲイルさんは仕事で来られず、代わりにグランツ君を連れたミンツさんと、ヒカルを抱いたテオドール様が加わってくださった。もちろん、どこかでヨハンさんが目を光らせているのは言うまでもない。帰ったらヨハンさんのお好きなカツサンドとナッツの焼き菓子をリヒトと一緒に届けよう。

ちなみにスイはミンツさんの次男ミルス君と一緒になって、何故かヘクトル様にへばりついて離れなかったから、今回はお留守番をさせている。きっと今頃は獣体になったヘクトル様の鬣《たてがみ》に埋もれて、仲良くお昼寝しているに違いない。

ヘクトル様にはチェシャさん達のことでもすっかり甘えてしまっている。もう少し色々落ち着いたら、改めてお礼をさせて頂かなければ。


「おいしい……」

『かーしゃんがはつめーしたれしゅよ！』

「リヒトくんのお母さんはすごいですね」

『ひゃい！　かーしゃんはすごいれしゅ！』

「ちょ、リヒト!?　恥ずかしいから！」

聞こえてくるリヒトとチェシャさんのやりとりに、私は耳まで熱くなる。

ああ……何て平和な昼下がりなんだろう。

バシャバシャと水飛沫を上げて元気いっぱいに泳ぐグランツ君。身体が水に浮かぶ感覚をユラユラと楽しんでいるレオン君。時折グランツ君に何かを叫びながら、二人を見守るミンツさん。

その傍らでは、見事な金獅子と化したテオドール様が大きな背中に日除けをつけたヒカルを乗せて、二人だけの世界で幸福に浸っておられる。

チェシャさんとレオン君の登場は、我が家にとって紛うかたなき青天の霹靂《へきれき》であり、とんでもない激震が走った。だけど私の愛する家族は、そんなことくらいで壊れない。

チェシャさんの正体、本当の目的、ダグラスさんとの関係。右を向いても左を向いてもわからないことだらけで、正直私の中には今もモヤモヤと燻るものが残っている。

だけどダグラスさんは、約束してくれた。

ならば私は私のすべきことに集中して、あとはダグラスさんを信じて待てばよい。ゲイルさんだって、多くを語ることなく動いてくれているのだ。

だからというわけではないが、レオン君の治療が思うように進まないせいか数日前から塞《ふさ》ぎ込み、何かを思い悩んでいるような様子のチェシャさんを無理に連れ出してしまった。


『チカ！　おれもラモーネのむじょ！』

「これグランツ！　お行儀の悪い！　『チカさん、ラモーネ水をください』でしょ!?　少しはリヒト君やレオン君を見習いなさい！」

私がそんなことを考えていると、元気な声と一緒に小さくも力強い狼の前脚が私に抱きついてきた。

「グランツ君は三人の中でも一番足が速くて、たくさん遊んだから喉が渇いたんだね。待ってて、すぐに用意するから」

「すみませんチカ君。ウチの子本当にお行儀が悪くて。全く、いつになったら落ち着くのやら……」


ミンツさんは溜息を吐きながら敷物に腰を下ろす。膝上三十センチのショートパンツから伸びる、奇跡のような脚線美が目に眩しい。膝丈のハーフパンツを穿《は》いているチェシャさんもだが、この世界の獣人は長身でスタイルのいい人がやたらと多い。

王宮での集まりや園遊会は言うに及ばず、道行く市《し》井《せい》の人々ですら、モデル並の容姿をした人がゴロゴロいるから恐ろしい。

それは、私の二人の伴侶であるゲイルさんとダグラスさんにも言えることだ。普段の二人も本当に素敵なのだが、正装をした時の二人の姿といったらそれはもう……そういえば和装もよく似合っていたなとふと思い出す。

しかし、その中でもミンツさんとチェシャさんのアニムスとしての美貌は群を抜いている。ダグラスさんとゲイルさんならば、彼らのようなお相手をいくらでも望めただろうに……。

未だに彼らが中身四十路のちんちくりんな私を選んでくれたことが、たまらなく不思議になる瞬間がある。いや、そう思うのは彼らに失礼なことだとわかってはいるのだが。

それでも、私達は容姿など関係なくどこまでも深く愛し合っている。……ちょっと恥ずかしいけど事実そうなのだ。

「レオン君もどうぞ。水分はこまめに補給しないとね」
『……ふきゅ……ぅ』
「レオン君……？」

私が用意したラモーネ水に口をつけようとして、レオン君は大きくよろけた。

「レオンッ！」

そして次の瞬間、肉付きの薄いレオン君の身体はパタリと横倒しになってしまう。

『れおんきゅん！　だいじょーぶれしゅか!?』
『レオン！　どーしたんだじょ!?　レオン！　おきるじょっ!!』

皆が慌ててレオン君に駆け寄って声をかけるも、レオン君は焦点を失った目を薄く開き、ハァハァと荒い息を繰り返すばかりで応えない――否、応えられない。

「レオン！　しっかりして、レオン！」
『く……キュ……ぅ』

半狂乱で抱き締めるチェシャさんの腕の中で、レオン君はか細く鳴いて力なく彼の手を舐めた。

「チェシャさん、落ち着いて。ちょっとレオン君を診せてください」
「は、はい……お願いします」

私はチェシャさんに頼んでレオン君を敷物の上に寝かせてもらい、バイタルと全身状態の確認を急ぐ。

「熱が高い……。だけど、熱中症ではありません。十分な水分も休息もとっていましたから……」
「……私がいけないんです。私が……私が油断していたから……ッ」
「チェシャさん、小さな子どもが突然体調を崩すのは

珍しいことではありません。ウチのヒカルも、さっきまでご機嫌で遊んでいたかと思えば、いきなり熱を出してむずかったりします」

その言葉に、テオ様の顔が青ざめた。

余計なことを言ってしまっただろうか……後でフォローをしておかなければ。


「チェシャさん、子どもの発熱は誰のせいでもありません。そんな風にご自分を責めないでください」

「……この子が、レオンが普通の子どもなら、私もそう思います。でもこの子は……普通じゃないんです」


チェシャさんは肩を震わせながら、血を吐くように言葉を紡ぐ。

我が子が『皆と違う』『普通ではない』。親としてもっとも直視したくない現実を、元気溢れるリヒトやグランツ君の前で口にする。その苦しみはいかばかりか……。

それでも私は医師だから、必要なことをチェシャさんに聞かなければならない。


「もしかしてレオン君は、頻繁に発熱や体調不良を起こしますか？」

「はい……月に一度は熱を出して、大体二日ほど伏っていることがよくあります……」

「月に一度、ですか……それは少し多いですね」


繰り返しになるが幼児の急な発熱はよくあることだ。何なら私自身も幼少期に何度も急に発熱しては、幾度となく母の手を煩《わずら》わせた。

しかし、それにしても月に一度はいくら何でも頻度が高すぎる。

何よりこの世界の子ども達——殊に大型獣人の子ども達は、皆健康優良児なのだ。

先ほどは、チェシャさんを落ち着かせるためにああ言ったもののリヒトは実際のところスイやヒカルのような急な発熱を起こしたことはない。


「でも……こちらでお世話になってからのレオンはとても調子がよくて、すっかりヤンチャになっていたもので……つい油断してしまって……」

「こ、これでヤンチャ!?」

チェシャさんの報告に衝撃を受け、ミンツさんが軽くよろめいた。そういえば、グランツ君は大型獣人の子どもとしてもかなりワンパクだと聞いている。もっともヘクトル様曰《いわ》く、『ダグラスが子どもの頃に比べれば、大したことではない』らしい……。

「発熱時はどういった症状が出やすいですか？　それと、症状は毎回同じですか？」

「症状はいつも大体同じで……咳をして横たわったまま、食事を嫌がるようになります」

「咳に倦怠感に食欲不振……症状としては、軽い風邪に似ていますね」

チェシャさんの口ぶりから察するに、レオン君の症状は今まで重症化することはなかったようだ。この場合気になるのは都度《つど》の症状よりむしろ定期的に、過ぎる頻度で繰り返される反復性である。

これもレオン君が人の姿を取れないということによる影響なのだろうか……。

「……やっぱり、レオンが人になれないから……ですか？　この子は一生小さな獅子のまま発熱を繰り返して、だんだん弱っていって、いつか私より先に……ッ」

耐えきれないといった様子で己の中の不安をそのまま口にするチェシャさん。

灼熱の太陽の下、青い顔を両手で覆って震えるチェシャさんに、医師としてではなく私は同じ子を持つ親としてかける言葉を失ってしまう。

もし私がチェシャさんの立場なら、二人の伴侶と三人の元気な子ども達を持つ親に、『大丈夫、考えすぎですよ』と言われて、素直な心持ちで聞けるだろうか？

だけど、言わなければならないことはある。そう思った時に、私より先にミンツさんが口を開いた。

「チェシャさん、子どもの親である私達が弱気になったら駄目ですよ。まずは今のレオン君の身体を楽にしてあげましょう」

「そうです。とにかく、急いで帰りましょう。危険な状態というわけではありませんが、家でゆっくりと休ませた方がいいですから。テオ様お願い出来ますか？」

チェシャさんが再び涙を流す。だけどそれは悲しみや悔しさからではなく、人の温もりに触れた時に流す涙だと私は感じた。

「ああ、承知した」

そう言うとその姿を強大な金色の獅子へと変えるテオ様。

その背中には私達全員が乗ってもまだ余裕がある。

『ちぇしゃしゃん、だいじょーぶれしゅよ。れおんきゅんはかーしゃんたちがなおしてくれましゅ。ちぇしゃさんは、ひとりぼっちじゃないれしゅよ？』

チェシャさんの抱える孤独に寄り添い、血の気のない頬を伝う涙をそっと舐め取るリヒト。

『レオン、だいじょーぶだじょ！　すぐげんきになるじょ！　そしたらまたおれとあそぶじょ！』

グッタリとしたレオン君の顔を舐めて励ますグランツ君。幼い二人、それぞれ形は違うけれどその優しさは本物だ。

「リヒト君、グランツ君……ありがとう、レオンの友達になってくれて……本当に、ありがとう」

『れおんきゅんはりひちょのだいじなおともだちれしゅ！』

『おれはレオンとともだちになりたいからなっただけだじょ！　おれいなんかいらないじょ！』

子ども達の純粋無垢な言葉に、チェシャさんはレオン君を抱き締めて泣いた。

『少し急ぐ。しっかりと掴まっていてくれ』

そう言うとテオ様は我が家へと向かって全速力で駆け始めた。

＊＊＊

レティナ湖から戻ると、私とミンツさんは子ども達をヘクトル様に預け、自宅にてレオン君の診察にあたった。申し訳ないけれど、まだ取り乱し気味なチェシャさんには外で待ってもらっている。

「チカ君、どうですか？」

「……やっぱり、私の知識では風邪くらいしか当てはまるものがありません……。獣人の子、人の姿であればまだしも、獣の姿だとやはり難しくて……。様々な文献をあたっているんですが該当するものも今のところ見つけられてはいません」

寝台の上で軽く咳き込むレオン君の少し骨張った背中をさすりながら尋ねるミンツさんに、私は聴診器を首から外して答える。

「ミンツさんの見立てはどうですか？」

「私もほぼほぼチカ君と同じ意見ですね。ただ……何度かレオン君を診察してみて気づいたのですが、この子の魔力はどこか不安定な気がします」

「あ……」

ミンツさんの指摘に自然と声が出てしまう。

「もしかしてチカ君も感じていましたか？」

「いえ……感じたと言っても、リヒトやグランツ君に触れた時と何となく違うなといった、酷く漠然としたものです。ミンツさんもご存知のとおり、治癒術はともかくとして魔力や精霊術の扱いはあまり得意ではないもので……」

異世界人である私は、この世界の人々が当たり前に知っている常識に関してまだまだ疎い部分がある。特に魔力というもとの世界にはなかった概念についての、知識不足は否めない。

「その治癒術で扱っている魔力自体が異常ではあるんですが……まぁ、それはひとまず置いておくとして、レオン君のこの状態の原因は、魔力の不安定さが関係している可能性が高い気がします。となると、いよいよパリスの出番ですね」

「お願い出来ればありがたいです。パリスさん以上にこの国で魔力が関係する事象に詳しい方はいらっしゃらないでしょうから」

「本当は、もっと早くにパリスにも診せたかったんですが出張とかぶってしまったのは不運でした。ですが、やっと先日戻ってきて、このことはもう伝えてありますので、多分今頃はレオニダス中の書物を読み漁っているんじゃないかと」

「そっ、そんなことになってるんですか⁉」

「気にしなくていいんですよ。パリスはチカ君とどこか似ている。好奇心や知識欲の塊なんです。言い方は悪いですがレオン君の症状について、寝食を忘れて喜々として調べていると思います」

思いがけないパリスさんの一面を知ってしまい少しだけ面食らってしまったが、確かにそれはありがたい。

「とりあえずはこのまま様子を見つつ、なるべく副作用の少ない、子ども用の解熱剤を調合しましょう」

「お願いします」

今出来ることは対症療法だ。熱を下げて、レオン君の苦しみを取り除いてあげなければ……。

レオン君の状態が落ち着き次第パリスさんに診せるということで私とミンツさんの意見は纏まった。


レオン君がレティナ湖で倒れてから数日。ミンツさんの調合した薬が効いたのか、レオン君はだいぶ元気を取り戻し、自分で乳粥を食べられるまでに回復した。

「初めまして、パリス・ルツ・ユーベルトです。よろしくお願いしますね。チェシャさん、レオン君」

そして今日、パリスさんがぶ厚い書物を手にレオン君のもとを訪れてくれた。

「こ、こちらこそ、よろしくお願いします……」

これぞ貴公子といった風貌のパリスさんから気品ある所作で挨拶を受け、チェシャさんは緊張の面持ちで挨拶を返した。思えば私も初めてパリスさんを紹介された時は、あまりの王子様オーラに数歩後退ってしまったものだ。

「じゃあ、早速だけど診てみようか」

『きゅ……う』

「大丈夫だよレオン君。ちょっと身体に触るだけで、痛いことは何もしないからね」

不安そうにチェシャさんを見るレオン君に、パリスさんは優しい笑顔を向ける。

「楽にして……うん、ゆっくり息をしてて。もし触れて痛かったり嫌な感じがしたら、すぐに言うんだよ？　我慢しなくていいからね」

パリスさんはレオン君の瘦せた身体にゆっくり丁寧に指を這わせる。そうやって被毛に覆われた皮膚の下を、血液のように循環している魔力の流れを探るのだ。

魔力の扱いに長けたパリスさんにしか出来ない、ある種特別な技術なのだとミンツさんが教えてくれた。

「レオン……」

傍らで診察を見守るチェシャさんの顔色は、いつにもまして青白い。きっと今チェシャさんの中では、相反する二つの感情が激しく対流を起こしているのだろう。

パリスさんの診察でレオン君を苦しめているものの原因が判明すれば、レオン君は救われる。だけどもしパリスさんでも無理ならば――また振り出しに戻ってしまう。

チェシャさんは今まさに、崖っぷちに立たされているような心境のはずだ。

それは私も同じで、無意識のうちに名もなき神に祈りを捧げていた。

「はい、おしまい。いい子に出来たね」

魔力を介在させた触診を終えたパリスさんはレオン君を抱き上げてチェシャさんに向き直ると、優しく晴れやかに微笑んだ。

「チェシャさん、安心してください。レオン君を苦しめているものの原因がわかりましたよ」

「――――ッ！」

その瞬間、チェシャさんは緊張の糸がプツリと切れてしまったのか、その場に膝から崩れ落ちた。

「チェシャさん、大丈夫ですか？　さ、こちらに座りましょう」

私はそんなチェシャさんに肩を貸して、小型の長椅子に並んで座る。チェシャさんの背中は上着越しにもわかるほどじっとりと汗ばんでいて、彼がどれほど緊張していたかを如実に物語っていた。

「レオン君の状態と今後の治療方針についてお話ししたいのですが、その前に少し休まれますか？」

「い、いえ！　聞かせてください」

「わかりました。そう難しいことではないので、どうぞ落ち着いて、気を楽にして聞いてください」

パリスさんは抱っこしていたレオン君をチェシャさんの膝の上に座らせ、自分も椅子を引き寄せて私達の正面に腰掛けた。

「レオン君が人の姿になれず、言葉もしゃべれない状態。つまり、獣人として正常な成長過程を歩めていないのは、一言でいえばレオン君の身体の中の魔力の循環に生じている歪みです」

「魔力の循環……？」

「そうです。僕達の身体には、多かれ少なかれ魔力が流れています。通常その流れは、特に本人が意識しなくても自然と全身へと行き渡ります。ですが、どういうわけかレオン君の場合、それが行き止まりのように詰まっている場所が存在して、身体全体へと魔力が行き渡っていない状況です」

魔力の循環という聞き慣れない言葉に首を傾げるチェシャさんに、パリスさんはわかりやすく簡単な説明をする。

「僕達にとって魔力は生きるために不可欠な大切な動

力源です。獣人は獣体になるにも、人間の姿になるにも魔力を使います。その魔力の流れが阻害されていることによって、レオン君の獣人としての成長は阻害されてしまっている。人間の姿になれないのも、人間の言葉をしゃべることが出来ないのもその弊害でしょうね」

「魔力の循環……、教えて頂いたことを全て正しく理解出来ているか自信はないのですが原因は魔力ということなんですね？　それで……レオンは治るのでしょうか？」

尋ねるチェシャさんの顔が再び強張った。確かに原因がわかったところで、治らなければ意味がないのだ。

「あまりに珍しい症例です。古い文献を片っ端から調べても、二百年以上前の獅子の王族に一人だけ該当者がいただけです。それに、魔力の循環制御を外部から行うことは非常に難しい。その治療方法は今から研究が必要なことだと思います」

「そ、そんな……!?　それではレオンは……」

「大丈夫です。今言った研究が必要なこととは、今後標準的な治療法としてそれを確立させる場合の話です。レオン君に関しては、本当に運がいい。何といっても、ここにはチカ君がいますから」

「えっ？　私……？　ですか？」

突然の名指しに変な声を出してしまう。

「レオン君の体内の魔力の流れを調整してあげればいいんです。ですが、他人の魔力を受け入れることはとてつもない苦痛が伴う。それに幼いレオン君が耐えられるとは思えない」

「ええ、ええ……。治癒術は、治癒術は駄目です……。駄目なんです……」

治癒術と聞いてチェシャさんの顔色が更に悪くなる。確かに他人の魔力を受け入れる不快感は拷問にも等しい……、そこまで考えてようやく私はピンときた。

「私が魔力をレオン君の中に流してその詰まりを取り除いてあげればいいんですね？」

「そのとおり、『至上の癒し手』であるチカ君の魔力は誰にでも馴染みます。まずはチカ君がレオン君の魔力の流れと詰まりについて理解をする必要があるから少しずつになるとは思うけど、それが最善の治療法だというのが僕の診断だよ」

「それは、チカユキさんが力を貸してくだされば……レオンも他の獣人の仔達のように普通に生きられるようになると……？」

戦慄《わなな》く唇から紡がれる、それはあまりにも切なる希望。

『きゅぅ……ん』

否定される恐怖に打ち震えるチェシャさんに、レオン君は小さく鳴いて身体をすり寄せ、極度の緊張から真っ白になったチェシャさんの手の甲を優しく舐める。

「治します。私が『必ず』、責任を持って治療します。チェシャさんどうか安心してください」

私はあえて必ずという言葉を使った。


今のチェシャさんに必要なのは確固たる希望、それを裏づける力強い言葉だからだ。

「ああ……ッ！　ありがとう、ありがとうございます！」

私の言葉に、チェシャさんはレオン君を力一杯抱き締めた。

「よかった……よかったねレオン……！　もうあなたは大丈夫、皆みたいにちゃんと大きくなれるから……ッ」

『きゅうん』

咽び泣くチェシャさんに、レオン君も身体を捩《よじ》って目一杯甘える。

「これでもう、レオンは私がいなくても一人で生きていける……ッ」

『きゅ……ッ!?　きゅぅぅッ!!』

しかし、チェシャさんが口にした言葉にレオン君は悲鳴のような声を上げて抗《あらが》った。

「チェシャさん、親として子どもの自立を願う気持ちはわかりますが、さすがに少し気が早すぎませんか⁉」

私はレオン君の小さな背中を撫でながら、チェシャさんへと言葉をかける。

「僕もそう思いますよ。まずはチカ君の治療でレオン君がよくなってからが始まりです。これを最初の目標に据えましょう。先のことはそれから考えても、十分間に合いますからね」

「……ごめんなさい……つい、嬉しくて……」

パリスさんの穏やかな物言いに、チェシャさんは気まずそうに目を伏せ言葉を紡ぐ。

何故か私にはその姿が後ろめたさを抱えた人のそれに見えてしまい、理由もわからず胸がザワついた。

「レオン君もそんな悲しい顔をしないで。君のお母さんは、世界中の誰よりも君のことを考えているからこそ、あんなことを言うんだよ」

『くぅん……？』

「悲しいけど、親はたいていの場合子どもより先に目の前から消えてしまうことになる。だから親は自分がいなくなっても、我が子には強く逞しく健康に、そして何よりも幸せに生きて欲しいと願う。君もいつか大人になって、子どもを持てばきっとわかるよ」

チェシャさんへの己の気持ちに戸惑う私をよそに、パリスさんは二児の父としての温かな言葉をレオン君にかけていた。

「そういえばパリスさん、レオン君が頻繁に高熱を出していたのもやっぱり魔力の循環不全が影響しているんですか？」

「おそらくそうだと思うよ。魔力が全身に行き渡っていないということは、不足している部分が存在しているということだからね。自然な反応として身体は無理やりにでも足りないところに魔力を送ろうとする。その強引な体内での魔力のやりとりが発熱となって表れていたんじゃないかな」

「なるほど、そういうことなんですね。魔力が原因となる病気……。私もまだまだこの世界で学ぶことが多そうです」

私は自分が全能だとは思っていない。だけど、私の知識や力で救うことが出来る人がいれば救いたい。だからこそ、多くのことを学び、知りたい。それは、ただの一人の人間の小さな小さな望みなのだ。

「うーん、そうは言ってもこれはあまりに特殊な症例だからね。結局、さっき言った二百年前の獅子の王族も同じように発熱を繰り返していたんだけど、ある日突然生死の境をさまようほどの高熱を出して、それが引いた時には人間の姿になることも出来て言葉もしゃべれるようになっていたって記録に残ってるから。不思議だよね」

「発熱が魔力を全身へと行き渡らせる現象と結びついているのなら、その高熱は魔力の詰まりが突然流れ始めたことによる作用か、その逆か……。研究のしがいがありそうな症例ですね」

「おっといけない、患者さんを前にする話じゃなかったですね。ですから、チェシャさん。少しずつにはなりますがチカ君にレオン君を治療してもらってください」

「はい……お願いします。パリスさん、チカユキさん。どうかこの子を、レオンをお願いします。この子のためなら、私はどんなことでもいたしますから……!!」

私はそれに大きくうなずく。

チェシャさんはパリスさんの手を握り、深く頭を垂れて幾度も感謝の言葉を口にしている。その姿には一欠片の嘘もなく、私はますます混迷を深めてゆく。

我が子を心から愛す優しい親の姿。それは偽らざるチェシャさんの、真実の姿だ。だけど、それだけじゃない。チェシャさんにはきっと、私が知らない別の顔がある……。

レオン君のことを嬉しく思いながら、心の奥底のわだかまりが膨れ上がっていく。そんなアンバランスな自分の気持ちに、私はそっと溜息をついた。

＊＊＊

レオン君の治療方針に目処が立ったその日の夜、私と『伴侶』達は子ども達をヘクトル様に預け、夕食後に『大人の話』をする時間を取った。言い出したのはダグラスさんだけど、私もレオン君のことを伝えたかったからちょうどよい。

「どうぞ」
「おう、あんがとな」

ダグラスさんにはショットグラスで、癖も度数も強い蒸留酒を。

「頂こう」

ゲイルさんには背丈の低い丸みを帯びたグラスで、蜂蜜の風味が豊かなマイスの発酵酒を。

「チカは飲まねぇのか?」
「私は……そうですね。今日は、私も軽いものを頂きます」

そして自分用にはガラスのグラスに果実酒を少し入れ、たっぷりの炭酸水を上から注いだ。

「さて、ほんじゃ始めるぜ」
「……はい」

私は緊張をほぐすように一度深呼吸してから居間の長椅子に腰掛け、テーブルを挟んで伴侶達と向き合った。

私はダグラスさんを愛している。どんな話が彼の口から飛び出しても、全て信じて受け入れるだけ。だから、今更怖がることなど何もない。

チェシャさん達が現れてから、何度自分にそう言い聞かせてきただろう……。そうせずにはいられないほど、私は弱い。

「まず、俺からチカが一番気にしているところについてだ」

自分の鼓動が、やけにうるさい。

「結論から言って、レオンは俺の子じゃねぇ」

「――――ッ！」

それを聞いた瞬間、私の目から馬鹿みたいに涙が溢れた。

たとえレオン君が誰の子であっても、ある種の覚悟は出来ていた……はずだ。治療だって、もちろん続ける。

だけど、こうしてダグラスさんの口からはっきりと『違う』と言われれば、私の心は愚かにも安堵の喜びに満たされてしまう。

そして、ダグラスさんの口から語られる数々の真実。

ダリウスさんというダグラスさんの友人。

キャタルトンでの出来事。

レオン君の特殊な体質とダリウスさんの一族の持つ体質。

チェシャさんとダリウスさんとの、偶然とはとても思えない関係性。

「ゲイルにも言ったが、レオンのことを教えられて俺はすぐにダリウスとの関係に思い至った。もっと早くにそのことを伝えていれば、チカを悩ますこともレオンの治療についてもここまで時間はかからなかったのはわかってる。本当にチカ、すまない」

「いいえ、それを言えなかった理由ぐらい私にでもわかります。あの場での糾弾、その真実はチェシャさんを追い詰めてしまう。それに、私だけに告げられたとしても私はチェシャさんに対して上手くふるまえたか自信はありません」

「はぁ、物わかりがよすぎるのも困ったもんだ。もっと、怒っていいんだぜ？　何でもっと早く教えてくれなかったんですか！　ってな、お前さんだけじゃないミンツやパリスにも迷惑をかけた」

ダグラスさんは蒸留酒を一口含み、軽く舌の上で転がしてから飲み込んだ。ゴクリと上下する喉の動きに、そんな場合ではないのに見入ってしまう。

「チカがそんなことを言わないとわかっていて、お前は無茶を言う」

ゲイルさんもグラスを傾け、喉を潤すようにして発酵酒に口をつける。それに倣って私も久しぶりのお酒を飲んだ。

「ですが、そうなるとやはりチェシャさんの目的は一体……」

「ここから先はチカには少し辛い話になるかもしれないが、いいか？」

柔和《にゅうわ》なダグラスさんの茶色の瞳が光を帯びて輝く。

これは何か覚悟を決めた時のダグラスさんだ。

「聞かなければならないことだと思います。それがどんな残酷な事実だとしても私はゲイルさんやダグラスさん、そして子ども達との平和な生活を守りたいですから」

「わかった。今回の一連の騒動の裏で手を引いてるのはキャタルトンの、それも上層部の連中だ。チカも覚えてるだろう？　過去に俺達は、襲われたこともある」

「……ええ、そうでしたね」

「チェシャはそいつらから命令を受けて俺達に近づいたんだ」

「っ！」

そこから語られた事実は確かに私にとっては酷く残酷なものだった。

キャタルトンという国が私や子ども達という存在を手中に収めることを未だに諦めていないという事実。

そして、ダグラスさんやヘクトル様といったこの国の中枢となる人間の命を狙っているという恐怖。

奴隷制を推奨し人身売買を認めている彼の国にとって、ヒト族を保護し奴隷制廃止を呼びかけるレオニダスという存在がいかに邪魔なものかということ。

「それでは、チェシャさんは最初から全てを利用するつもりで私達に近づいたということなのでしょうか？　ただ、私の目にはレオン君のことを想うその姿に嘘はないように見えていました……」

「チカ、お前さんが悲しむ必要はない。確かにチェシャはよからぬ企みを持って俺達に近づいてきたが、それはチェシャ本人の意思じゃねぇ。これはゲイルが証拠を摑んでくれた」

「ああ、間違いない」

「……まさか、チェシャさんは誰かに脅されて？」

「察しがいいな。チェシャはキャタルトン王族お抱えの組織に、レオンの父親の——ダリウスの命を盾に脅されてんだ。チェシャ自身の過去もそれには深く関係している」

「そんな……！」

「彼は確かに過ちを犯した。ダリウスの子を無断で身籠り、そして姿を消した。彼には彼なりの事情があったとしても、それは酷く勝手なことだと以前の俺なら思っただろう。だが、チカという存在を知ってしまった俺は、彼の気持ちが少しだけわかる気もする」


ああ、そうだったのか。チェシャさんが時折見せる苦悩の表情は、レオン君のことだけでなく愛した人のこともあったのだ。


いつの間にか私の隣に移動していたゲイルさんが、私の身体を強く抱き締めてくれる。

「チェシャさんの過去というのはそれほどに……？」

「ああ、あまりに悲惨で惨《むご》たらしい。調査しながら、やはりあの国は早くどうにかしなければと、ヨハンも怒りを覚えていたほどだ」


いつも冷静なゲイルさんと感情を表に出さないヨハンさんがそう感じるということは本当によほどのことなのだろう。そこに私は立ち入ってはいけない気がした。

誰にでも触れられたくない過去は存在する……。それは私が一番よく知っているからだ。


「泣くなよチカ……」

「あ……私……すみません……」


気がつけば私は、涙を流していた。

「裏切られたのを知って、それでも相手を思いやって涙を流すか……」

「いえ、そんな大層なものでは……。ただ、あの国を知る者としてチェシャさんの過去を思うとどうしても……」

「ああそうだな。そうだった……、思い出させちまったか？　俺は本当に駄目だな」

　グラスの中身を飲み干すと、ダグラスさんも私の隣に移動してきて私の手にその大きな手を重ねてくれる。

「私の涙腺が弱いのがいけないんです。年を取ると自然と涙腺が弱くなってしまって……」

「くっくっ、チカの見た目でその発言は笑っちまうからやめてくれ。ああ、それとレオンを救いたいっていうチェシャの気持ちは、怖いくらい本物だぜ？　始まりはキャタルトンの手引きだが、もしかしたらチェシャの中に『至上の癒し手』であるチカならどうにかしてくれるっていう思いがそれとは別にあったのかもしれねぇ」

「それは……当たっているかもしれません。多分、私がチェシャさんを疑わなかったのも、リヒトがチェシャさんから何の悪意も感じなかったのも、その思いが強かったからだと思います」

　ダグラスさんが私の手を引き寄せれば自然とゲイルさんの手が私から離れていく。

　そして、今度はダグラスさんに正面から抱き締められた。

「チェシャはキャタルトンという国と俺がしでかした過去の所業の被害者なんだ。俺が自由気ままに遊んでなければ、チェシャとレオンが目をつけられることはなかったかもしれねぇ。だからチカ、もう少しだけ俺達に……いや俺に時間をくれねぇか？」

「もちろんそれは構いません。ですが、相手はキャタルトンの上層部とおっしゃいましたよね？　あの国は王族もきっと……。下手をすればこのことがきっかけになって、大きな戦乱になる可能性もあるのでは？」

「ああ、そのとおりだ。だから親父も兄貴も、あの国に対しては慎重かつ大胆に、だが一線を越えないように絶妙なさじ加減で外交を続けてる。まぁ、いつかは……と時期は見ているようだがな」

　そう、街の悪漢を叩きのめすのとはわけが違う。完全に相手に非があるとはいえ、下手をすれば国と国との問題に発展しかねないのだ。ただでさえキャタルトンはレオニダスを疎ましく思っているのだから、戦争を仕掛ける大義名分を与えるわけにはいかない。

戦争が起こって傷つくのはいつも罪なき人々なのだから……。


「そうだな……。相手は腐っても王家の息の掛かった組織だ、ゲイルとヨハンが調べてくれたがなかなかに隙がねぇ。だからまずは、敵をとことん油断させなきゃいけねぇ。こっちは俺の隠し子騒動でグチャグチャになって家庭不和、『至上の癒し手』はそれに心を痛めている……ぐらいに思わせておいた方がいい」

「確かにそうですね……。あの、私にも何かお手伝い出来ることはありませんか？　キャタルトンの狙いが私なら、私を囮《おとり》にしておびき寄せるというのは……？　私の力が目的なのであれば殺されることはないと思いますし」

「おいおい、お前さんなら言うと思ったけどよ。馬鹿なことを言うんじゃねぇよ」

同じ子を持つ親として、キャタルトンのやり方は許せるものではない。


私達家族の幸せを守るため、そしてチェシャさんのために何か出来るなら、協力を惜しむつもりはない。

そう意気込んでの提案だったが、ダグラスさんにあえなく却下されてしまった。


「チカ、俺達にとって一番大切なのは君だ。君が自らを囮にするなどと……、絶対に駄目だ。どうしてもと言うなら、俺は君を実家の地下室に監禁しなければならなくなる」

「え……ちょ、ゲイルさん⁉」

そう私に告げるゲイルさんの目は完全に本気だ。

確かに囮作戦なんていう安直なものでどうにかなるものではないかもしれないが……、ゲイルさんの瞳を見て自分の浅はかな発言を少しだけ悔いてしまう。

「そういうわけで、監禁されたくなけりゃそのへんのことは俺らに任せとけ」

「ですが……これは家族の問題なのに、私だけ何もしないなんて……」

もとはと言えば、チェシャさん親子を我が家に引き入れ、助けたいと強く主張したのは私なのだから、その責任は果たす必要があるだろう。

「お前さんは自分がチェシャとレオンにしてやりたいと思うことをしてやったらいい。あの親子を助けてやりたいんだろ？」

「それでは今までと何も変わらないのでは？」

「チカ、それでいいんだ。君は今までと何も変わらないままであの親子に接してくれればいい」

ダグラスさんとゲイルさんに左右から説得されては、私も折れるしかなかった。何よりこの二人が本気で動くとなれば、私が何かしたところで逆に足手まといにしかならないのだ。

「そんなに心配すんなって！　俺も色々と手を打ってる。ここまで来れば、あとはそう時間はかからないはずだ。ちょっとした作戦もあるしな」

「作戦……？」

「おっと、内容はまだ秘密だけどな。お前さんは素直だから、知れば顔に出しちまう。敵を欺《あざむ》くにはまず味方から、だ」

「すまない、チカ」

「わかりました……。確かに私は隠し事が絶望的に下手ですから、仕方ありませんね」

私は果実酒で軽く喉を潤し、これ以上『伴侶』達の計画を妨げないように引き下がった。

でも、最後に一つだけ――。

「ダグラスさん、その作戦に危険はないんですよね？　私が囮になることを許してもらえないのであれば、私も家族の誰にも傷ついて欲しくありません。本当に皆、大丈夫なんですよね？」

これだけは念を押さずにはいられなかった。

「ああ、約束しよう。俺達も子ども達も、そしてチカも必ず無事に、そしてもとの平穏な生活に戻れると」

「大丈夫だ、チカ。何も心配するな。ゲイルも俺も強いのは知ってるだろ？　それに、俺にはチカがいるからな、絶対に大丈夫だ」

「はい、ゲイルさん、ダグラスさん……私はいつだって、あなた方の側にいますから」

苦笑しながらキスをしてくれたダグラスさんの唇から
は、癖のある蒸留酒の香りと熟れた果実の匂いが同時に流れ込んできて、私の頭を心地好く酩酊《めいてい》させた。

だが、この時の私は――ダグラスさんが口にした『チカがいるから絶対に大丈夫』の意味を、まるで理解していなかったのだ。


往診鞄には簡単な診察セットを。バスケットには焼き菓子をたくさん。私はリヒトを連れて、レオン君を診察するために、ヘクトル様のお宅にお邪魔した。

「おうおう、よく来てくれた。チカちゃん、今日も可愛いぞ。リヒトはお手伝いかの？　いい子じゃ、本当にいい子じゃ。感心感心」

ヘクトル様は大きなバスケットを銜《くわ》えた小さな獅子の姿に、愛しくてたまらぬとばかりに目を細められる。

『じーちゃとみんなに、おみやげれしゅ。かーしゃんがやいてくれたれしゅよ。りひちょもおてちゅだいしたれしゅ』

「おお、それは何よりのものじゃ！　後でリヒトからとヨハンにも渡しておくからのぉ」

『ひゃい！』

ヨハンさんの名前が出た途端、一際瞳をキラキラと輝かせるリヒト。

遠いようであっという間のいつかの未来――あの真面目で孤独な、少しゲイルさんと似たところのあるヨハンさんとリヒトが、共に人生を歩む選択をしたなら心から祝福しよう。あの人にならば、私の大切なリヒトを安心して任せられる。

そんな先のことに思いを馳せてしまう私は、きっと他人から見ればただの親馬鹿なのだろう。けれども、子ども達の幸福な未来を貪欲に求めずにはいられないのが、親という生き物だ。

『かーしゃん、レオンくんのところにいくれしゅ。リヒチョもおみまいするれしゅよ』

「うん、そうだね」

私はヘクトル様に軽く一礼して、チェシャさん達が休む客間へと向かった。

「チカユキさん、いつもレオンのためにありがとうございます。お忙しいでしょうに……申し訳ありません」

扉をノックすると、いつものように現れたチェシャさんが、丁寧な挨拶と共に深く頭を下げる。

「いいえ、どうかお気になさらずに。レオン君の具合はいかがですか？」

「一旦は落ち着いていたのですが、また少し熱が出てしまって……」

チェシャさんのレオン君の体調を語る様子からは、何ら変わったところは見られない。

「昼間は食欲もあって、自分から食事をとってくれるので助かります。ただ……夜になると熱が上がってしまって、明け方近くまで眠れていません」

「それはよくありませんね……」

レオン君を心配するその気持ちだけが強くにじみ出ている。

「でも、熱が下がればすぐにぐっすりと眠ってくれるので、そこまで身体が辛いわけではなさそうです」

「あ、もしかしてお昼寝の最中に起こしてしまいましたか？」

ベッドの上で軽くリヒトとじゃれ合っているレオン君は、見ればどことなく寝起きの顔で、普段はピンと張っている髭もクシャクシャと縮れていた。

「いいえ、ちょうど起きたところです。リヒト君が来てくれて、レオンも喜んでます」

力なく笑うチェシャさんの目元に、長い睫毛が影を落とす。

この人が被害者でよかったと私の脳裏を、いささか不謹慎な思いがよぎる。

『れおんきゅん、しゅこしげんきになったれしゅか？　きょうは、かーしゃんがまどれぇーぬをやいてくれたれしゅよ』

『くぅん』

『とってもおいしーれしゅよ。ちぇしゃしゃしゃんとたべてくだしゃい』

『きゅぅー！』

私は意識を一度切り替えてレオン君の治療に入る。

「レオン君、少し身体を診せてくれるかな？」

『くう』

素直に横たわったレオン君の身体を、私は隅々まで触診して異常がないことを確かめる。

パリスさんが教えてくれたように魔力の流れをゆっくりと、詰まりをなくし、全身へと行き渡るように少しずつ。

もう幾度となく繰り返し、すっかりコツは摑んでいる。

あと少し、あと少しできっとレオン君は。

『くぅ……ごろごろ』

私の指先の感覚を気に入ってくれたのかレオン君は心地好さげに喉を鳴らした。その姿は本当に愛らしい。

そのままレオン君の全身にゆっくりと魔力を流し込み、循環の妨げとなる詰まりを少しずつ取り除いていく。急ぎすぎてはいけない。急激な体内の魔力量の変化は例えるならマッサージの揉み返しのように、レオン君の小さな身体に強い副反応を起こしてしまうということもパリスさんから聞いている。

「はい、おしまい。特に異常はないから安心してください」

「ありがとうございます」

『きゅう』

診察と治療が済むと、チェシャさんとレオン君が揃って私に頭を下げる。こうして見れば、どこにでもいる仲睦まじい親子。

だけど私は、その背後に隠されたあまりに辛い真実をもう知ってしまっている。

そんな彼らに、私はただ自分がすべきことをするだけ、気がきいたことの一つも言ってあげられない自分が少しだけ悲しく、情けなかった。

＊＊＊

キャタルトンの王族からは忌み嫌われる『静かなる賢王』ヘクトル様が用意してくださった立派な客間で、今宵も私はレオンと二人きりで静かな夜を過ごす。こんな穏やかで快適な日々に慣れきってしまった自分に、もはや自嘲《じちょう》する思いすら湧いてこない。

「レオン……」

そっと手を触れた我が子の身体に熱はなく、すやすやと安らかな寝息を立てている。チカユキさんの治療とミンツさんが処方してくれた薬がよく効いているようでありがたい。

レオンはもう大丈夫。このまま順調にチカユキさんの治療を受けられれば、立派な獅子に育つだろう。

もしも私が今死んでしまっても、きっとここの人達がレオンを悪いようにはしない。そう確信出来てしまうほどに、チカユキさん一家とその周囲の人々は皆、心優しく温かな人達ばかりだ。

「……こんなはずじゃなかった……ッ」

本当に、こんなはずじゃなかったのだ。

貧しい旅の親子を装い、まずは標的の一人である『至上の癒し手』シンラ・チカユキに接触する。次にレオンが王弟ダグラスのご落胤《らくいん》であると騒ぎ立て、固く結ばれた家族の絆に亀裂を生じさせつつ、王弟を家庭内で孤立させ連携を断つ。

事が上手く運べばチカユキと王弟だけでなく、もう一人の伴侶との関係も壊れるはずだった。いや、『静かなる賢王』との関係だって、大いにギクシャクして然《しか》るべきだった。

そうして私自身は、あくまで幼い息子の病気を治療するため、やむを得ず王弟に接触したのだと、世間の同情を引く殊勝な態度を貫き通す。

どこまでも王弟一人を悪者に仕立て上げるという算段だった。

そこまで状況を仕上げたら、あとはぎこちない空気の隙を突き、与えられた任務のどれか一つを果たすだけでよかった。

つまり、シンラ・チカユキ、もしくは彼の子ども達の誘拐。王位継承権を放棄してなお圧倒的なカリスマ性を持つ王弟ダグラスの暗殺だ。

レオンという愛する我が子を道具のように使うこの任務を、私は心底嫌悪している。

だけど……組織に居場所を摑まれ、最愛の人にしてレオンの父親であるダリウスを人質に取られた私に、首を縦に振る以外の選択肢があっただろうか？

だから私は、仕方なく気持ちを切り替えた。

幼少期より暗殺者として育て上げられた私にとって、素人のヒト族や幼子を拐うことなど造作もない。そんな簡単な仕事をこなすだけで、ダリウスの安全が保証されるならば安いものだと考えてすらいた。

そんな下種《げす》な思考に、自分で自分が嫌になる。だけど私は、正真正銘下種なのだ。命令されるがままに足を開いては、銜え込んだ相手を殺し続けてきた殺戮者。どれほど見てくれを飾り立てたところで、私の本質は人型の汚物でしかない。

だったら汚物は汚物らしくとことん血泥に塗《まみ》れ、ダリウスとレオンだけは救ってみせよう。しょせん私は人殺し。今更痛む良心も、汚れて嘆く手もありはしないのだから……。

何度も自分にそう言い聞かせ、私はレオニダスの王弟宅を訪れた。


「どうしてこんなことに……」


相手は『至上の癒し手』と呼ばれるヒト族、近づくことすら難しいと思っていたのに私はすんなりと標的の懐《ふところ》へと入り込むことが出来てしまった……。

いや、入り込みすぎている……。

言うまでもなく、シンラ・チカユキは立場的にどれだけ用心しても、し足りない身の上である。それが何故、こうもたやすく出会ったばかりの人間に心を開くのか？

キャタルトンでの彼は、最下層の性奴隷として悲惨極まりない暮らしをしていたと聞く。ならばもっとこう……獣人不信になっていても不思議はないだろうに。もし私が子連れのアニムスだからと油断しているなら、考えが甘すぎる。アニムスと言えども、私は猫族。仮に暗殺者としての教育を受けていなくても、ヒト族とは生来の身体能力が違うのだ。

だが、すぐに気がついた。彼の家に入った途端に感じた私を見つめる視線。それは、私の同業者……いや、私よりもはるかに腕が立つソレに私の一挙手一投足を値踏みされている。

今、もしここで悪意を持って目の前の彼に近づけば、その瞬間に私の首は音もなく刈り取られるはずだ……。甘かった……私の考えは甘すぎた。そして、大国レオニダスの力を見くびりすぎていた。

護衛がいたとしても、平和ボケしたこの国の護衛などたやすくあしらえると思っていた自分の愚かさが嫌になる。

そもそもシンラ・チカユキとは、どういう人物なのか？

黒い髪と黒い瞳のヒト族。異世界からの稀人《まれびと》。彼は失われてしまったはずの四肢すら再生させてしまう『至上の癒し手』という、常軌を逸した魔力と知識の持ち主。

私が知っている情報は、どれも『チカユキ』の外側についてのみで、私は彼の人となりなどまるで知らなかった。

遊び人として有名な王弟と堅物で有名なフォレスター家嫡男を同時にたらし込み、性奴隷からやんごとなき身分に成り上がったくらいだから、妖艶でしたたかな人物に違いない——漠然とそんな風に思っていたのだ。

それが蓋を開けてみればどうだ？　現実のチカユキさんは『妖艶でしたたか』とは真逆の、底なしのお人好しだったからたまらない。

最悪だ。『シンラ・チカユキ』が感じの悪い成金貴族ならば、罪悪感なく拐えたというのに……『チカユキさん』はあまりにも善人すぎた。

我が子を愛し手ずから育て、客人とも呼べぬ私達親子を心からもてなしてくれた。

そしてレオンの病気のことを知れば、今までレオンを診せたどんな薬師や治癒術師よりも、彼は真剣に向き合ってくれた。

どうしてそんなことが出来るのだろうか？　チカユキさんにしてみれば、私達親子は突如現れた厄災に他ならない。私は愛する『伴侶』の『昔の相手』であり、レオンは『過去の過ち』なのに。

私にはもう、チカユキさんを拐うことなど出来なくなっていた。下種な暗殺者にだって、恩義を感じる心くらいある。

だからといって、チカユキさんの子ども達を拐うなど以《もっ》ての外《ほか》だ。そんなことをすれば、優しいチカユキさんの心が壊れてしまう。我が子を救ってくれた恩人から、最愛の子ども達を奪うなど鬼畜以下の所業ではないか。これまでさんざん暗殺者として汚れ仕事をしてきたけれど……それだけは出来ない。

特にリヒト君は、レオンにとって初めての友達なのだ。あんなにも思いやりに満ちた優しい子を、私はこれまで見たことがない。レオンに対してだけでなく、私にまで労《いたわ》りを見せてくれた時には、不覚にも泣きそうになってしまった。

となれば……私に残された道は、もはや王弟ダグラスを暗殺するより他になかった。

それだってチカユキさんを酷く苦しめることに変わりはないが、幸いチカユキさんには二人の『伴侶』がいる。最悪ダグラスさんを失っても、ゲイルさんがいればレオニダスで子ども達と共に生きていけるだろう。

身勝手極まりない理屈だったが、いずれかの任務を果たさねばダリウスの命が奪われ、レオンの身にも危険が迫るのだ。

ダリウスとレオンを守ること。

己の心と身体がズタズタに裂けても、それだけは絶対に譲れないことだった。

ダリウスとレオンは、ゴミ溜めのような私の人生に咲いた唯一無二の花だから。

そう覚悟を決め直した私は、王弟と『静かなる賢王』に狙いを絞り、二人の隙を窺った。

しかしいざ狙ってみれば、一見のんびりとした獅子の父子には恐ろしく隙がない。壮年の王弟はもとより、すでに老齢に達しているはずの『静かなる賢王』までもが、無防備な背中に凄まじいまでの覇気を纏っている。

さらに付け加えるならば、『静かなる賢王』を守る護衛のヨハン——初日に私が視線を感じたのは彼だろう。そして、頻繁にやって来る熊族の執事セバスチャン。彼らが纏う気配は、明らかに私と同じそれだ。

逞しい体軀から放たれる圧の強さは、軽く私の数十倍。正攻法では、私が十人束になって掛かっても瞬殺される——否、搦《から》め手だろうが色仕掛だろうが、彼らに通用する術など何もない。仮に卑怯の限りを尽くしたところで、より苛烈《かれつ》な手段で潰されるだろう。やらなくてもそれがはっきりとわかる。

ここに至って、私は完全に行き詰まった。

こんなとんでもない護衛がついているところに私一人がノコノコやって来たところで誰一人誘拐することなんて出来なかったのだ……。組織は、完全に相手の力を見誤っている。

キャタルトン自体が弱体化しているとは風の噂に聞いていたが、まさか組織が相手の力量すら測れぬほどになっていたとは思いもしなかった。

シンラ・チカユキと子ども達の誘拐は、もとより実行不可能。王弟ダグラスと『静かなる賢王』ヘクトルの暗殺は、実力差故に実行困難。だけど時間は待ってくれない。私がモタつけばモタついた分だけ、ダリウスの身に危険が迫るのだ。

八方塞がりとはまさにこのこと。私は頭を抱えてしまった。


そうして眠れぬ夜を過ごしていた私のもとに、王弟が単身訪ねてきたのだが……私は彼の情報収集能力を甘く見ていた。彼は僅か数日で、私の正体と目的をおおよそ看破《かんぱ》してしまったのだ。

むろん私は限界までシラを切って足掻《あが》いたが、王弟の口からレオンの身体のこととダリウス・バッソの名が出た瞬間、私の全身は取り繕いようもなく凍りついた。

そして王弟は、ダリウスと彼の家系にまつわる衝撃的な真実を私に告げた。

レオンの今の状態は、バッソ家の獅子族に一定の割合で生じるものであるということを。

これだけでも私は絶望で気が狂いそうになってしまっていた。私のダリウスに対する裏切りが全ての発端。レオンが今苦しんでいるのは全て私のせい……。

ここで私の正体がバレてしまったからには、もうチカユキさんにレオンを診てもらうことは出来ない。いや、暗殺者である私とその子であるレオンは処刑されることとだろう……。

そしてそれは……キャタルトンで人質に取られているダリウスの破滅をも意味している。

私は暗殺者ではなく子を持つ親として、王弟の足元に身を投げて平伏した。そこにはもはや、恥も外聞もなかった。

ダリウスを救えないなら、せめてあの人が授けてくれたレオンだけでも。

私は、見苦しく命乞いをするつもりだった。泣き叫び王弟の情に訴えかけてレオンだけでも助けてもらおうと。

だが王弟の口から語られたのは、私が予想もしなかった言葉と王者の如く激しい獣気。

恐ろしいほどの獣気に圧倒され、私はもう何も考えることが出来なかった。

ただ言われるままに、私はこのまま王弟に指示されたことをすることになるのだろう。

正気の沙汰とは思えないその提案、全てはキャタルトンの上層部と組織を油断させるため……。

王弟の提案は、率直に言って私に都合のいいものだ。だけど、何故王弟がそこまでする？　そんな危険を犯して、彼に何の得がある？

「どうして、あなたがそこまで……？」

気がつけば私は、疑問をそのまま口にしていた。

「どうして？　ダリウスが俺の友人だからに決まってんだろ」

「友人……」

そんなもの、私やレオンにはいなかった。

「そんでお前さんはダリウスの想い人だ。レオンはダリウスの一人息子でリヒトの友達でチカの大切な患者だ。お前さん達親子が元気になってくんねぇと、俺の命より大切なチカとリヒトが悲しむ。ついでに子ども好きなうちの親父が泣き喚《わめ》いてうるせぇ。どーだ？　まだ足んねぇか？」

「……いいえ、十分です」

友達のため。『伴侶』のため。子どものため。きっと王弟――ダグラスさんにとっては、それだけで十分なのだろう。

「ちなみに、この計画はチカには秘密な？　チカにはちぃとばかし刺激が強すぎるし、あいつは隠し事が下手なんだ」

「……いいんですか？」

「よくはねぇんだろうが、他に打つ手がねぇんだから仕方ねぇ。アレも嫌、コレも嫌が通るほど世の中甘くねぇって、お前さんなら身に沁みてわかってんだろ？」

「はい……」

何もかもを見通すようなダグラスさんの瞳に射貫《いぬ》かれ、私は唇を噛んだ。

「そう悲壮な顔すんなって。お前さんら親子がこんなしょうもねぇことに利用されてんのも、ある意味俺の過去に責任の一端があるんだ。ここらで過去を精算すんのも悪くねぇよ」

「ダグラスさん……ありがとうございます……！」

「礼なら全部上手くいってから、家族揃って言ってくれればそれでいい」

『静かなる賢王』の次男にして、現レオニダス国王アルベルトの弟、ダグラス・フォン・レオニダス。その度量は限りなく広く深く、人を惹きつけずにはおかないカリスマ性に満ち溢れている。

私はキャタルトンの王族が彼を危険視している理由を、何とも皮肉な形で思い知ることになった。

お人好しで優しいチカユキさんだけではない。

ここにいる人は誰も彼もが、空恐ろしくなるほどに優しくしてくれる。

ダグラスさんとゲイルさん、おそらくはヘクトル様も……すぐに私の正体を見破っていたはずだ。

チカユキさんやミンツさん達だって私達が側にいればいるほど違和感や怪しさを感じていたに違いない。

なのに彼らは……。

そしてとうとう、どこに行って誰に聞いても、原因すらわからなかったレオンの異常な状況。ダリウスの一族に受け継がれるというその謎を解き明かし、画期的な治療法を提示してくれたパリスさん、激務の隙間を縫って毎日のように治療に当たってくれるチカユキさん。

私はこの先何があっても、この人にだけは足を向けて寝られない。

だけど私は……これからそんなチカユキさんを悲しませることをしなくてはならない。

ただ人並に誰かと愛し合い、その人の子を授かり、親子揃ってつましくとも温かな家庭を築く。そうして年を重ね、いずれは子と孫に囲まれ死んでゆく。

誰もが一度は漠然と思い描くであろう、ありふれた人生という名の道。

だけど、私は七つになったあの日に己の未来を失った。

「どうして……どうして……ッ」

今更言っても始まらない恨み言が、涙と共に口から溢れた。

＊＊＊

私はかつて、キャタルトンの貴族ラトゥール家の長男として生まれた。私の両親は共に猫族で、出自は二人揃って名門貴族。

家柄的に釣り合いの取れた二人は半ば政略結婚で一緒になったが、幼馴染みの従兄弟《いとこ》同士でもある両親の夫婦仲は、私の目から見ても大層よかった。

裕福な貴族家庭で両親の愛を一身に受け、何不自由ない生活を送る純粋無垢な子ども。それが私だった。

そして、そんな私の人生が一変したのは私の七つの誕生日。

真新しい服を持って微笑む母に、満面の笑みを浮かべて駆け寄る幼い私。

私は母に抱きつき、家中に溢れる『幸せの匂い』を胸いっぱいに吸い込んだ。

厨房から漂う、料理人が腕によりをかけて作ったごちそうの匂い。

母の髪から漂う、上等な洗髪料の匂い。

何もかもが嬉しくて楽しくて……あの日あの時、私は自分が世界で一番幸福な子どもだと思っていた。

だけど私の幸福な人生は、その直後に崩壊し始める。

終わりの始まりは、血相を変えて飛び込んできた使用人によってもたらされた。

キャタルトンという国の副宰相の腹心であった父の投獄。それはあまりに突然の出来事で、そこからラトゥール家は瞬く間に壊れていった。

奴隷制やヒト族の扱いについて、色々と口を出していた父が今思えば副宰相は目障《めざわ》りだったのだろう。

父の投獄は副宰相の告発によるものだったのだから……。

そんな使用人の言葉に、母は膝から崩れ落ちた。

顔を覆って泣き叫ぶ母に恐る恐る何が起きたのか尋ねたが、母は泣くばかりで何も答えてはくれなかった。

見かねた初老の使用人が私を子ども部屋に連れて行き、しばらく付き添って子守唄を歌ってくれたことを覚えている。

あの時母が私を抱き締めてくれたなら――否、私が母を抱き締めていたならば、その後の何かが変わっていたのだろうか？　あるいは、何をどうしたところで運命は変わらなかったのか？　それは私にはわからない。

そうして不安な日々を過ごすこと数日。我が家に父の訃報が届いた。

死因は獄中での自害とされていたが、返された父の遺体には凄まじい暴行の痕が刻まれていて、とてもではないが言葉どおりに受け取ることは出来なかった。

どんな理由にしろ私の父は、腹黒い副宰相の都合によって、惨たらしく殺されたのだ。

母は変わり果てた父の遺体に取り縋り、一昼夜泣き続けたあとに私を呼ぶと、静かにある言葉を告げた。

まだ幼かった私に、悲しげに微笑み告げた母の言葉の意図はあまりよくわからなかった。そしてそれが、母との最後の別れになることも……。

子ども部屋で一人膝を抱えて泣くうちに眠ってしまっていた私は、使用人達が大騒ぎする声で目を覚ます。

目覚めと同時に言いようのない不安感に襲われた私は、母の自室へとわき目も振らずに走った。

口々に制止してくる使用人の手を振り払い、倒れ込むようにして入った母の部屋。そこで私が見たものは――。

寝台の天蓋枠に引き裂いたシーツで作った縄紐を結《ゆ》わえ付け、首を吊ってぶら下がる母の姿だった。

私は泣いた。七つの誕生日に父が投獄され、すぐに母を失った私は、赤ん坊のように声を張り上げて泣き叫んだ。泣いて泣いて、声も涙もかれ果てて、疲れきった身体が動かなくなるまで泣いた。

けれども、私の身に真の苦難が押し寄せてくるのは、むしろこの後のことだった。

両親の葬儀は事情が事情なだけに、ラトゥール家に古くから仕えていた鼠族の老執事が手筈を整え、ひっそりと慎ましやかに執り行われた。

私と使用人だけが参列する寂しい葬儀。それでも私は、哀れな最期を遂げた両親のために、せめて彼らの魂が安らかであるようにと、精一杯の祈りを捧げようとしていた。

しかし、私は両親の葬儀すら満足に行えなかった。

何故なら、左右に屈強な騎士を侍《はべ》らせた副宰相の部下が、足音も荒く現れたからだ。

それからのことは思い出したくもない。

キャタルトンでも名門であるディバーター家の副宰相ルバイのもとへと連れて行かれた私。

ルバイの私を見る目が恐ろしかった。大人から向けられるその視線の意味がその頃の私にはわかっていなかった。

ルバイは親戚一同が私のことを見捨てたという残酷な事実まで告げてきた。

告げられた事実に、私は目の前が暗くなった。着の身着のまま放り出された、親も頼れる大人もいない七つの子ども。一体どうやって生きていけというのか？

あの時の私に、ルバイに服従する以外の選択肢があっただろうか。

それからの日々は、まさに生き地獄そのものだった。

毎日のようにルバイの欲のこもった視線を受けながら、同時に『地虫《じむし》』と呼ばれるディバーター家に仕える暗殺者になるための教育を徹底的に施される過酷な生活。

あまりの辛さに、何度死にたいと願ったことだろう。それでも私が死ねなかったのは、首を吊って冷たくなった母の姿が脳裏に焼きついていたからだ。

不自然に伸びた首、飛び出した眼球、吐き出すように突き出された舌。いつも上品で美しかった母の変わり果てた姿は、幼い私にとって恐怖そのものだった。

嫌だ、あんな風になりたくない。

実の母に対して酷い言い様だが、私は母の死に様を嫌悪していた。


来る日も来る日も訓練は続いた。それは、人を殺すための訓練。

どうして私はこんなことをしているのか、いつの頃からかそんなことすらも考えなくなっていた。

私はただ生きているだけの人形に成り果てていたのだ。


そんなある日、いつものように私を居室に呼びつけ服を脱がせたルバイは、私の身体を上から下まで舐《ねぶ》るような視線で犯し、そして私の『初めて』は私の両親を死に追いやった好色で醜い豚に奪われた。

こうして私は、皆が成人するより五年も早く『大人』になったのだ。


「チェシャ、仕事だ」

「……はい」

初めての任務を暗殺組織の長から与えられたのは、私が『大人』にされた三日後だった。

「俺も同行するが、殺《や》るのはお前だ」

「……はい」


山猫族の長と親子連れを装って標的に近づき、油断した相手を子どもの私が速やかに屠《ほふ》る。首に当てた短刀に軽く力を加え、スッと横に引くだけ。無駄に力んではいけない。全てを一呼吸のうちに、滑らかに。

初めての殺しは酷く簡単で、あまりにも呆気なかった。人は簡単に死ぬ。だから、父も母も簡単に死んだ。そして私も、いつかどこかで塵芥《ちりあくた》の如く死ぬ。

何のことはない。殺しなど、閨《ねや》での務めと大差ないではないか。相手を殺すか、己の心を殺すか。端的に言ってそれだけの違いだ。ならば閨での殺しはある意味心中か……。

柔らかく純真無垢だった私の心は、瞬く間に凍《い》てつき黒く塗り潰された。

ラトゥール家の幸せな子どもチェシャは、両親と共に七つにして死んだのだ。

善も悪も関係なく、ただ命じられるがままに殺して殺して、何人殺したのかもわからなくなった頃。

私はそれまでと少し異なる任務を与えられた。

「キャタルトン有数の豪商、ダリウス・バッソをたらし込め」

ここまでならいつものことだったが――。

「そして奴の子を産み育て、出来ることならダリウスの伴侶に収まり、バッソ家の実権を握れ」

「は……？」

続く長の言葉には耳を疑った。

子ども。育てる。『伴侶』。どれもが暗殺者である私とは無縁の言葉だ。

「ダリウスはこの国の豪商でありながら、奴隷の売買に否定的で頑なに商いを拒否している。おそらく奴は反王政派に片足を突っ込んだ状態だ」

「……私の任務はダリウスを籠絡《ろうらく》し、奴隷肯定の王政派に鞍替《くらが》えさせること。そういうことですね？」

「そうだ」

「ですが、伴侶だとか子どもだとか……必要でしょうか？」

命令には一切の疑問を持たず、ただ粛々と遂行すべし。そう叩き込まれてきた私だが、さすがにこればかりは真意を確かめずにはいられなかった。

「念には念をとの、副宰相閣下のご意向だ。そもそも、ダリウス・バッソは己の信念を貫いてきた頑固者。お前の身体に溺れて骨抜きになったとしても、それはしょせん一夜の夢。早々に醒《さ》めてもとに戻ってしまっては意味がない」

「確かに……」

　全くもって長の言うとおりだ。元来色仕掛けというものは、基本的に相手の理性を一時的に失わせるものであって、長期的に制御するものではない。ことに意志が強く、確固たる己の信念を持つ人間が相手ではなおのこと難しい。

「だが、同時に奴は情の深い人間だ。典型的な獅子族とでもいうべきか、特に家族への想いはひとしおだ。それが初めての我が子ともなれば、そうそう簡単に切り捨てられるものではない。生まれた子どもは早い段階で王族子弟のご学友として王宮に召し出し、実質的な人質とする。そうして最終的には、お前がバッソ家の実権を掌握したところでダリウスを暗殺すれば完璧だ」

「相も変わらず最低ですね」

　私は無感情に吐き捨てた。

　ルバイはいつもそうだ。己の地位を守り、少しでも上に昇るためならば手段を選ばない。きっと私の父も、あの醜悪な化け物のそういった思惑の犠牲になったのだろう。

「死ねばいいのに……」

「お前も随分言うようになったな。まあいい、今のは聞かなかったことにしておこう」

　私に殺しの技と閨房術《けいぼうじゅつ》を仕込んだ長は、そう言って肩をすくめた。

　代々ディバーター家に仕える暗殺者一族の長であるこの人は、一体何を思って任務に当たっているのだろう。ふとそんな考えが頭をよぎったが、私は余計なおしゃべりをしないだけの分別をこの時にはもう身に着けていた。

　指令を受けた私は、ダリウスと自然に接触するため、彼が好んで通う酒場の店員として働くことにした。

　遠回りではあったが、話を聞く限りダリウスはとても紳士的で慎重、行きずりの相手といきなり床を共にするようなアニマではない。おそらく彼にとって、真っ当な恋愛の先にあるのが性行為なのだ。

だから私は飲み屋で真面目な店員として働き、少しずつダリウスとの距離を詰めていった。

そしてある日、私とダリウスの距離が一気に縮む出来事が起きた。


「なぁ、いいだろ？　今夜は俺と遊ぼうぜ？　な、仕事なんか抜け出しちまえよ」

「あの、困りますお客様。ここはそういったお店ではありません。他のお客様のご迷惑になりますから……」

「堅いこと言うなって。お前だって満更でもないんだろ？」


酔った猪族の客が、執拗《しつよう》に絡んで来たのである。はっきり言って、酔っ払いの一人二人を叩き伏せることなど、私にとってはたやすいことだ。だけど、ここでの私はあくまでか弱い猫族のアニムス。目立つことは極力避けたい。

全く、面倒臭いことをしてくれる。内心の苛立ちを隠しながら、私は困り顔でのらりくらりと酔客を躱《かわ》していたのだが——。

「君、やめないか。さっきから彼は嫌がっているぞ。そういうことが望みなら、娼館に行きたまえ」

「ダリウスさん……」


いつもおとなしく静かに飲んでいるダリウスが立ち上がり、猪族をやんわりとだが窘《たしな》めたのだ。

その後ダリウスは、暴力に訴えることなく穏やかな話し合いで酔客を納得させ、何故か最後には笑顔で帰らせることに成功。私に対して恩を売るでもなく、終始節度ある飲み方をして金払いよく帰っていった。

その姿はいかにも良家の好青年といった趣《おもむき》で、思えばこの時既に私の汚れた心の片隅にダリウス・バッソは入り込んできていたのかもしれない。

それからもダリウスはたびたび飲み屋に現れ、私は『あの時のお礼』という口実で、彼に手作りの焼き菓子と名前を刺繍したハンカチをプレゼントした。

焼き菓子と刺繍。そういえば、母が私のために作ってくれた最後のお菓子は素朴なプディングだった。誕生日の夜に家族揃って食べるはずだったそれを、結局私は食べていない。

ないものねだりをしても仕方がないのに、私は母のプディングが無性に食べたくなった。

「お母様……」

私は古びたハンカチをそっと広げる。すっかりくたびれて黄ばんだその端には、母の手により私の名前が丁寧に刺繍されていた。

優しく気高かった母が、今の私を見たらどう思うのだろう？　人の道を外れ、誰にでも足を開く淫らな我が子。何故潔《いさぎよ》く自害しないのかと怒るだろうか……？

だけどお母様、あなたは卑怯です。七つの子を残して、自分一人だけ愛する人のあとを追うなんてあんまりじゃないですか。残された子どもにどんな人生が待ち受けているのか、あなたは少しでも考えましたか？　お母様は私を愛していなかったんですか？　そしてあなたはわかっていますか？　『いつの日か私達の無念を晴らすのです』――あなたの最期の言葉が呪いとなって、どれほど私を苦しめているのかを……。


プレゼントを渡してから数日。ダリウスは素敵なプレゼントのお礼にと、私を食事に誘ってきた。私はいくらか躊躇《ためら》う素振りを見せつつ、はにかんだ微笑みを浮かべて頷《うなず》く。

全てが計画どおりに進んでいる。だけど……私の胸に生まれてしまった甘い疼《うず》きだけが想定外だった。深みにはまってはいけない。誰かに知られてもいけない。

蕾の内に摘《つ》み取り消し去るべき想い。それが私の初恋だった。

そしてそこからの展開は早かった。ダリウスとて生身の人間。それも根本的には獣性の強い、大型獣人で獅子族のアニマなのだ。

私が何もしなくとも私とダリウスは自然とそういう関係になっていった……。健全な交際を経た恋人同士として、私とダリウスは身体を重ねるに至った。しかし、私はここで快楽のあまり幾度も意識を飛ばすという、暗殺者としてあるまじき失態を犯してしまう。

「信じられない……」

身体を弄《いじ》られ、暴かれ、手酷く抱かれることには、十歳の頃から慣らされている。おかげで私は己の快楽を制御し、快楽に溺れる演技をしながら冷静に思考を働かせる術を身に着けていた。

なのにダリウスに抱き締められた途端、私の胸は痛いほどに早鐘を打った。彼にキスをされただけで身体が熱く燃え、舌を吸われれば全身が蕩《とろ》けた。

これが好いた相手に抱かれるということなのか。単純に技巧だけの話をするならば、閨房術の師でもある長の方が間違いなく上手い。だけど、そういうことじゃない。

ダリウスに触れられるだけで、私の凍てついた心が泣きたくなるような幸福感に包まれるのだ。

「怖い……」

私は隣で眠るダリウスに恐怖すら覚えた。もう、私には任務など果たせない。ただただダリウスと一緒にいたい。ずっと離れずに、いつまでもどこまでも彼と共に在りたい。

穢らわしい暗殺者の分際で、そんな夢を見る己がおぞましい。

己の真の姿をダリウスに知られるのが恐ろしい。

私は幸せな交わりを知ったその夜に、絶望の涙を流し続けた。


「チェシャ、僕の伴侶になってくれないか？」

「ダリウスさん……嬉しいです。でも……」

身体の関係を結んでから間もなく、誠実なダリウスは自ら私を伴侶にと望んでくれた。

嬉しかった。任務とは無関係に、本当に心の底から嬉しかった。でも——だからこそ、私はすぐに答えられなかった。

私がダリウスの求婚を受け入れ伴侶になるということは、彼にとてつもなく重い足枷をつけることを意味するのだ。

この優しく善良な人を腐敗した政治の世界に引きずり込み、いずれは子どもを人質に取られてやりたくもない奴隷売買を担わせる。そして最後にはこの手で彼を殺す。

　そんなことをするくらいなら、自分が死んだ方がはるかにマシだ。


「ごめんなさい、伴侶のことはもう少し待って頂けませんか？　親もなく酒場で働いている私が、由緒正しいバッソ家の嫡男の伴侶になるなんて……」

「そんなことは気にしなくていい。僕の家はしょせん商家。貴族でもあるまいし、大切なのは家柄よりも人柄だ。それに……」

　まっすぐな目で人柄などと言われると、酷く心が痛んだ。目の前にいる人間はその人柄こそが最悪なのに、彼はまだ何も知らない。

　だが、彼は最後に何かを言い淀んだ。それが私は少し気になっていた。

「はい……ダリウスさんのお考えやお気持ちは、わかっているつもりです。でも、世間の目やお家の方のこともありますし、正式な伴侶になるのは、もう少し後ではいけませんか？」

「わかった、君がそこまで言うなら無理強いはしない。どうやら僕は性急すぎたようだ。思いやりに欠ける行いだった。申し訳ない」


　私が家柄を理由に返事を先延ばしにすると、ダリウスは残念そうにしながらも理解を示してくれた。こういう時に己の感情を抑え、相手の気持ちや都合を尊重出来るのが彼の美点だ。

　けれども、このまま私が彼の側にいれば、遠からず私は彼の伴侶になってしまうだろう。

　もう、逃げるしかない。私が彼の前から永久に消えること。これしか彼を守る方法はない。

　愛する人から求められること。世間のアニムス達は、きっとその日を生涯忘れず涙を流して喜ぶのだろう。

　だけど私にとってその日は、愛する人との別離を決意する日となった。汚れ仕事に頭まで浸かった人間に、人並の幸せなどあるわけないのだ。


「ダリウスさん、私はあなたが大好きです」

「チェシャ？　気持ちは嬉しいが、いきなり何を言い出すんだい？」

「……いいえ、何でもありません」

　ダリウスと過ごす最後の夜、私は自らの体内にこっそりと『核』を仕込むというダリウスへの最大の裏切りを行った。

　私はもう、ダリウスの側にはいられない。きっと、二度と会うこともないだろう。

　ならばせめて、彼の子どもが欲しい。どんなに彼と離れていても、心から愛した人を偲《しの》ぶ縁が欲しい。

　生まれ落ちた瞬間より父はなく、生みの親は世間に顔向け出来ぬ暗殺者。組織からの追手に怯え、逃げ回りながら育つことになる我が子。

　そんな境遇の子どもを欲するのは、完全に私の罪だ。決して許されることでもなければ、子どもを不幸にするだけだとわかっているというのに……。

　それでも私は地獄に堕ちる覚悟で大罪を犯した。

　そして、奇跡的にその一度で彼の子を宿したことを確信したのと同時に逃げ出した。


　日ごとに膨れていく腹を抱えた私は、組織の追手から逃れるために各地を転々としながら臨月を迎え、やがてフィシュリードとの国境近くの街にある安宿の、硬い寝台の上でレオンを産んだ。

　初めての出産を一人で迎えることは、酷く恐ろしかったが、私は人目を憚る逃亡者。無防備な姿を他人に晒すわけにはいかない。


「あ……ァァァ……ッッ！」


　生まれた我が子を自らの手で取り上げながら、込み上げる歓喜と悲哀に声を上げる。

　ダリウスの子を無事に産めた歓び。我が子に初めて触れる人の手が、呪われた暗殺者の血塗れの手である哀しみ。


「……ごめんなさいダリウス……ごめんねレオン……」


　この身勝手な私を許してくれとは言わない。

　ただ、レオンが成人するまでその側で育てること。

　それだけをどうか許して欲しい。

それが私の唯一の願いだった。

生まれたばかりの小さな小さな獅子の子に乳を含ませながら、私はその姿の中にダリウスの面影を見ていた。

私がダリウスのもとに残してきたのは、『さようなら』とだけ綴《つづ》った手紙と、刺繍入りのハンカチが一枚。きっと彼は、すぐに私を忘れるに違いない。それでいい――否、そうでなくてはいけない。

優しくて誠実で仕事熱心なダリウス。彼はとても魅力的な人だから、望みさえすれば素敵な相手がいくらでも出来るだろう。その中からよき伴侶を選び、たくさんの子どもに囲まれ幸福な家庭を築く。そんな未来こそがダリウスにはふさわしい。

間違っても汚れきった暗殺者の手管にハマり、腐敗した政治の捨て駒にされていい人間ではないのだ。

レオンが生まれて三年。私は各地を転々とする生活を一年ほど前にやめ、とある商家で働くようになっていた。

「チェシャ、こっちの帳簿の確認を頼むよ」

「はい、奥様」

「レオン、退屈だろう？　こっちにおいで、お菓子をおあがり」

『くぅん！』

「すみません……いつも気にかけて頂いて」

狐族の奥様は厳しくも優しい人で、ご自身に子がないこともあり、何かとレオンによくしてくれる。

「チェシャ、今度のレオニダス行きの隊商のことなんだが……君も同行するかい？　レオニダスは獅子の王族が治める国だし、近年医療という文化の発展が目覚ましいと聞く。他人が口出しするのも何だが、レオンを診てもらっちゃあどうだい？」

「……ありがとうございます、旦那様」

狸族の旦那様もまた、普段は奥様の尻に敷かれ気味でおとなしいが、心根の優しい人だ。

二人は三歳を過ぎても人へと変わる兆《きざ》しを見せず、

人の言葉をしゃべることも出来ないレオンのことを、孫を心配する祖父母のように気にかけてくれた。

そう、私はレオンが一歳を過ぎた辺りから、この子の持つ問題に悩んでいたのだ。

もちろん、私とてただ手をこまねいて見ていたわけではない。キャラバンに同行しては、方々手を尽くして治癒術師や薬師を頼ってきた。けれども、どこの誰に聞いても結果はかんばしくなく……私の不安は日ごとに募るばかりだった。

レオニダスは距離的にキャタルトンと近いばかりか、政治的理念によって対立している国だ。自分の立場を弁えるならば、決して近づくべきではない。

だけど、レオニダスに行けばレオンのこの身体を治療出来るかもしれない。レオンはもう三歳なのだ。これからの二年で獅子として一気に身体が育つことを考えれば、猶予はそうない。

「ぜひ、レオンと一緒に同行させてください」

私は旦那様に深々と頭を下げた。ダリウスを失った……いや、裏切った私には、もうレオンしか残っていないのだ。この子を立派に育て上げること。それだけが私の生きる目的になっていた。

しかし底意地の悪い運命は、どこまでも私を逃がしてはくれなかった。

「久しぶりだな、チェシャ」

「——!!」

レオニダスへの出立準備をしていた私の後ろに、音もなく立つのは組織の元兄弟子《あにでし》。

「こんなところでのうのうと暮らしているとはな。しかも子どもまで産んで、あきれたものだ」

「どうしてあなたが……」

「愚問だな」

裏切り者は始末される。それが組織における血と鉄の掟《おきて》だ。

「だが、閣下は幼き頃より格別に可愛がってきたお前に、慈悲をかけてくださった」

『幼き頃より格別に可愛がってきたお前』――その言葉に込められた嘲笑《ちょうしょう》に、私は顔が引き攣《つ》るのを自覚した。

思い出したくもない、おぞましい記憶。ぶ厚い舌が蛭《ひる》のように私の全身を這い回り、余す所なく犯し尽くしてゆく不快な感覚。

「うう……っ」

鮮烈に蘇《よみがえ》る不快感に口を押さえる私を冷たい目で見下ろし、兄弟子は言った。

「お前が生き延びる道はただ一つ。レオニダスの王弟一家に入り込み、王弟を始末してこい。もしくは、王弟の伴侶か子どもを拐え。断ればダリウス・バッソが死ぬことになる」

「まさか、ダリウスを人質に……!?　……わかりました。組織の命令に従います。だからどうか、あの人には何もしないでください。お願いします……」

逃亡生活三年と数ヶ月。私は再び暗殺者としての任務につくことになった。

＊＊＊

ダグラスさんに提案されたこと。それは、条件だけ抜き出してみれば、私にとってあまりに有利な話だった。

けれども今の私にとって、それは技術的にではなく心情的に至難の業《わざ》だ。

『チェシャ、仕事の相手を己と同じ人間と思うな。相手は皆、呼吸する肉袋だと思え。閨で貫かれる時も、刃で貫く時もだ。それが出来れば、お前の仕事はもっとたやすくなる』

かつて師匠と兄弟子の二人がかりで閨房術を仕込まれながら、繰り返し言われた言葉を思い出す。

全くもって、そのとおりだった。ダリウスに愛されるまで、私にとって殺しはそう難しいことではなかった。パン屋が毎朝パンを焼くような感覚で人を殺していた私。
なのに、ダリウスに抱かれレオンを身籠り、呼吸する肉袋が全て『人間』になった瞬間——私にとって殺しは恐ろしい罪へと変わった。
それでもチカユキさん達のことを知るまでは自分にはそれが出来ると信じていた。

「怖い……」

他に道がないことはわかっている。それでも——。
理性と感情の狭間で押し潰された私は、叫び出したい気持ちを何とか抑え込み、夜の庭にフラフラと歩み出た。少し夜風に当たり、頭を冷やしたかった。
緑の葉を茂らせたフラリアの木にもたれ、私はゆっくりと長く息を吐く。
そういえばこの木は、チカユキさんの故郷にある春に花咲く樹木とそっくりらしい。故郷を遠く離れて暮らすチカユキさんのために、二人の伴侶達が手ずから植樹したというのだから、その寵愛ぶりが窺える。

「夜のお散歩とは結構なご身分だな、チェシャ。よもや己の責務を忘れたか？」
「ッ——！」
そんな私の憩いの時は、夜闇に紛れて背後に立った兄弟子によって破られた。

「……忘れてませんよ、一時たりとも」

嘘は吐いていない。私の頭の中には常に任務のことがあり、それが私を悩ませているのだから。

「それならいいが、あまり悠長にされても困るぞ。まずはこれを使って王弟を殺れ」
「これは……？」

私は兄弟子から渡された何の変哲もない短剣が、普通のものではないことをすぐに察した。でなければ、わざわざ得物《えもの》の支給などされるわけがない。

「王弟を確実に始末するための小道具だ。奴の伴侶は

『至上の癒し手』。生半可な得物で普通に刺した程度では、殺りきれん可能性が高い」

「そう……ですね」

わかってはいたことだが、キャタルトンの王族がダグラスさんに向ける殺意の強さに、私は今更ながら戦慄した。

「さて、レオニダスの獅子とキャタルトンの獅子。死ぬのはどちらだろうな?」

「……っ!」

兄弟子は私の耳元でそう囁くと、現れた時同様、音もなく闇夜に消えた。

「やらなきゃ……私がやらなきゃ、ダリウスが……」

もはや事を先延ばしにすることなんて出来ない。

ダグラスさんに指示された日はもう目の前に迫っている。

それに、兄弟子は気づかなかったのだろうか……。

今も私を監視する視線があることに、こんな場所に何の障害もなく入ってこられたことに疑問を抱いていないのか……それともよほど自分の技術を過信した愚者なのか……。

私達はただ、糸の先で操られている滑稽《こっけい》な操り人形だというのにそれもわからず……。

「ああ、ごめんなさい。チカユキさん……」

短剣を握る手に力を込めれば、自然とチカユキさんとリヒト君、ヒカル君やスイ君の顔が脳裏に浮かんで胸が苦しい。

「ダリウス、私はまた許されない罪を犯します。ですが、どうか私に……やり遂げる勇気をください……」

私は頭上で輝く二つの月に、届くはずもない祈りを捧げた。

だけど、私は決して月にはなれない。

私の最期は地に落ち泥に塗れた石ころのように、誰にも知られず砕け散るのみだ。

＊＊＊

それは、よく晴れた祝日。今日はレオニダスの建国記念日で、我が家も一家総出で式典に参加するための支度に朝から余念がない。

ちなみにチェシャさんとレオン君はお留守番だ。

さすがの私もご一緒にいかがですか？　と声をかけることは今のチェシャさんが置かれている状況を知っては出来なかった。

「はぁ……久しぶりに着たけど、式典服ってのはどうしてこう肩が凝って動きにくいのかねぇ」

「文句を言うな。年に一度の建国記念日に、継承権を放棄したとはいえ王族のお前が出なくてどうする？」

「へいへい、わかりましたよ」

「おい、一番上のボタンを外すんじゃない」

それにしても、ダグラスさんとゲイルさんが正装した姿はいつ見ても恰好いい。

いつもは無造作に顔の周りを彩《いろど》っている金髪を、ゆったりと後ろに撫でつけたダグラスさん。

彼が纏う王族としての式服は白地に金銀をあしらったもので、まるで童話の世界の王子様だ。

「ダグラスさんは堅苦しいのはお嫌いかもしれませんが、私はとてもよくお似合いだと思いますよ？」

「ま、チカがそう言うなら悪くねぇか、うん」

ノリのいいダグラスさんは、私の前で軽くポーズを取ってくれた。

『だぐらしゅとーしゃん、かっこいいれしゅね！』

父親のいつもとは違う装いに、リヒトがつぶらな瞳をキラキラと輝かせる。

「リヒトのその新しいスカーフも似合ってるぜ？」

『ちぇしゃしゃんが、りひちょのおなまえししゅーしてくれたれしゅよ』

リヒトの首には真新しい空色のスカーフが巻かれて

いて、背中を飾る三角形の部分には、チェシャさんの手による丁寧な刺繍が施されていた。

「チカ……その、ちょっと襟元を直してくれないか?」

「はい、ゲイルさん」

私は軽くしゃがんだゲイルさんの前に立ち、彼の襟元の捻じれを整える。

黒地を銀糸が飾るゲイルさんの騎士服もまた、大柄で逞しく精悍な彼によく似合う。

「ゲイルさんも、とっても素敵ですよ」

「ありがとう、チカ。君もとても可愛らしいぞ」

「う……これちょっと派手すぎませんか?」

式典用の服なんて本来季節ごとに一着あれば十分だと私は思うのだが、式典のたびにヘクトル様から最高級のものが毎度届くのは、正直ありがたい以上に申し訳ない。

「そんなことはない。上品な紫と鮮やかな蒼が、君の清楚さをいっそう引き立てている」

「そうだぜ、チカ。親父はあんなんだけどよ、服の趣味だけは昔から悪くねぇんだ」

「ヘクトル様には感謝していますが、私はこんな立派な衣装を身に着けて、人前で表彰されるほどご大層な人間じゃないですし……」

そう、頭が痛いことに今日の式典において、私は『レオニダスにおけるもっとも偉大な文化功労者』として、集まった人々の前でアルベルト様からの祝辞を受けることになっている。

しかも、先代国王であるヘクトル様に手を引かれて壇上に上り、祝辞のあとにスピーチまでしろという……。もとより華やかな舞台が苦手な私にとっては、まさに名誉なことなのだろうが居たたまれなさの方が強くなってしまう。

『かーしゃんはしゅごいれしゅよ! りひちょはかーしゃんをそんけーしてましゅ!』

「いいぞリヒト! そのとおりだ。さすがは俺の息子だぜ!」

『ひゃい！　りひちょはかーしゃんととーしゃんたちのこどもれしゅ！』

子どもから尊敬されることは、親として無条件に嬉しい。だけどこんなにも直球だと、やはり気恥ずかしさが先に立ってしまう。

「いや、リヒトだけではないぞ。俺もダグラスも、この国で暮らす全ての人々が君に感謝している。君はそれをもっと誇っていい」

「な!?　ちょ、やめてくださいゲイルさん！」

本当にゲイルさんは、真顔でこういうことを言い出すから困ってしまう。

「ほら、真っ赤になってねぇで行こうぜ？　俺達家族の自慢のチカユキ君よ」

「もう、ダグラスさんまで――！」

抗議の声を上げる私を、ダグラスさんはひょいと抱き上げ意気揚々と家を出る。可愛らしい子ども服を着たヒカルとスイも、ゲイルさんの腕の中でご機嫌だ。

式典会場のレオニダス国立公園は、早くも人でごった返していた。そして公園の入り口付近には食べ物の屋台が立ち並び、ちょっとしたお祭り騒ぎだ。

国家的式典と聞けば堅苦しいものを連想しがちだが、レオニダスの祝典には必ずと言っていいほど、『厳粛さ』だけでなく『楽しさ』が織り込まれている。これは『国の式典は国民が楽しめるものとすべし』という、ヘクトル様の時代から続く風習だという。

市井の人々の生活を何よりも大事に考えておられるヘクトル様らしいなさりように、自然と頭が下がった。

『かーしゃん、ひとがいっぱいれしゅね。れおんきゅんもきたらよかったれしゅ……』

「そうだねリヒト、私もそう思うよ。来年は皆で来られたらいいね。きっとその頃には、レオン君は人の姿になってるだろうから、その時はリヒトもお揃いにしようか？」

『りひちょはこの方がいいれしゅ！　れも、れおんきゅんとおそろいならがんばりましゅ！』

　私はお行儀のいい金髪の少年と、暗赤色の髪を風に揺らすチェシャさんを想像して胸が熱くなった。それを実現するためには、様々な問題を乗り越え解決する必要があるものの、それでも幸福になって欲しいと願わずにはいられない。

　それが甘ったるい願望であっても、私は私の関わった人達皆が幸せであって欲しい。

「チカ、そろそろ君の出番だ」

「うう……もうですか……」

　私がそんな願いを描いてるうちにも祝典はつつがなく進み、恐れていた時がやって来た。

「……本当に、出ないと駄目ですか？」

「もちろんだ。皆が君の登場を今か今かと待っているぞ。俺もここから子ども達と見ている」

『かーしゃん、がんばるれしゅ！』

「……はい」

　左右の手にヒカルとスイを抱いたゲイルさんとリヒトに背中を押されては、もはやここまでと腹をくくるしかない。

「ゲイルさん、セバスチャンさん、子ども達をお願いします」

「お任せくださいませ、若奥様。どうか肩の力を抜かれてくださいい。あなた様なら大丈夫です」

「っ！　ありがとうございます」

　フォレスター家のスーパー執事セバスチャンさん。この人の言葉には何か不思議な力を感じる。実際に緊張で固まっていた身体が少しほぐれた気さえする。

「チカちゃんや、迎えに来たぞい」

「ヘクトル様!?　わざわざここまでいらっしゃらなくても……」

「何を言う、チカちゃんのエスコートは儂《わし》の役目じゃからな」

確かに壇上には、ヘクトル様のエスコートで上がることになってはいたけれど……。

「さ、お手をどうぞ」

悪戯《いたずら》っぽい表情とは裏腹に、これぞ『静かなる賢王』といった洗練された所作で差し出された大きな手。ヘクトル様のこういったところは、本当にダグラスさんとよく似ておられる。

いや、父子なのだからダグラスさんがヘクトル様に似ているのか……。

「ありがとうございます、ヘクトル様」

私はヘクトル様の手を取り、人々の間をゆっくりと進む。繋いだ手の感触までもダグラスさんにそっくりで、何だか少し変な気分になった。

いつかはダグラスさんも年を取る。もちろん私もゲイルさんも、子ども達だって年を取る。

けれども私は、それがちっとも嫌ではない。愛する二人の伴侶と共に、白髪皺《しわ》くちゃのお爺ちゃんになってゆく私。

日当たりのいい庭に並んで腰掛け、他愛のない話に興じる三人の老人。

老いてなお大柄な獅子族と熊族に挟まれた小柄なヒト族の私は、きっとこの世界の誰よりも幸福に違いない。

「チカ！」

舞台裾で初老の鹿族と打ち合わせをしていたダグラスさんが、私達を見つけて片手を上げる。

「ダグラスさん！」

白い式服を纏ったダグラスさんの姿は、たくさんの中でも格別際立って見栄えがいい。

「おいこら親父、チカにくっつきすぎじゃねぇのか！」

舞台裾に着くやいなや、ダグラスさんは私と手を繋いでいるヘクトル様へといつもの軽口を飛ばす。

「うるさいぞ、この出涸らし息子めが。手と手をしっかりと結び、チカちゃんが迷子にならんようエスコートしてきた父親に、礼の一つも言えんのか？」

もちろんヘクトル様も黙ってはいない。いつもの調子でしっかりと応戦される。その変わらぬ日常が愛しくて、私は遠慮のない親子のやりとりを微笑ましく見守っていた。

「さて、ご来場の皆々様！　これよりレオニダス文化功労賞受賞者、シンラ・チカユキ様のご登壇となります。どうか盛大な拍手でお迎えください！」

恥ずかしすぎる司会者の紹介が終わり、割れんばかりの拍手と歓声が沸き起こる中、私とヘクトル様が手を取り合って壇上に上がりかけたまさにその時。

「危ねぇ！」

突如として現れた、目深にフードをかぶった細身の人物。その手には短剣が握り締められていて、私が『あ！』と思った時にはすでに肉薄されていた。

それからの出来事は、まるでスローモーションのように感じられた。

「チカ！」

一声叫んだダグラスさんが、私とヘクトル様を守る形で乱入者の前に身体を投げ出す。その姿は酷く無防備で、まるで自ら急所を曝け出しているようにも見えた。

「――!!」

あまりのことに声も出せずに硬直する私の目の前で、悪夢のようにダグラスさんの胸に吸い込まれてゆく短剣。

一瞬はためいたフードの下から覗く、暗赤色の髪と血の気を感じさせぬ白い顔。

「くは……ッ」

低く喘いだダグラスさんの口の端から鮮血が噴きこぼれ――。

「うわぁぁぁぁぁぁッッ!!!」

ようやく時が正常に流れ始めた瞬間、私は喉も裂けんばかりに絶叫していた。

どうして？　どうしてこんなことになった？

レオン君と家で留守番をしているはずのチェシャさんが現れて、いきなりダグラスさんを刺した？

何で？　どうして？　意味がわからない。

「チカ！　大丈夫か!?　チカ!!」

「ゲイル……さん、チェシャ……さんが、ダグラスさんを、ダグラスさんを――ッッ！」

人混みをかき分けて駆けつけたゲイルさんに抱き締められ、私は何とかそれだけを口にする。状況をきちんと伝えなければいけないのに、唇が震えて声が言葉になってくれない。

いや、それよりも私にはやらなければならないことがある。

「チカ、ダグラスを頼む！　俺はチェシャを捕らえる！」

「はっ、はい！」

断言するゲイルさんの目は、大切な幼馴染みを傷つけられた怒りに燃えていた。

「……待て、ゲイ……ル……追わなくて……いい」

けれども、何故かダグラスさんは血を吐きながらもゲイルさんを止めた。

「何を言ってるんだお前は!?　いいわけがあるか!!」

「いい……んだ……それより、俺を……早く王宮に、運んで……くれ」

「だからお前は何を言ってるんだ!!?　俺はチェシャを追う！　お前はここでチカの治癒術を受ける！　それが最善に決まっている！」

「そうですよダグラスさん！　すぐに私が治します！　だからもうしゃべらないで！」

私はダグラスさんに取り縋り、泣きながら懇願し、魔力をダグラスさんへと注ぐためその身体に触れる。

きっとダグラスさんは、いきなり胸を刺されて少なからず錯乱しているのだ。

「いや、チカちゃん。この場は、こやつの言うとおりにするのじゃ」

「ヘクトル様……？　どうして――」

思いがけぬヘクトル様の言葉に、私は驚いて顔を上げた。

「詳しいことは、後で必ずダグラスが説明する。じゃが時間が惜しい、この場は儂に免じて、何も聞かずこやつの指示に従ってくれんかの？」

聡明な思慮深さを湛えたヘクトル様の銀灰色の瞳に見据えられ、乱れに乱れていた私の心が、いくらか落ち着きを取り戻す。

「わかりました……それならば急ぎましょう」

何よりここで押し問答する時間が惜しい。ダグラスさんには時間がないのだ。一刻も早く治癒術を施さなくては、本当に取り返しのつかないことになりかねない。

「ゲイル、チカちゃんとダグラスを王宮まで連れて行くのじゃ。この場は儂とアルベルトが収める。子ども達にはセバスチャンがついておる故、何も心配せずともよい」

「……承知いたしました、ヘクトル様」

ゲイルさんは言葉少なにそう答えると、ダグラスさんと私を近くに停めてあった、獣車へと乗せると王宮目指して全速力でそれを走らせた。

その間も私は、ダグラスさんの手を握り、治癒術で止血を行っている。胸には短剣が刺さったまま、これを抜かなければ治療は出来ない。

王宮に到着した私達は、すぐさま人気のない簡素で清潔な部屋に通された。

「ダグラスさん、すぐに治します。頑張ってください。ゲイルさん、お願いします」

「わかった。チカ、頼んだぞ」

「はい！」

私はゲイルさんがダグラスさんの胸から短剣を引き抜くのと同時に全力で治癒術をかけ続ける。

胸元からは短剣を抜いた瞬間に血液が噴き出したが、私の力を受けてそれもすぐに止まった。

ダグラスさんが一度咳き込み、そこから鮮血が溢れ出す。

その光景を見て頭の中が再び真っ白になりそうだった。

外科を専門とする医師としてこんな光景は見慣れているはずだった。

しかも今は、鉗子《かんし》や縫合で止血をする必要もなく私はただ魔力を流し願えばいいだけなのに……。

それでも、愛する人の凄絶な姿に心を揺らさずにはいられない。

「チカ、大丈夫か？」

「大丈夫です。絶対に！　絶対に大丈夫です」

ゲイルさんの言葉に我に返る。

そうだ、私には出来る。私は必ずダグラスさんを救うことが出来る。

私はダグラスさんの胸にあてがった手のひらに全神経を集中させ、心臓と肺、その周辺の血管や筋肉の正常な状態を精密にイメージして魔力を流し込む。

大丈夫、思ったほどに損傷は酷くない。

いや、これは致命傷ではない……？　大事な臓器はどこも傷ついていない……。

吐血も心臓ではなく、出血が気管に流れ込んで起きたもの……？

何か違和感を覚えた。それでも慎重に慎重を期して、私はダグラスさんに徹底的な治癒術を施した。

「ん……」

やがてダグラスさんの垂れ目がちな茶色の瞳がゆっくりと開かれ焦点を結ぶ。

「よお……チカ」

「ダグラスさん……ッ！」

いくらか弱々しいものの、それは間違いなくいつものダグラスさんの声と口調で、私は安堵のあまり声を上げて泣いてしまった。

「ダグラスさん……！　ごめんなさい、ごめんなさい！」

「おいおい……何を謝ってんだよ？　お前さんは、俺を助けてくれたじゃねえか」

「でも……チェシャさん達を我が家に招き入れたのは私です。私がもっと警戒心を持って彼らに接していれば、こんなことにはならなかったはずです！」

チェシャさん親子を助けたこと。それ自体は人として決して間違った行為ではなかったと思う。けれども、正しい行いが必ずしも正しい結果を招くとは限らない。私の青臭い倫理観が私達家族にとって最悪の結果を招くことになってしまっていたかもしれないのだ。

「チカ、もう泣くな。それに謝らなきゃいけねぇのはお前さんじゃない。俺だ」

「謝る……？　ダグラスさんがどうして？」

「チカ、お前さんは何か気づかなかったか？　至るところにある不自然さや違和感に」

「あ……！」

ダグラスさんを治療することに夢中になるあまり忘れていたが、確かにこの襲撃事件はおかしなことだらけだ。

ダグラスさんとヘクトル様が、チェシャさんを追おうとするゲイルさんを止めたこと。

ダグラスさんの治療をあの場ではなく、わざわざ王宮の奥まった一室でさせたこと。

まるで予定していたかのように、王宮側の受け入れ準備が整っていたこと。

そして何よりも、ダグラスさんともあろう人が、あんなにも無防備にチェシャさんに刺されたことが引っかかる。動きにくい式典服を纏って私を庇《かば》ったにしても、ダグラスさんをこうも見事に刺せる人間など、そうそういるものではないだろう。

それらの事柄から導き出される答えは一つ。

「全て想定内の出来事……つまりは打ち合わせ済みの仕込みだった……？」

「そうだ」

「ど、どうしてそんな危険なことを!?」

「悪い、本当に悪いと思ってる。だが、チェシャもダリウスも助けて、相手の油断を誘うにはこれしか方法がなくてな。もし他に方法があったとしても、別の犠牲を生むか圧倒的に時間が足りなかった……すまん」

「でも……だからといってこんな危険な方法を選ぶなんてあんまりです」

頭ではわかっても感情がついていかない。

敵に人質を取られている以上、正面から戦いを挑むわけにはいかない。それに相手がキャタルトンの王族絡みとなれば、最悪国同士の問題――戦争に発展しかねない……。

「ダリウスさんだけをこっそり助け出す……というのは無理だったんですか？」

「出来ればそれが一番だったんだがな。あっちも馬鹿じゃねぇみたいで所在は不明。随分と泳がせてみたんだが、それでもヨハンでも探りきれなかった。だから、俺が死んだと思い込ませ、相手に隙を作る。黒幕の目星はついてるんだ、チェシャが戻ることであっちも尻尾を出してくれるだろうよ」

「いや……それはこちらも相手を侮《あなど》りすぎてはいないか？」

ここまでずっと眉間に皺を寄せ黙って聞いていたゲイルさんが、初めて口を挟んだ。

「確かにこれだけの刃物でプロの暗殺者に胸を刺されれば、確実に死ぬ。だが、俺達のもとにチカが――『至上の癒し手』がいることを、キャタルトンの連中はよく知っているはずだ。ならばダグラスの死体を確認もせず、安易にその死を信じるだろうか？」

「お、さすがはゲイル。俺の相棒だけあって、いいところに目をつけるじゃねぇか」

「……茶化すな」

ゲイルさんは軽く顔をしかめた。これは少しだけ照れている。

「ゲイル、そこにある俺の上着を取ってくれ」

「ああ」

「まあ、これを見てくれよ」

血塗れの上着を受け取ったダグラスさんは、上着の内ポケットから一本の短剣を取り出し、上半身を起こして座っていた寝台の上に放った。

「あ……!?」

「これは……」

それを見た私とゲイルさんの口から、同時に驚きの声が漏れた。何故ならシーツの上の短剣が、先ほどダグラスさんの胸から引き抜いたばかりの短剣とそっくり同じものだったから。

「こ、これは……どういうことですか？」

「そいつはもともとチェシャが使う予定だった短剣だ。組織の奴がそいつで俺を刺せと、わざわざチェシャに渡しに来たんだと。けどな、こっちもほいほい相手から渡されたものを使うほど馬鹿じゃねぇ、それでそっくりな偽造品をセバスチャンに作らせたんだが、調べてみたらこの短剣やべぇの何のって」

「それは、どういう意味ですか？」

「んー、そうだなぁ……。口で説明するよりやってみた方が早いわ」

そう言ってダグラスさんは無造作に短剣を鞘《さや》から引き抜くと、自分がもたれかかっていた枕の一つを突き刺した。

「は？　え？　ダグラスさん!?」

「こいつでそこそこ厚みのある物をぶっ刺すとだな、もれなくこうなるって代物《しろもの》らしい。ドワーフの鍛冶屋《かじや》に見せたらキャタルトンの暗殺者が使うもんだって知ってたそうだ」

わけがわからず目を白黒させている私に、ダグラスさんは短剣が刺さったままの枕を渡す。

「『こうなる』って一体どういう…………――!?」

恐る恐る枕から短剣を引き抜いて、私は思わず絶句した。

「刃が……ない?」

私の手の中にあるのは、柄の部分とごく僅かな刀身のみだったのだ。

「ゲイル、枕の中を確かめてみろ」

「……わかった」

何か察するものがあったのか、ゲイルさんはやけに慎重な手つきで枕に詰まった綿をかき分ける。

「ひっ――!」

そこで見た光景に、私は短い悲鳴を上げた。

「や、刃が砕けてバラバラに……っ」

枕の中で細かく砕け、綿を引き裂いて四散した鋼の刃。これはつまり、もとの世界で言うところの散弾と同じ原理だ。もしこんなものでダグラスさんが刺されていたら……想像しただけで身の毛がよだつ。

「……悪趣味な仕掛けだ」

ゲイルさんも私と同じ感想を持ったのか、精悍な横顔が苦々しく歪んでいた。

「キャタルトンの連中は、よっぽど俺が目障りなんだろうぜ。こんな陰険な仕込み刃まで準備して、全くご苦労なこった」

しかし、当のダグラスさんは柄だけになった短剣を指先で弄《もてあそ》び、軽く鼻先で笑い飛ばす。

「だから逆に、俺はこいつを利用してやったんだ。こんなもんで胸を刺された日にゃ、いくら『至上の癒し手』でも治せやしねぇ。きっとキャタルトンの連中は、そう高をくってやがるだろう。そして、そこに隙が生まれる」

『隙が生まれる』、そう口にしたダグラスさんの目に剣呑《けんのん》な光が宿る。彼は陽気で優しい人だが、決して非暴力無抵抗の博愛主義者ではない。やられたことは、不敵に笑って倍返しにする人だ。

けれども、私にもダグラスさんに言っておくべきことがある。

「ダグラスさん。作戦があると言った時、私がいるから絶対に大丈夫というのはこういう意味だったんですね？」

「ああ、そのとおりだ。……俺はお前を苦しめてばっかりだな。自分で言うのも何だが、俺が刺されて辛い思いをしただろうな……」

「はい、本当に辛くて怖かったです。二度と……二度とこんな真似はしないと約束してください……」

「ああ、約束するもう二度としねぇ。ゲイルも悪かったな。お前に伝えたら反対すると思ってな」

「当たり前だ。チカがどれほどお前を心配したか、本当にわかってるのか!?」

「悪かった。本当にすまないと思ってる。自分はわりと小賢しいと思ってたんだけどな。今回の件に関しては何でかこんな案しか浮かばなくてな」

ふぅと小さく息を吐いたダグラスさん。その表情からは私とゲイルさんに対する贖罪《しょくざい》の気持ちが痛いほど伝わってくる。

「ダグラスさん、あなたは怖くなかったんですか？いくら打ち合わせをした上で、チェシャさんに殺意がなかったとしても……万が一ということが……」

「チカ……。俺はいつだって、お前さんを信じてるんだ。だからこんな危ねぇ綱渡りも、ちっとも怖くなかっ——痛ってぇぇぇッ！」

「ゲイルさん!?」

ダグラスさんが言い終えるより先に、鈍い打撃音が部屋に響く。ゲイルさんの拳骨《げんこつ》が、ダグラスさんの脳天を直撃したのだ。

「それはそれ、これはこれだ。俺達がどれだけ心配したことか。俺はともかくとして、チカを泣かす輩は何人《なんびと》たりとも俺が許さない。……お前はもっと反省しろ」

「ゲイルさん……」

ゲイルさんの翠色の瞳にうっすら涙の膜が張られていることに気づき、私は慌てて目を逸らす。

「ダグラスさん、この件に関して私は怒っています。なので、後ほどお説教とお仕置きをさせてもらいます」

「チッ、チカユキ君。お顔がちょっと怖いぞ……？」

「あと、もう一つ。もし仮にダグラスさんの身体の中で短剣の刃が砕け散っていたとしても、私は必ずあなたを救いました。治癒術を使いながら刃の破片を全て外科手術で取り除いていけばいいのですから。この先どんなことがあっても、私は私の持ちうる全ての力を使ってダグラスさんを……いえ、お二人を助けます」

たとえ……魔力が尽き、この命が尽き果てたとしても――それは言葉にはせず、私は胸の内でそう付け加えた。

「まぁ本当に悪かったすまない。チカのお説教もお仕置きも甘んじて受ける。だが何はともあれ、ここから先は反撃の時間だぜ。チェシャとダリウスを助けて百倍にして返してやらないといけないからな。そうだろ？」

「ああ、そうだな。二度と俺の家族に手を出そうなどと考えないように、しっかりとわからせる必要があるな」

犬歯を剝き出しにして獰猛な笑みを浮かべる獅子と、むっつりと唇を引き結んだ熊。

今や二匹の獣の瞳は炯々と燃え、この先で何が起きるのかを雄弁に物語っていた。

＊＊＊

恩人の愛する人を——ダグラスさんを刺した。いかに打ち合わせどおりとはいえ、私はさんざん世話になった人を、この手で刺してしまったのだ。

広場から離れて変装を解き、ヘクトル様の邸宅に戻る道すがら。私の心は千々《ちぢ》に乱れて泣きそうだった。

人などこれまでの人生で数えきれぬほど刺し、貫き、かき切ってきたけれど……そこに情が絡んだ途端、人の肉とはこれほどまでに感触が変わるものなのか。

ダグラスさんの分厚い胸板に刃の切っ先が触れた感触。手のひらに伝わる服の布地と筋繊維の微かな抵抗。乱暴に叩き込むのではない。あくまで鋭く丁寧に、ダグラスさんの体内に柄本まで埋まっていった短剣。

何もかもが生々しいまでの鮮烈さで、私の指先に刻まれている。チカユキさんの大切な人を傷つけた、それは具現化された罪の感触だ。

あの夜、私は兄弟子に短剣を渡されてすぐに、ダグラスさんの部屋に向かった。そして今しがた起きた出来事を、包み隠さず全て正直に伝えた。するとダグラスさんは私から短剣を預かり、僅か数日で本物と見分けのつかない精巧な模造品を用意したのだ。

己の手のひらほどの刃渡りを持つ短剣を、根本までダグラスさんの胸に突き刺す。その恐ろしさに震え上がった私は、思わず彼に提案した——手品で使う刺すと柄の中に刃の大半が収納される仕掛けナイフと、魔獣の血を詰めた血糊袋で誤魔化そうと。そうすれば刺《し》突《とつ》の深さは刃の三分の一程度で済むし、吐血だって適当なタイミングで口に含んだ血糊を吐けばいい。

しかしその提案は、臨場感に拘るダグラスさんによって却下された。

彼曰く——。

『いいか？　偽物はお前さんが使うその短剣だけだ。他は全て本物でいくぜ。流れる血も、刺される痛みも、漏らす呻きも……泣き叫ぶチカさえも、だ。そうでなきゃキャタルトンの連中を騙しきれねぇ。どうせお前さんの仕事は誰かに監視されてんだろ？　もしそいつに芝居がバレたら、居所を摑めてねぇダリウスの身が危ねぇ』

とのことだった。

終始飄々としていたダグラスさんの顔が、唯一チカユキさんのことを口にする時だけ辛そうに歪むのを見て、私は酷く胸が痛んだ。自身が刺されることよりも、それによってチカユキさんが悲しむことこそを憂う。そして自分が本来負う必要のなかった痛みを受けることになっても、友達だからという理由だけでダリウスを助けてくれる。

これが獅子の王族ダグラス・フォン・レオニダスなのだと、私はその度量に改めて敬意の念しか浮かんでこない。同じ王族だというのに、私腹を肥やすことしか頭にないキャタルトンの連中とは大違いだ。

「レオン……私は少しだけ出かけてきます」

『きゅう？』

「でも大丈夫。私は必ず帰ってきますから。だって私は……レオンの家族ですからね」

『……くぅ……ん……？』

追手が来ないことはわかっている。

だからこそ私はヘクトル様の邸宅に戻り、最後に一度だけレオンを抱き締め、我が子の全てをこの身に刻む。

死ぬつもりなど、むろんない。私は必ず生きて戻って、レオンが成人するのを見届ける。だからこの抱擁は別離の儀式ではなく、再会への誓いだ。

私は私のお母様とは違う。それでなくても許されない罪を犯して産んだ幼い我が子を残して無責任に死んでたまるか。

「絶対に生き延びてやる……」

私は覚悟を決めて、予め手配しておいた長距離獣車に着のみ着のまま飛び乗った。

私の勢いに驚いた御者《ぎょしゃ》には、キャタルトンで暮らす母親が急な病で倒れたと、もっともらしい嘘を吐いた。

キャタルトンに戻った私は、その足でまっすぐ『地下』へと向かう。

『地下』とは私達暗殺者の本拠地であり、荒れ果てた廃墟の下にある巨大な穴蔵で蠢《うごめ》く私達は、『地虫』と呼ばれ蔑《さげす》まれていた。私達は、いくら死のうがあとからあとから湧いて出る賤《いや》しい消耗品だ。

そして賤しい『地虫』の中ですら、厳然たる身分格差があった。

まず上層部を占めるのが、傍系王族ディバーター家に代々仕える長の一族。私を仕込んだ当代頭領と兄弟子はそこに属する。ここに関しては完全な実力主義で、より巧みに殺せる者だけが上に行く。

そして私が属していた中間層以下——ここにいるのは元奴隷や戦争孤児、その他わけありの人間ばかりだった。

「王弟暗殺の任を果たし、ただ今戻りました」

「ご苦労、よくやった」

片膝をついて偽りの任務完了報告をする私に、長が昔と変らぬ労いの言葉をかけてくる。久しぶりに見る長は、ここ数年で急に老け込んだように見える。

その側には私に短剣を渡したあの兄弟子が立っていた。

「たかが人一人始末するのに、随分と時間がかかったな。よもやよからぬ企《くわだ》てでもしているのか？」

「それは心外なお言葉ですね。王弟一家は王弟本人とゲイル・フォレスターはもとより、護衛に至るまでつわもの揃い。組織の諜報部員の質も落ちたものですね。あれほどのつわものに囲まれて私がどれだけ苦労したかおわかりですか？　その上で、慎重に慎重を期して機を窺っておりました。こちらはダリウスの命がかかっているのです。失敗するわけにはいきませんでしたから」

「なるほど？　筋は通っているな」

鼻で嘲笑いながらも、兄弟子は納得したようだ。それもそのはず、私はこの部分に関しては一切嘘を吐いていない。

「ところでチェシャ、お前の子どもはどうした？　父親から認知もされていない、あの出来損ないだ」

「……レオンならば、レオニダスの『静かなる賢王』の邸宅に置いてきました。王弟暗殺後は身一つで落ち延びるのが精一杯で……下手をすれば親子揃って捕らえられていたでしょう」

レオンへの侮辱に純粋な殺意が沸き起こったが、今はまだその時ではない。私は己が心を静かに押し殺した。大丈夫、心を殺すことには慣れている。

「なるほどなるほど。我が身可愛さに子どもを打ち捨て、惚れた男を選んだか。さすがは色狂い。我らを裏切ったあばずれはやることが違う」

兄弟子の細い目の奥で、金緑色の瞳が意地悪く光る。

「王弟に『静かなる賢王』に次期国王、お前は獅子が好みらしいからな。もしや、獅子の王族を端から食らってきたのではないか？　幼き頃より、お前がとんだ好きものだったのは俺ですら知っている」

「……それは、ご想像にお任せします」

「ふん、可愛げのない奴だ」

「そのへんにしておけ」

気に入らないと鼻を鳴らす兄弟子を、長はどこかあきれたように窘めた。

「長、私は約束どおり王弟を暗殺しました。これで私は晴れて自由の身。早くダリウスに会わせてください。私は……ダリウスのためにここに戻ったのです」

「……すまんがその望みは叶えてやれぬ。許せ」

「え……？」

半ば予想していたにもかかわらず、私の心を冷たい風が吹き抜けた。長は約束を守る人だと、心のどこかで信じていたことが自分でも意外だ。

「お前は薄汚い裏切り者だ」

「っ――！」

兄弟子は私の髪を乱暴に掴むと、グイと顔を寄せてくる。

「お前には死ぬまでこの『地下』で『地虫』として這いずってもらう。もっとも、その前に副宰相様のところに連れて行くがな。久方ぶりにお前を抱きたいとご所望だ。存分に可愛がって頂くといい」

最後の言葉を言い終えた兄弟子の顔は憎々しげに歪

んでいた。

一体、この人は何故こうも私を憎むのだろう。わけあり下層部の分際で副宰相の寵愛を受けている私が気に入らないのだろうか？　そんなもの、私は一度たりとも望んでいなかったのに……。


「チェシャ、こっちにおいで」

「はい、副宰相閣下……」

「そんな他人行儀な呼び方は止めなさい。昔のようにルバイ様とお呼び」

「はい……ルバイ様」


長と兄弟子に連行される形で副宰相の別宅を訪れた私に、奴はニヤニヤと気色の悪い笑みを浮かべながら、ブヨブヨと浮腫《むく》んだ指で触れてくる。

なんておぞましいのだろう。

触られるだけで吐き気すら催してくる。

過去の私はよくこれに耐えてこられたものだと我ながら自らの身体が汚れきっていることに改めて溜息が出てしまう。


「のうチェシャや、こたびは大層な働きぶりであったなぁ。今やキャタルトンの都にすら、レオニダスの王弟ダグラスが『何者か』に襲われ死亡したという噂が広まりつつあるぞ」

「それはそうでしょう。この私が特別製の短剣で深く急所を刺したのですから」

「おうおう、そうだとも！　あの短剣はな、私が可愛いチェシャのためにもっとも破壊力のあるものをと特に命じて誂《あつら》えたのだ。気に入ってくれたか？」

「はい、素晴らしい暗器です。さすがはルバイ様、私の好みを知り尽くしておられますね。チェシャは嬉しゅうございます」


私が心にもないお世辞を小鳥のように囀《さえず》ってやれば、愚かな副宰相は小鼻を膨らませてグフグフと笑う。全く、笑い方一つとっても醜悪で不快な奴だ。

「チェシャ、お前のおかげで私はようやく宰相の座に手が届く。有り余る才を持ちながら副宰相に甘んじること三十と数年、ようやく我が世の春が巡ってきたわ」

「それは大変よろしゅうございました」

ちなみに、この男に『有り余る才』などありはしない。副宰相になれたのも、半ば家柄による世襲である。

「今までのことは水に流してやるから、お前はこれからも私のために働け。寝泊まりはこの別宅でするとよい。そっちの仕事がない時は私の側に置いてやろう」

「それは大変素晴らしいお話ですね。素晴らしすぎて——吐き気がする！」

私は一気に副宰相の背後に周り、その弛んだ首に左腕を巻きつけ、右手に持った短剣を喉元に突きつけた。

「な、な、な、何をする!?　わ、私は、この国の次期宰相だぞ！　こ、こんなことをしてただで済むと思うのか!?」

「うるさい、黙れ。暴れたら殺す。喚いても殺す」

威厳の欠片もなく金切り声を張り上げる副宰相を、私は酷く凪《な》いだ声音で恫喝する。問題はこんな奴じゃない。

「チェシャ、馬鹿な真似はやめろ」

「俺と長を一度に相手取るつもりか？　色仕掛けと闇討ち専門のあばずれが身のほどを知れ」

眉一つ動かさない冷静な長と、愉快そうに薄ら笑いを浮かべている兄弟子。やっかいなのはこの二人だ。

私の技は全て彼らから叩き込まれたものであり、彼らは私の手の内を知り尽くしている。

そして副宰相がダリウスと交換するための人質である以上、私がおいそれと殺れないことも把握されているのだ。

だがしかし、私には勝算がある。もう少し……もう少しだけ時間を稼げばいい。時間さえ稼げばきっとあの人達がダリウスを——。

「よお、チェシャ！　待たせたな！」

「ダグラスさん……！」

轟音《ごうおん》と共に蹴り破られた扉の向こうから現れたのは、

ダグラスさんと目元以外をすっぽりと黒い布で覆った獣人が三人――おそらく騎士ではない、私達の同業者だ。

四人とも返り血を浴びていることから察するに、副宰相の私兵や配置されていた『地虫』はあらかた駆逐《くちく》されたのだろう。

「本当に……来てくださったんですね」

「一度した約束は守る。んなもん、人として当たり前だろうが」

「……！」

この人は私のような人間を、それでも『人』として扱ってくれる。表現の仕方は違っても、ダグラスさんはきっとチカユキさんと同じくらいに優しい。

「な……ッ!?　レオニダスの王弟が何故ここに!?　貴様、死んだはずではなかったのか!!?」

「目論見が外れて残念だったなあ？　おかげ様で俺は見てのとおりピンピンしてるぜ？　むしろお前さんらが喉から手が出るほど欲しがってる『至上の癒し手』のおかげで、若返ったくらいだ。そっちの猫ちゃんも協力してくれたしな？」

「ぐぬぬぬ……ッ！」

「あなたの負けですよ、永遠の『副』宰相閣下」

ニヤリと笑って、キザにウィンクして見せるダグラスさん。分厚い脂肪に目鼻の埋没した顔を赤黒く染め上げ、言葉にならぬ呻きを発する副宰相。

この場における勝者と敗者が誰なのか、彼らの姿はこれ以上なく如実に物語っていた。しょせん器量が違うのだ。

「い、いや！　待て！　ま、ま、まだ私にはダリウスという手駒があるわ！　チェ、チェシャ！　いいのか貴様！　わ、私にこんな真似をしてあやつがどうなっても知らんからな!?　いや、あやつだけではない！　貴様の子どもも探し出して嬲《なぶ》り殺しに――」

「やれるものならばやってみろ」

「――!?」

不意に響いた、怒気に満ちた低い声。

「いたいけな子どもを手にかけると言うならば、俺が貴様を挽肉にするまでだ」

「はひぃぃッ!!?」

ダグラスさんが破壊したドアからぬっと現れたのは、憤怒の表情のゲイルさんだった。この光景を目にすれば、『造作は悪くないが無表情な強面』と評されることにも納得がいく。

チカユキさんの前で、彼がどれだけ優しく穏やかな表情をしているのか……その違いに誰もが驚くことだろう。

「はひ！　はひ！　ひゃぁぁ！」

「あ!?　ちょ……ッ!!?」

ゲイルさんの放つ獣気をもろに叩きつけられた副宰相は、何をとち狂ったのか首元の刃を無視して強引に振り向き、力の限り私に抱きついてきた。

「貴様！　チェシャに触るな！」

「ぎゃ――ッ」

しかし、その不快極まりない抱擁は、ゲイルさんの横から飛び出してきた人影の飛び蹴りによって、ものの数秒で終了する。ちなみに副宰相はとんでもなく豪快に吹っ飛んだが、あんな奴のことはどうでもいい。何なら頸の骨でも折れていればいい気味だ。

そんなことよりも――。

「大丈夫かい、チェシャ？」

「ダリウス……ッ！　無事で！　無事でよかった……！　あなたの消息を摑めなくなったと聞いて……。ああ、よかった」

振り返った人影の懐かしい面差しに、私は声を詰まらせ涙を流す。

話したいことがたくさんあった。謝りたいことも、たくさんあった。だけど涙が溢れて、止まらない。

「チェシャ……僕も会いたかった。君がいきなり僕の前から消えたあの日から、僕はずっと君を探していた」

「えっ……どうして？」

「君が僕の最初で最後の唯一無二だからだよ」

「だから、どうして!?　私はあなたを騙していたのに……ッ！」

身分を偽って出会い。偽ったまま逢瀬《おうせ》を重ね身体を重ね。挙げ句の果てには勝手に孕《はら》んで逃げ出した最低最悪の嘘吐きアニムス。それが私だ。

「違う。君は何一つ嘘なんか吐いていない。僕は君を心から愛し、恥ずかしい勘違いでなければ君も僕を愛してくれた。そこに偽りなど何もない。それこそが嘘だったと言うならば……僕は己の不明を恥じて、今この場で人の姿を捨てよう」

「ダリウス……？」

衝撃的な宣言に私は目を見開いた。この人は何を言っている？

「君に今一度請い願う。どうか、僕の伴侶になって欲しい。レオンのことはゲイル殿から聞いている……僕の家系に伝わる病のことを黙っていて、本当にすまなかった。君に知られて捨てられるのが怖かったんだ」

「あなたという人は……私は……人殺しなんですよ？　何人殺したかすらもわからない。そしてあなたを裏切ったそんな人間をあなたは……」

「それでも構わない！　君が犯した罪はこの国の罪そのものだ。ならば僕も共に背負って贖罪を続ける。君が過去を悔いているのなら、僕と共に一人でも多くの人をこれからは助けていこう」

「そんなことで私が殺めた人達が私を許してくれるはずはありません。この手もこの身体も私は全てが汚れきっているんです!!」

やめて、お願いだからやめて。

私を許そうとしないで、私は許されてはいけない。

「だが君は生きなくてはいけない。君が殺した相手のためにも、そしてレオンのためにも……！　傲慢で身勝手な考えかもしれない、だけどたとえ罪を犯していても僕は君と共に生きていきたい！」

「っ……！　本当に、いいのですか……。私と共にあれば、あなたは全てを失うことになるかもしれない。

それでも……」

「構わない」

「あなたは……」

もう自分に嘘はつけない。虚飾に塗れてここまで生きてきたけれど、今だけは本当の私の気持ちを伝えたい……。


「生きたい……。私もあなたと、レオンと生きていきたい……。私の過去は私だけでなく必ずあなたにも時に牙を剝くことでしょう……、ですがそれを共に背負ってくれますか……？」

「ああ、もちろんだ」

「……ありがとうございます。ダリウス」


ダリウスは私に笑顔を返してくれる。

こんな時でもあなたは笑ってくれるんですね……。

本当に、本当にありがとう……。


「おい、そろそろいいか!?　そっちの話はあらかたついたな？」

「はい、ありがとうございます。ダグラスさん、ゲイルさん」

空間が歪むほどの獣気を放って辺りを牽制《けんせい》してくれていたお二方に、私は小さく頭を下げた。


「で、これからどーすんだよお前ら？　ご主人様は飛び蹴り一発で伸びちまってるぜ？」

「ふむ……どうしたものか」


影のように動く、ダグラスさんと共に現れた者によって、いつの間にか縛り上げられていた副宰相をチラリと一瞥した長は、やれやれと溜息を吐く。そんな仕草に騙されてはいけない。隙あらば急所目掛けて短剣を投げてくるのが『地虫』の長だ。

「こっちにはもう、何の縛りもねぇ。ダリウスという手札は回収済み。ここで俺達が少しばかりオイタをしても、目撃者は全員消える。まるごとな。もっとも、そこのイモムシ副宰相だけは生かしてお持ち帰りするぜ？　上手い具合に突然の消息不明となってもらう予定だ。色々話を聞きてえからな。レオニダスにも随分とちょっかいを出してくれてたみてぇじゃねぇか」

「小物だ。情報なぞすぐに引き出せる。もとよりこの国でこのような者がいなくなっても次の愚者がその席に着くだけのこと。醜い国だなこの国は」

軽い口調とは裏腹に、ダグラスさんの目の奥には怒りの炎が青白く燃えていた。ゲイルさんの感情のこもらない短い言葉もまた恐ろしい。

「ルバイ様一人を八つ裂きにして、そちらの気が収まるならば取引の余地はある」

それに対する長の返答は冷徹そのもの。『地虫』はあくまでディバーター家に仕える組織であり、副宰相個人に忠誠を誓っているわけではない。故にルバイという『個』が『家』を脅かすと判断すれば、危機に瀕《ひん》した蜥蜴《とかげ》族のようにしっぽ切りを躊躇わない。

「もちろん、副宰相の後ろにいる奴もタダじゃおかねぇに決まってんだろ。俺の大切なチカと孫、そして何よりヒト族を溺愛するうちの親父が、やる気満々でねちねちといたぶる準備を始めてるからな」

「むろん、王家だけではなく我がフォレスター家もだ」

『静かなる賢王』とレオニダス有数の大貴族フォレスター家。彼らに目をつけられたら、たかが一国の有力貴族程度であればその先に待ち受けるのは確実な破滅だけだ。

「これは困った、大変よろしくない。されど、ここで貴殿らを始末し副宰相閣下を取り戻せば話は済む。異国で行方不明になった哀れな獅子と熊の肉は、魔獣にでもくれてやるとしよう」

言いながら長は片刃の小太刀二本を腰の後ろの鞘から抜き放った。

「へぇ……てめぇも二刀流かよ。いいぜ、俺のこいつとどっちが上か勝負しようぜ」

ダグラスさんもまた、腰に差していた二刀を構えた。間合いの長さ、筋力、速さ。壮年の獅子族であるダグラスさんは、初老の山猫族である長に剣士として全ての要素で勝っている。

けれども、長はあくまで暗殺者であって剣士ではない。私達『地虫』は汚れ仕事の専門家、その戦い方も例外なく汚い。正攻法で挑めば、ダグラスさんとて無事では済まないだろう。

より確実に、より安全に長を殺るためには、二人で仕留めにかかるべきだが――。

「ゲイル、手ぇ出すなよ？　俺は今回かなりイラついてんだ」

「わかった。俺も業腹であることに変わりはないが、ここはお前に譲ろう。武運を祈る」

「むさ苦しい野郎の祈りなんかいらねーよ」

ゲイルさんは抜き身の大剣を床に突き立て、扉の前で仁王立ちになってしまった。

そのやりとりが信じられなかった。ダグラスさんとゲイルさん、二人がかりであればさすがの長もなす術はないというのに、あえて一人で戦うというのか……。

それを止めるでもなく、悠然と見守る相棒。ああ、この二人だからチカユキさんを共に愛することが出来るのか……。ようやく私にもそれが理解出来た。

そして、そんな私の前にもやらなければならないことが現れる。

「チェシャ、お前はこの俺が惨たらしく殺してやろう。俺はずっとお前が気に入らなかった」

「それは奇遇ですね。私もあなたが大嫌いです。終わらせましょう、私達の腐れ縁」

兄弟子が手にしたのは、小振りなわりに重さのある鉈刀だ。もっとも、彼の場合それが本命の武器とは限らないが。

「チェシャ、僕だって獅子族の端くれだ！　君と一緒に戦うぞ！」

「手を出さないでください」

血の匂いのしない護身用の剣に手をかけるダリウス

を、私は明確に拒絶した。

彼は私とは違う。

彼には血の匂いのしない綺麗な手でレオンを抱いて欲しい。


「チェシャ……？」

「これは私のけじめです。ダリウスはそこで私の……『本当の私』の姿を見届けて……そして、これからのことをもう一度決めてください」

私は今から人を殺す。生まれて初めて愛した人の眼前で、この身を血に染め手を汚す。もはや隠すことは何もない。

今の私に怖いものなど何もないのだから。

『グルルルル』

親指を除く左右の手指四本に、筒型の指甲を素早くはめて低く呻る。私は牙を剝きながら手足のみを鋭い爪の生えた獣のそれに変えた。これで私の手足は人の姿の倍以上の力を出せる。


「ふん、部分獣化か……醜いな」

『それで煽っているつもりですか？』

この姿が歪な異形《いぎょう》であることは百も承知だ。本当ならば、ダリウスには見せたくなかった。だけど私は決めたのだ。もう隠し事はしない、彼の前で全てを曝け出そうと。

「お前の手の内などお見通しよ！」

先に仕掛けてきたのは兄弟子だ。彼の斬撃は重く速く正確で、変則的な上に隙がない。

『ぐぅう――――ッ！』

「チェシャ!?」

ダリウスの悲痛な声が上がり、あっという間に私の身体のあちこちから鮮血が噴き出した。まだだ、まだその時じゃない。

「遅いぞチェシャ！　我らを裏切り安穏とした暮らしの中で腑抜《ふぬ》けたか⁉」

『ぐがぁっ！』

　幾度目かの鉈刀をまともに受け止めた左手の指甲が、耳障りな音を立てて砕け散る。爪と指の骨も纏めていった。この戦闘でもう左手は使えない。私はズキズキと痛む左手をダラリと垂らした。

「自慢の部分獣化もそんなものか⁉　もう片方の手も潰してやろう！」

　追い詰められた私を見る兄弟子の目に嗜虐の色が宿る。

　そうだ、それでいい。もっと愉《たの》しめ。もっと昂ぶれ。

「そら！　そら！　そらぁッ‼　逃げてばかりでは右手がもげるぞ！」

　私の右手を執拗に狙って振り下ろされる重い斬撃。

　そろそろだ。彼はきっと狙ってくる。

「シィッツ！」

『ガァァアッツ‼』

「な――⁉」

『左』側頭部を狙ってきた兄弟子の鉈刀を、私は圧縮させた炎を纏った『左腕』で受け止めた。痛みさえ無視すれば、手は使えなくても腕は問題なく動くのだ。

「くあぁッ！」

　私から生じた炎が鉈刀を伝って兄弟子に燃え移る。

「く、小賢しい！　こんなもので俺が止まるか」

『でしょうね、知ってます』

　炎を無視して突っ込んできた兄弟子の喉を、私は長く伸ばした右手の爪で貫いた。

「うグボォ――ッ」

兄弟子の口と鼻から、喘ぎと同時に血が溢れる。

「……な……なん……こ、こっん……な……ッ……俺……は……」

『暗殺者たる者、常に誰にも知られぬ隠し玉を持て。長の教えです』

私は爪の先に魔力を流し、炎の精霊術による急激な加熱で再生可能な先端を意図的に砕いた。

薬液に浸して強化した、伸縮および再生自在の爪。それが三年間で磨き上げた私の隠し玉だ。

「はがぁッ……ッ!!」

大きくよろめいた兄弟子の身体が、私の胸に倒れ込む。

「あなた方から逃げている間、私が何の鍛錬もせずに安逸《あんいつ》として過ごしていた……そう見下していたのがあなたの敗因です。私には守るものがあった……だから絶対に死ねなかったのですから」

部分獣化を解き、最後まで私を見下していた人間が血を吐きながら沈みゆく姿を何の感慨もなく眺める。

「チェ……シャ……俺……は……お前が——」

命の尽きる最期の瞬間に、兄弟子が何を言おうとしたかもわからない。きっとそれは、私が知る必要のないことだ。

「終わりましたよ、ダリウス」

「チェシャ……」

振り返った私をダリウスが凝視する。二人分の血に塗れた私は、まっとうに生きてきた彼の目にどう映っているのだろう？　彼がどんな結論を出しても、私はそれを受け入れる。こんな私を一度でも愛し、ここまで来てくれただけで十分だ。その思い出だけを抱いて、私はこの先の人生を歩んでいける。

「頑張ったな！」

「え……？」

ダリウスに強く抱き締められ、私は間の抜けた声を漏らしてしまう。

「頑張った……ああ、本当によく頑張った！　偉いぞ！」

「ダリウス……？　私は、人を殺したんですよ？」

こんなにも手放しで褒められるのは初めてで……どうしていいかわからない。

「君は僕達三人の未来のために強敵と戦い、見事打ち勝ってみせたんだ。その勝利は誇っていい」

そうか……私が今、こんなにも穏やかで奇妙に爽やかな心持ちなのは、前向きな未来のために戦い、己の意志で殺したからだ。

「僕は君を誇りに思う。強くて美しい君を愛している。君の過去が君を縛るならそれも共に引き受けよう。どうか僕の、ダリウス・バッソの伴侶になってくれ！」

「……はい、ダリウス。私は……、罪深きチェシャ・ラトゥールはあなたのもとにその罪と共に参ります」

私は万感の思いで三度目の真実の愛の言葉を受け入れた。


「向こうは片が付いたみてぇだな」

「ふむ……我が不肖の弟子が死におったか」

一方、ダグラスさんと長は互いに隙なく双剣を構え、未だ対決の真っ最中だった。

ダグラスさんは全身傷だらけになって血を流しているが、いずれも浅い。長は傷こそ少ないものの、額を割られ脇腹に深手を負っている。

私が見たところ、現時点で優勢なのはダグラスさんだが、何を仕掛けてくるか最後までわからないのが長だ。

「一番弟子が殺られたってのに、随分と冷静じゃねぇか。てめぇら暗殺者には、仲間意識なんてもんはないのかねぇ？」
「アレよりもチェシャの方が上手であった、それだけのこと」

ダグラスさんは長を挑発するが、長は眉一つ動かさない。あの人にとって、自身も含め『地虫』はすべからく虫けらだ。それは目を掛け側に置き、手ずから仕込んだ兄弟子であっても例外ではない。虫に個としての意思など不要、ただ全体としての目的を本能的に果たすのみ。長は昔からそういう人だった。

「そうかい。だったら俺らもそろそろケリつけようぜ？」
「決着を欲するならば、どこからでもかかってくるがいい。こうして話しておる間にも、不意打ちを仕掛けたらいい。ほれ、こんな具合に」

長は何の前動作もなく、いつの間にか手にしていた投げナイフをダグラスさん目掛けて投擲《とうてき》する。

顔、肩、足のつけ根、太もも。避けにくい場所を同時に狙ったそれを、ダグラスさんは全て双剣で叩き落とす。

しかし——。

「ぐっ!?」

ダグラスさんの目が驚きに見開かれる。見れば彼の背中に、透明なガラスで出来た楔形の手裏剣が一本刺さっていた。長が好んで使う変わり玉、返り手裏剣だ。

「こいつは……」
「そんな玩具が何本刺さろうが、貴殿にしてみれば痛くも痒くもなかろう」

背中から手裏剣を引き抜いたダグラスさんに、長は薄く微笑む。

「だが、それには無味無臭の毒が塗ってある。解毒剤が欲しければ、私を殺して奪え。ほれ、時間がないぞ？」
「そうやって俺の焦りを誘おうってか？　上手いなあ

んた」

いつ効果が現れるかわからない毒の存在をチラつかせ、相手の焦りを誘う。そして焦った相手の攻撃が乱れた瞬間、致命の一撃を反撃として叩き込む。単純だがよく計算された、実に長らしくいやらしい攻めだ。

このことをダグラスさんに伝えるべきだろうか……。いや、それはかえって戦いの邪魔になるかもしれない……。

「ま、速攻てめぇを殺って解毒剤を奪うから関係ねぇけどな」

けれども、ダグラスさんは動揺の欠片も見せず不敵に笑う。それは己の強さに絶対的な自信を持つ者だけに許された、王者の笑みだった。

「ほう……余裕はあれど油断はなし、か。よくぞそこまで練り上げたな、レオニダスの王弟よ」

「……長？」

一瞬、ほんの一瞬だけ。長の目に余裕と油断を履き違えたまま逝った兄弟子への憐憫が揺れた……気がした。

「行くぜ！」

床を蹴ったダグラスさんが長へと迫る。

疾《はや》い。とてつもなく、疾い。鍛え抜かれた獅子族の筋力が生む爆発力は凄まじく、虎族と並ぶ猫科大型獣人最強の名にふさわしい。まともにぶつかれば、初老の山猫族など軽く吹き飛ばされてしまうだろう。あくまで『まともに』ぶつかれば……だが。

「うぉ!?」

唐突にダグラスさんの足元が軽く爆《は》ぜ、彼の膝から下が束の間炎に包まれた。足場が荒れ始めるのを見計らって、長が撒き散らしておいた仕掛け礫《つぶて》だ。

炎の精霊を封じ込めた魔法具を石礫に偽装し、一定以上の衝撃を与えると炸裂《さくれつ》するように調整する。作製に手間と技術を要するが、原理としては単純な代物だ。

単体での殺傷力は高くないが、目眩《めくら》ましとしては十分な威力を発揮する。
そして一流同士の戦いでは、一秒の半分にも満たぬ時間の空白が生死を分かつ。

「もらった」

長はこじ開けた一瞬の空白を逃すことなく、冷酷に正確に急所目掛けて刃を振り抜いた。

「ちっッッ！」

だけど、ダグラスさんには半歩届かない。ダグラスさんは強引に上体を反らせ、下腹から左脇までを切り裂かれながらも致命傷を受けるのを免《まぬか》れた。

「躱すの……あれを？」

ダグラスさんの戦闘力に私は戦慄する。あんな人を暗殺するだなんて、明らかに最初から不可能だった。
おそらく彼が相手では、爪の不意打ちすら通じなかっただろう。

「逃がさん」
「クソ……！」

深手を負わせたダグラスさんを、長は一気に攻め立てる。この機を逃せば長に勝ち目はない。

「チェシャ、ダグラスは大丈夫なのか……？」
「わかりません。ですが、今私達が手出しも口出しもしてはいけないことだけは確かです」

心配そうに見守るダリウスに、私は正直に答えた。
長とダグラスさんの出血量は、これでようやく互角。つまり長引けば、単純に体力と体格の差で生の天秤《てんびん》はダグラスさんに傾く。もちろん、長はそんなことは百も承知だろう。

「何を狙ってる……？」

私は二人の戦いの場に目を凝らす。一ヶ所を凝視してはいけない。広く、大きく、満遍なく見るのだ。
そうか上だ!?
私がそれに気づくのとほぼ同時に、天井から豪奢な照明器具がダグラスさん目掛けて落下した。長は戦いながら視認の難しい『糸』を張り巡らし、ダグラスさんが罠にかかるのを蜘蛛《くも》のように待っていたのだ。いや、そうなるように追い込んだと言うべきか。

「へ、こんなこったろうと思ってたぜ」
「何――――!?」

だが、ダグラスさんはこれを半ば読んでいた。被弾覚悟で落ちてくる照明器具を両手で受け止め、そのまま長に投げつける。

「ぐぅッ……ッ!」

想定外の反撃に一瞬反応が遅れた長の左半身を、飛んできた重い照明器具が直撃。これにはさすがの長も呻き声を上げ、大きく数歩よろめいた。
そして――――。

「終わりだ」
「ッッ――――ッ!」

ダグラスさんの剣が長の腹を貫き、そのまま横真一文字に振り抜かれた。それは誰の目にも明らかな、命を刈り取る一撃だった。

「ごぶ……ッ!」

己から噴き出た血溜まりに転がった長の口と鼻から、ドス黒い血が断続的に噴き出す。私には見慣れた光景だ。つい先ほど、私自身が兄弟子に行った行為でもある。この場合、私が取るべき正しい行動は『自分やダグラスさんがそうならなかった幸運を喜ぶ』だ。
同情など、決してしない。

「ほら、よこせよ解毒剤」
「……そんな、もの……ハナから……存在……せぬ」
「は!?　本気かよ!?」

ここに来て、ダグラスさんが初めて焦りを見せた。

「毒そのもの……が……ない……ゆえ、な……」

「おいおい、ハッタリだったのかよ。焦って損したわ」

やれやれと肩をすくめながら、ダグラスさんは左脇を強く押さえて圧迫止血を施す。

「王弟……よ……私……の……負けだ」

「ああ、俺の勝ちだな。だがあんた強かったぜ？　こんだけ怪我しちまったらまたチカに怒られちまう」

「……私と、我が子……ガイラの……死をもって……『地虫』は……解散……とする」

「別に、あんたの一族郎党がどうなろうと知ったこっちゃねーよ。ただし、あんたらを使ってきたディバーター家は潰すぜ」

「好きに……するが、いい……もう……疲れ……た」

私には長が『地虫』を解体することで、一族を守ろうとしていることがわかった。だけどそれよりも何よりも――。

「長……ガイラが……兄弟子が『我が子』とは……」

「言葉のままよ……アレは……私が……産んだ……」

「え……!?」

私は長がアニムスであることを今初めて知った。獣人の中には、アニマなのかアニムスなのか見た目だけではわからない者も少なくはない。

だけど……まさか長がアニムスだとは、考えたこともなかった。

「これは……誰も、知ら……ぬ……ガイラにも……教え……て、おら……ぬ」

「そんな……」

実の親子が三十年以上を他人として過ごした果てに、同じ日、同じ場所で終わりゆく現実。生みの親は他人として我が子に接し、子は傍らにいる生みの親をそれと知らずに過ごした月日。一体何を思って、長は今日まで過ごしてきたのか。

「……チェシャ……私を……どうかアレの……もと……に……たの……む」

　私は一つうなずくと、長を兄弟子の隣まで運んだ。大量に血を失った長の身体は氷のように冷たく、驚くほど軽い。

「ガイ……ラ…………我が……子……よ」

　長は震える手で兄弟子の頭を抱き締め、生きている時にはかけることの出来なかった最初で最後の言葉を呟き事切れた。

「長……」

　気がつけば私は泣いていた。同情などしない。兄弟子は最後まで嫌な人間だった。だけど長は――ディバーター家の奴隷として扱われる一族を懸命に纏め上げ、可能な限り守ってきたこの人は、非情な暗殺者ではあっても邪悪な存在ではなかったのかもしれない。

「チェシャ……今の君に何て声をかければいいのか僕にはわからない。だけど、僕は君とずっと一緒だ」

「……ありがとうございます、ダリウス」

　長が何を思って生き、そして死んだのか私にはわからない。ただ一つ言えることは、私は決して彼のようにはならないということだ。

「さあ帰るぞ！　レオンとチカがダリウスの家で待ってるぜ。護衛はたっぷりつけてるが、この国に長居はしたくねぇ。ダリウスには悪いがな」

「いや、僕もそう思うよ……。帰ろう、チェシャ。僕達の家に」

「はい……！」

　生きて再びレオンに会える。血塗れ泥塗れの酷い姿だけれど、親子三人揃って会えるのだ。

「あとのことは俺達に任せておけ。特にこの者のことはな」

「ひ、ひぃ……っ」

ようやく意識を回復した副宰相は、ゲイルさんに首根っこを掴まれ震え上がっていた。

「……殺してやりたい」

「やめとけやめとけ。お前さんは暗殺者卒業するんだろ？　その門出をあんな汚物の血で汚すんじゃねぇよ」

「そうだぞ、チェシャ。僕達のこれからに、あんな奴は必要ない」

「確かにそうですね……。世の中には、死ぬより辛いことがたくさんありましたね」

私が味わったように……。

お母様との約束を果たすことは出来ないけれど、あの穢らわしい汚物には、生きてたっぷり苦しんでもらおう。

私は疲れきった身体とは裏腹に、どこか軽い心持ちでレオンの待つ『我が家』に向かった。

＊＊＊

「レオン！　ごめんなさい」

『きゅいいん！　きゅう！　きゅう!!』

身を清め、ダリウスの家で久しぶりに顔を見たレオンは、獅子の瞳から涙を流しながら全力で私にしがみついてきた。

「チェシャさん、よかった。ご無事な姿を見れて安心しました」

「チカユキ……さん……」

ダリウスの家にはレオンだけでなく、チカユキさんとリヒト君も一緒に来ていた。ダグラスさんとゲイルさんが慌ただしくキャタルトンに出向いたあと、レオンとリヒト君を連れたチカユキさんが二人を追いかける形でレオニダスを出たそうだ。

そういえば、彼らの護衛には隻腕の竜族もいる。

今もヨハンさんと共に護衛としてチカユキさんの側にいるその赤銅色の竜。

もしかしてチカユキさんとリヒト君とレオンはその

背に乗って、空を飛び追いかけてきたのだろうか……。

竜族に勝てるものなどこの国にはいまい、それはヨハンさんを相手にしても同じことだが。

それにもかかわらず、チカユキさんとリヒト君、そしてレオンには、その二人以外にも何人も屈強な護衛がつけられていた。チカユキさんとリヒト君をこの国に連れて来るというのはそれほどまでに危険なことなのだ。

ちなみに、ダグラスさんと共に現れた三人の獣人はやはりヨハンさんの部下だった。

『くぅぅうんんん……！』

「ごめんね……本当にごめんね。レオン」

普段めったに泣いたりぐずったりしないレオンの鳴き声に、胸の奥がギュッと詰まる。

わけもわからぬまま、一人ヘクトル様の邸宅に置き去りにされたこの子は、どれほど不安な時間を過ごしたことか……。

「ごめんね、もう二度とこんなことはしない。約束するから」

私は腕の中の我が子を今一度強く抱き締めた。

「チェシャ……この子が、その……そうなんだね？」

そんな私達に、ダリウスが恐る恐る声をかけてきた。そうだ……ダリウスは初めて我が子と対面するのだ。

「はい。この子がレオン、私とあなたの子どもです」

「そうか……！　そうなんだな……ッ」

ダリウスはレオンを見つめ、濃紫の瞳からとめどなく涙を流した。

「ダリウス、レオンを抱いてやってください」

「……いいのか？」

我が子を前にして、ダリウスは何故か一歩後退る。

「ダリウス……？」

「僕は今日までこの子の存在すら知らず、父親らしいことなど何一つしていないのに……」

ああ……それでダリウスはこんなにも腰が引けているのか。だけど、そのことに関してダリウスに悪いところなど何一つない。

「ダリウス、それは全て私の責任です。私が犯した罪の一つ。むしろ、私の方こそあなたにもレオンにも謝らなければなりません。本当に申し訳ありませんでした。レオン、この人はダリウス――あなたの父様ですよ」

『きゅう!?』

「さ、ご挨拶なさい」

『くぅ……ん?』

レオンは初めて目にする父の存在に目を丸くしつつも、ダリウスを拒絶する素振りは見せず、おずおずとすり寄り差し出された手をそっと舐めた。記念すべき父子触れ合いの瞬間を、私はこの目に焼きつける。

「温かい……何て……何て可愛いんだ!」

『みゃう!?』

レオンと触れ合った刹那《せつな》、ダリウスの中で父親としての本能が弾けたのだろうか。彼はもはや迷うことなくレオンを抱き上げ、一秒を惜しむかのようにその胸と腕の中に閉じ込めた。

「レオン、僕が君の父様だ！　君が生まれたことも知らず、ずっと放ったらかしにしてきた悪い父様を許しておくれ。これからは家族三人、ずっと一緒に暮らそう。すぐに慣れなくてもいい、無理に父と呼ばなくてもいい。ただ、僕に君と君の母様を守ることを許して欲しい」

『くうぅ……ん……』

涙を流しながら我が子に『父であること』の許しを乞うダリウス。愛する人にこんなことをさせてしまったことこそが他ならぬ私の罪なのだ。

「レオン、父様は決して私達を捨てたわけではないんです……全ては私が……、勝手に逃げ出した私がいけ――」

『ふきゅぅぅッ』

「レオン!?」

私が言葉を紡ぎ終える前に、不意にレオンの身体が大きく震え、眩《まばゆ》い光に包まれた。

「これは――！」

私はそれが意味することを瞬時に悟る。

「レオン……あぁッ！　レオン！」

私はずっと、この時を待っていた。金色の光の中で、人の形をなす我が子を待ち侘びていた。

「レオン！　そうだ！　そのまま身体が欲するままに自然の流れに身を任せるんだ！　恐れることは何もない！」

『きゅい……！』

ダリウスの呼びかけに呼応するようにして、レオンはついに完全な人化を遂げた。

「レオン……あぁ、レオン……」

生まれたままの姿で呆然と立ち尽くす、ダリウスとよく似た獅子族の子ども。ダリウスよりいくらか赤味の強い金髪と、私と同じ紺碧の瞳。私とダリウスの血を色濃く感じさせるその姿に、私の魂が歓喜に震える。

この子は間違いなく、私とダリウスの子だ。

形になった『わかりきったこと』に、私はその場に崩れ落ちて泣いてしまった。

「よかった……よかった……本当によかった……あぁ、よかった」

他にも言うべきことはたくさんあるのに、私の口から出るのは『よかった』ばかり。まるで他の言葉を全て忘れてしまったようだ。

「よかった……無事に人の姿に……ッ」

それはダリウスも同じで、かつてレオンと同じ道をたどってきた彼は、片手で顔を覆って泣いている。

「……泣かないで」

そんな私達の前にレオンは初めての二本足で歩み寄り、言葉を――私達と同じ人の言葉を発した。

まだまだ幼くあどけない子どもの声。だけど何て愛おしく尊いのだろう。

「……ずっと、心配かけて……ごめんなさい母様。僕、ずっと母様にありがとうって言いたかったんだ」

「レオン！」

初めて我が子に母と呼ばれた。そして労いと感謝の言葉をかけられた。こんな歓びが他にあるだろうか。

「……父様、僕は父様のこと怒ってないです。僕には優しい母様がいたから、ずっと幸せでした。でも、これからは父様が母様に優しくして欲しいです」

「レオン……！　約束するよ。これから僕は、レオンとチェシャを何よりも誰よりも大事にする。いや、させてくれ！」

幼い息子の大人びた物言いに、ダリウスは号泣しながらレオンを正面から抱き締める。

もとよりレオンは人の言葉を発することが出来ないだけでしっかりとした子どもだった。

こんなにも聡明な子どもにとって、言葉を解しながらも話せない日々はどれだけ苦痛だったことか。なのにこの子はそんな苦しみなど欠片も見せず、初めての言葉を私にくれた。

「ありがとう、レオン……こんな私のために」

これまでの人生が全て報われた――否、過分なまでに私は幸福だ。

「これからは皆一緒だ。レオンが巣立つその日まで、僕がレオンとチェシャを離さない」

「ダリウス……」

レオンの背中を抱き締めた私ごと、ダリウスは逞しい腕で抱いてくれた。

「ねぇ……母様、父様……僕、裸んぼだよ？　ちょっと……恥ずかしい……」

「あ……」

顔を赤らめたレオンに訴えられ、私は初めて我が子が全裸であることを思い出す。そういえば、私はこの子のために服の一着も用意していなかった。

「すまない、レオン。とりあえずこれを着てくれ」

ダリウスは慌てて羽織っていた上着を脱いでレオンに差し出す。

「……父様のお洋服」

ダリウスに差し出された大きな上着を受け取り、レオンはまじまじと見つめる。

「落ち着いたら、三人でレオンの服を買いに行こう。僕達家族、初めてのお出かけだ。それから街で何かおいしいものを食べよう」

「ありがとう、父様」

レオンは少しはにかみながら、とても嬉しそうに初めての洋服に袖を通した。ダリウスの上着に足首まですっぽり覆われた姿もまた、愛おしい。

「チェシャさん、しばらくは慌ただしくなると思いますが、どうかまたご家族で我が家にいらしてください。突然のお別れでは、ヘクトル様もリヒトも寂しがってしまいます」

「チカユキさん……」

そうだ、私はこの人に謝らなくてはいけない。私がしたことは、到底謝って許されることではないけれど……それでも、心の底から謝りたい。

「チカユキさん……私はあなた方ご家族の生活を、自分の都合だけでめちゃくちゃにかき乱しました。それなのに、あなたはレオンのために力を尽くし、この子を助けてくださいました。そんなあなたに対して、私は酷いことばかり……」

今もこの手に残る、ダグラスさんを刺した感触。あの瞬間、私はダグラスさんだけでなくチカユキさんの心をも切り裂いたのだ。

「私を許してくださいとは言いません、どんな罰でも受けます。だからどうか、ダリウスとレオンだけは咎めないでください。彼らには何の罪もないのです」

私はチカユキさんに深く頭を下げた。本当は人になった我が子の成長を、ダリウスと共にずっと見守っていきたい。

それ自体、暗殺者だった私には過ぎたる望み。

そしていかなる理由があろうとも、私はレオニダス国王の実弟ダグラス・フォン・レオニダスを、公衆の面前――よりにもよって建国式典の真っ最中に刺したのだ。

これを罰さずして、国の秩序は保たれない。

大丈夫。人になったレオンにはダリウスがついている。こんな立派な父親がいるのだから、もう心配することは何もない。

最後にダリウスと思いを交わせた、レオンの未来への希望も見いだせた。

私の願いは、もう十分以上に叶えられた。これ以上を望むのは、強欲というものだろう。

「ごめんなさい、チカユキさん。ダグラスさんのことは本当に――」

「そうですね。隠し子騒動が起きた時は、正直どうしようかと焦りました。でも、勘違いだとわかってよかったです」

「え……チカユキさん……？」

確かにそんな嘘も吐いたし、それはそれで大迷惑な話に違いないけど。

「建国式典では『謎の暴漢』に刺されてしまうし、ダグラスさんは災難でした」

「謎の……って」

チカユキさんは、一体何を言っている？

「ダグを刺した暴漢だが、未だに見つかっていない」

いつもの強面無表情で、憮然《ぶぜん》として呟くゲイルさん。

「事を大きくしたくないというヘクトル様のご意向で、襲撃後すぐに俺が犯人を追いましたが、取り逃がしてしまいました。面目次第もございません」

こちらも強面なヨハンさんが、チカユキさん一家に頭を下げる。

「ヨハンで無理なら、こりゃもう犯人逮捕は諦めるしかねぇよ。これも過去の行いの報いってやつかねぇ？　レオニダスじゃ『王弟刺殺未遂！　過去の痴情のもつれか!?』なんて噂が飛び交ってるぜ」

肩をすくめ、参ったなぁと苦笑するダグラスさん。

まさかこの人達は……。

「そうだチェシャ、お前さんレオニダスの建国祭は見たことねぇだろ？　日を改めて来月やるから、親子三人で見に来いよ」

「それはいい考えですね。チェシャさん、今度こそぜひご一緒しませんか？　レオニダスの式典には屋台もたくさん出て、子どもから大人まで楽しめるんですよ」

「お勧めの屋台はデーメ掬いだ。きっとレオンが喜ぶ」

口を揃えて、未来の楽しいことに私を誘ってくる彼ら。どうしてそんなに簡単に、私の罪を許せるのか？

予めそのことを知っていたダグラスさんはともかく、チカユキさんとゲイルさんにしてみれば、私は大切な伴侶や親友を刺した憎い相手のはずだ。

『ちぇしゃしゃん、りひちょはちぇしゃしゃんとれおんきゅんにあえてうれしかったれしゅよ。りひちょはずーっとれおんきゅんとおともだちれしゅ。でも、ちぇしゃしゃんがかなしいとれおんきゅんもかなしいれしゅ。れおんきゅんがかなしいとりひちょもかなしいれしゅ』

「ごめんなさい、リヒト君。私は君のお父さんとお母さんにたくさん酷いことをしてしまったんです」

『だいじょーぶれしゅよ、ちぇしゃしゃん。りひちょのおかーしゃんとおとーしゃんたちは、とってもつよいんれしゅ。りひちょもおかーしゃんとおとーしゃんたちのこどもだから、よわむしじゃないれしゅ』

ああ、そうか。この人達は本当に強いのだ。強さの分だけ、他人の過ちを笑って許せる。強いからこそ、罪も人も憎まず根本を解決出来るのだ。

そして、今私のことも許そうとしてくれている……。

「ああ、そうだ。とりあえず、お前らレオニダスに引っ越してこいよ。これからのことはそれから、ゆっくり決めたらいいんじゃねえか?」

「確かに、そうだね……。ダグラス……何もかも君のおかげだ。僕達家族を救ってくれてありがとう。チェシャとレオンのためにも僕に出来ることなら何でもするよ」

「お、言ったな？　じゃあとりあえず、お前の奢《おご》りで潰れるまで酒に付き合ってくれよ。ゲイルは飲み方が綺麗すぎて面白みがねぇからな」

太陽のように笑うダグラスさんに肩を抱かれ、ダリウスも朗《ほが》らかな笑みを浮かべた。

生きてこんな日を迎えられるなんて、本当に夢のようだ。

いや、本当にこれは夢ではないのだろうか……。

私はレオニダスで出会った優しい人々全員に感謝する。

そして、一番の恩人であるチカユキさんへと視線を向ければ、彼は穏やかにまるで空をゆく二つの月が私達を照らすような優しさで笑みを返してくれた。

＊＊＊

ダグラスさんの刺殺未遂事件、そしてキャタルトンでの出来事から数日後。レオニダスの自宅の寝室で、私はダグラスさんと二人きりで大きな寝台の上でシーツにくるまっていた。

子ども達は私にダグラスさんとの時間を作ってくれたゲイルさんと、ヘクトル様のお宅でお泊まりだ。

「そんなことがあったんですね……。やはり、あの国は……」

「チェシャもまたキャタルトンというクソみてぇな国の被害者の一人だからな。本人は自分の過去の所業を未だに悔いているようだが、そこはダリウスがどうにかしてやるしかねぇ」

「そうですね。全て忘れて……というのもチェシャさんの心情的に難しいと思いますし。自分がその立場におかれていたとしたら……。きっと、自らの過去に一生苦しみ続けることでしょう……。ですが、そうですね。ダリウスさんとレオン君がいれば……」

ダグラスさんとゲイルさんがダリウスさんとチェシャさんを救出しに行っている間、私はヨハンさんとガルリスに護衛され、レオン君とリヒトと共にダリウスさんのお宅で皆の無事を祈ることしか出来なかった。

その間に起きた出来事を今寝台の上でダグラスさんは私に語ってくれている。

足手まといにしかならない自分の存在が歯痒かったが、結果的にダリウスさんとチェシャさんの救出には成功、レオン君も人の姿になることが出来た。

そしてヘクトル様の計らいで、ダリウスさん一家はあの時ダグラスさんが言ったように一族でレオニダスへと移住することも決まった。ダリウスさんの商才があればどこでもやっていけるしダリウスさん自身もそれを望んだ。チェシャさんとレオン君がこの先の未来を歩んでいくのにはあまりに辛い過去が多すぎるキャタルトンよりレオニダスがいいだろうとそう考えたそうだ。

私もそれには大賛成で大団円と言いたいところなのだが……。

「ですが、ダグラスさん。ゲイルさんは傷一つ負われていなかったんですが、ダリウスさんの屋敷に戻ってこられたダグラスさんは随分とお怪我をされていましたね」

私の言葉に珍しくダグラスさんの目が泳ぐのがわかる。

「それについてはゲイルさんが教えてくださいました。恐ろしく強い相手と一人で戦われて、そして結果的には勝利されたと」

「うっ、ゲイルの野郎。裏切りやがったな……」

「ダグラスさん……？　ダグラスさんはとても強い獣人で、戦いにある種の喜びや生きがいを見出すというのは、私が医師として人を助けることと同じだと思っています。ですが、どうか無茶はされないでください」

「悪ぃ……、本当に俺はチカに謝ってばっかりだな。あいつが、その元締めが今回の元凶の一人だと思うと俺自身の手で決着をつけたいという気持ちを抑えきれなかった。殺してやりたいと思い、実際に俺はこの手でそいつを殺した。俺のこの手は……俺の大切なものを守るためなら、他人の命をいくらでも刈り取っちまう。そんな汚れた手で、チカに触れる権利は俺にはねぇのかもしれねぇな」

　大きな手のひらを月にかざして苦笑するダグラスさん。彫りの深いその横顔が、酷く儚く見えて胸がざわついた。


　ダグラスさんが何故か消えてしまいそうな、不意にそんな不安に駆られ、私は彼の厚い胸板に顔を押しつけしがみつく。

　途端に香る、熟れた果実の匂い。触れ合った肌を通して、直接伝わってくる力強い鼓動。

「私が今言っているのはそういうことではないんです。ダグラスさんもゲイルさんも、いつだって私達家族を守ってくれる。そのためにお二人が人を殺めるというなら、それによって守られた私も同罪です。もしそれを罪と呼ぶのなら、私も共にそれを背負います」

「お前さんは強いねぇ。そして、時にその強さに俺達は救われる。ありがとよ。そしてすまない」

「お二人が戦うことを私は止めません。だから、お願いです。私の目の届かないところで怪我や深い傷を負わないでください……。いえ、出来ればかすり傷一つだって負って欲しくない」

　今も、ダグラスさんが刺された時の光景は私の脳裏に焼きついている。

「あの時のこと、やっぱり忘れられねぇか？」

「忘れられるわけないじゃありませんか。あやうくダグラスさんじゃなくて、私の心臓が止まりかけました。しかも、それが私達を守るための行為だと思うと……。だけど、リヒト達が見てなくて本当によかった……」

「さすがにな……。チカにだってその場面は見せたくはなかったんだが、そこはどうにも出来なかった。セバスチャンには絶対に子ども達には見せてくれるなと頼んでたからな。一番安心だろ？」

「それはそうですけど……。ダグラスさんは、いつだってそうです。何かあれば、私や子ども達……何ならゲイルさんすら遠ざけて、一人で全部背負い込んで。確かにダグラスさんにはその力があります。ですが、わかってください。あなたが私達を大事に思ってくれている以上に、私達も……いえ私はあなたが大切なんです。私には……どうしたってあなた達がいないと駄目なんですよ。ダグラスさんとゲイルさん、私の隣には他の誰でもなく、お二人が必要なんです」

　今回の一連の騒動で改めて感じたこと。いつも伝えていることではあるけれど私はあえてそれを言葉にする。心の奥底から思いの丈を懸命に訴える。それは、どれだけ言葉を尽くしても十分とは思えず、酷くもどかしい。

「ねぇダグラスさん……。皆さん、私を無欲で謙虚だとおっしゃってくださいます。ですが、私はただの人間です。いえ本当の私は、酷く強欲で貪欲でわがままなんです。だからあなたのこともゲイルさんのことも、そして子ども達のことも絶対に手放せませんし、どんなことがあろうと決して諦めません」

「お前さんにそんなことを言わせちまうなんて、本当に俺は情けねぇな。ごめんなチカ、心配かけちまって」

「ん……」

　ダグラスさんが私に覆いかぶさり、深いキスをしてくれる。

　それは温かく、熱く、生きているという証。

　嬉しい。嬉しい。本当に嬉しい。

「ふぁ……ん……ッ」

繰り返される巧みな接吻《せっぷん》に、頭の芯が溶けてゆく。

このまま流されてしまいたい、だけど駄目だ。

今日はそれだけでは駄目。

「ちょ、ちょっと待って！　待ってください！」

私は与えられる悦楽から何とか逃れようと、ダグラスさんの顔を両手で押しのける。

「……チカ？」

「言いましたよね。ダグラスさん、あの時私は怒っているって。そして、お説教とお仕置きをさせてもらいますと、お説教は私よりゲイルさんの方が効果的な気がするのでお任せすることにしました。でっ、ですから今日は、私がダグラスさんに『お仕置き』をします！」

「この状況でお仕置き……？　チカ、そいつは本気で言ってるのか？」

私の言葉に、ダグラスさんは狐に摘《つま》まれたような顔でぽかんとしている。

うぅ……自分で言い出したことなのに、何だかすごく恥ずかしい。でも、ここで引き下がってはいけない。ダグラスさんにもっとも効果のあるお仕置き……それをこれだと思う自分も妙に恥ずかしくなってしまう。

「もちろん本気です。ダグラスさんは私が少し無茶をすると、ゲイルさんと二人がかりで私に『お仕置き』をしますよね？　だから私にたくさん心配をかけたダグラスさんに、今日は私がたっぷり『お仕置き』をするんです」

「お、おう……」

ダグラスさんのこんな表情は珍しい、明らかに動揺している姿をちょっと可愛いと思ってしまった。

「で、お仕置きってどうするんだ？」

「まずは、すぐに悪戯をする手をこうします」

「おいおい、そう来るか」

私はダグラスさんの両手首を纏め、柔らかいタオルを使って頭の上で縛り上げた。

「参ったな……俺はどっちかというとチカを虐《いじ》めて可愛がってやりたい側なんだが」

「それじゃあ『お仕置き』にならないでしょう？」

私は羽織っていた夜着を脱ぎ捨て、ダグラスさんのお腹の上に跨《また》がった。ちなみに、夜着の下は覚悟を決めてはじめから何も身に着けていない。

正直恥ずかしい。

「おい、チカッ!?　くそっ、お前そんな！　チカに触りてぇ!!」

「駄目ですよ？　私がダグラスさんを触るんです、ですから我慢してくださいね？」

私は気恥ずかしくて、照れそうになるのを懸命に堪え、ゆっくりと焦らすようにダグラスさんの厚く弾力のある胸を撫でる。逞しく、盛り上がった胸板。厚く逞しいその下からは命の鼓動を強く感じる。

「おいチカ、くすぐってぇよ」

「くすぐったいだけですか？」

ダグラスさんの胸を優しく、指先で撫で回す。時にその逞しい胸に存在する小さな突起をかすめながらゆっくりと。

「ほら、ここをこうしたらどうです？」

「い……!?」

私は一生懸命ダグラスさんを焦らしてみる。私がいつもされていることをダグラスさんにしているようなものだ。

私はダグラスさんの突起をぺろりと舐めて唇で覆う。そしてまだ目立った反応を示していない突起の先端を、舌先で焦らすように何度も刺激する。

「んっ、チカ……！」

口の中でツンと上を向き始めた突起に、私はしっとりと舌全体を押し当て蠢かす。

「ふっぅ……ッ」

「気持ちいいですか？」

ダグラスさんの呼吸が乱れ、胸の鼓動も明らかに速くなっている。思えばこうして胸を責められるのはいつも私ばかりで、自分からダグラスさんにこんなことをするのは初めてだ。

「ダグラスさんは、いつも私の胸をたくさん舐めて、吸って気持ちよくしてくれますよね？　だから……私も今日は、ダグラスさんの胸をたくさん可愛がってあげます」

「んぐッ」

先端を強く吸うと、ダグラスさんはびくりと上体を波打たせた。

何だか、可愛い……。

常に私を圧倒的な力で組み伏せ思う様蹂躙《じゅうりん》する猛き獅子が、こんなにもたやすく私の唇と舌で感じている。その様子に、私の身体は自然と疼いてしまう。

「ダグラスさんも、ここをこうされるのが好きなんですね？」

「チカ……おま――ッ」

私は自分の唾液で濡れそぼったダグラスさんの乳首に少しだけ歯を立てた。

「――ッ」

慣れぬ痛みに声を上げるダグラスさんの頬を撫でながら、深い口付けを私からダグラスさんへと与える。ダグラスさんは、それを待ちかねていたかのように私の舌に激しく自らの舌を絡ませてきた。ああ、やっぱり気持ちいい……。

愛する人の口付けはそれだけで全身が蕩けるように心地いい。だけど……。

「んん……ッ……っ」

私はダグラスさんと口付けを交わしながら、先ほどから私の足の先に当たり続けているダグラスさんのものにゆっくりと右手を這わす。下着越しに触れるそれは予想どおり完全に育ちきり、相変わらず『剛直』と呼ぶにふさわしい逞しさを誇っていた。

「チカ、も、やめろって……っ」

「『お仕置き』なんですから我慢してください。それにダグラスさんのここもうこんなに大きくなってますよ？」

「お前にこんなことされたら当たり前だろ！　なあ、そろそろ許してくれよ。なっ？」

「いつも私がそうやってお願いしても許してくれないじゃないですか。だから、駄目です！」

私は彼の剛直を下着越しに——あえて優しく摑んだ。強すぎず、刺激としては物足りない程度のそれ。私も同じ男だから少しぐらいは、今ダグラスさんがどんな気持ちかはわかる。

「くっ……チカ、もっと強く触ってくれよ……焦らさないでくれ」

「ふふ、ダグラスさん。とても可愛いですよ？」

「ぐっ……お前さんにそう言われると複雑な気分だが……。なぁ、チカそろそろ……」

その言葉を聞きながら、私はダグラスさんの下着を取り去ると、快楽に震えている彼自身の根本を、枕の下に忍ばせておいた革紐でくくった。

これでそう簡単に達することは出来ないはずだ。

「チカ……っ、お前さんそれはいくら何でも!?」

「いえいえ、こんなのいつもお二人から私が受けているお仕置きに比べれば、可愛いものだと思うんです」

ダグラスさんの抗議を無視し、私は逞しく脈打つ剛直に唇を寄せ舌を添わせる。彼の先端から溢れていた透明な滴《しずく》を口に含めば、『番』の匂いがより濃厚に私を満たす。

いけない……今日はお仕置きなのに、私の方が蕩けてしまいそうだ。

「ん……ちゅぅ」

私はダグラスさんの火傷をしそうなほどに熱を持った先端の一ヶ所に狙いを定め、すぼめた唇で音を立てて蜜を吸う。

「く……ああッ！　ち、チカ――!!」

そして細く尖らせた舌を、溢れる蜜の源深くへと押し込む。私の唾液とダグラスさん自身の分泌液で濡れそぼったそこは、ヌルヌルとよくすべりほとんど抵抗がなかった。

「ぐ、ふぁ、あッ――！」

だけど受け入れる側にとって、それがどれほど強烈な刺激をもたらすものか、私は身をもって知っている。残念ながら、私の舌はダグラスさんほど長くもないし、ザラザラもしていないけれど。

「ん……くちゅ……ちゅ……」

私は彼自身を、優しく丁寧に執拗に舐め回す。時に先端を、時に私の喉の奥深くまで銜え込むように。

「ふぐあッッ！」

喉奥まで銜え込みながらそれに舌を這わせた瞬間、ダグラスさんが嬌声にも似た喘ぎを上げて仰け反った。

「これ、お好きですか？」

一度、体勢を整え、ダグラスさんの顔を見れば、額に汗を浮かべたその表情は快楽と情欲に溺れて、私を愛してくれる時とは違ったとんでもない色気を放っていた。

私はごくりとつばを一度飲み込み再び大きく口を開け、その剛直を先端から根本までしっかりと喉の奥へと収めていく。

ダグラスさんの分身は、太さもさることながら本当に長い。こうして根本まで口中に収めると、どうしたって先端部が喉に達してしまう。

だけど、それを苦しいとは思わない。むしろ、幸せで心地よいとすら感じてしまう。

「ん、ンく……んくく………」

熱い塊を柔肉で包み込むようにして、喉の奥をギュッと締めつける。

「ぐあっ……くふぅッ」

くぐもったダグラスさんの喘ぎに自らの下腹を疼かせながら、私は頭をゆるゆると上下に動かしてダグラスさんへとある意味で奉仕を行う。

「んぐ………あぁ！」

じっくりと時間をかけて、快楽と悦楽を与えながらもイカせてはあげない。これが私の考える精一杯のお仕置きだ。

部屋の中にはダグラスさんのくぐもった声と私がダグラスさんへと奉仕する卑猥な水音が木霊《こだま》する。

「くそっ、いきてぇっ！」

その言葉を無視して、私はダグラスさんへの奉仕を更に強める。

「ああくそっ、チカっ！　チカッ……」

ダグラスさんが私を求める声が愛しくて嬉しくて、私の下半身はどんどん強い疼きを抱えていく。

「くっ！　チカ、すまん。お前の好きなようにやらせてやろうと思ったが、俺は、もう、無理だ！」

「え!?　嘘でしょ……？」

バツン！　と音を立てて千切れた革紐と手首を縛《いまし》めていたタオル。確かにタオルは、ダグラスさんの力であれば簡単に千切れてしまうことはわかっていた。だけど、きっとダグラスさんは甘んじて私の行為を受け入れてくれると思ってもいた。

目の前の光景に、私は啞然としていた。ダグラスさん自身を縛めていた革紐は、細く華奢な代物だった。

とはいえ、幾重にも巻かれた革紐を手も使わずにその剛直を猛らせることだけで断ち切ることが出来るなどとても信じられなかったからだ。

「『お仕置き』だと思って我慢してたが……？　なぁ、チカユキ君、これは駄目だ。完全に悪手だぜ？」

それまで一方的に与えられるだけの快感に打ち震えていたダグラスさんが、太く逞しい両足で私の貧弱な身体を挟み込む。

「え、ちょ、ダグラスさん!?　今日は『お仕置き』だって言いましたよね!!?」

ダグラスさんに完全に組み敷かれ、私は懸命にもがいたが……当然ぴくりとも動けない。

「なぁチカ、俺はお前さんに悪いことをしちまったと思ってるよ。今回のことは、本当に俺が悪かった。そこに関しちゃ、一切言い訳はしねぇよ」

「ひ――――！」

ダグラスさんは私にのし掛かり、そのまま強く首を噛む。私の脆弱《ぜいじゃく》な皮膚は彼の鋭い牙の前で何の力もなく、いともたやすく赤い血を流す。

「ふぁ……ぁっ……！」

その途端、私の中で今度は捕食される側の――獲物としての歓びが爆ぜる。

この人に――目の前にいる獰猛な獣に、己の全てを暴かれ犯され、食い尽くされたい。健全とは言いがたい、だけど強烈で本能的な欲が熱くうねるのだ。

「だけど悪いな、チカ。俺はもう我慢の限界だ。お前のそんな姿を見せられたら、俺は俺を……俺の中の獣を抑えられねぇ。お前の『お仕置き』は、俺にとってただのご褒美だ。いや、俺を煽って興奮させる最高の材料にしかならねぇ」

ギラついた目をして唸るようにそう告げると、ダグラスさんは堪えていた分を取り返すかのように、私の全身にむしゃぶりついてきた。

「ふあ……ん、ダグラス、さん……そんなに、焦らないで」

「随分と可愛らしい『お仕置き』を考えたもんだ。それで、さんざん焦らして煽ったのはチカだろうが」

「ひぁっ、あん――――！」

噛まれた首を強く吸われ、鎖骨を舐められ、脇を撫でられ、乳首を抓《つね》られ。

「あ、ふあぁ、あぁッ」

気がつけば慎ましやかな私自身は、ダグラスさんの口の中。

私がされたことをそのままやり返されている、それも私の稚拙《ちせつ》な奉仕とは違う圧倒的な快楽と悦楽を与えられながら。

「あ、や、そんな……！　ひぃッ！」

器用に動く彼の舌に快感を引きずり出され、他愛もなく果ててしまう。

「ああ、チカを味わうのは久しぶりだな」

「い、言わないで……！」

私が吐き出したものを、ダグラスさんはことさら喉を鳴らして飲み下し、ニヤリと意地悪そうに笑って見せる。

「こっちもくれよ」

「ひぁ!?」

ダグラスさんは私の左右の足首を摑んで大きく開かせ、曝け出された尻の真ん中に顔を埋めた。

「ああん！　あ！　あ！　んぁぁッ!!」

私の中に潜《もぐ》り込んでくる、長く熱くザラついた獅子の舌。それは愛されることに慣れ親しみ、そこから得る快楽を知り尽くした私の脳を瞬時に溶かす。

気持ちいい。気が狂いそうなほど、気持ちいい。

だけど足りない、物足りない。

貪欲で強欲な私の身体は、より熱くより太い楔を求めて激しく震える。

「チカ、もっと欲しいか？」

「欲しい……、もっと欲しい……です。もっと、もっと……！」

「何が欲しいかちゃんと言ってみな」

「ダグラスさん、ダグラスさんの全部が、欲しいです……！」

彼が欲しい。彼の熱く硬く大きなもので、この身体の奥深くまで暴いて欲しい。

そんな恥じらいなど投げ捨て願望に身を任せ、私は本能のままに欲しがった。

「俺もだ、チカ。俺もずっとチカが欲しかった。だから、しっかりお前を食わせてくれ」

「あ、んはぁぁッッ!!」

ダグラスさんは彼の舌によって十分に慣らされた私の中に己を穿《うが》ち、行き止まりすら一息に貫き腰を打ちつけた。

「チカ！　チカ!!」

「ひぁ、あ、ダグラス、さんッ!!」

私達は互いの名を呼び合い求め合い幾度も達し——やがて私は真っ白な光の中で、途轍《とてつ》もない幸福感に包まれたままで意識を手放した。

＊＊＊

『ふぐぉぉぉ』

『くぅぅう……ぅ』

晴れ渡った空の下、私は紅く色づき始めた秋の庭で、獣体となった愛しい伴侶達の豊かな被毛にブラシをかける。

『はぁーやっぱチカのブラッシングは最高だなぁ』

『ああ、チカのブラッシングに勝るものはない』

「ふふ……私もお二人にブラッシングをするこの時間が大好きですよ。柔らかいダグラスさんの毛も少し固いゲイルさんの毛も、私の手でお手入れさせてもらえるなんて、本当に幸せです」


目の前で柔らかなお腹を見せてゴロンゴロンと転がる獅子と熊に、私はうっとりと目を細めた。彼らが私のブラッシングを好むように、私もまた彼らをブラッシングするのが大好きなのだ。

「平和ですね……」


私はダグラスさんとゲイルさんの毛並みを交互に整えながら、リヒトの背中に乗ってはしゃぐスイと、その周りを追いかけるようにトテトテとよちよち歩きをするヒカルを眺める。

その光景は、私にとってまさに幸福の象徴そのものであった。


『ああ、本当にそうだな』

『全く、あの嵐みてぇな日々が嘘みてぇだぜ』

「でも、チェシャさん達の移住が無事に済んでよかったです」


チェシャさん達が我が家に現れてから、本当に私達の身辺は慌ただしかった。

けれどもダグラスさんを中心として、家族や大切な友人達の協力のおかげで今ではすっかりいつもの平和な暮らしが戻ってきている。

ダリウスさんの一族の移住も無事に済み、チェシャさんとレオン君との交流は今も続いている。

ちなみにダリウスさんは約束どおり、ダグラスさんに酒場の酒が全てなくなるまで付き合わされたと苦笑いを浮かべていた。

そしてチェシャさんは今までの人生を取り戻すかのように、レオン君をダリウスさんと二人で育てながらダリウスさんの伴侶として、そしてダリウスさんの商売の片腕としても生き生きと過ごしているという。

一人で抱えるには重すぎるものを背負っているチェシャさん。その罪悪感や過去が彼の中から消えることはないだろう。だけど、彼はそれから逃げず向き合っていく覚悟を決めたと話してくれた。

暗殺者としての過去、自分が本当に幸せになっていいのかという葛藤。

私にも何が正しいのか明確な答えはわからない。

だが、普通の人間が味わう一生分の苦悩と葛藤をチェシャさんはすでに経験しているのだ。そんな、彼の友人の一人として、彼らのこれからが幸多きものになることを願わずにはいられない。

ちなみに、キャタルトンでの出来事は全てなかったことになっている。

それはそれで少し恐ろしい気もするが、そのためにダグラスさんは自分の命をかけたのだから結果としては最良のものなのだろう。

今回のことがきっかけで戦乱が起こるようなことは決してないと、それだけは確実だとダグラスさんは教えてくれた。

ただ一つ、キャタルトンに対してはヘクトル様とアルベルト様が珍しく意気揚々と真綿で首を絞めるようにしてじわじわとねちっこい経済面と外交面から圧力を加えているらしい……。

『ああそういや、ダリウスが近々引っ越し祝いのパーティーをするから、チカとゲイルにもぜひ来て欲しいってよ。レオンもリヒトに会いたがってるらしいし、ミンツ達にも招待状が行ってるはずだ』

『義理堅い御仁《ごじん》だな。喜んでお邪魔しよう』

生真面目な人間同士気が合ったのか、ゲイルさんはいつの間にかダリウスさんと、ダグラスさんと同じぐらい親しくなっていた。

なかなかゲイルさんとの距離を詰めるというのは難しいと思うのだが、そこはさすがダグラスさんのお友達といったところなのか……。

「もちろん皆で伺いましょう。チェシャさんとレオン君が好きなカステラをたくさん焼いて」

その日がとても楽しみだ。

私は今、ようやく取り戻した至って普通の日常を、だけど、何ものにも代えがたい大切で幸せな日常を噛み締めている。

そして、チェシャさんも私達と同じように、ダリウスさんとレオン君という大切な家族と共にただ普通に過ごせるという当たり前で幸せな時間を過ごしているはずだ。

この幸せを私は手放せない、そしてチェシャさんにも決して手放して欲しくない。

そんな私の願いに何かが応えてくれたかのように、澄み渡る秋空の下、一陣の風が吹き抜けた。

Fin.

あとがき

　このあとがきというものを書くことにも随分なれてまいりました、茶柱です。

　愛を与える獣達も当初の三巻からまさかここまで続くと思っておらず、作者としては感無量です。キャラクターと物語を愛し、ここまで支えてくださった読者の皆様のおかげだと心から感謝しております。本当にありがとうございます。

　今回は、ゲイルとダグラスという二人の愛する相手を持つチカと彼らの絆の再確認という部分に重きを置いた物語となりましたが、いかがでしたでしょうか？

　自分で言うのもあれなのですが既にある意味完成して出来上がってしまったカップリングについて、結ばれるまでを描くのではなく結ばれた後を描くことの難しさを再認識したお話となりました。

　しかしながら、非常に楽しく書かせていただいたことも事実です。

　ゲイル編では、獣頭人の登場やスバルとヴォルフカップルの再登場。改めて描くスバル君のチート能力と、チカに興味のないゲイルという今までのお話ではありえない存在を描くのは、繰り返しになりますが書いてて楽しかったです。

　ダグラス編では、茶柱の性癖とも言える死ぬほど重たい過去を持つ受け……ネタバレではありますが、チェシャの描写にちょっと力が入りすぎてあまりに生々しくなってしまったので削った部分もございます。（不憫受けをとことん不憫にしたい気持ちが……）

　あとはダグラスというどう描いても魅力的な属性をふんだんに持ち合わせているキャラのちょっとした脛の傷のようなもの、そこと物語と登場人物をどう絡ませていくか、試行錯誤の連続でございました。

ですが、こちらも書いていてとても楽しかったです。

その上で、ゲイルとダグラスというキャラに対して、読者の皆さんが感じておられるであろう様々な魅力を更に押し上げるような内容になるようにと心を込めて描いた二本のお話です。

このお話で、読者の皆様に二人をもっと好きになってもらえるといいなと心から思っております。


なかなか、楽しい話題に満ちた世の中にはなりませんが、この本が読者の方の一時のやすらぎになればと願っております。

今作でも素敵な挿絵やカバーイラストを描いてくださった松基先生、いつもありがとうございます。カバーを始め、どの挿絵もキャラがいきいきとしていて本当に素晴らしいのですが、ゲイルの頼もしさを感じる正統派なエッチシーンに加えて、ダグラスのエッチシーンの大胆な構図に正直ドキドキしてしまいました。

また、この本の制作に携わってくださった皆様、いつも本当にありがとうございます。

いつもと同じ締めくくりとなり大変恐縮ではありますが、シリーズをここまで続けられているのも一重に読者の皆様のおかげです。心から感謝しております。

どうぞこれからも愛を与える獣達、そして恋に焦がれる獣達をよろしくお願いいたします。

令和五年　六月　茶柱一号

初出一覧

雄々しき熊が失いし記憶《モノ》　書き下ろし

王たる獅子は過去を喰む　書き下ろし

なんと！
コミックスでも
「愛けも」
が読める…!!!
松基羊先生の手によるコミカライズで、
ダグラスが、ゲイルが、そしてチカさんが
大活躍しています！
ど
ん
もちろん
セバスチャンも
大ハッスル♥
大好評発売中！
BBCDX
「愛を与える獣達　上」
「愛を与える獣達　下」
松基 羊
[原作]茶柱一号
協力／DeNIMO

弊社ノベルズをお買い上げいただきありがとうございます。
この本を読んでのご意見、ご感想など下記住所「編集部」宛までお寄せください。

リブレ公式サイトで、本書のアンケートを受け付けております。
サイトにアクセスし、TOPページの「アンケート」から
該当アンケートを選択してください。
ご協力お待ちしております。

「リブレ公式サイト」
https://libre-inc.co.jp

愛を与える獣達

番《つが》った獣と深まる絆

著者名　茶柱一号

発行日　2023年 7 月19日　第 1 刷発行

発行者　太田歳子

発行所　株式会社リブレ
〒162-0825 東京都新宿区神楽坂6-46
ローベル神楽坂ビル
電話03-3235-7405(営業)　03-3235-0317(編集)
FAX 03-3235-0342(営業)

印刷所　株式会社光邦

装丁・本文デザイン　円と球

Printed in Japan
ISBN978-4-7997-6330-8